# 爱上牡丹亭

李宏　著

作家出版社

**图书在版编目（CIP）数据**

爱上牡丹亭 / 李宏 著. -- 北京：作家出版社，2015. 8
ISBN 978-7-5063-8270-0

Ⅰ. ①爱… Ⅱ. ①李… Ⅲ. ①长篇小说 - 中国 - 当代
Ⅳ. ①I247. 5

中国版本图书馆CIP数据核字（2015）第211705号

**爱上牡丹亭**

**作　　者：** 李　宏
**责任编辑：** 秦　悦
**装帧设计：** 于文妍
**出版发行：** 作家出版社
**社　　址：** 北京农展馆南里10号　　**邮　　编：** 100125
**电话传真：** 86-10-65930756（出版发行部）
86-10-65004079（总编室）
86-10-65015116（邮购部）
**E-mail:zuojia@zuojia.net.cn**
**http://www.haozuojia.com**（作家在线）
**印　　刷：** 三河市紫恒印装有限公司
**成品尺寸：** 152×230
**字　　数：** 351千
**印　　张：** 24.5
**版　　次：** 2016年1月第1版
**印　　次：** 2016年1月第1次印刷
ISBN 978-7-5063-8270-0
**定　　价：** 49. 00元

# 引 子

河水如血色般奔涌而过漫过公路漫过桥梁，乡村的土地在脚下显得非常虚弱无助，船只已经停驶了，河面漂流着成群结队的废弃物以及木材、死猪之类的东西，河水在转弯处折头回来出现倒灌。简直抱着奄奄一息的父亲在乡村小路上急速地奔走。简直说：爸爸你要挺住，我们会有办法，你什么事也不会有，等你病好后我陪你去台湾旅游。

爸爸说：别费事了，我真的不行了，放我下来！

简直面对血色河流跪倒在地，泪流满面，汗如雨下，用拳头使劲地捶打着土地。

董冉将简直从梦中摇醒，一边用纸巾为简直揩汗一边小声说：简直你又做梦了！你的叫声惊恐万状令人恐怖，你吓死我了！

简直睁大眼睛盯着屋顶说：董冉，爸爸这次真的不行了，医生预计的上限到了，你明天跟简明的班主任请个假，我们回去陪父亲走完最后一程吧，爸爸这一生最爱的就是简明，我一天也等不住了，再等下去我会疯的。

董冉无可奈何地摇摇头说：好吧，再不回去，你的精神就要崩溃了！生死是上帝的事，我们还是听天由命的好。

# 1

稻田里的麦子已经一片金黄散发出浓浓的麦香，坡地里的玉米也长到了一尺多高吐出红艳艳的嫩绿，农家的土狗们在玉米地和麦田里追逐着撒着欢，无拘无束、旁若无人地做着性事，樱桃树上的蝉在发出不间断的烦人的鸣叫。

简直的父亲走了。这天中午阳光明媚，父亲走时正在喝简直弟媳为他特意煮的一小碗杂粮菜叶粥，粥很稀，漂着几片淡绿的青菜叶。父亲的精神头似乎还不错，只是眉头紧锁着，鼓着大大的眼睛，简直一点一点地用勺子将稀粥喂进父亲嘴里。

突然，父亲放了一连串响屁，天地间便突然天摇地动起来，父亲手上的碗在空中画出一道美丽的弧线后掉在了地上，菜叶粥泼了父亲一脸。天空霎时间暗淡下来，停电了，正在播放的电视也没有了信号。房顶的瓦片如同树叶般撒落到地上，村里的人都飞奔着冲向屋外发出刺耳的尖叫声。

简明在院子里抱着妈妈董冉吼道：妈妈，太刺激了，如同过坐山车！

地震。这一天是五月十二日。全中国全世界的人都知道这一天。那天南方的麦子已经快熟透，乡村被浓浓的麦香弥漫着，家家户户磨镰刀准备收麦的事全停了下来，乡下人都睁着惊恐的眼睛摁着嗵嗵狂跳的心脏。事后简直才知道，这场灾难对中国对四川产生了多大的影响，当时的简直只知道自己家的天空塌陷了，心里掺和着痛苦、解脱，身体里涌动着泪水、血液。

简直和弟弟简来、妹夫滕松巍将父亲从屋子里抬出来时，地震已经停止了，惊恐万状的家人们渐渐地从地震的惊吓中回到了现实。父亲有气无力地对惊魂未定的一家人说：我要走了！简直，你要照顾好弟弟妹妹和你妈！说完父亲在简直女儿简明的头上抚摸了一下，留给了这个世界最后一个笑容，这个笑容一点也不慈祥，甚至有点狰狞恐怖。简直和弟弟简来把父亲抱起来送进屋里的床上，只一刻工夫，父亲已经没有了体温。父亲死前如同一只蜷缩的猴子，父亲从猴子到人又回归了猴子的体态。

简直的父亲死于癌症，直肠癌，便血便了半年。临终前，父亲一米七二的个头体重只有八十斤。简直没有眼泪。简直对号啕大哭的母亲、弟媳和妹妹说：别哭了，我们为他已经流干了眼泪，爸爸走了好，他生不如死的日子今天结束了。这一刻，简直很轻松，他再也不用为父亲的疼痛揪心裂肺。简直表面很镇静，内心却很慌乱，他得为这短暂的乱局理出头绪来，他仰头望望天空，天空黄黄的，空气中被地震扬起的尘土还没有散尽，有些刺鼻。简直突然意识到自己已经替代父亲成为了这个家庭的顶梁柱，他必须得非常冷静地处理好这个家庭以后的每一件大事。简直让弟媳找来提前准备好的一大块白布撕成若干布条，分给家里的所有人：戴在头上，扎在腰上。女儿简明和妻子董冉惊讶地问：我们也要戴吗？戴上好搞笑的。

简直很生气地说：戴，必须得戴，你们是这家里的孝子，从这一刻起，你们都得换掉花里胡哨的衣服，尤其要换掉简明穿的露脐装！别让村里人笑我们没有教养。简直很严肃，从来没有这样对女儿和老婆吼过。

女儿简明向妈妈董冉吐了吐舌头做了个鬼脸说：我爷爷太了不起了，死得惊天地、泣鬼神！说完便蹿进门换衣服去了。简直心灵的天空是灰暗的，他脸上一点表情没有，先往自己头上缠了又往自己腰上缠了麻布白布，然后才指挥家里人出去请人报丧、搭建灵堂、杀猪、购买丧葬所需要的必需用品。简直让弟媳烧了一桶热水，和弟弟简来、妹夫滕松巍一起，将父亲身上的所有衣服剥光了，哥仨跪在地上，一点一点地用湿布擦洗父亲身体的每一个部位、每个毛孔，让父亲干净轻松地回归他的天堂。

门外，母亲和妹妹悲凉凄切的哭丧声将父亲简长春去世的消息传遍了整个村子。

院坝里弥漫着柏树枝和草纸燃烧的奇特味道。

妻子董冉和女儿简明在城里长大，没见过这场面，与爷爷也没有更深感情，娘儿俩受气氛感染流了几滴泪水便成了无事人一样待着，娘俩还时不时地说笑。简直很气愤也很无奈，便吩咐说：家里乱成一锅粥了，我不要求你们哭丧，但你俩是孝子要严肃一点，不要让邻居笑话我们没有教养！

## 2

洪依彪正在电脑上偷偷地陶醉于他的音乐剧呢，直属财务处曾会计带着管理处处长敲开了财务部副总洪依彪的办公室。

曾会计有些为难地将一摞发票报销凭证推到洪依彪面前说：洪总，这些票据中有一些存在问题，要么来源不合理，要么现金结算没使用支票，要么是白条子。您看怎么处理？

洪依彪抬起头来神色严肃，随手拿起一沓报销凭证翻看，屋子里静得只能听见翻动纸张的声音。

洪依彪盯着管理处长说：这些都是张好武主任签字的，你说咋办？

管理处长说：我也不知道咋办，您也知道现在请客送礼交往的难处，我只是个办具体事的人。

洪依彪琢磨一阵后和颜悦色地说：先放我这里吧，我再想想办法。

管理处长一脸堆笑地取悦说：全公司都知道洪总既讲原则又讲灵活。

洪依彪并不接受管理处长的夸奖，而是突然问：这两天怎么没看见简直在食堂吃饭啊？是不是又猫到什么地方写文章去了？

管理处长说：听说他父亲病危，他临时请假回四川去了。

突然，脚下颤动起来，头顶上的灯开始了晃动。

曾会计恐慌地说：洪总，地震了！

## 3

简直接到了同事洪依彪从北京打来的电话。

洪依彪问：你小子干什么呢？打了六个多小时的电话都没有打通。电视上说我们老家地震了，北京都有感觉，你们家没事吧？洪依彪是简直在北大的同学又是同乡，毕业后一同进入同一机关，还是简直可以进行心灵沟通的酒友。

简直说：没事，只是掉了些砖瓦，村子里没有死人。我正打算告诉你呢，我父亲今天走了，你到办公厅找张主任替我续半个月假吧。谢谢你洪总！

洪依彪说：那你应该好好尽孝。带的钱够吗？需要的话我立即给你打两万元过去以备急用！

简直脑子里仍然一片空荡荡的，一群村里人在院子里议论地震和简直父亲的死。一村民讲，某某女人的老公在江苏打工，女人耐不住寂寞，便长期与一位在本地做茶叶生意的人私通，除她老公外，成了全村人所皆知的艳事。地震时，这个女人正与茶叶老板做皮肉勾连，吓得没穿衣服就冲出来了。故事讲得有声有色，博得一阵哄堂大笑。简直父亲的死，四川地震，一切与这些人无关，打情骂俏说骚话喝酒打麻将是他们业余生活的一部分。简直认识大家说到的这个女人，但简直笑不起来，他脑子里只有父亲的死和如何安葬。至于地震，他没有想过也没有问过，事后他才得知这次地震的震中离自己家仅仅二百里。

## 4

洪依彪给办公厅主任张好武去了个非常诚恳又很幽默的电话：主任，我晚上请您吃个饭吧，您这些年一直很关心我的成长进步，我还没有表达过谢意呢！

张好武说：你财神爷请我吃饭啊？好啊，我出钱，我得感谢你对我们办公厅工作的大力支持。

洪依彪说：财务部让我分管机关财务，我能做点事还不得靠您老人家支持啊！

张好武说：刚才管理处长已经给我说了，我正准备去你办公室呢！你电话就打过来了，这样吧，吃饭的事等我出差回来再安排，你把我们存在的问题指出来，我们立即整改，在党风廉政建设和执行财经纪律面前，每一个领导干部都要带头执行。

洪依彪说：主任就是大领导，一向坚持原则遵守法规，这次就算了，我们帮您想办法解决。怎么，您要出差啊?

张好武说：你老家地震了，0805厂虽然不在震中，也受了点损失，陈总让我带两个人先去看看情况。你想不想回你老家看看啊?

洪依彪说：张主任我太感谢您了，我们家没什么大事。再说了，0805厂离我家较远，离简直家近，他父亲昨天走了，我正好想去看看呢!

张好武说：好啊，我正愁为带谁犯难呢，这样吧，你抓紧把身份证号码告诉庄秘书，让她给你订票。请假的事我让刘秘书给你们老总协商。

## 5

天上晴朗着有些燥热，远山近岭披着浓浓的雾。简直和孝子们披麻戴孝跪成一排迎接前来奔丧的长辈。跪的时间长了，腿和脚腕就钻心地疼痛，女儿简明和妻子董冉哪受过这罪？几次提出躲到一边休息休息，都被简直瞪眼睛制止了。要在往常，简直没有胆量对老婆和女儿瞪眼，由于这些年家庭琐事繁多，自己事业平淡无奇，其家庭地位也日渐一日的衰落。

突然，有村民过来吼道：简直，你们家来了一群当官的，开了好几辆高级车呢!

简直做梦也没有想到，办公厅主任张好武、秘书庄怡恬和财务部副总洪依彪站在了自己一家人面前，身后还跟着宏华总公司下属的0805厂党委副书记刘兴初以及县里的领导们。简直惊讶得半天没有说出话来。简直激动得结结巴巴地说：主任，怎么好惊动您啊，我这都是家务事，我准备回北京再向您报告的。

张好武主任的秃头在阳光下泛着光亮，眼睛里放出的是从没有过的关爱和慈祥。张好武紧紧握着简直母亲的手说：老人家节哀，多保重！紧接着又握着简直的手说：我们到地震灾区来慰问0805厂的一线工人，顺道来看看你。把老人安葬好后多待几天陪陪你母亲。家里有困难直接对我讲。张好武的手很厚实与简直握得很紧、很温暖。这一刻，简直印象中那个刻板、对上奉迎对下严格的老头儿变得很是慈祥，眼神暖暖的。简直阴沉了很久的天空在顷刻间也变暖了，太阳的光线直晃人，眼泪就不由自主地流了出来，简直说：我爸才六十多岁呢，他老人家没有享过我们的福，他走得太早了！

张好武从庄怡恬手上接过一个印着单位名称大而厚实的牛皮纸信封塞给简直的妻子董冉说：农村办丧事的情况我很清楚，这是我们的一点心意，虽然不多，贴补一下。

洪依彪与简直重重地拥抱在一起说：简直，老人家这也算喜丧呢，你自己一定要挺住，有困难咱一起扛。说完又偷偷地往简直怀里塞了一个厚厚的信封。简直知道，这是洪依彪个人的心意，是一笔数目不小的钱。

庄怡恬与简直只是点了一下头就将眼神移开了，董冉是否捕捉到了这个信息不知道，但简明不经意间看见了。庄怡恬一脸真诚地对董冉说：嫂子，我与简直是办公厅的同事，今后有事多联系，节哀啊！庄怡恬穿一身正装，在阳光下很娇艳很妩媚表情也很得体。

整个悼唁过程中，简直几次流下了眼泪，鼻子酸酸的。

在张好武手下工作几年了，简直感受到了他从来没有过的温暖，这种温暖是厚实的。

张好武一行临走前，陪同张好武一同来的刘兴初从车后备箱里搬出了几箱酒和烟，并非常诚恳地跟张好武表态：请您放心，我们已经跟县里的领导打过招呼了，一定协助简处长把老人家的丧事办好。简直在单位是处级调研员，大家习惯于将简直称为处长，老家的地方官员们也这样称呼。

## 6

地震并没有给0805厂造成很大的损失。

但这次四川之行却为洪依彪提供了与张好武近距离接触的良好机遇。

张好武是办公厅主任，张好武也是宏华总公司的党组常委。洪依彪深知与张好武密切关系的好处。

离开四川的头一天晚上，庄怡恬和洪依彪陪张好武在0805厂门前的河堤上散步，张好武说的一番话就很耐人寻味。

张好武对庄怡恬说：怡恬，我要是你啊，早调你爸单位工作去了，多风光多体面啊！在宏华虽然工资收入高点，可这毕竟只是一个半机关半企业的事业单位。

庄怡恬说：主任，你要嫌我是负担呢，我走就是了，可我觉得这单位不错。我一女孩子，既不图当官也不需要发财，我只需要一个快乐轻松的生活环境。你要有机会啊，替我们洪总的未来操操心就是了。

张好武看看洪依彪，轻描淡写地说：我还有两年就退休了，依彪有文凭有能力有人气，一定会有作为。

## 7

川北的夜晚，父亲灵堂前的三支烛光耀动着火苗。

祭师让简家的孝子贤孙们跪在父亲灵前做法事超度父亲的亡灵。祭师手里挥动着灵旗，嘴里的四川方言念念有词。跪在第二排的简明突然说：喂，大师你说什么呢？大声点我们听不太清楚。

简明这个惊人的举动着实令所有跪在地上的人和祭师惊讶无语。简直声音低沉但很有威力地对简明说：别说话！

简明说：本来就是嘛，我真的听不见！

简直回头狠狠地瞪了简明一眼。

祭师的嘴角不经意地一笑后又开始了他的诵唱。

打麻将的、吃水果的、聊天抽烟的、听戏的，把简家院子里面的气氛搅得很热闹，如果不是设在堂屋里的灵堂和父亲的遗像，让人很难感受到这个家里正在办丧事。

简直刚从灵堂陪亲戚悼唁出来，就被弟弟简来拦住了。简来指着院坝里说：哥，你看你的宝贝女儿在干什么？

简直顺着弟弟手指的方向看见，女儿简明正混在戏班子乐队里有说有笑，兴致很高地打着镲呢！打得很投入，打到兴致处，简明还试图玩点花样，逗得街坊邻居们哈哈大笑。

简直很生气，但他不敢也不便于发作。

简直走到女儿面前声音很低但很有威力地对女儿说：你不合适做这事！

简明莫名其妙地乜了简直一眼：为什么啊？他们都夸我打得好！我在学校乐团打过镲的。说完，简明并不在意写在简直脸上的气愤，仍然致力于打她的镲。

简直很无奈，女儿大了，女儿总是与众不同，女儿在大学里就是乐队的首席，女儿无意间成为了乡下丧事的一道风景。

## 8

张好武让洪依彪回趟家陪陪父母，洪依彪借口离家较远，抗震救灾交通拥堵，谢绝了张好武的好意。

洪依彪跟着张好武回了北京。

## 9

父亲的安葬仪式在淅淅沥沥的细雨中进行。

高个子祭师挥着灵旗，绕着父亲的灵柩走了三圈，嘴里念念有词。至于他说什么，人们并不在意也听不明白。祭师大着嗓门喊了声：孝子贤孙开道，起灵！

亲戚们哭丧、锣鼓、鞭炮、唢呐、乐师们制造出的声音便弥漫了整个简家湾。在震耳欲聋的鞭炮声中，十六位壮年小伙子将简直父亲的棺材抬出了简家院子。

在雨雾中，简直哭丧着脸披麻戴孝抱着灵牌走在送葬队伍最前面，简来抱着一只公鸡跟在简直身后，妹妹简艾紧随其后扛着引魂幡，妹夫滕松巍走在第四位抱着食罐，妻子董冉抱着父亲的遗像。送花圈的人很多、队伍很长。队伍中有人敲锣打鼓还有人唱戏文，唢呐声很特别很刺耳。

一切都是按乡下的规矩办的，祭师做完法事，父亲的棺木就被一堆黄土埋了。雨仍然很小但很密，如牛毛般贴在送葬人群的脸上挥之不去抹之不去。

送葬的人在最后一声鞭炮声后散了。

简直和家人久久地跪在新坟前。

这时，远山却意外地出现了雨后彩虹。

高个子祭师对简直说：简直，这块坟地你父亲生前带我来看过，这是我们村最好的一块风水宝地。简直便掏出二百元钱塞进祭师兜里。祭师又说：简直，我主办过这村里百多场丧事，没见过这么多来客，没见过这么多花圈，没有经历过这么奇怪的天气，你简家今后一定会出大官。简直又给祭师兜里塞了三百块钱。

## 10

夜里，喧嚣了几天的简家院子一下子清静了下来。整个村子也静得出奇。

一家人坐在院子里一面纳凉一边扇着扇子。

简直的母亲说：儿啊，你爸走了，树死了，藤也就活不久了，明年你爸坟上长出草来，我也就应该走了！去那边陪他。

简直知道妈妈舍不得他走。就说：妈，要不你到北京去住一阵调整一下心情？

妈妈还没有表态，简来的媳妇就抢过话头说：妈不能走，我们现在这么困难，你走了家里的猪牛谁养，娃儿上学谁管？我们下地了谁给我们煮饭？

妹妹简艾很生气地说：妈又不是你家长工，为什么不能去？妈，你去住几个月，等我们新店开张了就去我家待着。我给你养老送终。

简来媳妇大着嗓门说：你哥是国家干部，你是大老板，这些年爸爸生病，你为他洗过多少衣服裤子，屎尿流在身上的时候你们在哪里？我们付出多少你们不就出俩钱吗？弟媳说着说着竟然哭泣起来，似乎比父亲去世时还要伤心。

母亲叹息说：别争了，我哪儿也不去，我得守着你爸爸，他为你们苦了一辈子。

院子里沉寂着。

弟媳在侄子屁股上狠狠地抽了一巴掌，指桑骂槐地说：滚，讨厌鬼，滚得越远越好！

## 11

下班后，洪依彪约了几个搞音乐的圈里人到“梧桐会馆”喝茶谈音乐。

洪依彪告诉一位穿着和扮相都比较怪异的朋友说：咱们今天都低调一点，全国都在为地震死难者治丧呢，千万别让人背后骂我们没有教养和同情心。

一个理光头的女性当即表态说：今天我们只喝茶谈具体创作，不高调哼唱就是了！

## 12

父亲的坟墓安葬在屋后半山腰的一块平地里。坟墓背后是一大片柏树，坟头对面的远方是一座人字山，叫金宝寨，半遮半掩地长年被云雾笼罩着，很神秘。简直结婚时父亲为堂屋写过一副对联：天宝盈门主物华天宝，人杰临户兆地灵人杰。宽阔的河流是嘉陵江的支流，从山脚下的河谷向西掉头再向东流去，很悠闲很清澈也很从容。小时候，简直为下河游泳没少挨父亲的揍。简来结婚时，父亲又写了一副对联：门迎金银滩金银源源涌宅内，户纳凤凰梁凤凰翩翩舞堂前。父亲生前是乡村小学教师，他是真的喜欢这块地方啊！

简直、简来和妹妹、妹夫及孩子们一字跪在父亲坟前为父亲烧“七纸”，这是川北人的习俗。老人走后，后代要每七天为老人烧一次纸，烧够七七四十九天了，老人的魂魄就走远了，后代就兴旺发达。

简直将篮子里面的水果香烟白酒都拿出来摆在坟墓前，用打火机点燃已经用人民币印好的纸钱。刚要叩首时，简直的手机响了。

简直看也没看就把手机关掉，继续为父亲烧纸行三个叩首礼。

谁知董冉的电话铃声又大作起来。董冉任由手机铃声一直响到叩完头才接，原来是庄怡恬来的电话，找简直的。

电话是办公厅张好武让庄怡恬打给简直的。庄怡恬十万火急地告诉简直：必须坐当晚的飞机回北京，总公司的“一号老板”要见你，什么事情不太清楚。

## 13

简直单位的“一号老板”叫陈颂华。陈颂华六十年代中期毕业于东海交通大学，是中国制造业特别是武器制造方面的权威专家，也是中国经济界的风云人物，他还是电视台财经栏目的常客。据说，陈颂华接受采访时的口才，曾迷倒过好些北大清华才女。虽然简直在陈颂华手下工作了十几年，从一个普通科员到正处级调研员，听过陈颂华讲话为陈颂华起草过报告，也一同下过工厂搞过调研，但两人单独谈话却从来没有过。简直这样的处级调研员在总公司多达百人以上，陈颂华急着召见自己会是什么事呢？

简直与洪依彪通电话询问，洪依彪也说不清楚。但洪依彪坚持说：一定是好事，坏事你简直不会干也干不了，贪污受贿你没机会，包二奶养小三你没胆量也没钱。

简直想想也有道理，嘴角便流露出了父亲过世以来少有的一抹笑意。

洪依彪和简直打赌：如果你简直被提拔了，得请几个好哥们儿到“名门夜宴”潇洒一回，听说那地方与“天上人间”差不多，你得让我们开一次洋荤！

“名门夜宴”是北京顶级的娱乐场所，据说在那里消费的群体不是文艺界名流，就是商界成功人士，服务员也都是大学生，人均一次性消费过万，简直听说过但没去过。

董冉在一边听了简直与洪依彪的对话，撇着嘴说：看来你的祖坟真的要冒青烟了！

## 14

简直和妻子董冉、女儿简明坐在县里派来的车上。

母亲从车外将手伸进来摸摸孙女简明的头说：好好学习，争取考上北大清华。简明懂事地再次跳下车与奶奶抱了抱，简直妈妈的眼泪再也控制不住了，妈妈又对简直说：对董冉要好好的，两口子过日子经常磕碰是正常的事，我与你爸吵了一辈子，到人死了才后悔，后悔没有让着他。记住，没事多陪陪她们，别牵挂我。又对董冉说：你们走得太急了，这次回来我没有亲手给你们煮顿饭吃。听到这里，已经一脸泪水的简直从车上跳下来，扑通一声跪在了母亲脚下：妈，等冬天了我接你去北京过年！

妹妹说：又不是生离死别，别耽误了飞机。哥哥明年还回来给爸爸祭周年呢！

母亲慢慢地将简直扶起来，理了理简直的头发说：娃儿，好好工作，简家湾就你这么一个在北京上大学又留在北京工作的人，一定不要让你父亲失望。对董冉好些，对女儿好些，有病有痛了才知道一家人是真正的亲人呢！

## 15

宏华工业总公司坐落在北京属大型企业。

早七点五十五分，宏华总公司总经理陈颂华的奥迪A8车如往常一样准时停在公司办公楼的大门前。

很多认识陈颂华的人都向陈总点头或打招呼，陈颂华要么点点头，要么旁若无人地径直向前走，只有保安向陈总敬礼时，陈总才点头示意一下。办公大楼玻璃门上的智能识别器就自动显示出了陈颂华的形象职务年龄一系列资料。秘书刘昊天早已等在电梯前，这是一部只有公司高层和军方领导才能使用的专用电梯的楼层号码。

陈颂华个头不高，一米七不到，六十三岁，福建人。陈颂华讲话语速很快，一年四季都理着平头，着一身夹克或者风衣。有意思的是，陈颂华的历任秘书身高都在一米八以上，学历必须是法学硕士或工学硕士以上。

从一层到九层，陈总与刘昊天始终没讲一句话。

## 16

简直将从老家带回来的腊肉、香肠和一些“高阳明前茶”分成六份，分别装进袋子准备上班后送给张好武、庄怡恬、洪依彪。

妻子董冉一边帮忙装袋一边说：你做这些小儿科的事我不知道有什么意义，现在都时兴送消费卡、现金和高档消费品，你这些东西送车队的司机还差不多。我们打赌，你给的这些东西，三天后就会出现在某个司机的家里。

洗完澡后正在擦头发的简明说：我爸的生活理念早就过时了，一些大款为了让孩子考我们学校，捐款捐汽车，一般人就直接送钱。

简直瞪着董冉说：今后这些事别当着简明说，我希望我女儿不过早沾这些乱七八糟的东西。我这也不叫送礼，这些人到四川那么远的地方去为我父亲送行，我不表示一下行吗？礼不在轻重，这是个情意问题。

正说着，电话铃响了。

简直抓起电话，是陈颂华的秘书刘昊天打来的。

刘昊天问了一些简直父亲病故后办丧事的情况，说了几句客套话后转入了正题：明天下午到陈总办公室，陈总要与你面谈工作，具体时间我明天再通知你。

简直问什么事可以透露一下吗？刘昊天说：具体情况不清楚见面就知道了。

这天晚上简直几乎一夜未眠。简直在脑子里将进入宏华以来经历的每一件大事如同放电影般回放了一遍。陈颂华为什么要隔着几级单独召见呢？实在睡不着，他索性起床站在窗前看着窗外逐渐稀少的车流，北京的夜晚比白天要漂亮迷人得多啊！

董冉一觉睡醒，见简直仍没睡，就嘟囔说：你简直就没有大男人气概，能有多大的事啊，一个陈颂华把你吓成这样。如果总书记接见你，你还不得疯了啊！我爸七十年代打仗时，枪炮在耳边响着照样鼾声如雷。快睡吧，明天别一个肿眼泡去见你们领导。

无论董冉怎么宽心，简直仍然无法入睡，天快亮了才勉强迷糊了一会儿。

## 17

一面国旗挂在办公室很耀眼的位置。

刘昊天见陈颂华落座了，一杯“冻顶乌龙茶”冒着热气已经递到了陈颂华面前。

刘昊天将双手放在小腹前，眼睛盯着陈颂华报告说：一、今天上午八点半，党组中心组理论学习，内容是您定的，“经济危机下国际制造业的突围方向”；二、上午十一点，于副司令一行前来拜访您并商量“长剑-10”武器定型试验事宜，中午请于副司令一行用工作餐；三、下午两点，参加向汶川地震灾区捐赠仪式；四、下午四点，白俄罗斯工业部长来公司会谈，晚六点欢迎宴会；五、晚七点半，中医药大学钟教授到你家商量阿姨的治疗方案。

陈颂华听完秘书刘昊天的工作日程安排后呷了一口茶说：一、今后家务事不用报告了，我会安排。二、离开会还有二十分钟时间，抓紧让办公厅张主任来我这一趟。三、白俄罗斯工业部长来访的纪念品中午饭前我要亲自过目。四、0801总厂的技术改造方案明天下午讨论，让他们准备一个简洁的汇报稿，要附明细，先让杜副总把关。另外，明天下午安排办公厅调研员简直来我办公室，我要见见这个年轻人。

刘昊天正准备转身出门时，陈颂华又叫住刘昊天说：对了，下星期去0801厂调研，把简直的名字加上。

# 18

张好武主任出现在陈颂华办公室时，陈总正握着红色电话通话，张好武主任见状，立即退到了离陈颂华较远的小型会议桌前站着等候。但陈颂华并没有交代张好武任何事情。陈颂华只淡淡地说：走吧，直接去会议室。

会议室原本一片欢声笑语，陈颂华一出现，立即陷入了一片沉寂。

陈颂华环顾会议室一圈后，将放在面前的发言提纲推到一边，说：今天党组中心组学习之前，先问大家一件学习之外的事情。有谁读过这样一篇文章，题目是《警惕“高大全”式的盲目扩张使中国制造业重陷困境》。

在场的所有干部都表示没有读过。

陈颂华将这篇文章转身交给坐在后排的刘昊天秘书说：按人头每人印一份！

陈颂华声音不大但掷地有声地说：这篇文章不过四千字，先是刊登在某重要媒体的网络版上，后来被美国媒体广泛转载，最近一期的《国内动态清样》又进行了转载。三天前，国务院领导在组织国有大型企业领导人座谈时，先后三次引用了这篇文章其中的几处。这篇文章我看了四遍，我用三句话概括：理论深厚、视野开阔、警示作用强。这篇文章的作者就在我们身边工作啊，今天早晨，国办领导给我打电话，要挖我们这个人才呢！

在场的所有人都没有言语。

陈颂华接着说：我在网上查了这个同志的资料，他叫简直。他的理论文章在国内外影响很大，办公厅张主任、组织部王部长，你们怎么就从来没有跟我提及过这个人呢？

张好武和王部长交流一下眼光，都没有发言。

陈颂华接着说：今天这个话题出门不允许再议论，到此为止，包括在座的每个人，这是纪律。但我们领导层的同志们要考虑一下，这篇文章对我们的改制和企业扩张将会产生什么影响？

## 19

简直在宏华总公司工作了二十年，却还是第一次走进陈颂华办公室。

从接到陈颂华要见自己的通知那一刻起，简直的脑子一片空白。中午饭前，与张好武见面时，张好武的笑容很复杂，很难从张好武的笑中品味出是好事还是坏事。他隐约从张好武的语气里嗅到了一丝气息，陈颂华约见自己似乎与自己发表的文章有关。是哪篇文章呢，自己在北大上学时就已经有些名气，文章还登上过《光明日报》《经济日报》的理论版，到宏华总公司后，简直把主要精力放在了为领导人起草讲话和署名文章上，偶尔写点自己的东西，也完全是为了发表自己的见解，并不想引起人们的注意。在宏华这样的国有大型企业里，有专门的宣传机构，从母公司到分散在各省及海外的子公司都有宣传机构。这几年，平面媒体的功能已经远不及立体媒体和网络媒体，新闻媒体正在被网络颠覆，但官方领导仍然是平面媒体的忠实读者。即使如此，简直每年仍然在几个严肃的媒体上发表自己的文章，他这种行为，完全是出于一种爱好一种心情，从内心讲也是一种发泄，他不知道自己的业余生活应该怎样打发不知道靠什么来打发，他几乎没有什么爱好除了喝酒之外。

这时候妻子董冉打来一个电话，说她小姨从河北老家来了，今天是小姨的生日，晚上一定要回家陪着吃顿饭。

董冉的父亲董大晖比小姨子朱小和年龄大，董冉的小姨子朱小和早年死了丈夫一直没有再婚，女儿又在英国工作很少回来，董冉的家实际上也就成了小姨朱小和惟一的去处。董冉的母亲前几年去世了以后，小姨每隔一段时间就要来一趟北京，打扫卫生洗洗涮涮什么都干。董冉的父亲与小姨子在来来往往中就多少有了点那个意思，董冉和简直看在眼里都不挑破说明。上次朱小和来北京，简明在饭桌上突然冒出一句话把大家吓出了一身冷汗：姨奶，你就别回保定了，一个人多孤独啊，网上不流行黄昏恋吗？我看你和我姥爷结婚算了，两家合为一家多好，我姥爷有伴了我们回家就有热饭吃。大家都以为小姨朱小和会生气，没想到小姨竟然哈哈一笑说：你姥爷热心公益事业，哪能看上我们小地方的人啊！这句话搞得简明的姥爷董大晖落了个大红脸。从那以后，朱小和已经半年多没来北京了。

简直还在想着小姨朱小和与岳父的事，陈颂华已经进来了，简直立即毕恭毕敬站了起来。

## 20

陈颂华面对面地站在简直面前，眼睛一动不动地看了简直一阵后，以他一贯讲话的口气直入主题：你跟我出去过几次，我很有印象，但没有交流过思想，很对不起！就算我陈颂华官僚吧，过去对你们这一批笔杆子的成长进步过问不多。

简明很谦虚地说：陈总您那么忙，我只是打些杂做些具体事，宏华的各级领导对我们的成长很关心，生活很照顾，条件待遇都很好，我们很知足。

陈颂华说：我今天下午与外宾有个会谈，只有十分钟时间。今天请你来，原本想与你认真坐下来聊聊，但我的时间不属于我支配，跟我在一起，不必讲官话说客套话，可以直奔主题。

简直对陈颂华的说话、行事风格，简直还是深有感触的。有一次简直和陈颂华一行去陕西一家分厂检查工作，党委书记汇报工作超过了陈颂华规定的时间，陈颂华拉着脸站起来就离开了会议室，当即搞得那位党委书记下不了台。秘书刘昊天为简直和陈颂华倒好茶就掩上门出去了。

陈颂华一脸认真地说：《警惕“高大全”式的盲目扩张使中国制造业重陷困境》这篇文章写得很好，是站在总公司全面建设的高度看问题的，我读了很受启发。你用两分钟时间告诉我你的简历。

简直说：我今年四十二岁，籍贯四川，毕业于北京大学经济学院，第二学历是本校本专业研究生，现在职就读本校本专业博士研究生，明年毕业。父亲前不久去世了，家里还有一个母亲一个弟弟一个妹妹，妻子在中国华夏出版社任副总编辑，女儿上高中。平常生活除上班正常工作外，偶尔写点文章，陪老婆孩子看看电影，也陪朋友喝点酒。

陈颂华说：你可能知道，我从来不允许同事去我家的，但对你是个例外，我今天正式邀请你有机会带你妻子女儿到我家坐坐，如果你会打乒乓球，有机会了我可以考考你的水平。哦，告诉你夫人，华夏出版社的老总是我夫人的老部下，遇到困难了可以直接告诉刘秘书。

简直说：我一定去您家看望您和阿姨！但我的乒乓球水平很差不能陪您练。

陈颂华说：我们刚才聊的是题外话，现在谈正事。我曾经在三家国有大型企业做过副总和老总，用中国式的办法治理中国企业我有点经验，但入世以后特别是经济全球化的背景下怎样培植一流的世界级企业，我们还是小学生。你用局外者的眼光告诉我这个当局者，我们现在面临的最大风险和机遇是什么？你只有五分钟时间。

简直眼光直直地看着陈颂华，凭自己的资历和阅历他的确不知道应该怎样面对陈颂华，不知道怎样回答。眼前这个陈颂华，至今仍然担任着北大清华等多所大学的客座教授，东海交大的博士生导师。简直想，眼前这个人究竟是官僚还是学者呢？我为你写了十几年文章报告你从没问过出自谁手，难道你真是一个官僚吗？短短五分钟时间，要讲一个困扰中国高层几十年的重大命题，谈何容易？

陈颂华似乎看透了简直的思想，提示说：不要有任何顾虑，要信任我，你放开讲！

简直被陈颂华的眼神所感动了，忐忑不安地说：陈总，进入宏华以来，我一直是仰视您的。您的才华、学识胆略气魄在国内外企业界有口皆碑。作为您的学生和部属，在宏华工作十几年我耳闻目睹跟您学了很多知识，说实话，我斗胆在报刊屁股上发点豆腐块文章，也是受了您平常工作和讲活的启发，让您见笑了。

陈颂华有些不悦地说：我不需要你的表扬，你还有四分钟时间说你的见解。

简直被逼到了绝路。

简直一头汗水地说：那我斗胆说了，就两句话。一、不能进行“高大全”式的盲目扩张，盲目建设大规模扩张就是选择死亡，但可以有目标的兼并有科技发展潜能的国内外企业；二、高价引进国内外高端人才，自主创新打自主品牌，军品要外引内攻，民品要内攻外联，除此别无选择。中国的国有大型企业如不改革就会走七十年代美国的老路。

陈颂华抬腕看一眼手表说：简直，你的话我听明白了，你可以把你的想法写一个更详细的报告给我。其他事你不要多想，我会给你创造机会。另外我再给你个特权，你今后涉及企业竞争发展的文章，可以直接送我不必一级一级上报，你走吧，我还有个外事活动。

说完，陈颂华站起来与简直有力地握了握手。

## 21

简直从陈颂华九层的办公室出来回到自己工作的第七层，竟然按错电梯楼层数字到了第八层的财务部。

一只手重重地拍到了简直的肩头上：干什么呢？神情恍惚是不是白天梦游啊？晚上咱俩一起喝两盅，等我电话！简直抬头一看，是财务部的副总洪依彪。简直想要说什么时，洪依彪已经抱着一摞文件急匆匆地消失了。

简直与洪依彪虽是同时进的宏华又是同学校友，但洪依彪比简直进步快，一年前已经当上了财务部的副总，手上掌管着财权，脑子灵活鬼点子多，据说深得陈颂华赏识。

简直兴奋不起来。简直回顾了与陈颂华见面后的每一个细节所说的每一句话，他的脑子里很难理出一个头绪。长长的走廊上，简直遇到了好几个同事，似乎突然间对简直都很客气、都很热情，这种热情让简直感觉很不舒服，很独特也很无奈。在这个单位工作十几年了，简直处处谨小慎微，从表面上很难找到多少与其他机关工作人员不一致的地方，开会、写领导讲话、下一线工厂搞调研、接受下属企业的宴请、偶尔也会有朋友同学同乡聚会，一切都显得千篇一律。

简直工作的宏华公司，工资虽然比不上中石油、烟草、电力那么丰厚，也还算可观。陈颂华曾经批评过财务部和办公厅的领导：钱这东西够花就是了，要确保宏华的每一个员工出门时兜里都有钱，但别让宏华的干部特别是中层以上干部为钱所累，不要因为钱违纪违规。简直的工资都在卡上，卡在老婆董冉的手里攥着，这让简直少费了很多口舌，简直的零花钱和孝敬父母的钱，都靠自己的一点稿费和办公厅给的加班补助，虽不丰实，也勉强够用了。

## 22

简直的办公室有六个人，这六个人实际上是一个小组，叫政策研究室，直接领导是王副主任，但王副主任长期借调到国有大型企业工委帮助工作，实际工作一直由简直牵头。主要负责为领导起草涉及企业发展理论的讲话，为公司起草有关规划性文件，全部的家当就是电脑和资料，虽然不是中心工作，却是公司最忙的一个群体，基本上是从早忙到晚一年忙到头。

从回家陪父亲走完生命的最后一程到眼下，简直已经半个多月没有上网了。他将电脑打开，从网上调出陈颂华提到的那篇文章，才发现这篇文章的阅读率之高、跟帖率之高是简直写的所有文章中少有的。

跟帖的意见大多是赞成的，但也有反对意见。反对派认为中国目前仍处在工业化的初级阶段，要不受资本市场和高科技制造业所垄断，就必须建立大而全的民族企业，打造民族制造的优势品牌。赞成简直观点的约占百分之六十。

但有一条跟帖着实让简直吓出了一身冷汗。企业要做大做强、打造世界级企业，靠的是绝对垄断，我们在江北和东海新建制造基地的协议正在谈判之中，涉及到方方面面的问题，这篇文章有拆台之嫌。

简直将身体靠在沙发上。“捅马蜂窝了！”简直被吓出了一身冷汗。

陈颂华的谈话意味着什么呢？

一缕淡淡的Dior香水味扑进来飘进简直的鼻腔里。简直深深地吸了一口气，又慢慢地呼出来。

干吗呢帅哥？梦秋香呢吧？不知什么时候，庄怡恬站在了简直的桌子边上。

简直见是庄怡恬，立即坐直了身子半开玩笑地说：秋香没梦见，倒是想见周公，想找人解解梦啊！庄怡恬是某高官的女儿，二十七岁了仍没有嫁人，在办公厅秘书处工作，负责办公厅内勤工作和资料管理收集，平常与简直打交道比较多。

庄怡恬说：你还算个男人呢，别紧张了，晚上请我吃饭，我给你解解，不信本小姐的话别后悔！说完抱着资料就出了门。

手机响了，是女儿简明打来的：简直同志，妈妈让我给你打电话，别忘记了回家吃饭，姨奶上午已经到了，正在家给我们做全驴宴呢！让你回家时从超市买一点小葱和一坛花雕。

简直这才想起小姨朱小和要来北京和答应董冉要回家吃晚饭的事，一下午因为陈颂华的谈话搞得脑子迷迷糊糊的险些惹了麻烦。急忙抓起电话就给洪依彪和庄怡恬打，结果两个人的电话都占线，怎么也打不进去。简直心想这可麻烦了，答应洪依彪晚上吃饭本来就没有过脑子，庄怡恬一个大美女也突然冒出来要饭吃，往后推自然说不出口。

更麻烦的是董冉的小姨朱小和。董冉的母亲死后，董冉对她小姨更是惟命是从，还在家做什么“驴全席”，更是得罪不起。

简直想了半天也没能理出个头绪。

下班时，简直突发奇想，何不让洪依彪和庄怡恬一块去家里吃小姨做的全驴席呢？吃完正好把从老家捎回来的土特产捎回去。

没想到简直把想法分头与洪依彪和庄怡恬一讲，两人竟有些受宠若惊，都很爽快地答应了。一家人有一家人的隐私，眼下的北京人很少在家请人吃饭，不是特别“铁”的朋友也不会轻易去别人家，能请去赴家宴，也算得上是一种礼遇呢！

简直立即给小姨打了个电话，问菜够不够吃，如果不够再多弄一点，晚上有两个很要好的朋友要去家里一块热闹热闹。朱小和很高兴，连连说没问题，还说：董冉已经回来了，你也早点回来吧！

## 23

华灯初放，简直拎着一小捆小葱和一大坛花雕酒回了家。

一进家门刚开始换鞋，就听见董冉在里屋抱怨：这个简直犯什么毛病了，请朋友来家吃饭也不提前说一声，现在北京城还有谁在家里面请客？多麻烦啊！

小姨朱小和说：人多好啊，人多有家的样子，简直这孩子善良有孝心，想找人给我热闹些呢！

简直很聪明佯装什么也没有听见。简直很热情地招呼：小姨您辛苦了，我和董冉还张罗着在酒店给您过生日呢，看把您给累的，还得替我接待朋友。

朱小和更明白简直说这话的意思，瞪了董冉一眼说：简直你小子懂什么，外面的饭再好吃也没有小姨做的香，你没听过“天上龙肉地上驴肉”的说法吗？你准备酒具吧，客人一来咱们就开始。

正说着，女儿简明拎着一个蛋糕也进了门，大着嗓门吼道：姨奶，过来，让美女奖励您一下。

朱小和还没有反应过来，简明已经抱着姨奶，在姨奶脸上狠狠地亲了几口，还发出了“吧吧”的声音。

董冉说：你看简明，快十七岁了，一点淑女的样子也没有，整天疯疯癫癫的，哪像我年轻的时候啊，一点也不稳重。

董大晖一边捣蒜泥一边唠叨说：我们家简明聪明成绩好做科学家不做淑女，她愿意做什么就做什么别跟她爸似的搞那么严肃，姥爷支持你，做人只要爱国爱家爱朋友就行！

## 24

北京似乎没有春天。

北京的春天一眨眼就过去了，春夏之交的北京已经摆脱了冬天的臃肿笨重，被几场春雨洗尽了身上尘垢，绿草如茵，秀色宜人，四处都散发出嫩绿的香气。街上的姑娘们刚刚脱下羽绒服就换上了超短裙，人们越来越相信，这个世界是属于年轻人的，年轻漂亮的女孩子是属于都市的，穿着越来越胆大放肆。张好武主任原本应约与西班牙商人吕布尼有个应酬，临出门时被陈颂华一个电话给留下了。因为不知道陈颂华找自己什么事，要谈多久，张好武主任只得向吕布尼道歉，希望改日再聚。放下电话，张主任自言自语地说：这娘们儿汉语越来越流利了！

办公厅主任是宏华的大内总管，吃喝拉撒睡及各种事务协调都得管，这个职务最大的特点就是没有自由，一切时间和自由都被单位的老总们左右着。

张好武敲开宏华总公司老总陈颂华办公室的门时，宏华分管人事的副总、组织部王部长已经端坐在会议桌前了。陈颂华伫立在窗前头也不回地说：你已经迟到三分钟了！希望这是最后一次。

张好武主任一脸堆笑连连点头说：对不起，刚才接到大型企业工委一个电话，征求专家到北戴河疗养的意见，多说了几句。

陈颂华没有要听张好武再说下去的意思，转身对大家说：今天我找你们来，是想听听你们对简直同志的使用意见。有位首长看中了办公厅的简直，要调简直去他办公室工作。你们说说意见吧！

张好武、王部长和副总互相对视一下并不发言。他们太了解陈颂华的行事风格，在人事问题上说让你发言并不是真的要你发言，即使发言也没有太大的用处，他在向你征求意见时脑子里早已经想好了要怎么办而不是应该怎么办。特立独行、独断专行是他独有的个性，谁也不敢去冲撞。

时间流逝、空间沉寂了大约一分钟后，陈颂华说话了：你们不讲那我来说。《警惕“高大全”式的盲目扩张使中国制造业重陷困境》既是一篇好文章也是一颗炸弹，简直这个人我不是特别了解，群众反映似乎还不错，公认是个人才。但是，我的意见很明确，不能让简直调走，首长的工作我来做。为什么要这样办呢？有三个理由。一、我调阅了简直这几年所有关于企业改制重组和央企参与国际化竞争的文章，很有水平，你们很少给我提及这个年轻人，在我看来，这个人是人才，用好了对我们很有益，用不好会有麻烦，二者取其一，简直应该为宏华所用。我建议安排他做办公厅副主任或政策研究室主任，明天上会研究。二、首长身边的借调令你们想办法婉拒，要让简直自己说出不愿去的意思，工作由张主任你来做。三、关于宏华在东海和江北的企业兼并扩张，上与不上已经成为了严重问题，下星期我要带几个人去做一次协调论证，你们安排一个强有力的班子跟我下去，让简直也跟着去，这次回来要有一个可行性报告，要组织一个专家级的研讨会。这个报告写好了，对国有大型企业应该是一个震撼。这个报告的观点和思维一定要超前，一定要抢在国家的新政出来之前，出现在分管首长的办公桌上和内部资料上，必要时也可以发表在主流媒体上。

陈颂华在办公室召集的这次短会改变了简直一直平庸无为的生活。

## 25

简明正往餐桌上摆放碗筷，洪依彪敲门进来了，怀里还抱着一大捧鲜花和一盒蛋糕。进门就直奔系着围裙正在拌凉菜的小姨，深深地鞠了一躬说：朱阿姨，生日快乐！随手掏出一个信封塞进了小姨兜里。

朱小和有点夸张大呼小叫地喊道：简直啊，你怎么把这事到处张扬啊，这怎么可以啊！我一老婆子过哪门子生日啊，也就手痒了想给你们做顿好吃的。

洪依彪说：别怪简直，不是他告诉我的，是你们家有我安插的内线。简直的小姨也是我的小姨嘛！说完转身对董冉说：董老总，你早就想认小姨做干娘了，她老人家做的饭好吃，你认下我这个哥哥我们两家人就亲上加亲了！

董冉说：你啊当领导了还没个正形，肯定是简明给你讲的。她跟你整天没大没小无话不讲，在我们面前就青春期闹别扭。

简直虽然很尴尬，但事情到了这个份上也没有别的办法，就客套地说：财务部领导这样一而再再而三地救济我们家，这人情债我可还不起啊！我们可是亲兄弟，总这样钱来钱往的就不清爽了！

洪依彪说：自然是自己兄弟，别瞎扯了，简直你来我找你聊会儿天！

洪依彪就反客为主地拉着简直到客厅的沙发上坐了下来。洪依彪问简直：陈总找你谈话后怎么给你表态？你怎么看这件事啊？宏华机关的人都传遍了，说你要高升！

简直说：我也正想找你聊聊。陈总的态度我吃不准，他在领导岗位上四十多年，经历了太多风雨，又是中国企业界举足轻重的人物。他怎么想我真的不知道。他让我把我的想法写一个详细报告给他，还让我好好干。

洪依彪沉默一阵后对简直说：你知道吗？你在宏华扔了一个重磅炸弹。这几天公司上下都在议论你这篇文章和你这个人。

简直一脸疑惑：至于吗？没有人给我提过啊！

洪依彪说：这件事没有那么乐观，文章也绝不仅仅是“炸弹”，还应该是一把“双刃剑”，也许你在刺伤宏华公司的同时也可能伤害了你自己。

简直说：你别吓唬我好不好。我胆子小你应该知道，一篇破文章至于吗？

洪依彪一脸严肃地说：给你说实话，你的文章得到了高层的充分肯定。这是你过去所没有想到的。正是你这篇文章，警醒了国家决策层对当前过度投资盲目扩张的认识。但是你知道吗，为此将影响公司三十到八十个亿的国家资金投入，说得直接些，你可能砸碎了很多人的梦想。

简直说：你说得再明白一点。

洪依彪说：宏华与东海和江北合作扩建企业的协议已经基本达成了，这两家工厂都是纳入“十二五”规划的配套生产线，下月即将进入征地拆迁阶段。国家高层这时候如果收缩对宏华的投资，人们势必会将这个责任归咎于你的文章。地方政府不高兴，宏华内部也会产生很大的震动。

洪依彪说到这里，简直早已经是一身冷汗。

这时候，庄怡恬敲门进来解了围：好哇，洪总你也来了啊！是嗅到驴肉的香味来的吧！谈什么机密事项呢？搞得一脸神秘的样子？

洪依彪换一脸笑容指着简直说：好你个简直，请了大美女来吃饭，不早告诉我，要给我惊喜啊？我也没换身好衣服。

庄怡恬哈哈一笑说：起花心了吧，想当西门庆啊？不怕本老姑娘砸你手上就接着吧！我也不嫌你年老色衰凑合着过几年算了！

洪依彪连连摆手说：饶了我这小命吧，你爸还不把我煮吃了！说实话，男人四十正当年，我可不愿毁在一剩女手里。

庄怡恬大怒：你骂谁剩女呢？我可告诉你，我这人生就的公主身、练就的小资范儿、天生的二奶命，最终不是烈女就是怨妇。宁死我也得抓个帅鬼跟着。至少也得是简直或王力宏那样的。

因为庄怡恬的出现，洪依彪与简直的谈话只得终止了。

## 26

有了菜香、有了花香、有了蛋糕、有了欢声笑语，过生日的氛围就有了。

简直家的餐厅原本就不大，再加上临时多了两个人，六人餐桌就显得更紧凑了。董冉将朱小和迎进屋里换下刚才做饭的衣服换上一身艳丽的外衣，朱小和显得更年轻了。在董冉的张罗下，朱小和和董大晖坐在正席，洪依彪和庄怡恬坐左侧，简直和董冉坐右侧，简明坐在姥爷和姨奶对面。

餐桌上摆着八个小凉菜，中间架了一个铜制的火锅，锅里炖的是带皮驴肉，几根洗净的香菜摆在锅里，香味四溢。凉菜是卤驴板肠、驴钱、驴肝肺拦洋葱、驴血以及几个保定小吃。

简直提议，两位老人喝花雕，简直、洪依彪喝青花瓷“二锅头”，其他人喝饮料。

庄怡恬突然变戏法似的从门后拎出一个袋子来大声宣布：不行，今天三喜临门，俩老人喝什么可以自由，年轻人喝十五年茅台，放心喝吧，这是我从我爸酒柜里顺出来的，取之于民用之于我们。

简直本来就因为洪依彪刚才聊天的话题紧张得没缓过劲来，一听庄怡恬说的话，更是一头雾水，他的脑袋立即大了：怡恬啊，别闹了什么三喜临门啊，这么贵的酒我们可承受不了！而且这只是平常的家庭聚会，没有必要喝这么贵的酒，好几千块一瓶呢！

庄怡恬坚定地说：今天叔叔阿姨和大家都得听我的，这么好的菜不喝好酒哪儿行？你们放心，这酒是我父亲在遵义工作的一个老部下送的，绝对不会有假。

洪依彪显得很冷静，就解围说：我看可以，今晚的酒就让庄大美女主持吧！她在人大读书时就是有名的庄疯子，还主持过人民大学的晚会呢！

董冉似乎被晾到了一边，冷冷地说：我们家哪有什么喜啊，简直他爸刚走，按说戴孝期间不能喝酒的。

简明欢呼说：怡恬姐姐，别听我妈老古董的，我可以尝尝吗？再过几个月我就十八岁了，我已经是成年人了！

董冉说：你敢喝，小孩子喝酒影响智商和发育的。

庄怡恬并不理会董冉的表情，而是固执地说：小嫂子，明明已经是大人了，让她喝一点吧！来，我们先喝第一杯，为简直同志高升干杯！

屋子里除了火锅煮沸的声音几乎听不到任何声响，所有的人都盯着庄怡恬，有人等待下文有人表现出惊讶。

大约三十秒时间后，简直说：你可别乱开玩笑了，这几天我心里压力很大，你们不知道，我那篇文章也许会给宏华带来麻烦！

庄怡恬端起酒杯很豪爽地一仰脖子率先干了个底朝天，然后大笑着说：酒不错。简直，我什么时候给你开过这种玩笑？信不信由你，下班前陈总正与管人事的副总还有张主任谈这件事呢！上面来通知了，先借调你试用半年，人事关系先不办。难道这不是一大喜吗？

洪依彪说：如果小庄说的是真话，那这杯酒应该喝！桌子上其他的人这才将信将疑地把酒喝了。

董大晖趁人不注意为自己倒了第二杯白酒先自顾自地喝了。朱小和显得很兴奋，用筷子给庄怡恬和简明盘子里挑了一块炖得有些微红的带皮驴肉，说：女孩子应该多吃带皮驴肉，阿胶的原料就是驴皮，补血的最好东西。知道吧，吃驴肉听着不雅，可是有说道的，保定府出太监，这些太监把驴肉火烧带进紫禁城，老佛爷都说好吃呢！

庄怡恬一听这话立即挑起一块吃了，连连称赞说：阿姨好手艺，好吃好吃。第二喜啊，祝阿姨生日快乐！董叔，你今天可得放开喝哦，都什么时代了还那么保守干什么啊，我要是你啊，早就追得阿姨无处可逃把生米煮成熟饭了！

董大晖嘿嘿一笑就把酒喝了，倒是搞了朱小和一个大红脸，嗔怪说：这闺女，你怎么知道是我的生日啊？别拿我老太太开玩笑！

庄怡恬说：阿姨啊，我一进门就看见你们桌上的鲜花和蛋糕了，谁有喜事不是写在脸上呢！再说了，我看你和董叔真的很般配，我第一眼就误认为你们是一对，好在我刚才从明明那里搞过火力侦察了！

洪依彪也端起酒杯对小姨说：庄疯子的话难听但很在理，祝您老越来越年轻越来越漂亮！

## 27

简直家的酒已经过了三巡。

酒确实是好东西，几杯酒一下肚，所有的人都忘记了烦恼，思维也活跃了起来。简直暂时忘记了洪依彪和庄怡恬带来消息的真伪折磨，是福是祸由它去吧！

庄怡恬端起酒杯对简直说：酒喝到这个时候了，你们也不问问我提议的今天第三喜是什么？你们这几个人啊，真是自私没有情调。

简直一家人这才想起庄怡恬说过的三喜，忙追问是什么。庄怡恬用已经有些醉意蒙眬的眼神看洪依彪一眼，不紧不慢地说：让我们举起酒怀，为我们真正的才子，貌似潘安美、才过子建愁的洪依彪副总写的音乐剧《英雄与嫦娥》即将在保利剧院演出，干杯！

保利剧院位于北京东二环，在国家大剧院没有建成之前，是一处高级演出场所，在座的人一听这消息，立即被惊呆了。洪依彪喜欢音乐众所周知，但他能写出音乐剧来而且能在保利剧院上演，却大出人们的意料。

这个提议一经提出，简直家人全部将已经举起的酒杯定格在了空中，用瞠目结舌形容一点也不过分。洪依彪忙把杯子重重往桌子上一放说：姑奶奶，大家叫你庄疯子一点也没过啊！这种玩笑是不能乱开的，你要毁我前程啊！

庄怡恬说：你洪副总装什么孙子啊，你利用业余时间写音乐剧已经不是什么秘密了！简直一家又不是外人，怕什么？能写出音乐剧才显示你有真才实学呢！再说你别忘记了，我姨夫可是保利的副总。我要是有你的天赋，早就下海专门搞音乐去了。只可惜啊，我们国家少了一个国家级的音乐剧大师，多了一个官场拍马屁的庸才。

简明一仰脖子把杯子里的酒喝了呛得满眼泪水地吼道：哇塞，洪叔叔，你简直是酷毙了帅呆了脖子都要牛歪了，你今后就是我的偶像太前卫太有个性了，哪像我爸整天就会写八股文。说完冲过去抱着洪依彪的脸就亲了一口。

董冉说：简明，你抓紧吃完去写作业，明年就要高考了你还跟着瞎贫，再喝酒我打断你的腿！

简明对董冉扮了个鬼脸一吐舌头说：妈，你就是一个文物，洪叔能写音乐剧多牛啊，还是在保利公演。再说了我喝酒又不用腿，你打断腿我还用嘴喝！

董冉吼起来：简直你还管不管你女儿了，你看她已经快疯了！在餐桌上有客人不仅瞎起哄还喝酒。

简直说：今天这么多好事，是应该高兴一下，让她疯一天吧，平常也太累了！来，为我们的财务专家和音乐之秀干杯！

洪依彪无可奈何地感叹：再过两年就真要成为音乐之“锈”了！我不毁在音乐上就毁在你庄怡恬嘴里，再说了，演出因为奥运会要推迟到国庆节后呢！

庄怡恬笑着说：呸，你想好事，我才不让你毁在我嘴里呢！想好事啊，你经常不刷牙有口臭！

这时，简直的手机响了。但简直并没有听见，仍然专注于大家贫嘴。董冉提醒说：简直你的电话呢！提醒完狠狠地瞪了简直一眼。

简直打开手机看了一眼号码，立即跟大家说：对不起，我得接个电话。简直站起来就去了阳台还拉上了门。

餐厅变得一下子沉寂了。简明说：叔叔姐姐，我写作业去了！董大晖和小姨也进了厨房，说要加点菜来。

过了一阵，庄怡恬打破沉默说：我给你们讲个笑话吧，挺好笑的！

洪依彪和董冉并没有接话。

庄怡恬就讲了一段很黄的笑话。

也许是因为酒精的作用，洪依彪有些忘形地大喊一声：经典，干一杯！这才发现董冉脸上毫无表情，就批评说：庄疯子啊有点过了啊，你一领导干部子女，一高学历女孩子怎么能够乱说呢？你就不能装得淑女一些啊！一出机关大门就成疯子了。你再这样疯下去，我看你怎么嫁得出去。

庄怡恬也觉得玩笑开得有点大，就站起来说：嫁我是嫁不出去了，你看看现在的男人有多俗，没本事时把老婆捧在手里怕丢了，含在嘴里怕化了，一旦有了成就说话就用鼻子喘气了，胆小的泡妞，胆大的养小三。我才不嫁呢！

洪依彪说：庄秘书，我和你简哥这些人哪个不是堂堂正正的？看你是不是喝高了啊，酒足饭饱了我们应该开路了！

庄怡恬无可奈何地说：代沟，明显的代沟没法沟通，我们走吧？吃饱喝足了，嫂子，谢谢你们家的驴全席！下次我请阿姨和董叔，东四有一家“顺毛驴”，味道也不错。

董冉也没有再挽留的意思。董大晖和小姨听说客人要走，立即赶出来相送，说了几句“欢迎再来玩”之类的客套话。

## 28

接完电话，简直并没有立即回到客厅。他仍然伫立在阳台上，客厅里庄怡恬讲的笑话和家里人与洪依彪们的寒暄都灌进了简直的耳朵里。按常理简直应该出去送行但他没有出去送也不知道应该说些什么。简直的思维在酒后变得很凌乱无序，脑子里一会儿是张好武主任的电话内容，一会儿是庄怡恬讲的笑话，一会儿又是妻子今晚上不冷不热的表情。而简明的眼睛里，却是窗外异彩纷呈的精彩世界。在近处街道的停车带里，一个骑自行车的小偷顺手牵羊拎走了皮卡车上的一捆货物，是什么东西简直看不清楚。在窗外的林荫下，一对十七八岁高中生模样的恋人穿着校服在热烈地亲吻，很忘情很热烈。简直家住四层，简直看得很清楚很真切，楼下的男孩子很高很清瘦，女孩子脸圆圆的剪着短发很精神，长得有些像董冉年轻的时候，难道自己家的简明下晚自习后也会这样吗?

简明快十七岁了，学习成绩一直名列她所在学校的前十名，按老师的话说，简明太聪明，只用了百分之四十的精力在学习，即使这样，只要简明保持现在的劲头不放松，上北大清华没问题。可这孩子思想太活跃，经常搞得简直和董冉无所适从，搞得班主任老师无所适从。去年暑假，简明说她要与同学结伴到桂林旅游，结果根本不是那么回事儿，带回来的照片和纪念品，全是在非洲草原奔跑和与黑人们合影的镜头。虽然简直与董大晖在焦虑中保持了沉默，但董冉为此大发雷霆，被董冉逼急了，简明才一边撒娇一边抹泪地招供说：妈，我不是怕你们担心不让我去吗，我不是想锻炼一下我的独立生活能力吗？我是去了一趟肯尼亚，可我这不完整地回来了吗！放心，我以后好好学习做个好宅女就是了！说完在她妈脸上认真地亲了一口，把董冉的眼泪都亲了出来。听简明当时的口气，她似乎不是去了非洲而只是去了一趟东单，但你绝对不要相信她的承诺，她不会做一个真正的宅女，她的基因也许就是动荡不安摇摆不定的，没有人知道她什么时候会做出惊世骇俗的事情来的。

简直目送着两个高中生从林荫下牵着手恋恋不舍地离开，原来那个女孩子竟然就住在自己家的小区。简直突然就有些羡慕女儿简明和刚才的两个高中生了，他们敢作敢为，他们无忧无虑，他们生活在一个衣食无忧的年代。而自己呢，生下来就饿肚子，上学时没学费，好不容易进入官场，单位又改制成为企业，奋斗了十几年，仍然是一个让人瞧不上眼的研究员。这下好了，为一篇写着玩的小文章折腾得烦恼无边，理不断剪还乱。简直学西方的神父的样子在胸前画了个“十”字，嘴里念叨说：“上帝保佑我吧，阿门!”

## 29

简直的家是三室两厅一厨两卫的单元房。

从阳台上回到客厅，家里人都睡了。简直洗漱完进入卧室时，妻子董冉已经练完瑜珈似乎进入了梦乡，练瑜珈是董冉每天雷打不动的健身科目。董冉身材好，每当董冉练习时，简直就爱端着茶杯在不远处看着妻子凝神静气的样子，认为妻子只有这时候才是最可爱的。他怀疑妻子的前世是蛇，是游动在水里的蛇，她漂亮、冷漠、猜疑，对一切都过于认真细致。

简直习惯裸睡，董冉为他买的睡衣从来没有用过，董冉对此很不满意，经常骂简直是农民。每当这时候，简直都会嘿嘿一笑：本来就是农民嘛，人一生下来就是光溜溜的，这叫本来面目，回归自然。简直怕惊扰妻子，轻轻地将被子抻开，如同泥鳅般滑进被窝，一切是那么熟练那么轻巧。

董冉虽然闭着眼睛但并没有睡。

这时董冉问：接谁电话呢？那么长的时间，也不怕把电话打爆了！你不会也像电影《手机》里那样包养二奶了吧？

简直叹息一声说：难怪你闺女说你老土呢，现在的有钱人包养二奶已经落伍了，现在流行养小三了。就我这熊样，工资卡在你手里，我也就机关那几百元补助还养二奶呢，也就够吃个小吃。

董冉不紧不慢地说：媒体爆料的腐败分子不都这样吗？工资卡给老婆，自己千方百计再搞钱。简直你可要谨慎些，你们那种单位福利好多少有点油水，可别害了我和简明，我们家不买房子不置地，钱够花就是了！

简直将董冉的脑袋揽进自己怀里，舒缓了语气说：你放心，我从乡下到北京上学混到今天不容易，我会把握的，退休前怎么着也得混个副厅局级才有脸面啊。

董冉说：这几天你搞得神秘兮兮的，发生什么事了？生活中遇到困难了你说，工作的事别说我不爱听。如果有什么事需要摆平，我们家还有点钱，存折在中间抽屉里，密码是简明的生日。

董冉对简直工作上的事一向不怎么掺和。

简直说：庄怡恬今晚说的事可能是真的，一位高层领导要借调我去他办公室工作，这可能是我人生的一个重要转折点。前几天陈总刚与我谈了我写文章的事，我还以为我闯祸了，现在看来可能与这有关，明天张好武又要与我谈，不知是祸是福。父亲生病这一年多来我一直生活得很无奈，难道我真的要走出厄运了吗?

董冉说：如果真是这样我爸应该为你高兴了，他一直到处夸你懂政策有水平。

简直说：你爸比你支持我，好男人是夸出来的，好女婿也是夸出来的。

董冉打一个哈欠说：不会的，你这人我知道，敬业精神和智商都还凑合，不像洪依彪那么圆滑，不如苏锋那样自如，也不像庄怡恬那样咋呼没有涵养。

简直说：别这样看他们，他们都是我的好朋友。洪依彪的优点我没有，要不他比我进步快。至于庄怡恬嘛，高干子女，可以理解，我也很纳闷，她在单位很严谨一个人，大众场合一向少言寡语的，跟朋友在一起就无拘无束了，人都是有两面性的。

董冉说：睡吧，为这点小事就几天失眠哪有大丈夫的样子。说实话，我对你的工作和同事没有兴趣。我劝你与他们保持适当的距离，别让他们坏了你的前程。

## 30

张好武主任并没有如约在第二天早晨与简直谈话。

张好武主任临时接到一个通知，上午要代表宏华公司参加关于支援四川灾区灾后重建的会议，下午要陪陈颂华去一个原中顾委委员家里悼唁。简直听公司的人议论过，这个老首长曾经是陈颂华父亲在新四军时期的战友，与陈颂华私交很深，懈怠不得。

简直刚打开电脑，电话铃响了，是设在四川某县的0805工厂的党委副书记刘兴初打来的：简大笔杆子，祝贺你啊，听说你要高就了，可喜可贺，今后有用得着的地方说一声。

简直是去年陪公司一位副总去参加0805厂党委扩大会时认识刘兴初的。这个副书记很能喝酒。

简直说：我都不知道什么事呢别听他们胡说，有好事会及时告诉你。再说了，我都四十好几了还是个处级，能有什么好事啊？不过，我还是特感谢老哥这份关心的！

刘兴初说：别谦虚了，我讲的错不了，到北京了我们庆贺一下！

简直从来没有像这几天这样无聊空虚过。

简直又没有串办公室的习惯，在目前这种情况下，如果同事问起自己要借调的事来怎么回答怎么解释？八字没一撇的事不仅不能说更不能乱说，如果真的成为了事实还好，一旦事情“黄”了不就成为了笑柄？

简直的脑子里乱乱的。

正在这时，办公室的电话响了起来。是庄怡恬来的电话：你现在讲话方便不方便？

简直说：昨晚酒醒了啊？别搞得神秘兮兮的。

庄怡恬说：我昨晚没喝醉，洪依彪还请我去做SPA了呢！给你说正事，千万别对任何人讲是我告诉你的，你借调的事可能告吹了，你要有思想准备。但我还是要祝贺你！

简直的手握着话筒，半天没有说出一句话。

庄怡恬说：记住了啊，具体情况晚上见面告诉你，不多说了来人了！

借调的事泡汤了还有什么值得祝贺的呢？这个庄疯子，简直就是一个女巫。这个女巫白净、单纯，说话无所顾忌，既让人爱又让人恨，说话留半截。

简直在办公室实在没有办法待下去了，他的脑子一再地被来自各方面的信息所困扰着占据着，时而黑暗时而光亮，他的思维如同行走在黑暗的隧道里。简直索性拿起电话给庄怡恬拨了过去：小庄，我去资料馆查资料去了！

简直相信，庄怡恬在忙完自己手上的活后一定会来资料馆找自己。

## 31

宏华公司的资料馆在宏华公司主楼顶层，分为四个区域，一个是政策法规资料室，一个是电子音像资料室，一个是保密资料室，共四百七十平方米，另外附设一个茶座。据科技情报处的同事讲，这个资料室耗资一点七亿元人民币。在建设初期，陈颂华就要求这个馆必须是国内所有大型企业中最好的图书资料馆，能够检索到全世界所有同行的大部分公开资料。

简直凭胸前的工作证进入政策法规资料室后，统一着西装的女保管员立即将电子检索系统打开，按惯例送来一壶上好的铁观音茶。

宏华公司总部的人数上千，但经常在主楼上班的人并不多，他们要么分散在全国的子公司出差，要么在国外考察学习。所以，图书资料室很清静，轻音乐似乎是从夏天的地缝里钻出来的，凉爽、飘逸，给人一种享受少女抚慰的感觉。即使在这样的环境里，简直仍然静不下心来，他的脑子里乱极了，他不相信男人不喜欢前程，他也不相信男人不爱金钱，他更不相信男人不爱美女，再洒脱的人都有自己的欲望，这种欲望是与生俱来的也是躲之不及逃之不及的。说话间，地震的灾难和父亲的死亡同时来了，这两件事将习惯了机关生活北京生活的简直打入了劫难，简直为领导写了十几年的讲话领导没有看中，陈颂华甚至没有正眼看过简直。几个月前不经意写的一篇小东西却惊动了高层领导，让简直又从冰点进入了旋涡。这个旋涡下面是深不可测的大海，是漂浮着玫瑰和香艳的前程，像简直这样从大学到大机关的知识青年能不眩晕吗？简直急需一个人将自己从深不可测的大海中捞起来，让习习清风抚摸一遍。

简直与庄怡恬认识的时间不过三年，但真正成为朋友则是随宏华考察团到乌克兰考察那次。宏华改制为企业后，中层以下干部全部改为事业编制，仍然是干部身份但不是公务员，惟一的好处就是工资比国家公务员高得多，再加上名目繁多的福利，一般的国家公务员就更是望尘莫及了。宏华总部还有一样福利是令包括董冉在内的很多人眼红的，每年有三分之一的员工可以去任何一个有业务往来的欧洲或北美国家考察一次，相关费用由公司全额报销。

乌克兰继承了苏联时期的部分军工成果，与宏华的业务往来比较多已经不是秘密。那次出发前，简直对董冉说，下半年的团是去加拿大但我下半年一般都很忙，现在手头没有更忙的文件要起草，借机出去长长见识，这次去可以带一名直系亲属，你看有没有时间，如果不去，就只能报领一趟行程的机票。简直对洪依彪就不是这样说了，简直说：前苏联电影里乌克兰的女孩很漂亮，咱俩去开开眼界吧！洪依彪说他去过乌克兰了，准备下半年去白俄罗斯。

其实简直很愿意与洪依彪结伴，俩人在一起有的聊。

就在这个访问团里，简直与庄怡恬有了更多的交流机会，虽然此前只有见面点头的机会。简直知道，庄怡恬是谁谁的闺女，更知道庄怡恬的父亲与陈颂华是什么交情。

团里很多老同志大部分都在四十岁以上，气质打扮与众不同的庄怡恬一上飞机，就成为了中老年男人们关注的重点对象。但庄怡恬毕竟是庄怡恬，既没有奉迎领导的意思，也没有装模作样的矫情。刚在简直旁边的座位上坐下来，就问简直：你怎么不带嫂子一路啊？多好的机会。

简直说：她正在赶一本书，下半年要参加法兰克福书展。所以她放弃了。

命中注定这次旅行要使他俩成为很好的朋友。飞机飞行到新疆上空时，大气流转使飞机出现剧烈颠簸，空中小姐几次都险些摔倒而不得不回到座位上去。庄怡恬先是脸色苍白，继而用左手死死抓住简直的手，待飞行平衡下来时，简直的手上已经被庄怡恬的长指甲抓出了血的印迹。庄怡恬用非常抱歉的眼光注视了简直很久但什么也没说，而简直也就当什么事也没有发生，即使飞机在伊斯兰堡加油作短暂停留时，两人也没有多说一句话。但这一切似乎仍然没有结束，故事终将继续下去。经过七个多小时的飞行，飞机终于要进入欧洲领空，飞越乌拉尔山时，再一次重演了颠簸故技。这一次简直就没有在飞越天山时幸运了，庄怡恬出现剧烈呕吐，喷了简直一身。简直一边为庄怡恬递纸巾一边笑着说：这可是我大学毕业以来穿得最像样的一套西装，留下美女的印迹这一趟更有意义了！

庄怡恬有气无力却有些撒娇地笑着说：你放心，我一定不会赔你！我赔不起的。但手却和简直的手握在了一起。这一刻，简直的感觉发生了问题，简直出现晕眩了，这种莫名的惊慌简直从来没有过，心慌、气短、手心出汗，这种感觉甚至第一次与董冉接吻拥抱也没有过。

第伯聂河使得欧洲粮仓乌克兰名副其实，广阔无垠，绿地万里。黑海之滨不仅风景秀美，也孕育了很多丰乳肥臀细腰的美女，多得令人目不暇接。但令人奇怪的是，中老年妇女都是一个模样，显得臃肿了一些。

与庄怡恬在一起，简直陷入了一种莫名的恐惧之中。

## 32

临近下午下班时，简直也没有等来庄怡恬，这使得简直很是焦虑很是无奈。他曾经试着拨了几次庄怡恬的电话，要么在通话中，要么不在服务区。他又给洪依彪拨，也处于同样的状态。这时候简直才真实地感觉到空虚无助。自己在职场打拼了十几年，加班、下基层、喝酒、外出访问，竟然没有几个可以倾诉的朋友。自己可悲到了朋友还凑不够一个牌局的境地，这还不可悲吗？

在去茶座续茶水时，简直才发现这茶座往露台方向走，竟然有一个非常美妙的去处。简直到这个资料室查阅资料不下数十次，但发现这个回廊却还是第一次。在一处设计成小桥流水的回廊里，绿树掩映，一个巨大的根雕茶几和四张木登子排列四周，一个穿水色短袖红色长裙的漂亮女孩子在抚琴吟唱。这女子化着淡妆，似笑非笑，修长的手指在琴弦间行云流水般行走。一个女子在为客人做茶艺，背影也显得很是曼妙，只是看不见脸，显得很有情调。

简直试图进去看上一眼，却听见公司的一位副总与客人说话的声音。这时，简直的手机响了，他立即手忙脚乱地关了铃声。

简直回到资料室后打开手机一看，原来是庄怡恬来的电话。庄怡恬埋怨说：张主任找你呢你怎么不接电话？我和张主任在一起刚从外面往回走。你五分钟后下楼，张主任的车在大楼对面超市停车场接你。

简直还想说什么，庄怡恬已经挂了电话。

简直只好拎起资料袋从资料室出来，一路小跑回到办公室。看一眼挂在墙上的钟，抄起办公桌上的电话给家里拨了回去，简直告诉岳父董大晖：今晚单位加班，不回家吃饭了！

## 33

简直已经是第二次坐张好武主任的车了，第一次是随张好武去大连参加一个管理工作会。

车到东三环向北开到一座通体白色并不起眼但外表敦厚的三层建筑门前终于停下了，司机说：领导，张主任在里面等你，你自己去吧。我把车停到地下室去。

宏华总公司有条不成文的规矩，司机不能跟领导同桌吃饭，每次陪领导出去都有定额补助。

门口早已有一位身高在一米七三左右的女服务员在候着简直。服务员笑容得体地说：简先生，欢迎你到“豪门夜宴”做客。服务员没容得简直想什么也不容得问什么更不问简直去什么地方，就直接将简直送进了电梯。在电梯口，门口迎接的服务员将简直交给了第二个服务员，第二个服务员与刚才的服务员生得一样清秀，气质高雅热情中透出一种冷酷和应酬的感觉。服务员笑得很得体地介绍说：简先生，欢迎你来“豪门夜宴”做客！

简直双脚踩在绵软的红色地毯上，人如同飘在云上。简直心里从慌乱到镇定，渐渐有了一种受宠若惊的感觉。自从父亲病逝后，张好武亲自到乡下奔丧到现在这样的礼遇，简直心里变得诚惶诚恐又似乎是被一种无名的东西所牵引着。这是一条怎样的走廊啊！这是一个怎样的去处啊！在长达近百米的走廊上挂着几十幅世界上最著名的油画赝品，简直熟悉的有：朗布尔兄弟的《原罪与神驱逐亚当夏娃离开的伊甸园》、比叶罗的《西茉奈达维丝布姬》、米开朗基罗的《原罪与失乐园》、提香的《亚当与夏娃之诱惑》多幅作品，仿制水平到了以假乱真的水平。

## 34

到了999房间门口时，领位小姐用胸前的微型麦克说了几句英语，磨花玻璃门便徐徐打开了。展现在简直眼前的是一个全新的前所未有的世界。宽约五米，从天而降的瀑布喷射出一幕幕光影，光影显示出一个条幅：欢迎简直先生光临。从瀑布喷出的水在地面形成五个喷泉又吐出五朵莲花。如不细看，你很难发现飘逸的琴声是三位身着及地长裙的西方女竖琴手在瀑布后面的真实演奏，简直真的如入梦境了！

简主任，欢迎你光临啊！简直扭头一看，是一个从没见过面的西方女人。这女人身高一米七五左右，金色的头发被绾成一个大大的髻，这个人一下子让简直想到了乌克兰的季莫申科也就是那个享誉世界的美女总理。说实话，凭简直的社会阅历和对外国女人的了解，简直猜不出这个女人的真实年龄，但这个女人优美动人的身材和她流利的中国话着实让简直大吃一惊。

简直说：对不起，我不是主任我叫简直。冒昧问一句，你是新疆人还是欧洲人？

哈哈，你会是主任的，你的才气和能力注定你要成就比主任更大的事业。我是西班牙人，我叫吕布尼，张主任让我在这里迎候你，他还有些事处理完后马上到！吕布尼用她那绵软细腻的手与简直握了握，便指引着简直到竖琴手旁边的茶几边坐下。简直以为吕布尼是这家酒店的老板，也就没有再搭理。在简直的生活中，进入高档酒店的机会有过几次，都是陪领导到分公司检查工作时由公分司接待的，但进入如此奢华的酒店，简直还是第一次。

简直见吕布尼也靠近自己坐下了，就客气地说：你去忙吧，我自己在这里等。

吕布尼说：没事，我先陪你一会儿，张主任一到晚宴就正式开始。说完吕布尼掏出一张名片递给简直。简直立即主动站起来再一次与吕布尼握了一次手说：认识你很高兴，吕布尼女士。吕布尼这个名字简直似乎从洪依彪的嘴里听到过不止一次。据洪依彪讲，吕布尼与中国很多大制造业的高层人士都有来往，关系极其密切，能成为吕布尼的座上宾说明你离事业成功已经很接近了。今天简直亲眼见了，才发现吕布尼果然是一个气质非凡的女人。

吕布尼一边很中国式的品着茶，一边与简直聊起了天：简主任，哦，不，简领导，听朋友讲你家在川北？

简直很惊讶地说：是啊，这你也知道。我家在中国西部的贫困山区。

吕布尼说：你说错了，我参加过一个四川与德国商会的旅游业务推介会，资料介绍那里的风光非常美，是长江的水源地之一，在北纬30度至35度之间，气候宜人，那里生产一种茶叫“高阳扁”，口感非常好。据说你的家乡还是唐朝女皇武则天的出生地，有机会我很想去看看。在中国，我最崇敬三个男人一个女人，男人是成吉思汗、毛泽东、邓小平，女人是武则天。

就这几句话，简直对这个金发碧眼的成熟女人有了更多的复杂心态。简直只好应付说：武则天的籍贯是山西文水，她的父亲曾经是唐朝镇守蜀道的高级将领，驻防古利州，关于她的出生地，史学界至今仍有很多争议。

正说话间，一名风姿绰约的酒店主管陪着张好武进来了。张好武着一身非常考究的西装，精神焕发地行走在两个高级主官之间。这一切都不足为奇，令简直大为吃惊的是，洪依彪、庄怡恬也跟在张好武身后。

张好武放声一笑后说：陈总交代点事耽误了十几分钟，大家入座。

张好武并没有要邀请简直入座的意思，也没有表现出简直预想中的热情，而是长驱直入地坐到了桌子中央放高靠背椅的主宾席上。吕布尼坐张好武左边，洪依彪坐张好武右边，庄怡恬坐洪依彪身边，简直只好顺势坐在了吕布尼的旁边。

吕布尼对站在自己身后的一名酒店高级主管说：黄梦妮，今晚你坐简主任旁边，陪简主任喝好。

简直试图与洪依彪和庄怡恬交流一下，但从两人的表情中，简直觉得又没有这个必要了，就老老实实地坐着。

吕布尼给简直介绍说：黄梦妮是我的助手，也是这家商务会馆的总经理，今后有什么事，黄梦妮会主动与你联系，请加强合作。

竖琴手们仍然在弹奏德彪西的音乐。

一队着红色长裙的女子捧着银色的托盘来到餐桌前打开了第一道菜和酒。

服务员们并没有征得任何人的同意便将酒打开为桌上每个人倒上，只有吕布尼面前放着喝红酒的高脚杯，这一切进行得都那么顺理成章那么行云流水。在简直看来，他们四人都是这里的常客，自己只是一个闯入禁区的偷食者。

黄梦妮坐在了简直身边。这样，简直的左右便被高档香水味包围了，浸透了，周围的一切令简直晕眩。

张好武看一眼简直却仍没有要与简直交流的意思，而是端起酒杯说：吕布尼女士是大家的老朋友，对宏华的建设发展发挥过重大作用。今天原本是我要与简直同志谈些工作上的事，吕布尼女士坚持她要请客，要为简直同志荣升宏华总公司办公厅副主任庆贺。还专门请财务部洪依彪副总、庄怡恬秘书前来陪同，一会儿我们宏华总公司分管对外合作的田副总也要来，他正在赶一个场，就不等他了。这样，我们按惯例喝三杯酒吧！第一杯，祝贺简直同志荣升！

说完，张好武一一与吕布尼和黄梦妮碰杯后，才象征性地与简直碰一下酒杯先喝下了。简直在张好武手下工作多年，也多次陪同张好武参加与上级机关和下级分公司的领导喝酒，张好武如此豪爽的一口喝下一大杯白酒这还是第一次。

张好武用长长的勺子喝了一口盛在金色小碗里的西湖莼菜汤，推开服务生的酒具又为自己倒满了第二杯酒，这才郑重地对简直和大家说：这第二杯酒也是为简直同志喝的，简直同志大学毕业后长期在我手下工作，踏实肯干、思想敏锐、头脑清醒，始终保持一个共产党员的优秀品质，他从一个普通农民家庭的孩子成长为宏华这样的世界著名企业的中层干部，既是组织的培养，也是自己努力的结果。未来是你们的。干杯！张好武又带头喝了第二杯。

简直几次想说话但他不知道说什么好也没有他说话的机会。吕布尼说：今天的厨师全是北京第一流的大厨，很多演艺界名流都经常专点他们的手艺。

张好武一听吕布尼这样说，就哈哈一笑说：今天没有外人，大家都是很好的朋友，我提议，感谢吕布尼女士的美酒美食，为吕布尼永远漂亮，为吕布尼在华业务的顺利拓展，为黄梦妮的“豪门夜宴”，干杯！张好武又带头喝下了第三杯。

简直没有经历过这样的场面也没有与张好武喝过酒。酒过三巡后，洪依彪趁张好武埋头喝虫草雪鸡汤时，假装不经意地给了简直一个眼色。

简直端起酒杯走到张好武身后说：主任，我对您的栽培和对我的厚爱是几杯酒不能表达的，我喝三杯您喝一杯，我代表我自己和我的家人谢谢您！简直将三杯酒倒入一个大的玻璃杯后，一仰脖子全喝了下去。

张好武并没有表达出热情。而是端起酒杯象征性地喝了一小点说：简直，你的成长进步得感谢党组织，感谢陈总，我们是朋友是同事，今后你多挑重担。宏华的明天属于你们年轻人！

简直端起酒杯又自饮了一杯：您放心，我会努力按照您的教导去做。

这时，张好武的手机铃声响了，张好武示意大家别讲话，说是夫人来的。张好武接完电话后说：各位，对不住了，我得先走一步，301医院刚给岳父大人下了病危通知，我得马上去一趟，你们在这里等田总，放开喝一定要把田总喝醉，谁也不准站起来送我。

张好武说完拎上衣服站起来走了，除黄梦妮外谁也没去送。

## 35

张好武一出门，屋子里的气氛一下子就活跃起来。

吕布尼说：大家尽情放开喝，张好武的岳父已经报多次病危了，没什么事，只是他夫人比较厉害一些。我们已经习惯了，他请部下吃饭经常这样，三杯酒后必走，怕影响大家的情绪。相反，陪领导吃饭他每次都是最后一个离开。来，为你们有这么一位体贴下级的好领导干一杯！

庄怡恬这次没有附和着喝酒，而是说：张好武走了，一会儿田总要来，我和黄梦妮换个位置吧？不然我不喝了！田总爱喝交杯酒，梦妮能够陪得了他。

大家你看看我我看看你都不发言。

吕布尼只好打圆场说：好吧，今晚看来又要刷夜了，梦妮，换位置，左边田总右边洪总，要把握好哦！

谁在说我坏话呢？背后不说人坏话的女人不是好女人！谁说我的坏话罚酒三杯。正说着，宏华总公司分管对外合作的田副总已经进来了，一进门就非常熟练地坐到了已经为他腾出的位置上。田副总是大连人，毕业于北京航空航天大学发动机专业，以性格直爽、大碗喝酒大碗吃肉在总公司出了名，人们背后都叫他“田大碗”。

简直与田副总打交道很少，但简直知道，田副总是宏华党组的党委常委，对宏华的重大事项有重要的一票。从某种角度上讲，分管对外合作的实际权力比总公司其他副总的权力要大得多。

田总一坐下就不客气地端起酒杯说：吕布尼你真有本事，快成我们宏华肚子里的蛔虫了，简直刚当个副主任就买上潜力股了，不愧是国际商人，这要在三十年前你不是特务我们就得打成叛徒。但田总并不跟吕布尼喝酒而是将头转向简直说：好小伙子后生可畏，我也借吕布尼的酒祝贺你，干杯！简直听田总这样说，端起杯来就喝了，很谦逊地说：田总，什么副主任啊？我现在还在云里雾里呢。

田总说：这是你们张主任的一贯作风，说话做事总是云山雾罩。说实话，我没有看过你的文章，陈总可是把你当成宝贝了。今天下午公司党组常委会已经通过你的任命了，好好干，为你的进步，再喝一杯！

## 36

简直头痛得厉害。

简直从枕头下将手表摸出来一看，糟糕，已经早晨八点二十了。简直到宏华工作这么多年还从来没有迟到过，他迅速穿上衣裤，冲进洗手间简单地洗了一把脸就要出门。小姨朱小和却拦着不让走：简直啊，喝口豆浆吃根油条，听董冉说你昨晚后半夜才回来，喝得烂醉，空肚子上班对胃不好！

简直知道拗不过小姨，心想已经迟到了就干脆迟多几分钟算了，狼吞虎咽地将豆浆和油条吃了。岳父董大晖一边听收音机一边说：简直啊，你们现在这个吃喝也太厉害了，酒肉是国家的，身体是自己的。对了，刚才有人来了个电话，说你的司机在楼下等着接你，看你睡得那么香我也就没叫你。怎么？真当官了啊？还有专车接送了？

简直说：爸，我要赶去上班了，回来再给你聊吧！

简直下到楼下准备推自行车时，一个年轻人叫住了他：简主任，今后上下班不用骑自行车了，张主任安排我为你服务。司机拉开一辆别克车车门，将简直推进了车里。

简直上车后说：今后不用来接我，我家离公司近，骑自行车方便，有公事需要时我再给你打电话。

司机说：简主任，我刚从部队复员回来不久，您不用车，别的领导还用不用？张主任咋想？我叫卢宇，这是我的手机号。

司机短短几句话，把简直说醒了。原来坐不坐公车远不是那么简单的事！按说，在宏华总公司，简直这个级别的干部一抓一大把，在北京副厅局级干部多如牛毛，别说用专车，自行车都得自己掏腰包买。但办公厅例外，办公厅干的是侍候领导协调工作的活儿，按群众的说法，起得比鸡早睡得比鸡（妓女）晚吃得比猪差，有时加班一连几餐方便面。在整个总公司，办公厅的人什么时候上班什么时候下班完全没个准。所以陈颂华特批，为了不误事，办公厅副职以上领导可享受专车，但不享受交通补助。

头仍然很痛。昨晚在“豪门夜宴”喝到几点、几点回的家、怎么回的家，发生了什么事情，简直的头脑里是模糊的。但有两件事情简直似乎还能想起来。一是田总与黄梦妮喝酒，黄梦妮端一高脚杯白酒走到田总身边说：田总感谢您支持我们豪门夜宴的生意，咱们点一炮吧！田总很爽快地回应说：当年我们学军时在炮兵打过炮，打炮都不怕还怕点炮？点就点，我田大碗怕你一个小姑娘？

庄怡恬和洪依彪就起哄说：不行不行，田总也就嘴上功夫，点炮必须交杯而且必须大交，不然没气氛！田总看一眼乐队有些难为情，洪依彪就让乐队撤了，还从兜里掏出几个信封给几个竖琴手发了小费。

田总见乐队的竖琴手们都撤了，就笑着说：干！黄梦妮给庄怡恬使了个眼色，便端着酒杯扑进了田总杯里。黄梦妮将端着酒杯的右手从田总的脖子后面绕过去，田总也如法炮制，两个人便拥抱在了一起。黄梦妮说：干！田总便干了，而黄梦妮手上的酒已经到了庄怡恬手上，庄怡恬将手上的空杯子也变戏法般地交给了黄梦妮。这个动作在场的人都看在眼里了，只有田总蒙在鼓里。田总喝下酒后很兴奋，大着嗓门说：好！吕布尼，强将手下无弱兵，不愧当年北京语言大学女酒圣的门徒！黄梦妮啊，你老板吕布尼当年可是语言大学出了名的喝倒驴呢，多少商界巨子都被她用尽手段搞趴下了，有机会我请你们吃西班牙大餐，找找西班牙斗牛士的生活感觉！

再后来发生了什么事呢，简直的印象很是模糊。隐约与吕布尼喝过后又与庄怡恬和黄梦妮喝了，再后来似乎还去做了SPA。再后来呢？再后来自己躺在一张床上做通体理疗？洪依彪送自己回的家？一切都交给周公了！按简明的话说，这是他有“屎”以来喝得最高的一次。

司机小卢拿起一瓶矿泉水递给简直说：主任你喝点水再嚼两粒口香糖，上午有会呢！

简直问：我身上的酒味很大吗？

司机小卢笑笑说：还好啊，我鼻子不是很敏感。

简直笑了，觉得这司机很聪明也很会说话。小卢长相一般但外表很精明干练，车也开得很稳。

车稳稳地停在了宏华公司的主楼门前，简直正准备开门下车，车门已经被打开了。简直做梦也没有想到，为自己开车门的竟然是看守自行车车棚的瘸老头儿林守和。林守和说：简主任，我这手有福了，简主任今天第一次坐车上班就让我有幸给你开车门，今天的彩票有机会了！

简直真的惊讶了，当副主任的事自己也是昨晚才知道，仅仅一天时间看守自行车的老头就知道了，看来真的是信息社会了。简直无可奈何地笑笑说：谢谢您啊林大爷！

林大爷也笑笑说：简主任，你现在是领导了我不能给你开玩笑，你可别以为我不懂，前两天我才搞明白，北京年轻人也他妈够损，喊大爷是骂人的话，就是操你大爷的意思，我老头儿可经不住操。说实话我没那么老，今后你就喊我老林头儿吧！

林大爷不老，也就六十出头。因为老林头走路有点瘸又谢了顶。时间长了混熟了，大家就爱拿林老头儿开个玩笑。简直刚到宏华工作时还不以为然，很少搭理这些闲杂人员，在北京工作久了，慢慢地就知道一些潜规则了，你可别小瞧那些在大机关大院里收破烂、看大门的老头儿老太太，他们没有一人不是这些机关中层以上领导的远亲近邻。

林大爷是哪个神仙的亲戚呢？简直只顾拿林守和开玩笑了忘记了这一茬儿，难道他会是张好武、陈颂华或其他领导的亲戚？难说啊，父亲经常讲，皇帝还有三个穷亲戚呢！

## 37

简直走进办公室眼睛直了。

自己办公桌上的办公用品已经全都没有了踪影。简直立即打开分给自己使用了十几年的两个铁皮柜，里面空空如也，如同遭了劫匪。他立即打开随身携带的公文包搜索一遍，这才想起昨天下午走得匆忙没有拔下钥匙。简直头脑“嗡”的一声，心立即提到了嗓子眼儿，急出了一身冷汗。在简直铁皮柜二层的小抽屉里面，一个大公文信封里有简直的全部私房钱三万元和一张七万多元的存折，更可怕的是另一个本子上，还记着这些年来写的日记。

手机铃响了，简直打开一看，是女儿简明打来的。女儿简明说：爸，你好些了吗多喝点水，昨晚你喝太多了那么晚才回来还一身香水味，我妈都哭了！

简直此时哪有心思解释醉酒和香水的事呢，一边翻柜子一边急匆匆地对简明说：我在开会呢，有事回去再说。说完就挂了电话。

刚一说完，手机铃声又响起来。简直打开手机吼起来：说了我在开会回去再说你干什么呢，小孩子家就婆婆妈妈的，告诉你妈我没事好了吧！

谁小孩子了谁婆婆妈妈了你在哪里，办公厅开会呢，你当领导第一天就迟到合适吗？抓紧过来吧，大家都在会议室等你！原来是庄怡恬的电话。简直便连连道歉，一边说“对不起”一边拎着包往会议室赶。但心思却还在自己的办公桌和铁皮柜上。

简直一脸倦容一脸尴尬地出现在会议室时，大家早已到齐了。张好武脸上毫无表情地看简直一眼用手指指身边不远处的一个空位，简直便明白了，自己今后在办公厅排名第四。他没有发现有更适合自己坐的别的位置，就只好顺其自然地到张好武指定的座位上坐了下来。大家仍然在听陈副主任传达中央文件。有同事给简直投来祝贺的目光，简直也只是淡淡一笑，他的心思一直没有从铁皮柜里面的钱和笔记本上走出来，他不知道怎么破这个局。湖南出了个局长“日记门”事件，自己的日记里虽然没有情色事，一旦让别人看见了也够喝一壶的。谁的心里没有阴暗啊？孔子为了当官奔走于列国，商鞅变法难道与自己的身世无关？而简直只是一个俗人，一个在职场上刚刚起步的中青年人，他的日记里也隐藏着很多阿猫阿狗的事，他的私房钱涉及到孝敬父母交流朋友。

喝了一杯水后，心脏也回复正常了，渐渐地简直才醒悟过来，办公桌上的东西和铁皮柜里的书会不会是办公厅的公务秘书搬到新办公室去了啊？简直看一眼公务秘书小冯，小冯正埋头做笔记，完全没有要抬头看自己的意思。简直想，装钱的信封是用订书机订上的，钱不太可能丢，笔记本他们会不会翻呢？这就难说了。

简直还在犯嘀咕，文件已经学完了。

张主任开始讲话：昨晚简直同志临时有任务加班赶个材料睡得较晚，我同意他今天多睡两个小时。今天的会就两个议程，一个是学文件，刚才已经学完了，大家要领会精神实质、学以致用、融会贯通，要在指导工作上狠下功夫。我始终强调，一级要有一级的工作能力，一级要有一级的理论水平，我们的能力水平体现在什么地方呢？要体现在为领导提供决策上有能力，在指导企业实现全球经济一体化竞争中有水平、有话语权。这些话都是老生常谈，我就不多讲了。第二个议题呢，就是宣布一个任命，大家可能已经知道了，根据公司党组常委会集体讨论，报经上级批准，任命简直同志为办公厅副主任。简直同志大家都很熟悉，学历很高、能力较强、群众基础比较好，希望简直回去到任后及时熟悉情况，把政策理论研究室的工作抓好抓出成效来，真正为领导当好参谋，大家要多支持他的工作。下面，请简直同志讲讲，大家欢迎。

简直突然感觉自己过去跟张好武白混了十几年。就这十多天时间，张好武从亲自赴四川为父亲奔丧，到昨天晚上的晚宴以及刚才当众说自己昨晚喝醉酒是在加班赶材料，都显得很得体，很有亲和力，刚中有柔、绵里藏针，每句话都足以让简直感激涕零。

简直给领导写了十几年的讲话，少说也有几百万字了，要说没有讲话水平，那是假话。但简直除了政治学习在办公厅会议上发过言外，在机关没讲过，下基层不敢乱讲。这种实质性的表态演讲，简直听过但还真没讲过。简直说：第一，感谢党组织特别是张主任和几位副主任多年的培养，没有他们耳濡目染的教育，就没有我的成长进步。第二，感谢同志们长期以来对我生活和学习上的关心帮助。俗话说，一个篱笆三个桩，一个好汉三个帮，办公厅比我有能力有水平的人很多，没有大家的密切合作我没有今天的进步，今后还需要大家多支持多合作。第三句话，我深知这个岗位的工作辛苦、责任重大，我会继续当好大秘书，当好小学生，当个好朋友。谢谢大家！

简直的演讲不长也就两分钟。

简直的话赢得了较长时间的掌声。庄怡恬事后说，这个表态很得体，大家不反感，在官场上群众不反感就是接受。

## 38

简直终于有了单独一个人的办公空间。

房间里除三个书柜外还多了一个衣橱，办公桌也大了许多。桌上的电脑由台式换成了笔记本，电话也换成了两部，一部对社会，一部对公司高层领导，一杯冒着热气的绿茶和当天的报纸摆在桌子正中央。椅子由低靠背换成了高靠背的旋转椅。房间里还多了两张沙发和两张茶几，几盆绿植娇嫩欲滴，一盆凤梨开得正艳。

简直将头靠在椅背上，双目微微闭上，双脚悬在空中让椅子旋转两圈，感觉很好很惬意。他知道，从这一刻起，只要自己不犯低级错误，一个曙光初现的艳阳天即将出现。

简直正闭目遐思，秘书小冯敲门进来了，简直立即将身体坐直了。

小冯说：简主任，您桌子下面有一个小冰柜，里面有牛奶，一星期换一次。窗帘后面有个小保险柜，重要文件可以放在里面，密码您自己改。对了，您办公室的东西是我一个人帮您移过来的，不会丢。钥匙在您左边的第一个抽屉里，按其他领导的习惯，留我这里一把，如您认为没必要我也可以交给您。

在秘书小冯汇报这些事时，简直的眼睛一直没有离开过小冯的脸。简直没太留意小冯什么时候进的公司什么时候当的公务秘书，这一切的根本原因是因为小冯长相太一般太不出众甚至一点笑容也没有过。如果把小冯放在人堆里，没有特殊原因人们很难轻易发现她。更令人不可理解的是，小冯作为一个三十多岁的女人竟然一点胸一点屁股都没有，更别说性感了，如果不是因为她有一头秀发，人们很难区分她的性别，用这样的人当公务秘书，绯闻是绝对不会有的。

简直说：谢谢你小冯，今后还需要你多帮助，工作上的事多提醒，生活中有什么困难你也可以直接对我讲。简直还想再说点客套话，桌子上的电话铃声响了，冯秘书为简直的杯子续上水便转身出了门。

电话是陈颂华秘书刘昊天打来的。

刘昊天说：简副主任，祝贺的话不说了，这次陈总要带你随工作组去0801总厂考察工作，主要解决企业扩张兼并中存在的问题，回来后要形成一个可行性报告。你抓紧做好相关准备，陈总的工作作风你是知道的，要细而又细，星期一出发，一会儿我让人把近期中央领导人关于经济和企业发展的一些小范围讲话的资料给你送去，陈总在东海中层以上干部会上讲什么，陈总想知道你的意见。航班号我回头告诉你。

刘昊天是陈颂华的秘书但又是办公厅的秘书处长，虽然简直是办公厅副主任，但实质上简直根本管不了刘昊天。在很多问题和事情上，宏华总公司的所有部门以上领导、分公司（各总厂）老总董事长都得高看刘昊天几眼。洪依彪与简直聊天时曾经说过，在官场打拼就如同打扑克，打扑克就得认识大王小王。简直曾经与刘昊天多次在一起为陈颂华准备参加党组中心组学习的发言和署名文章的起草工作，在很多方面，简直必须承认刘昊天确实胜于自己，严谨、细致、低调，处理问题不显山不露水。

简直喝一口茶后立即将电脑打开，准备在网上搜索一些关于国有大型企业扩张重组中的前沿信息。简直深知，陈颂华的信息来源信息渠道信息可靠程度比自己广得多深得多，如果自己没有为陈颂华提供准确可靠扎实前沿又有理论的讲话资料，那就是失职，也会令陈颂华失望。简直相信，跟定了陈颂华就找准了前进的方向。

电话铃又响了，是内部电话铃声，来电显示是6个“0”。简直坐直了慢慢拿起电话问了声：您好，我是简直！

对方是一个陌生的声音：简直啊，我是胡秘书。实话告诉我，你真的不愿意来首长身边工作吗？我们这里不是随便进人的单位，想好了给我一个电话，我们再等你五天。

简直这时候真的有些傻了。来电话的不会是骗子这一点是肯定的。

还没等简直回过神来，对方已经挂掉了电话。

简直真的蒙了，难道自己真的掉进迷局了吗？自己何时说过不愿意去首长身边工作？

简直试图想去找张好武聊聊这个电话，几次走到张好武门口又折回来，想找刘昊天秘书问问，又怕问出是非。想来想去只能找庄怡恬，可庄怡恬接电话时说她正忙回头再说。简真眼睛盯着电脑，脑子一片迷乱。神啊，如果有神！

电话又响了，是东海的号码。简直拿起电话，电话里面先是一阵咳嗽：简主任啊，今晚请你参加个饭局，能赏个脸吗？

简直问：哪位啊，对不起没有听出您的声音。

简主任，刚刚荣升还有什么想不通吗？情绪不高啊，我是东海的苏锋你苏哥你都听不出来啊！

哦，对不起，是苏总啊！你客气了我刚才在写材料正一头雾水呢！简直终于听出来了，宏华公司旗下有四个总厂、十三个分厂。苏锋是东海0801总厂的厂长，任前曾是宏华总公司的科研部长。为拓展海外业务，该厂对外又称宏华（东海）总公司，所以一般人都习惯称东海厂的老板为老总。苏总的形象和做派，酷似这几年走红的演艺界名人李玉刚，又有人在背后称叫“苏玉刚”。

苏锋说：兄弟，哥定好了今晚六点半在什刹海的“孔乙己”聚一聚，我还带了几个票友过来，不见不散。

简直犹豫了一下问：还有谁啊？我昨晚喝高了正和老婆闹别扭呢，您看咋办？

苏锋说：穷人都问吃什么，富人都问在哪里吃，有权力的人爱问跟谁吃，你这刚一提拔就问跟谁吃了，官场真是毁人不倦啊！来吧兄弟，都是几个你认识的好朋友！我也正好有些工作上的事需要请教你，你今天就别带弟妹了改天我单独请，你最好早二十分钟到，什刹海堵车厉害。

简直没有办法只好答应了。但他的心思仍在刚才那个无名电话上纠缠。没想到刚一进入所谓官场就被烦恼缠上了，才一个不够六品的小官就这样，今后或再能进步应该被折腾成什么样子？

## 39

简直想给董冉打个电话解释一下昨晚喝醉的事，打手机董冉不接，又拨董冉办公室的电话，董冉很生气地说：不是急事晚上回家再说，法兰克福书展迫在眉睫了，我这正忙着呢！说完没容简直进一步解释就撂了电话。

简直很无奈。简直想告诉董冉晚上不回家吃饭的事，董冉已经把电话挂了。没有办法，简直只好打电话给岳父告假。岳父倒是很痛快：男子汉就要事业为重，忙你的吧，家里的事有我和你小姨呢，董冉这两天也忙着赶书呢！对了，你们单位派人来安装电话了，说你提拔为副主任了！我们爷儿俩得好好喝一盅。

简直嘿嘿一笑算是答复，没再与岳父啰嗦，你只要与这老头儿聊上了，他会马克思列宁主义一大套，党和国家内政外交没完没了。

无名电话的事还没想清楚，又多了怎么给董冉解释的麻烦，董冉啊董冉，你比我亲妈还亲妈呢，事儿妈啊！简直与董冉是校友，董冉比简直低两个年级。

当年在学校读书时，简直不是董冉的男朋友也互相不认识，大学时的恋人十之八九也成不了爱人，这道理简直很清楚。在北大，真正的北京女孩子是瞧不上简直这样的乡下穷人的。

简直认识董冉是因为一九八九年。当时北京闷热的校园很是躁动、无序，学校已经不怎么上课了，北大校园比其他校园更胜一筹，到处是铺天盖地的大字报和演讲人群。受老师尚德的教导和父亲的熏陶，简直没有参加这场政治运动，董冉也没有参加，简直和董冉成为了当时北大图书馆里少有的几个另类学生之一。这倒不是说简直有先见之明，而是他高中老师在他入学之前的一番话在起作用。

高中老师叫尚德，是简直的语文老师，毕业于四川大学中文系，古汉语讲得非常好，教过的学生很多都考进了名牌大学。因为尚德老师“文革”时参加过“打、砸、抢”，临退休时也只是一个中级职称，生活很困难，四个女儿穿的衣服与农村孩子没有什么两样。尚德老师很喜欢简直，曾经想把简直培养成为自己的大女婿。但简直志向高远，也就作罢了，尚德又寄希望简直成为一个大学教授或路遥、陈忠实那样的著名的作家。尚老师在简直拿到北大录取通知书后很兴奋，坐在简直家门前的河滩里与简直进行了一次长谈。尚老师望着湍急的河水说：简直，你知道我为什么大学毕业不留在成都跑到这穷乡僻壤来教书吗？

简直望着尚老师并不说话。

尚老师说：其实不是我要来而是政治运动把我搞蒙了，反右时我是运动的积极分子，在别人的鼓动下我头脑发热打了学校的系主任——一个考古学专家。分配工作时按我的成绩完全可以留校任教或分留成都，但系党委书记私下认定我这人太残忍，不能留在身边，留在身边迟早是个祸害。

简直很惊奇地问：后来呢？

尚德老师说：我这人记吃不记打，“文革”时我把过去的教训全忘记了，头脑一热又犯了老毛病，所以我一辈子混得这么惨，空读一肚子史书。

尚老师说：我串联时去过北京，还在天安门前受到过毛主席的接见。几十万人被淹没在红色海洋里，我身上的热血都快胀破头皮涌出来了。回来后，我就带着一帮人打了我们的女校长彭婉如，彭婉如后来喝水银死了。虽然彭校长的死与我没有直接关系，我却为此付出了一生的代价。

尚老师一边遥望着远方一边做沉思状回忆说：北京是一个深不可测的大海，我们这样的乡下人太小了小得如同一粒芥豆。你今后有条件了到南京、洛阳、西安去走走，夜晚你静心地听，越是历史厚重的地方越是政治中心，地上在歌舞盛宴时，地下都有哭泣的声音在回荡在倾述。所以老师忠告你，打先锋的都将成为鬼魂，而沉默者才是最后的胜利者。我这一辈子没戏了，没有儿子，女儿又不能传承，所以你必须出人头地，我找人给你算过命，你有很好的仕途，你必须往前闯。所以简直，我以你父辈的名义忠告你几句话，我已经写在了这张纸上。

简直接过尚老师写在一个三尺斗方上的书法作品。这张遒劲有力、韵味十足的书法作品至今带在简直身边。内容是：动莫若静、居莫若俭、德莫若让、事莫若咨、傲不可长、欲不可纵、志不可满、乐不可极。

简直读完尚老师的书法已经泪流满面，一下子跪在了尚老师赤裸了的足前，很久以后简直去西安出差，才知道这是尚老师老家的家训。

简直每天都在图书室度过，在相当一部分人的政治追求都很迷茫的时候，风波刚一结束，简直和董冉出人意料地向北大党组织递交了入党申请书。从李大钊烈士陵园参加完宣誓仪式回来，简直和董冉坐在了同一排座位上，但两人并没有更多言语，只是如同往常一样淡淡的一笑。但一切注定要有故事发生，一切都是那么巧合。在北大西门下车的时候，董冉的裙子被公交车上破旧的座椅里伸出的弹簧撕了一条长长的口子，雪白的皮肤被暴露在了公众眼睛里，车上的几个小痞子吹出了尖厉的口哨。董冉的脸在众目睽睽之下被无数道目光刺得通红，眼泪从董冉的眼睛里哗地涌了出来。这时候，董冉将求助的目光投向了简直。

简直将身上并不值钱的假名牌衬衫脱下来扎在董冉腰上。董冉说：我叫董冉中文系大二学生，明天我赔你一件新的，谢谢你！

简直穿着背心大摇大摆地回到了校园。

## 40

秘书刘昊天让庄怡恬送来的资料大部分都是高层内部的文件，标注的密级都很高，很多领导讲话很多数据都是以前从来没有听说过的。庄怡恬将每一份文件资料摆在简直面前让简直签字，履行完手续后，问简直晚上有什么活动没有，如果没有活动应该约洪依彪一块到301医院去看望一下张好武的岳父。

简直说没有活动，但晚上要加班消化这些文件，为陪陈颂华去东海做准备。简直问：明天去吧明天星期六，你去看望病人带什么东西啊？

庄怡恬：你是二百六啊？这智商你会不知道送什么东西？老头儿九十岁了能吃什么呀？老头儿九十岁了认识你是谁吗？

简直：姑奶奶求你直说，我这人在这方面愚蠢至极。上次去参加董冉他们老总女儿的婚礼，我准备了一千块钱的红包被你嫂子臭骂了一顿。结果我们送三千还是少的。

庄怡恬：所以说你是个土老帽嘛，张好武的老婆是个非常明白的老北京人，是那种既不傻瓜也不聪明一类的，但她很精明。

简直说：那好吧，要去你先去。我们一路去不好，我回家与你嫂子商量后再说。

庄怡恬：这时候你倒把自己洗得很干净。简直，有一件事我很纠结，这两天一直想告诉你又不知该不该说。

简直：我们是多年的朋友，你有什么话还不可以告诉我吗？在宏华，我们应该算得上是最好的朋友吧？

庄怡恬：吓着你了啊，你这人就是胆子小，要早知道你这样，那次从乌克兰回来就应该好好吓吓你，怕把你尿吓出来了。我给你开玩笑啊没事别当真，不影响你的工作生活，我只是没想好有没有必要给你说。要不，有机会见面再说吧，否则你又要睡不着了！说完，庄怡恬迅速在简直脸上亲了一下说：你好好当你的领导吧，今后我不打扰你了。庄怡恬风一般来又风一般地走了，简直心里面很惬意。

简直很想静下心来读一遍庄怡恬送来的文件。原本要准备一个简要的提纲，但脑子却怎么也进入不了状态。简直突然想到了一个分散精力的好办法好去处，他想到了楼上那个抚琴饮茶的地方，他想到了那个抚琴的女子。他索性站起来关上门，向资料馆走去。

穿过那个仍然曲水流觞的回廊，感觉仍然是那么好，隐藏在草丛里的音箱仍在播放理查德·克莱德曼的钢琴独奏曲，但资料馆的茶艺室已经没有了那天见到的情景。没有了音乐情景下的茶艺，也就没有了遐想的空间。那天抚琴做茶艺的三个女子一个在接手机而另两个在聊天，而做茶艺的女子一边剪指甲一边哼着流行歌曲，她们的音乐教养没有了，她们的漫不经心让人一下子就联想到了妓女倚门招客的情景。她们对简直的出现并没有表现出任何热情和态度，甚至连招呼也不打一个。

简直相信音乐是需要氛围的，图书馆不需要高亢激昂的音乐或爵士鼓，摇滚乐进不了殿堂，佛乐上不得催征的战场，哀乐伴不了宴会，这就是音乐，音乐永远与心在一起。

简直很失望。看来，即使简直当了一个排名第四的副主任跨入了宏华公司中高层领导的行列，但在宏华，简直仍然只是一个工作人员而绝不是领导。简直知道，在宏华这样的大公司里，要做到大部分人都尊重的职位，还有漫长的路要走。

简直问长得很漂亮的茶艺师：在这里消费一次要多少钱？什么人可以消费？

茶艺师看也不看简直一眼，说：看你喝什么茶，一般二千八起价，好一些的如顶级铁观音、冻顶乌龙或现磨的阿根廷咖啡，一般需要四千元左右，公司副老总或部门以上主管可以签单。不过我们每次只接待一批客人，要办公厅领导提前下单，今天不行了客人马上就要到了。

简直只好悻悻地离开了资料馆。临出门时简直就想，我还会回来喝茶的，但那时我不签单，别人签。

在门口，简直遇到了科研部陈部长和几个客人。陈部长很热情地向简直介绍说：这几位是南京航空航天大学的教授，我们谈点事。然后又向客人介绍：这位是我们办公厅简副主任，总公司著名的才子！

## 41

与中南海一水相连的什刹海与三里屯相比差着一个档次，但与簋街相比却要高档得多了，自然环境比三里屯和簋街要好得多，有水的地方人都要灵性一些。

简直没骑自行车也没要公车，而是选择“打的”到了德胜门内大街。刚一下车走进胡同口，就发现庄怡恬和洪依彪的车也泊在胡同口，心想自己真的是个傻瓜，自己为什么就不会动动脑子呢？庄怡恬约自己和洪依彪去看张好武的岳父原来不过是一个火力侦察，是要看看苏锋晚上约没约我简直。到医院看望领导或领导亲属，大家都心照不宣是去干什么，送多送少送什么对病人或病人家属以及送礼的人都是忌讳，庄怡恬再傻瓜也不至于约着三人一起去啊。简直这样想着就到了“孔乙己酒店”的门口，进门时还险些与门童撞了个满怀。

苏锋是文化人企业家，也是企业家中少有的文化人，苏锋既研究装备研究市场还研究酒文化和昆曲。苏锋有个“四句话理论”，简直听洪依彪聊过：食不厌精，清淡就行；居不在奢，干净就行；行不在捷，安全就行；娱不在喧，雅致就行。据说苏锋陪陈颂华去台湾访问，余光中先生在101大楼请客，两人谈得很是投机，甚至把陈颂华都晾到了一边，搞得刘昊天秘书很是不高兴，好在陈颂华很欣赏苏锋的工作能力。总公司的人每次到苏锋领导的0801总厂或是苏锋请吃饭，谈论的话题不是酒就是昆曲，无论你爱不爱昆曲和酒，苏锋在公众场合从不提官场中事或女人。苏锋特立独行的个性，选择到“孔乙己饭店”吃饭也就可想而知了。

简直进到苏锋订的包间，并没有发现庄怡恬和洪依彪的影子，苏锋正与几个扮相很像文化人的男女聊得火热，难道自己错怪庄怡恬和洪依彪了？

苏锋一见简直，就对谈兴正欢的几个朋友说：对不起各位，这位是我的领导叫简直，我有点工作的事要与他聊聊。你们先喝茶，我暂时失陪了！说完，苏锋拉着简直的手就进了里面的套间。苏锋介绍说，刚才那个潇洒英俊的人是著名大师俞振飞的第四代传人俞继飞。在东海的中老年人中，可以不知道市长是谁，但不能不知道俞振飞是谁。

原来，这“孔乙己酒店”里也有不错的包房。

刚一坐下来，苏锋就打发走了操一口吴侬软语进来服务的漂亮女孩子。苏锋说：兄弟，祝贺你了！简直嘿嘿一笑说：苏哥，我这点本事都是从书本上学来的，全靠领导和你这样的老大哥提携呢！我要干到你这个地位，也许要下一辈子！苏锋说：兄弟，虽然我们只是酒肉之交，但我早已站在城楼观风景多年了，你聪明，为人低调，学识也好。一旦你进入了陈总的法眼，你的前程就有了，你还不知道陈总的能耐啊，“文革”中他还上大学时就为他父亲受迫害的事在中南海行走，说通俗一点，他的能耐上通九部六院，下达省市州县，那才是真的本事呢，我们这叫小儿科。

简直说：我的德行还修炼不到呢，如果交给我一个车间，一个分厂我可能都带不好，你得多指点！

苏锋说：兄弟我们长话短说，一会儿客人就要到了。我们不是外人，所以我们直来直去。这个是我上次从土耳其给弟妹带回来的一件坎肩，手感很好。这个你拿着，去看看陈总的老伴，她心脏最近出了点毛病，一定要带着弟妹去，弟妹的老总过去做过陈总岳父的秘书，对你和弟妹都有好处。这个你也带着，找机会看望一下张好武的岳父，张主任的脑袋归他夫人指挥，记住，神要敬鬼难缠。我的话你回去再琢磨。

简直感激涕零地接过苏锋给的几个纸袋子放进包里面，很厚实。一摸便知道里面装的是什么，大家心领神会。收的人不会打开看，送的人不会说是什么。简直粗略一算，这几样东西值不少钱呢！简直说：老兄，这礼太重了您想得太细了，如果有那么一天，我会加倍报答您！我一定会好好干。

苏锋拍拍简直的肩膀说：俗，俗不可耐。你还年轻没见过大世面，这点东西算什么，我要的不是报答我要的是真诚的友谊，我要的是朋友，这年头亲兄弟可以为钱为房子反目为仇，但真正的朋友是不计钱财利益的。

简直的眼睛已经湿润了。

苏锋将一脸热情转换为凝重，一本正经地说：你那篇文章我认真研究过，很好，我们的国有大型企业如果盲目贪大求洋过度扩张，只会包袱越背越重，步履越来越艰难，很多大企业的老总们也意识到了这一点。但他们不说，因为他们要政绩，他们只求这一届平稳。但你思想敏锐少年张狂，你说了大家想说却不敢说的话。可是你想过没有，你不应该在这个不适当的时机把文章公开发表出去，你把陈总几年的心血费了一半。

简直的眼睛直了思维如同遭遇了雷击。

苏锋说：不过你别紧张，你一篇文章翻不了大浪。而且陈总一生经历过太多的大风大浪，为人大气、做事大方、胸怀大度，他不仅没伤害你还提拔了你。所以我提前让你来就是要告诉你，星期一陈总就要去我们厂和江北视察，他会认真听你的建议。

简直着急地问道：苏总，您怎么知道这么多？那我应该怎么办？

苏锋说：你不知道吗？陈总八十年代在东海做副总时我是他的秘书，是他把我带到宏华来的。我以一个过来人的阅历告诉你，企业扩张兼并的事，你要想出充分好的理由说服陈总，陈总要用你的理由去说服高层领导。记住，保七砍三，这是底线，只有这样，你才不会成为宏华上上下下以至有关方面的敌人，这些道理一般人看不懂，你们张主任和公司其他老总们都懂，但他们未必会告诉你。我忠告你，你永远不要在陈总面前提调动工作这件事。

说完，苏锋站起来出了门。

门外是苏锋与客人的爽朗寒暄声音。简直坐在沙发上却一动也动不了。窗外的蛙叫声，很亲切很悦耳，但简直脑子里一片空白，心烦意乱，但简直能听见苏锋在与庄恰恬讲话。

苏锋在屋外说：小庄啊，你可是越来越成熟漂亮了，抓紧嫁人啊！再不嫁老部长就要急了，麻烦你把这盒三七粉捎给你家老爷子，舒筋活血的好东西，是我上次去云南时亲自请朋友加工的，每天服用一汤勺。

简直想，苏锋才是自己走上社会后真正的老师呢！

## 42

一行人围着苏锋坐下，只有两个人简直不太熟悉。苏锋指着坐在左边年龄稍长的中年人介绍说，这位是管官的官，曾任任免一局的局长，又拍拍右边座位上的秃头说：这位是东方银行驻北京的卢明副总经理。宏华总公司的人就是简直、庄恰恬、洪依彪和“9601项目”赵总经理。“9601项目”是宏华的军品项目，是中央专委管理、国家直接投入的隐蔽项目。

苏锋向坐在茶席上的几位朋友示意了一下，简直才发现刚进门时与苏锋聊天的几个人已经换上了戏装。

在一阵悠扬婉转的乐曲声后，由一个青衣扮相的女子唱起了昆曲，口齿清晰，声音如淙淙溪水般流淌开来：

酒、酒、酒，邀朋会友，君心热，心绸缪，名呼食前，礼于茶后，邀宠不可无，真情还需有，能消心上冰霜，能壮胆气如牛，相爷沾酒自相许，佳人入腹共风流。

掌声经久不息，有人还学听京剧般吼出了一连串“好！”

苏锋示意大家停止鼓掌。苏锋说：朋友们冒犯大家了，给点无声的掌声就可以，你们感觉不错的话，咱就继续，听昆曲不是听京剧不需要喊声，这昆曲啊发源于江苏昆山，成熟于明嘉靖年间，分南北两支。因为我们是民间聚会，这唱堂会的事儿，官场中人听去了终归不是好事。这样，今晚没有外人也没有领导纯属朋友聚会，这几位昆曲票友是我的老朋友，特别是俞振飞大师的第四代门徒俞继飞先生也亲自从东海来为我们助兴。这是五十年花雕，用台湾话梅煮的，各位，为我们的友谊干杯！

苏锋带头喝了，大家也就一饮而尽。

苏锋说：这喝花雕听昆曲，要凝神静气细细地品，如同欣赏深谷幽兰，既要人场，又要气场，更要文化底蕴。在这北方的精犷广阔之地，与江南水乡的画舫上吃酒听曲，那感觉完全是两样的，各位，这第二杯，为昆曲被列为世界历史文化遗产，干杯！

第二杯酒下肚，洪依彪问苏总：这是谁的词啊，这般风骚这等低迷又这么有情调，此情此景怎不让人联想到南唐后主李煜吃花酒作词的感觉啊！

苏锋一声大笑后说：洪总啊，你的音乐剧我没有兴趣，太西洋了，我们这是民粹。刚才的话说明你是渐入佳境了真的听懂了一些，但词不是李煜的，我也暂时不告诉你是谁的词，你听听下一曲。这些曲目都是我最喜欢的。

苏锋的话音刚落，那边的唱词已经接上了：

玉液穿肠，琼浆引线，交际会新盟，应酬除新怨，官场不可无，家场因人看，举杯岂是逢知己，相逢只是乌纱颤。

这一段唱下来，整个房间空寂了。深谷幽兰的芳香扑鼻而来，如晴朗的天空中只有鸟儿的鸣叫。

人们就这样坐着凝望着。

庄怡恬端起酒杯轻声慢步地走向唱曲的俞继飞，泪水潸然而下：求您，喝了这杯酒！我二十六岁了，从没求过人的。话音未落，自己已昂头饮尽了。只是那被称作俞继飞男子将求助的眼神投向苏锋，显得很是为难。苏锋说：喝了吧俞老师，怡恬也算得上是圈里人大家闺秀呢，她能一下子被你的曲子迷到这步田地，也是你的快乐！

俞继飞也就如戏台上那样用长袖掩着嘴喝了个一干二净。苏锋向大家介绍说：俞继飞先生很有老俞先生的遗风呢，他的唱念做打都很有独到之处，他的唱腔特别讲究出字重、行腔圆，讲究吞吐虚实，注重声情并茂，尤其擅长扮演清秀俊逸、倜傥风流的青年，还到东南亚巡演过《牡丹亭》《长生殿》。苏锋这一介绍不要紧，庄怡恬更是泪眼盈盈，一边顾盼着俞继飞，一边自酌自饮起来。简直几次用脚步在桌子下踢庄怡恬，庄怡恬根本不理会，完全陶醉在了被俞继飞营造出来的氛围中了。

此情此景，大家既看见了又视而不见，俞继飞立即站起来向大家谢酒，连连说：过奖了！接下来，酒席才算拉开了序幕，刚才唱曲的几位也就加入到了酒席中来。

简直端起酒杯走向苏锋要给苏锋敬酒，却被苏锋的眼神制止了，暗示简直先给高领导敬酒。简直便走向高领导背后说：领导，能认识您很荣幸，借苏哥的酒敬您一杯。高领导只淡淡地看简直一眼，象征性地喝了一点说：不客气，大家都是朋友。

苏锋一见这情形，便端起酒杯过来打圆场说：来来来，洪总、怡恬，我们也加盟一下，我们一起敬高领导一杯。刚才没给您汇报呢，洪总和庄怡恬您已经熟悉了。简直同志是我们宏华总公司刚提拔的办公厅副主任，青年才俊，他的论文多次被高层领导看中，还要调他去身边工作。要不是陈总伯乐不愿失骏马，他这几天已经到那边上班去了。您可是为我们党和国家举荐了很多优秀的省部级干部的著名伯乐，还得多关照年轻人哟！高领导听这么一说，很难得地一笑说：喝吧，认识你很高兴简直同志。你认识苏总算认对人了，你们这个苏总啊，说得难听点，不仅仅在制造业界是专家，还是个艺术和政治投机者，他把你们这些有潜力的年轻人当成潜力股的股票在经营，有一天你们有成就了，他也就成功了！

苏锋连称冤枉，说：一个国家一个企业都需要能人吗，有了人才有财呢，孟尝君门下还有三千食客，我也就这几个兄弟，您还不关照？再说了，有一天他们上去了您也有成就感啊，他们还不得鞠躬尽瘁地报答您？来，喝酒！

高领导说：那我就恭敬不如从命了，但你们三杯我喝一杯！

这五十年花雕在市场上多少钱一瓶不得而知，但味道却是非常地道的。几杯酒一下肚，人身上的很多部位就开始热烘烘地膨胀了。洪依彪站起来提议说：苏总过去在宏华任科研部长时就很关心我们几位年轻人的成长进步，我们没齿不忘。就如刚才高领导讲的，苏总是才智双馨，今天自然是吃饭我们就放开一点，苏总是著名的票友，让苏总为我们献上一曲如何？

东方银行的副总卢明也跟着起哄说：苏总的昆曲已经不是一般的票友了，东海东方电视台做过节目的，我也现场听过，大家鼓掌让他来一段助助兴如何？

苏锋见推辞不过，就与乐师一道给大家助起兴来。真没想到，这苏锋的曲子一出口，便让大家唏嘘不已。他唱的仍然是古词，非常有板有眼，如行云流水：

芙蓉面，冰雪肌，生来娉婷年已笄。袅袅倚门余。梅花半含蕊，似开还闭。初见帘边羞涩还留住。再过楼头，款接多欢喜，行也宜，立也宜，坐也宜，偎傍更相宜。

曲一唱完，苏锋可算接上了彩头，大家一一上去敬酒，直喝得苏锋步履都轻飘了。高领导一见这情形就有些不高兴了，说：苏总啊，都十一点了，没有别的节目是不是应该散了？

苏锋就示意早已经等候在门外的随行人员取来一副字打开展示给高领导。只见上面的字是：世事沉浮中发白，人情冷暖马牛风。

高领导连连啧啧称道：好书法好楹联，我在宁波一个藏书馆见过赝品，今天开眼了见到了真迹。苏锋老弟啊，我就横刀夺爱收下了！

苏锋对高领导说：这是我在苏州一个世家手上搞来的，嘉士德的大师们鉴定过了，是明清真品，送给您赏玩。

高领导一脸笑意地收下了并亲自主动喝了一大杯酒。

席间人人皆大欢喜。简直很感慨地将嘴附在洪依彪耳边说：苏总这部教科书太厚了，他才比我们大五岁多一点，够我学一辈子的。

洪依彪说：他一边为我们也为他自己啊！苏总是真正的大手笔，他不爱钱不为钱所累，却把钱花在了刀刃上。他干的不是文化事业，却把文化的作用发挥到了极致。

苏锋见简直和洪依彪在咬耳朵，知道在说自己，就干扰说：喝酒喝酒团圆酒，喝完这杯酒后我在东海恭候你们光临。

庄怡恬大声说：不行，我得提议再来一段曲子再喝结束酒！

刚才被庄怡恬敬了酒的中年男子便又在琴师的伴奏下来了一段：

绣面芙蓉一笑开，斜飞宝鸭衬香腮。眼波才动被人猜。一面风情深有韵，半纸娇恨寄幽怀。月移花影约重来。

中年男子的余音还没有落地，庄怡恬就冲上去将中年男子揽在了怀里狠狠地亲了一口，然后便放声哭泣起来。

洪依彪对简直说：庄疯子真的要疯了，你等着瞧吧！动人的故事注定还在后面呢！

# 43

简直回到家已经是凌晨一点。

花雕酒入口很是绵软醇香，可后劲很大。回到家里，简直感觉自己真的有些醉了。简直怕打扰家里人的睡眠，便轻手轻脚地将门打开，准备在沙发上凑合一夜算了。但他做梦也没有想到，董冉没有睡，董冉坐在客厅的沙发上两眼直愣愣地看着自己，既没开灯也没看电视或读书看报。

简直问：你怎么还不睡啊这么晚了？

董冉表情平静地说：我在等你。自从你父亲生病到现在，你既不碰我也很少给我讲话了。从老家回来后，我们见面的机会都少了。

简直说：董冉，睡吧，有什么事一会儿再说。让简明和老人听见了不好。

董冉就趿着拖鞋进了卧室，简直去了洗漱间。简直一边洗漱一边回忆，自从父亲确定患癌症和病故后这一段日子，自己与董冉的情感交流确实少了许多，男女之间的性事，似乎已经是去年的事了。简直这一想不要紧，心里便非常愧疚起来。从根本上讲，与土生土长的北京姑娘相比，董冉确实算得上是个好姑娘好妻子，每年过年或父母过生日，董冉都会主动给老人寄钱回去，钱多钱少心意到了，春秋换季了，董冉会给父母寄衣服回去，值不值钱父母的心情好。可随着婚姻时间的推移，婚姻就真的成为了结伴过日子，心里面惦记的是前程、父母亲和儿女，眼睛里看的是美女。至于妻子董冉，牵手的生活似乎来得太早了些？是否需要来点婚姻的调味品，逛商店、牵手逛公园？简直和董冉都不是追求这种形式上的浪漫无边际的人。

简直回到卧室发现董冉已经闭着眼睡了，眼角还挂着泪水。简直便静静地关了床头灯。简直与董冉的爱情有巧合但没有多少浪漫，似乎认真读书的人都有这个毛病，而大学校园里那些浪漫男女，又往往不是太认真读书的人。还是在图书馆，董冉给简直送来一件崭新的衬衣，还把简直以前的衬衣洗干净熨平了送还简直，衬衣散发出淡淡的香味。简直脸上的表情很平淡，不是他不想与董冉这样的女孩子交往而是他没有底气，他知道董冉是北京本地人而且从政治风波中他发现董冉是一个很理性很沉稳的女孩子。虽然他已经在北京上了四年大学，但他心灵深处贫困地区农民学生的自卑心理仍在作怪，他的脑子里一门心思只想学习只想摆脱农民的身份。事后董冉曾对简直说过，她那时对简直感觉很好，但她是女孩子不可能主动去向简直表白，北京长大的女孩子在外地人眼里本来就很牛B的。正是因为这个原因，简直就没要董冉送来的新衬衣，虽然董冉一再坚持，简直也没有要。整个过程如同喝一杯纯净的开水，慢慢地品，很有味道，品味久了，又索然无味。简直读研究生的第二年，导师带简直到海淀区做社区经济数据调查。接待简直师生的正是董冉的父亲董大晖，董大晖当时是街道办事处的党委书记。因为有北京市教委的通知在先，董大晖很热情。一见面，董大晖介绍说：我过去是军人，参加过对越自卫反击战，你们需要我们办事处做什么提供什么帮助尽管说。再说，我女儿也是你们北大毕业的，有缘分。说完，董大晖拿起桌上摆放的一个相框递给简直的导师问：认识不认识，我女儿，学中文的。导师摇头说不认识，简直接过照片一看脱口而出：这不是董冉吗？董大晖说是啊，简直哈哈一笑说：我们在北大是同一批入的党！董大晖问：你是叫简直吧？有一段时间我女儿总提到你。就这样，简直与董冉又联系上了。董大晖很喜欢简直，认为简直上进心强学历高人朴实。是董大晖促成了女儿和简直的婚事。

简直刚把灯关上，董冉就说话了：简直，我知道你被提拔了，这是好事我支持你实现你心中的梦想，我也不反对你与人交往。但你要记住，人要学好需要几十年的修养，人学坏也就一念之差，这家不是我一个人的。

简直说知道。

董冉说：自从那年你从乌克兰回来后，我们在一起的感觉越来越淡了，一点冲动一点激情也没有，我们这个年龄不应该是这样的，我才四十一岁我也同样需要爱的滋润，女人没有爱是会提前枯萎的。这些日子，你的眼睛总是神不守舍的，我真担心你学了李自成进城一事无成。你看你才当几天领导啊还只是个副职，全北京有多少你这个级别的领导那算得上是领导吗？半夜回家，酒气逼人，身上还有香水味。说实话要不是为了简明考大学，不是因为小姨在我们家，我早就与你分居了！

简直听完董冉的叨叨后叹息说：谢谢你董冉，过一阵就好了，我刚做这个工作还没有理出个头绪，一切都是乱七八糟的，我感觉既兴奋又很累，下星期一还要陪陈总去东海有很多事要做。

董冉说：烟味我受不了香水味我更受不了，你要珍重我，我的要求很低。偶尔回家吃顿饭，过问一下简明的成绩，她姓简不姓董。你也不要抵赖，前天晚上你身上的香水味我从来没有闻到过，让人恶心。

谈到这些，简直不敢接话了，他知道这些事只会越解释越麻烦，与其说不清楚还不如装傻。那天晚上酒后究竟干了什么，简直真的想不起来了。后面董冉还说了什么，简直不知道了，简直已经进入了梦乡。

简直的鼾声更加激怒了董冉。

董冉索性坐起来打开灯双眼紧盯着简直打鼾说梦话。

董冉哭泣一阵，抱着枕头去了客厅的沙发上。

## 44

也许是昨夜绍兴花雕酒的作用，简直还在梦中呢，梦见自己在一块飘在空中的地毯上，他企图奋力抓住一根树枝，还没抓住就被惊醒了。惊醒的简直心脏跳动异常，眼睛勉强睁开又感觉很疲倦，索性想再睡一会儿。

这时候简明冲进简直的卧室，恶狠狠地拎着简直的耳朵将简直搞醒了。简直以为是董冉还在闹，就半睁着眼睛生气地说：有多大事啊老婆，让我再睡一会儿好吗？别折腾了！

简明骂道：简直，你还是男人吗？你又怎么欺负我妈了？说清楚！简明习惯直呼爸爸叫简直。

简直一看是简明，气立即消了一半也立即清醒了，有气无力地笑着说：没有啊我们俩好好的没事啊，我昨晚陪东海来的苏伯伯喝高了，你怎么还不去上学？

简明很气愤地说：简直你老大不小了就不能对生活严肃一点吗？你们俩瞎折腾我上个屁的学啊？你立即起来给我妈道歉，你如果不道歉我就不上学了，我嫁个非洲黑人也不嫁给你这样的男人，你的绅士风度呢？

简直这才发现董冉并不在床上枕头都不在了。

简明给简直使了个眼色，简直立马知道董冉昨晚睡在客厅里的沙发上了。简直很委屈地说：你妈什么时候走的我根本就不知道，她这是唱的哪一出啊！

简直穿上拖鞋去了客厅。看见董冉躺在沙发上，眼睛直愣愣地盯着屋顶，眼圈是黑黑的，一看就知道董冉昨夜几乎没有睡觉。

简直说：对不起董冉，我以后注意少喝就是了，东海来的苏总你认识的我也没办法，你昨晚说的话我都记住了，起来去床上睡吧，别让小姨和爸爸看见了影响不好。

董冉并不理会简直，而是对简明说：你姨奶买早点去了马上回来，抓紧吃点东西上学去，我没事放心吧！说完一连打了几个喷嚏。董冉感冒了。董冉从沙发上站起来抱着枕头和被子进了卧室。

简明大着嗓门训斥简直说：发誓，今后永远不惹我妈生气了！说完压低嗓门对简直扮鬼脸说：你不知道我妈小心眼啊老傻瓜，女人都哄不好，丢人！

简直也大声冲着卧室说：我发誓，一定对你妈好行了吧！抓紧上学去吧！说完压低嗓门对简明说：你才傻瓜呢，谁相信永远的承诺谁就是傻瓜。

正说着小姨朱小和和董大晖买早点回来了，两人一前一后手里端着油条豆浆和简直爱喝的油茶。

董大晖一进门就大着嗓门说：简直，你小子是不是昨天又喝高了啊，男人嘛交往多一点喝点酒是可以的别总喝高对身体不好，对你这个领导的形象也不好，快喝点油茶醒醒酒上班去吧！简直知道岳父的话也是说给董冉听的，简直很喜欢岳父的性格，岳父曾经是军人又做过基层领导很会平衡协调关系。简直从到董大晖所在的街道做社会调查时就很喜欢岳父这样的军人性格。

简直边喝油茶边嚼油条边对朱小和说：小姨，我这几天特别忙，董冉有点感冒，麻烦您给她做点姜汤。说完简直想起昨晚苏锋送的土耳其坎肩，就拿出来让朱小和转交给董冉。并嘱咐说：一定要告诉董冉，这是苏总从土耳其特意带回来的。

朱小和说：你今后少喝点酒，你酒后那个鼾声啊，隔两间屋都能听见，要不我们小冉会睡沙发感冒了，这会儿想起你小姨帮忙了？晚上早点回来就是了。

简直理解两位老人的心情，这两位老人明事理，为人处世与自己乡下的父母完全两种风格。简直忽然想起来似的问：爸，奥运会开幕式要彩排了，您能搞到票的话带小姨去看看嘛，这种机会很难得。我们单位的彩排票是实名的别人不能用。

董大晖说：这不是你操心的事，抓紧吃完走吧！哦，对了，昨天下午你妹夫滕松巍来了，说他们要在这附近开一家分店，这小子现在可发了，带来好些四川特产，让你有空时给他们去个电话，他有急事与你商量。

简直喝完油茶，拎起包逃也似的离开了家，他很怕董冉再与自己纠缠。

## 45

简直进入办公室后，先将秘书小冯泡的茶倒了，重新泡了一壶浓浓的黄山“太平猴魁”茶。简直下意识地抓起电话拨通了老家的号码，没有人接。这才想起父亲病逝后，母亲进县城陪孙子读书去了。男人啊，有了成就首先想到的是父亲，而父亲真的走了，自己的成就感和虚荣心也就没有显摆的地方了。简直将自己在办公室封闭了整整一个上午，他认真琢磨了刘昊天秘书送来的所有文件资料，又回顾了一遍苏锋昨晚对自己讲的那些话，心里就渐渐有了谱。

一遍文件材料看下来，累得简直眼睛发胀头脑发晕，但终究还是有些成果了。简直想，“劳心者治人劳力者治于人”也不完全准确，这劳心者的日子也不好过，真正的劳心者也很苦啊。

他将自己的想法整理成三页纸的要点，先给苏锋通了个电话把自己的要点简要地读了一遍。苏锋当时可能正在开会，声音很嘈杂。隔了一会儿，苏锋打电话回来说：第一，你不要否定你过去的观点，你的观点是得到高层认同的，别让陈总看出别人给你支招的破绽；第二，你现在的思路也不错，你要把加强自主知识产权的军品生产作为一条重要理由。现在欧盟对华武器出口一时难以解禁，各国都在打自己的政治算盘，俄罗斯正在沦为二流武器研发国，历史上又始终对我们抱有怀疑态度，尖端武器重要的参据数据不愿提供给我们，美国一直打压我们而扶持台湾印度韩国日本，这都是很现实很严峻的情况。随着我们国力的强盛，中央领导一再强调我们军事装备的独立自主，这个理由最能站住脚，你要把中国兵器、中国舰船、中国航天科工拉进来作为理由，这样，你拉出来的“屎”就有了处理办法，陈总也有了更充足的说服高层领导的理由和安抚我们这些百分之七十靠军品百分之三十靠民品外贸的企业生存发展的理论依据。

简直说：我明白了苏总，听您一席话胜读十年书，星期一见。不知从什么时候开始，简直已经将对苏锋的称谓从“你”改成了“您”。

苏锋说：别着急，你有空回学校看望一下你的导师，是他在讲课时把你的文章推荐给高层领导的，知识改变命运，机会更能改变命运。

简直很奇怪地问：您怎么知道这么多细节啊？您简直就是神仙。

苏锋说：我们的研究生是同一个导师，明白了吗？导师很欣赏你，祝你顺利！

简直在办公室放下电话抓紧时间把苏锋讲述的内容有选择地加进了准备提供给陈颂华的提纲，然后按惯例给张好武主任送了去。

## 46

敲开张好武的门，张好武正一脸笑容地与别人通电话。见简直进来了，立即换了一张稳重的脸色继续对着话筒说：你这个人啊就是幽默，别三天两头总是吃饭啊吃饭的，我们已经不是三十年前的中国人了，你以为我们都是饿死鬼投生的吗，现在吃饭应酬是一种很累的事。对了，简副主任这两天要陪陈总去南方，你可以给他联系一下，对，对对对，他就在我的身边呢，他是一个很优秀的青年，他可以帮助你引见。对，很多事我们是有原则的，上级对我们国有大型企业的监管很严，陈总对我们要求很高。好了就这样吧！快乐快乐，大家快乐！

张主任放下电话喝一口茶，很关切地问简直：听出来了吧，西班牙那个吕布尼，又要请我们吃饭呢！这些国际商人啊无孔不入，他们是想对接0906工程呢，以为我是傻瓜。我跟他们说，有事找科研部和对外合作部的人嘛，都怪田总把她引见给我们，我们又不做具体产品业务。吕布尼这个人啊确实不错，离他们远点没坏处，太近了麻烦也不少。怎么样啊简副主任，心情调整得怎么样了？你母亲的生活怎么安排的？我这个人啊交朋友有个原则，谁孝敬父母我与谁交往，父母都不孝敬的人对朋友对同事能真诚吗？

简直见张主任问起这些家务事，心里感到特别温暖。就如实回答说：挺好，工作正在适应。感谢主任栽培。母亲说她在乡下待惯了，来北京住高楼不接地气爱生病，弟弟的孩子上学也要照顾，她说她明年秋天祭完我父亲的周年了想来再来。

张主任说：这样也好啊，你母亲与土地打了一辈子交道与你父亲生活了一辈子，你父亲突然走了又让她离开土地，难啊！当年我父亲死了后，我母亲没多久也就走了，藤离开了树，枯得快啊，父母养我们一辈子，我们有点本事了他们应该享福了，年龄又不饶人了！简直你好好干你还年轻，要一步一步走扎实才是对父母最大的忠诚和孝敬。

简直说：我这些年的每一点进步不都有您的心血。这是我为这次陪陈总去南方考察工作准备的提纲，您给审查把关一下，我有些吃不准。

张好武接过简直递上的资料认真阅读了一遍后，盯着简直注视了很久才说：简直，你长大了，可以胜任了，你比以往要成熟得多了。

简直说：我会尽力做好本职工作少给您添乱多分忧。

张好武问：你女儿应该是明年考大学吧？是准备出国还是在国内读大学啊，有什么想法？

简直说：这孩子主意多，一会儿想去非洲做志愿者一会儿要去欧洲游学，去年约了几个同学去登珠峰，险些丢了命，现在收心多了也认真读书了，至于去什么地方读书，现在还没定呢，我们家大事都是董冉拿主意，我懒得操心。

张好武嘿嘿一笑说：这有点像我，男人少操点家务事的心可以多活几年，女人在外面当不了家在家里就有统治欲，她们就唠叨就将小事无限放大，就要借题发挥。这时候你就得给她们舞台。很多名人都怕老婆啊，但有几个是真怕呢？不就是为了给自己的心灵找一个清闲的去处罢了，我们单位很多人说我怕老婆，这一点也不假，你在单位为人际关系累、为工作累、为操心养家糊口累，累过了你就不想为琐事累了，你说是不是啊？

简直脸上的表情很诚恳，内心却在窃喜。看来这个世界上怕老婆的不只我一个人，在单位在群众中如此威严的张好武也有怯懦的一面，在自己的部下面前絮叨这些琐事，一定是又在家里受气了。简直说：主任，其实我们家董冉也挺厉害的，我晚上回家没有酒味还罢了，喝高了必然是要挨骂的。

张好武说：这你就错了，北京女孩子是表面上厉害，重庆和江北的女孩子那才是真厉害，我老婆的老家是江北的，得理不饶人，无理搅三分。我深受其害啊，可怎么办呢，这把年纪了，日子得过下去啊！有时候真想弄个胶条给她的嘴封上。

简直这才恍然大悟，张好武绕了半圈原来是要说他岳父住院的事啊！

## 47

小姨朱小和从保定来到北京董大晖家后，成了董大晖家事实上的保姆，做饭洗衣服打扫卫生什么都干。但朱小和干得很情愿也很开心。一方面，朱小和的女儿在伦敦定居后两三年才回来一次，朱小和曾经与董冉聊过，自从丈夫走了后，家里就只有自己一个人了，她不愿养宠物，夜深人静的时候家里便死一般的沉寂，冬天暖气再好被窝总焐不热，夏天热起来吃三餐饭的情绪都没有。朱小和惟一的交流对象是电视，她成了真正的电视寡妇。面对董大晖一家人她很快活，她喜欢这个家里的每一个人，有了人就有了家的气息，她找到了亲情和家的感觉。而另一方面，她从骨子里喜欢姐夫董大晖，姐姐朱小慧在时她就喜欢，喜欢董大晖那种男人劲军人的干脆利索劲。一九八三年董大晖从对越自卫反击战战场回来时是营长，董大晖喜欢逗小姨子朱小和开玩笑，朱小和那时刚二十出头。董大晖身上散发出来的烟草味和泥土硝烟味让朱小和哭了好几次，她很想偷偷地从背后抱抱姐夫的腰，也很想让姐夫抱抱自己。每当姐夫用他那宽大的手抚摸朱小和的头发时，朱小和就如同一只猫一般温顺，浑身都会颤抖脸色潮红。而现在呢，姐姐去了另外一个世界，董大晖六十多岁了，自己也成了事实上的寡妇。

董大晖带着街道一批老太太去为奥运会做志愿者去了。家里没有别人朱小和也就没打算吃中饭，一个苹果一杯牛奶就能打发。从超市买菜回来，朱小和打扫完卫生显得有些累，毕竟奔六十的人了，就准备靠在沙发上休息一会儿。这时候董冉一脸倦容从卧室推门出来说：小姨，给我做碗热汤面吧，我吃完得去上班。

朱小和原以为董冉上班去了，看见董冉的样子多少有些吃惊。迎上去摸了摸董冉的额头心疼地说：生病了就别去上班，我给你弄点吃的后好好睡一觉明天再去。

朱小和就去为董冉做了一小碗热汤面。

朱小和看着董冉吃面的样子心里很不是滋味。朱小和说：董冉，你别太累了，男人有自己的事业是好事，你别管得太严了，好男人是宠出来的，这就像放风筝一样，线在自己手里，要收放自如。你没有养过宠物，圈养的动物虽然听话但不可爱，散养的动物未必可爱但很健康。

董冉说：小姨，道理我都懂，可我一时过不去这个坎。简直以前很优秀很听话，自从他父亲得了绝症后特别是他父亲死后他当了副主任后如同换了一个人，喝酒、回家很晚、身上还有香水味，他都很久不再碰我的身体了。

朱小和说：简直是个好孩子，与你姨夫比他太优秀了，你要学会让自己知足。

董冉很吃惊地问：姨夫活着的时候多好啊，对你言听计从的，怕你饿着怕你冻着一切都由着你，我们都好羡慕你的。

没承想，董冉的一席话让朱小和沉默了很久，眼泪还涌了出来。朱小和说：你姨父活着时是对我好过，但他后来不好了。那时我在医院当护士长，每天晚上我上大夜班时他都会准时来接我，我坐在他自行车的后座上，紧紧地搂着他的腰，我能感觉到他的心跳，他的温度能传遍我的全身，那种感觉我一辈子也忘记不了。

董冉问：小姨，这种感觉多幸福啊，我与简直只在生孩子前有过，有了简明后就再也找不到了。那后来你们又咋回事呢？我听我妈说你们的关系可好了。

朱小和说：傻瓜啊，爱情也是有保质期的。结婚前是爱情，结婚一年内是如饥似渴地享受爱情，后来我有了我们妮妮。大约在我妮妮三岁左右的时候，他仍然每天来接我但心跳的感觉没有了，笑脸已经不属于我了，他总找机会与我们科新来的一个护士黏糊，一来二去，他就与我们那个年轻护士好上了，那年轻护士比我小七岁呢，长得一点也不好看但很丰满，眼睛小小的但笑起来很有味道。我们闹过吵过但我们没有为这事撕破脸，我总认为他是一时糊涂总有一天还会回到我的怀里。

董冉为小姨的故事震撼了。

朱小和说：出事那天我的白班我正在上班，公安局的人突然出现在我们医院，让我立即跟他们去一趟。到了河边我才知道，你姨父和那女孩子已经死了。

董冉惊奇地问：我怎么从来没听爸妈说过啊，我姨父还殉情啊，也太浪漫了。

朱小和说：不是这样的，是那姑娘怀孕了。那姑娘提出让你姨父离婚，你姨父不同意，那姑娘就跑到白洋淀跳了水，你姨父是为了救她死的，被人从水里捞出来时他俩还紧紧地抱在一起。

董冉听完朱小和的话很久没有再吭声，有气无力地说：小姨，你真可怜你竟然不恨姨父，女人都可怜。如果这事是我，我不会再提姨父的事，我会恨他到死也不原谅。

朱小和说：我恨过，可恨有什么用呢？人都死了，他不愿离婚说明他心里面还有我和妮妮。我们毕竟真的爱过，我坐在他自行车后座上的感觉永远也忘记不了。

听完朱小和的话，董冉的精神世界一下子开朗了，对朱小和说：小姨我没事了，我就是没有睡好。我们赶的做出国参展的样书今天下午就出来了，我得去看看。

说完，董冉一身轻松地出了门。

朱小和给简直打了个电话，告诉简直：你安心工作吧！董冉高高兴兴上班去了。

## 48

301医院坐落于北京西四环东西两侧。

简直给董冉打电话，董冉正在出版集团老总的办公室开会，她的手机放在办公室里没有听见，简直只好一个人去301医院看望张好武的岳父。

去医院的路上简直算了算时间，去东海要半个月，如果陈颂华安排去江北的0802总厂，一个月才能回北京。

站在301医院康复楼门口，两名现役解放军战士拦住了简直的去路。令简直没有想到的是，看望张好武的岳父还要预约。

简直只好给张好武主任打了个电话。张好武很客气地说：你别去了，他老人家九十六岁了老年痴呆症，去了也不认识人。简直坚持要去尽尽孝心。张好武就说：那你去吧，你嫂子在那里我马上就过去。我们是君子之交，千万不要送什么东西，心意到就可以了，别让我批评你啊！张好武还特别交代：在你嫂子面前讲话，嘴上要多个把门的，她这人特别敏感。

简直办完手续正要进门，却发现四川0805总厂的党委副书记刘兴初正好从医院里出来。简直犹豫是打招呼好还是不打招呼好的时候，刘兴初已经看见了简直，并老远就向简直招手打招呼。刘兴初说：简主任，你是去看望陈总的老伴还是张主任的岳父啊，这么巧遇见了你，这里探视时间不超过半小时，我晚上正好没饭吃，在一起聚一聚。

刘兴初这样一说，简直没有了退路，人家大小是个党委副书记，关系一直不错，到北京你家门前了还声言晚上没饭吃，你还有什么推辞的理由？

简直只好答应尽快出来，让刘兴初等着晚上在一起吃饭。

简直刚一进入四层楼道，就见到了张好武的夫人。以前简直认识张好武的夫人，姓翁，生得很白净，很丰满，很会笑。张夫人身高一米六八左右，虽然腰很粗，但她仍然很爱穿裙子，无论刮风下雨，身体的敏感部位常常令人担心衣裙随时被撑破。

刚毕业到宏华工作时，简直称张夫人叫阿姨，后来听单位的人讲张夫人不高兴别人叫她阿姨，张夫人曾对办公厅的一位女同志讲：我又不是保姆，叫我阿姨太俗。从此，大家就管张夫人叫翁姐了。

翁姐一脸笑容地将简直迎进305病房。

翁姐说：我爸是老红军，战争年代受过十几次枪伤，红四方面军的，在你老家打过仗。解放后当过军长的。你进门后别理会那个老太太，她是我爸解放后的第二个前妻，第一个在江北老家农村早死了，一会儿她儿子也要来。我父亲现在老年痴呆了，你千万别多说话，说了他也听不懂。简直就趁机将一个装了现金的信封交给翁姐，翁姐做出要推辞的样子，简直压低声音说：给老人买点营养品，算我的一点心意。翁姐就半推半就地收下了。

到了翁姐父亲的床前，简直象征性地与坐在床前的老太太打了个招呼，便把花篮摆到了老爷子桌前的床头柜上。老太太皮肤白净，神情安定，一点也看不出翁姐说的那种“坏人”的感觉。

翁姐的父亲一看见简直，竟然说话了：你他妈的还来看我，我的酒瓶呢？你为什么藏起来？

简直正要答话，立即被翁姐扯了扯衣袖制止了。对简直说：他把你当成他战友了，别计较啊！

谁知翁姐的父亲接话说：他们都说我痴呆了，我是痴呆了吗？我清醒着呢，他妈的你以为美国佬就是那么好对付的？朝鲜新义州冰天雪地如果没酒我早就冻死了，我的酒呢？拿酒来。

简直看着翁姐的父亲笑了笑，感觉这老头儿太有意思了，说话时神志清醒着呢。正说着，张好武进来了，张好武很友好地向老太太打了声招呼，却并不理会躺在床上的老头儿。张好武对简直说：简副主任啊，你这可是在给朝鲜战场上的名人交流啊！你知道他叫什么名字吗？简直说不知道，张好武说了个名字，把简直吓了一大跳。

张好武对简直说：你翁姐随她母亲姓，她母亲也是名人，五六十年代北京人艺的名角呢！

简直知道张好武说的那个让很多人仰慕的名角，又看了看翁姐，却怎么也不能把那个名角与眼前的翁姐联系起来。

站了一会儿，张好武对他夫人说：四川的刘兴初来了，在楼下等我们吃晚饭，我和简副主任一道去陪陪他们，都是很好的同志推辞不掉的。说完，简直与翁姐和老太太打了招呼，就随着张好武急匆匆地出了病房。

张好武一路走一路很亲切地对简直说：这次随陈总出去，一定要低调，少说话少交往多观察。陈总做什么事很少繁文缛节，他做什么事自己早已经有主意别人很难改变，他不问你，你不要轻易讲话。你刚才看见我岳父了，在那个年代，按他的战功他本来可以做更高级的领导的，可他脾气不好，他自己娶过三个妻子，却对自己直接领导的生活作风不检点说三道四，领导就厌烦他了！

## 49

参加吃饭的人不多也没怎么喝酒，气氛也就宽松多了。简直送走0805总厂的刘兴初和张好武回到家已经是晚上十点。

刚走到楼下，简直就被一个人截住了。

简直定睛一看，竟然是自己的妹夫滕松巍。简直这才想起岳父让给滕松巍打电话的事。简直问：站楼道里干什么？为什么不进家门？

滕松巍说：嫂子说你当领导了不定什么时候回来，我一看时间太晚了你老婆不太高兴我就出来等你了。

简直说：我这一阵忙回家晚，她这几天又生病，你多理解，她是个好人你别在意。

滕松巍说：哥，实话说你就不应该找一个北京老婆。北京女人牛逼烘烘的，天上事知道一半，地上的事全知道，在她们眼里，外省人都是小地方的人，我就看不惯你老婆的做派。

简直说：你别瞎讲，她对我们父母还是不错的，你们刚来北京闯天下时，你嫂子没少接济你们，人要有良心。

滕松巍说：算了，鞋穿着舒服不舒服脚知道，老婆好不好用老公知道，我不管你的事，一时半会儿也说不清楚，咱到旁边的“听雨轩”茶楼说说我的事吧！

简直估计家里人也应该睡觉了，犹豫了一下后说：那好吧，别聊时间太久，这一阵我回家晚你嫂子都有意见了。

滕松巍说：你看你看我说得没错吧，北京女人不能要。哥，我要是你那么有权有势，早在外面养“小三”了。

说着玩笑话简直和滕松巍就进了小区附近的一家叫“听雨轩”的茶楼。一进门，滕松巍就很熟练地找到了座位，让笑容可掬、着红色旗袍的茶艺小姐上一壶三十年“普洱”。简直挥了挥手说：我明天还要出差呢，喝了茶我睡不着觉，来一壶好点的杭菊就行。茶艺小姐一听不要“普洱”了，脸上的笑容也就随之消失了，一扭屁股就出了门。

简直问滕松巍：听说你又要开分店？钱不够还是什么情况啊，我现在手头没钱，家里的钱都在你嫂子手上。

滕松巍哈哈一笑说：哥，我就知道你会说这话。我可是你的亲妹夫，你得多关心我们才对。我给你说清楚，第一，我不需要钱，这几年我们辛苦钱挣了多少你知道吗？不到三千万元，还可以吧？你妹夫我不会给你丢人的，这次开分店我再贷点款就基本够了！

简直感叹说：你都资产阶级了我们还在脱贫线上挣扎，干得不错，你们可要记住啊，一定不要挣黑心钱不要干违法事。你找我一定还有别的事快说吧。

滕松巍犹豫一阵后说：违法事我不会干。听说你要出差，我才急着找你。我的饭店一星期后开张，想请你多关照到时候捧捧场就行。

简直说：这是自然。还有别的事吗？我真没闲情逸致陪你喝茶聊天。

滕松巍说：哥，有件事你得帮助也只有你能帮得了我，事情很严重。

简直说：除了钱你还有什么事啊？偷逃税的事我可帮不了你我也不会帮，城管卫生防疫的人我不认识，黑社会与我没有来往。

滕松巍说：你是这个世界上最值得我信任的也是最疼我的人，你要保证不打我不骂我。

简直说：什么意思，你不会是把哪个服务员的肚子搞大了吧？

滕松巍面红耳赤地吭哧半天没说话。

简直感觉自己猜对了。当年滕松巍与简艾在一个餐馆打工，滕松巍做厨师简艾当服务员，也是先上车后买的票。现在滕松巍当老板了，手下的领班都是从四川湖南山东招来的，一个赛一个的年轻漂亮，就滕松巍的德行，出问题是迟早的事。

简直说：你小子真应该挨抽，简艾知道了吗？简艾哪点配不上你啊，你这种事还敢来找大舅哥说？你过去那些花花草草的事花多少冤枉钱啊还不吸取教训。

滕松巍说：那女孩你认识陪你和洪哥喝过酒特佩服你们，她说孩子已经三个月了！简艾还不知道。

简直站起来说：你不带她去堕胎你要干什么？这事还有什么好商量的，难道要我陪她去啊？难道你真准备生下来啊？你以为你真是大款就能娶二房养小三啊？

滕松巍说：哥，这事已经出了我真的不知道应该咋办了，我得面对啊我知道你最疼我。

简直说：我只想抽你，放着好日子不过，你就管不住自己那三寸猪肠子啊，那女孩子提什么条件了？

茶艺师以为简直与滕松巍在吵架，急忙冲了过来。滕松巍说：没你事你走开！茶艺师用眼睛翻了滕松巍一眼，嘴角动了动没出声，从嘴角的感觉看，她似乎在骂人。

滕松巍嗫嚅着说：她提了两个条件，一是要一百万元钱直接从我身边消失，但我们家的钱都归简艾管着，我身上的零花钱也不过十几万元，哪敢为这事找她要钱。

简直说：活该，那第二条呢？

滕松巍说：给她开一家分店，孩子生下来姓滕，为我养着。

简直说：你他妈的真应该挨抽啊，抽死你也活该，你准备接受哪一条啊？滕松巍不答话。简直唉声叹气地沉默了一阵后，拿起手机准备打个电话，这可把滕松巍给吓着了，扑通一声跪在了地上：哥，你暂时别给简艾说这事，那个“母夜叉”知道了非得杀了我不可，上次我的保证书还在她手里攥着呢！你得想办法救救我。

简直见状忍不住笑出了声说：你不是胆大妄为吗？还有怕的人？起来吧，大庭广众之下也不怕丢人现眼。我明天要出差，我让你洪哥给你从中调停一下，看他有什么高招没有，他是这方面的专家。

腾松巍一听这话，比兔子还快地蹿了起来。抓起茶杯狂饮了一口说：我就说嘛，我哥不会不管我。

简直就给洪依彪打电话，没有人接，又给洪依彪家打电话，响了几声后有人接了，真是洪依彪。

洪依彪一听是简直的电话，就调侃说：对不起简大主任，我刚才在书房改音乐呢，快彩排了有些章节我还不太满意。你明天要陪陈总出京视察，是不是还有什么事要交代啊！

简直问：你说话方便吗？弟妹在身边没有？

洪依彪说：在洗澡呢，你说吧没事。

简直放松了说：洪总真是创作工作两不误。我给你找个麻烦，你务必得帮我一下。我那个妹夫惹了个小麻烦，你帮我处理一下，处理情况及时与我沟通一下。

洪依彪说：他不会是又把哪个服务员的肚子搞大了吧？这小子还挺有能耐的，他手下新来的那两个大学生长得真还很漂亮呢！

简直说：就是这事，明天让他找你具体汇报吧，总之别留后遗症，处理完了我再揍他。

## 50

洪依彪接完电话，竟然在家里放声大笑起来。

洪依彪老婆正好洗浴出来，正色说：写音乐又写癫狂了吧，你看你哪像个领导，完全是一个文艺疯子，我都不知道你在单位是怎么装得一本正经的。

洪依彪说：你还记得简直那个妹夫吗，白白净净的，一脸忠厚相，又把一个女孩子肚子搞大了，还是个大学生呢，我也就奇怪了，他凭什么呀，想搞谁搞谁。

洪依彪老婆说：这值得你放声大笑吗？我看你是心里阴暗。闷骚，你知道吗，我第一次见那家伙就感觉他闷骚，这种感觉女人最准确了。

洪依彪说：人与人是取不齐的，简直这时候又抓瞎了，还得求助于我。

## 51

简直急急忙忙赶回家，时间还是超过了十一点。

这次确实令简直很尴尬了。家里所有的灯都亮着，电视没开，一家人都没有睡觉坐在客厅里眼睁睁地瞪着简直。

凭直觉简直觉得要发生故事。

但出乎意料的是大家都没有讲话。

简直觍着脸说：怎么都不睡啊，我下午去301医院看了个病人，没想到遇到了0805厂的刘书记，就陪张主任请他吃了顿饭，刚到家门口吧，又被滕松巍截住了，非要聊聊他分店开张的事，这不，就回来晚了！

大家并不搭理简直。站起身来回了各自的房间。

只有简明回过头说了一句：哎，简直同志啊，你不可救药了。

简直还想解释几句，却被他的惊奇发现惊呆了。上帝啊，岳父大人与小姨朱小和进了同一个房间。这是什么时候开始的事情呢，一切是那么的自然。

## 52

洪依彪向财务部老总请了七天短假。

洪依彪这几天的行动一直很诡秘，往返穿梭于机场和怀柔之间。

刘昊天一再交代：此事只你一人知道，带进棺材也不能告诉第三人。

洪依彪保证说：感谢老板的信任，我会把握好。

## 53

简直是第一次坐头等舱，飞机在云上，云在空中飘着，简直也飘着，飘得很紧张也很悠然，在宏华公司，能与陈颂华近距离肩并肩地坐在一起的人不多，若在往常，这个位置一般都是总公司的副总或刘昊天秘书，但今天是陈颂华点了名让简直坐在身边。

与陈颂华随行的十二个人简直都认识。在头等舱里，除了空姐的问候、订餐以及挂衣服等例行话语外，陈颂华并没有如预期的要与任何人交流，也没有要听简直汇报的意思，陈颂华既不看报也不喝茶，双手手指交叉着将头靠在靠背上闭目养神。见陈颂华这样，大家就都坐着翻报纸或闭目养神，头等舱里面的气氛很是静谧。

简直用眼神征询刘昊天的意见，刘昊天假装没有看见。

头等舱的乘务员非常漂亮，她的脸型她的笑容她的身材是那么恰到好处那么楚楚动人，很程序但不世俗，她的一举一动都让人感觉很舒服很放松也很得体，如在往常，简直一定会在不远处静静地欣赏。但简直的眼球没有被空姐吸引，简直的思维始终被陈颂华拽着。简直坚信陈颂华的头脑并没有休息，坚信陈颂华的头脑正如同计算机一般在高速运转。陈颂华在想什么呢？企业转型竞争？到东海后与地方领导以及下属企业领导交流意见的方案？宏华的人事安排？一切都不得而知。

简直觉得坐在旁边这个身材并不高大的老头儿确实了不起，甚至有些传奇。按今天的话讲，陈颂华算得上是“官二代”。简直曾经看过一篇陈颂华在纪念他父亲诞辰一百周年时的纪念文章和一篇记者专访，这两篇东西佐证了同事们对陈颂华的一些说法。陈颂华大学没毕业父母亲就被关进了监狱，陈颂华兄妹三个也被从东海下放到了江西贵州福建三个不同省份的最贫困地区锻炼。但陈颂华并没有在农村安分守己劳动，他表面沉稳骨子里却很躁动，他的发型和眼睛就注定他不是一个安分守己的人。于是他用十年的时间奔走于贵州和北京之间，扒煤车、蹲闷罐、讨饭，一会儿叫化子一会儿王孙，一会儿中南海一会儿西山，他相信他的父亲十几岁从江西参加红军跟着毛主席打江山没错，虽然父亲那时只是个红小鬼。后来，“文革”结束了，父亲也解放了重新做他的封疆大吏，陈颂华也从毛头小伙子变成了而立男人，还捎带着把一位高级领导人的女儿追到了手。在简直看来，这个世界上最安分的人一定成就不了什么事业，陈颂华也不能算是一个安分的人。

进入徐州上空时，天空出现了对流云层，飞机发生剧烈颠簸，有人吐了有人的脸变了颜色还有人在质问空姐发生了什么事情。陈颂华睁开眼睛，确认安全带系好了，才说了上飞机以来的第一句话：震荡能让昏昏欲睡的人清醒啊！

简直笑笑，知道陈总并不想让自己接话，就很会意地笑了笑。简直想，如果飞机失事了，钱财、女人、爱情、家庭、事业一切都灰飞烟灭了。那次去乌克兰，庄怡恬就攥着简直的手将嘴对着简直的耳朵悄悄说：我还没有结婚呢，一切都还没有享受就结束了真不划算。飞机在基辅机场一降落，庄怡恬一下子就活了过来。人在生与死面前就是这样，只有飞行在白云上面悬在空中沐浴在阳光里才更明白，战场是直接厮杀，官场是心理较量，商场尔虞我诈，情场遍布谎言。哪个场面都不轻松啊！陈颂华闭目并没有养神，他的心在战场？商场？官场？一定不会在情场，陈总六十三岁了。

## 54

洪依彪将刘昊天交代的事情初步办妥了，才想起简直还委托了一件事没办。正要打电话，滕松巍的电话就打过来了：洪总，你忙完了没有啊，我已经快急死了，这样吧，我今晚请你吃饭，你几点能过来?

洪依彪笑笑说：吃饭就免了，你晚饭后到我家楼下的“听雨轩”来喝茶吧，我在那里等你。

晚上七点二十，滕松巍带着一个女孩子准时出现在了“听雨轩”茶楼。

## 55

飞机在机场准时降落。

天上飘着密细如毛的雨。从北京到南方不过两个多小时的行程，舷窗外的世界一下子变得多愁善感起来，一群北方汉子也有了一些纤秀女子的感受。

飞机落地滑翔到位后，简直想替陈颂华拎包，被陈颂华手一挥挡开了。刘昊天提醒简直说，首长从来不让任何人动他的东西。果然，飞机的舷梯刚一打开，陈颂华便自己拎着行李包向梯外走去。早已等候在那里的东海市分管工业的副市长、发展改革委副主任和0801总厂的苏锋等一行人已经等在天桥上了。

陈颂华很官场很得体地与东海市的领导一一握手，一边走一边笑着很客套地对副市长说：我这面的活动0801厂已经做了安排，你们工作忙我就不给你们裹乱。调研搞完后，我们再认真向市委市政府领导专题汇报一次。

副市长说：陈总，市委已经做了安排，主要领导今晚六点在锦江宾馆给您接风，请您务必出席。

陈颂华说：别麻烦主要领导了，年前的中央经济工作会和三月份的人大会刚见面的，他们忙，我就不要打扰了。

副市长说：您放心，地主之谊我们总是要尽的，我们已经安排好了。

陈颂华说：那好吧恭敬不如从命。

## 56

洪依彪一边饮茶一边听滕松巍讲他与对面坐着的女孩子的浪漫故事，眼睛时不时地在对面女孩子的脸上停留一阵。

这女孩子叫胡玉，是简艾家开的“川哥湘妹”酒楼的营销经理。

胡玉很漂亮，漂亮得令洪依彪对滕松巍有些嫉妒。

胡玉的漂亮不是北方女孩子那种漂亮，也不是城里女孩子那样的漂亮。胡玉妩媚但不风骚，动人却不风情。

胡玉哭泣的样子令洪依彪心生怜意。胡玉低声说：都怪你，我让你避孕，你总说没事，现在事情出来了，你又没主意了，我每天看见简艾姐姐就想尿裤子！

滕松巍说：我戴那东西没感觉啊，你不也觉得不对劲吗？

洪依彪听他们吵起来了，就借口去了洗手间。

## 57

简直刚一进入0801厂安排的宾馆房间，手机铃声就响了，简直一接，竟然是吕布尼来的电话。吕布尼说，她和黄梦妮也在东海，就住在简直所在宾馆的618房间，如果晚上有时间就聚一聚。简直说：这真巧啊能在东海见到你是缘分。不过这次未必能抽出时间来，陈总工作节奏快，对我们要求高。简直脑子里突然想起了吕布尼和张好武主任的电话以及上一次的聚会，心里就多了一份警觉。天下没有免费的宴席，政客请人吃饭要么是政治目的要么为了安抚人心，有钱人请人吃饭要么是投桃报李要么是施舍，没钱人请人吃饭是有所求或近于无奈，亲戚朋友请吃饭是礼尚往来或者为加深亲情，在中国真正因为做慈善请人吃饭的少之又少。简直不相信天下有免费的午餐，外国女人吕布尼为什么无处不在如影随行？毫无交情为什么要给自己送礼？商战无硝烟，但一样会血肉横飞。

吕布尼说：陈总的习惯你也知道，他出席官方的宴会从来不带一大堆随从，今晚市委宴请陈总，陈总只带秘书、总公司副总和东海的苏总去，你们不会参加。

简直有些不相信，自然市委一把手宴请陈颂华一行，难道十二个人还算多吗？简直对吕布尼说：聚会最好安排在回北京后，我们还要为陈总准备相关的调研材料，以后有的是机会，有机会再聚。

简直还要说什么，吕布尼已经把电话放下了。

简直将随身携带的保密文件放进保险柜里。这才环视了一圈房间：冰箱上放着一个巨大的鲜花花篮，马蹄莲、玫瑰，鲜艳欲滴；双人床的床头放着一套高级的真丝睡衣和手工绣制的拖鞋，衣服上面放着一盒包装精美的西洋参；再看办公桌上，已经摆上了0801总厂中层以上干部的花名册、文件以及当天东海地区出版的报纸，桌上的茶还冒着浓浓的热气。一切都比简直在总公司的办公环境要好得多。看看桌上的闹钟，离开饭还有一段时间，就顺手打开0801厂送来的有关文件。简直想，如果陈颂华真如吕布尼说的那样不带随从参加东海市委准备的晚宴的话，在陈颂华晚饭回来之前他可以把相关文件读完，一旦陈颂华需要了解情况，自己也可以先入为主。

正在这时房间电话响了。简直以为是吕布尼打来的，就懒得搭理，可越是不想接电话越是响个没完，简直抄起电话正想说话，话筒里却传来了洪依彪的声音：电话铃响半天都不接，是上厕所呢还是有小姐服务不方便啊？这方面你可得小心，陈总最不能容忍的就是这方面的事。

简直一听乐了，说：哎，我给你说了你也不相信，吕布尼和黄梦妮也住在我们同一个酒店呢！

洪依彪说：这有什么惊奇的啊，我早就想到了，她们是为“9601项目”来的，最近0801总厂要从欧洲引进一批军工项目，她们还不得抓住机遇啊？你可别中美人计啊，黄梦妮和吕布尼可都是有主的人了，上次在豪门夜宴我就想提醒你的。

简直说：还是自己兄弟好啊谢谢你的提醒。不过，你不会是为这事把电话追到东海的吧！

洪依彪说：我还有什么事啊？还不是你妹夫店里那个女孩子的事。

简直这才想起托洪依彪帮忙处理妹夫婚外情的事，忙问：怎么样，很麻烦吗？

洪依彪说：真是那个陪我们喝过酒的女孩子，叫胡玉。说实话，作为男人，你妹夫这事干得值。当时我们喝酒时也没有在意，是不是女孩子一怀孕就更漂亮了啊，丰乳肥臀蜂腰，皮肤也过人的好，可惜被你妹夫抢了先手。

简直说：我有一点印象，我现在没有心情关心她漂亮不漂亮，我现在只想知道他们的事麻烦不麻烦。

洪依彪说：麻烦也不麻烦，那女孩子开始坚持要把孩子生下来自己养着。这哪儿成啊，孩子真生下来你妹夫这一辈子就完了，简艾非得杀人不可。我给他俩分头谈的，她答应先把肚子里的孩子做了，那女孩子开始都答应了，最后谈妥给二十五万元一次了结。可刚才她又反悔了，说如果这个孩子打掉后也许这一辈子就怀不上孩子了，她要为后半生的生活做打算。所以她提出要滕松巍给她在北京开一家洗衣店，我问了一下，也要三十多万元。现在的难题是钱怎么出啊？这事不能让简艾知道，我的钱最近又投到音乐剧上了出不来。那女孩子说了，十天内不把钱给她，她就给简艾摊牌。

听洪依彪这么一说，简直也犯难了。嘴里骂道：这个王八蛋，应该把他下边那东西切掉喂狗才是，这次他应该知道婚外情的厉害了。

洪依彪说：你还别说，胡玉还真爱滕松巍呢，滕松巍对胡玉看来也是动了真感情的，俩人一见面抱在一起哭得跟个泪人一样，那场面比《魂断蓝桥》还感人，我们这么多年算白活了，我真是不忍心劝她把孩子做掉。

简直想了半天也没有拿出个主意。只好说：洪总，这事还得麻烦你帮忙，我只能为他凑五万元，他自己可能有二十万元零花钱，其他你帮我想个办法，钱让他自己想办法还。你知道，我父亲刚走，无论如何简艾这个家不能散。

简直还要往下说，门被推开了。田副总笑哈哈地冲着简直说：简主任，陈总今晚参加市委宴请，结束后还要去看望两个他父亲生前的老部下，回来会晚一些。有个老朋友请我们去吃最好的本地菜，你准备一下，陈总出发后我们就走。

简直注视着田总愣了一阵，连连点头说：好好，我接个电话就来！

## 58

洪依彪看着滕松巍和胡玉结伴从“听雨轩”离开，心里多少有些不平衡，嘴里骂道：兔崽子，你吃肉窜稀，我替你擦屁股！

洪依彪正要离去，茶艺小姐拦住洪依彪说：先生，请你把茶钱结了，一共是一千二百八十元。

洪依彪一听就来了火气，嘴里不由自主地骂出了“王八蛋”！

茶艺小姐很愤怒地警告洪依彪说：先生喝茶给钱天经地义，请你嘴巴放干净点。

洪依彪知道茶艺小姐误会了，就赔笑说：对不起，刚才那一对狗男女请人喝茶不付账，我骂他们呢！

说完，洪依彪从钱包里取出一千三百元塞给茶艺小姐就出了门。

## 59

天上的雨仍然密密实实的，没有要停歇的意思。

田总、简直和0801总厂的几名领导依次列成一排将陈颂华和苏锋的车送走后，早已停在不远处的两辆奥迪车迅速开到了简直他们的身边。

简直按0801总厂副厂长的示意钻进第二辆车，竟然发现黄梦妮早已经坐在了车里。简直笑笑，黄梦妮伸出柔软的手与简直握了握。迅即，简直被一种淡淡的香水味包围了，这是一种迷幻药啊，简直的头脑和下身开始膨胀，下意识地，简直用自己的右手将黄梦妮的左手抓过来握在了手里。没想到的是，黄梦妮不仅没有要抽出手的意思，还将自己的风衣拿起来似乎不经意地盖在了两个人的手上，一切是那么自然那么从容。

黄梦妮的手如同一只温顺的猫一般蜷缩在简直的手里。简直用余光偷窥黄梦妮，发现黄梦妮显得很从容很幸福，腮边只是微微有些红晕。于是，简直的手与黄梦妮握得更紧了，这是一种什么样的感觉啊，细腻、柔软、温情、湿热、悸动，一切如同打开了电的闸门，整个身体正在被熔化。与董冉上一次将手握在一起是什么时候呢？早已记不起来了，与庄怡恬从乌克兰分开后，虽然有过几次亲密接触的机会，但机会总是擦肩而过，肌肤之亲就更谈不上了。

黄梦妮很自然地对简直说：简主任，别搞那么严肃好吗？我给你讲个故事吧！

简直说：我们这些长期从事机关工作的人就这样，脸都快僵化了脸谱化了，本就青春年少的人硬装少年老成，长此以往，不到五十岁人脸就成猪脸了，除了满脸皱纹就是文字，笑都不会笑，有人说在中国官场混是摧残和扭曲人性呢！

黄梦妮说：一个行当有一个行当的苦处，文艺界的所谓大腕们在追光灯下让人感觉很光彩夺目吧，可他们被潜规则左右着，华丽外表下是被欲望折磨着的痛苦，一旦没了媒介的追捧，他们一样没有快乐。干我们这一行，钱也不是天上掉下来的，我们也如同老鼠一样地活着。简主任，一切都得想开些才能快乐。我给你讲个笑话吧！

简直笑笑说：好啊，我这人不懂浪漫也不会说笑，我老婆都觉得我挺无聊的。

黄梦妮说：我真讲了，你可别笑话我啊，我也是听别人讲的。在公交车上，一个五岁男孩对妈妈说，妈妈，我想尿尿，妈妈说坚持一下车上不方便。又过了几站，男孩子很焦急地对妈妈说，妈妈我坚持不住了，我能不能对着车门缝尿？妈妈说不行，再坚持一下，在车上尿尿不文明。众旅客见孩子着急的样子都很同情。又过了两站，孩子实在忍受不住了说：妈妈我一点也不能坚持了，我能对着你的嘴尿吗？妈妈打了一下小男孩子说：你这孩子瞎说什么，那怎么行啊？男孩子很委屈地说：爸爸都可以我为什么不行？

简直正想笑，司机却发话了：什么意思啊，笑话一点也不好笑。原来，一直绷着脸的司机在很专注地听简直和黄梦妮的对话呢。简直想把手抽出来，却被黄梦妮更坚定地攥得更紧了。简直就将笑按捺住了，说：有点黄啊！黄梦妮黄浦江边讲黄话。黄梦妮爽朗一笑回答：简直好好在简直很正直。

说话间，车已经到了江边停下了。一行人从车上下来，按照吕布尼的引导上了一个早已经停靠在江边的游船。吕布尼说：田总简主任，我们今晚就夜游一番，只可惜再也看不见百年前的江边渔火了，不过江两岸的夜景也还不错，比直布罗陀海岸要好看得多。

简直一边登船一边告诫自己，这个吕布尼不仅汉语讲得好，还是一个真正的中国通，与她打交道要格外小心啊！

吕布尼正按中国习俗安排座位时，俞继飞老师进了船舱。俞继飞仍与简直上次在孔乙己酒店见面时一样，头发梳得很光亮，衣服上看不见一丝褶皱。吕布尼正要向各位在座的介绍俞继飞时，田总已经主动走上去与俞继飞握手寒暄了，出人意料的是，俞继飞只是淡淡地点点头，并没有表现出朋友短别重逢的喜悦。见这种情况，原本要上去与俞继飞打招呼的简直只好作罢，只是点了一下头以示问候。简直想，俞继飞这种做派是他真实的个性呢还是北京人说的“装逼”呢！上次孔乙己酒店分手后，庄恰恬如同患了瘾症般迷上了昆曲，专门上音像店买回一大堆昆曲名段，还打电话让苏锋向俞继飞要签名的照片和CD，也不知道如愿了没有。如果庄恰恬知道了今夜大家与俞继飞的浪漫晚宴，那还不得疯了啊！庄怡恬啊庄怡恬，不是你疯了就是社会病了。

似乎与氛围有关，习惯了高声大嗓与人交谈的田总一下子变得和声细语了，人在流淌的音乐中穿行，酒在人的肠胃中行走，背后呢，宴席不会是免费的。浦江两岸，灯火璀璨，如简直这样在船上喝着美酒、欣赏着名伶演唱、听着美女演奏的人有多少呢？

酒席开始了，酒还是黄酒，桂花味溢满了整个船舱，人不多但很有情调，一种散漫的不经意的酒宴。田总在与弹奏琵琶的女孩子行一种江南酒令，吕布尼在与俞继飞把酒论昆曲。

简直看看黄梦妮，黄梦妮正在望着窗外的陆家嘴出神。从侧面看黄梦妮，真就一个美人啊！一幅曼妙的美人剪影。至于苏锋几点上的船，俞继飞唱的什么曲子，吕布尼在酒桌上的周旋，陆家嘴美丽的夜景，一切都成了飘浮物，全都不在简直的印象里。那些丝竹管弦声呢？原来官场和生活是可以这样过的，原来如此之众的人要拥向官场，那是因为官场如同一个巨大的磁场，场里的各种诱惑闪烁出无限的光芒。

## 60

洪依彪与一群打扮入时的长发男女在三里河附近的“梧桐会馆”谈音乐剧。

谈到即兴时还有人站起来很夸张地哼几段。

洪依彪很兴奋也很投入。一个女孩子从背后将双手围着洪依彪的脖子表示亲热，洪依彪也全然没有感觉。

一对留着长发很不易分出男女的男子在哼完一段曲谱后很兴奋地说：洪哥，你这一段副曲写得最牛逼，如果再将其尾声提高一个节拍，就更有震撼力了！

洪依彪说：好，就这么办！

## 61

因为有酒精的作用，简直回到宾馆立即就进入了睡梦中。不知什么时候，房间的电话铃声响了，简直不耐烦地抓起电话，是黄梦妮打来的：简主任，我有点事想与你聊聊。

简直看一眼床头的闹钟，已经进入凌晨。

简直说：是梦妮啊，我已经睡了呢，有事明天聊可以吗？

黄梦妮说：你们明天要工作，我和吕布尼明天下午就要飞回北京，我睡不着，自从上次在“豪门夜宴”见面后我们已经很久没有在一起了。

简直说：那就回北京再聊，很着急吗？

电话里没有了声音。简直“喂”了几声，黄梦妮仍然没有说话，简直就将电话挂了。

简直十几分钟后再也不能入睡，他的脑子里全是简明、董冉、庄怡恬和黄梦妮的身影在反复回放。但最终，还是在车上手握黄梦妮的感觉以及黄梦妮在船上两眼顾盼的样子定了格，他甚至开始怀疑洪依彪的警告是出于什么目的了，他的意志开始动摇了。于是，简直失去了梦乡。反正睡不着，简直索性抓起电话按了回拨，话筒里竟然传来了黄梦妮嘤嘤的哭泣声音。黄梦妮说：没事，你睡吧，我过一阵就好了！

在黄梦妮的哭泣面前，简直的心理堤坝溃决了，他犹豫一下说：要不，你过来或者我过去吧！

黄梦妮很委屈地说：不用了，我这人也是一时冲动，没事了。简直，你忘记了你在“豪门夜宴”对我的承诺了，也许你当时说的是酒话早就忘记了，我还以为你是真君子呢，原来也就徒有其表，看来这个世界上要找一个真正的绅士还真难呢！

越是这样，简直心里越是不踏实脑子里挥之不去的全是黄梦妮的影子，一种焦灼、兴奋、渴望纠结在一起。简直怎么也想不起来在“豪门夜宴”喝完酒后给了黄梦妮什么样的承诺，那天真的发生过不可告人的事情吗？人真的有失忆的时候吗？一切的一切迫使简直做出了一个前所未有的决定，就坚持说：你一定要过来，你不来我就过去。

就这样僵持了一阵后，黄梦妮说了声：好吧！我过来！就把电话挂了。

这天晚上，黄梦妮脱掉洁白的真丝睡衣如同泥鳅般钻进了简直的被窝。电流击打了简直的灵魂和身体，冷静和理智被欲望与快乐驱逐得无影无踪。追求和被埋在骨子深处的梦想被简直抛到了脑后。

简直体验了前所未有的快乐。

简直搂着黄梦妮光滑如玉的身体再也不能入睡。简直将黄梦妮的秀发捋直了拂在自己的脸上，这个比自己小十多岁的女人，是毒药？是仙草？简直没有细想过也不得而知。此时，黄梦妮轻轻的鼾声比世界上任何音乐都要美妙。

滕松巍的行为不高尚，自己的行为呢？田总和刘昊天们会不会经历自己一般的艳遇。渐渐地，简直冷静了下来，他开始怀疑黄梦妮的动机，黄梦妮与自己仅仅两面之交，自己无权无财无貌，黄梦妮为什么要主动投入自己的怀抱啊？难道生活中真有那么多的陷阱而没有真情吗？人仅为情欲活着没有意义，但没有情欲的生活会是什么样的生活呢？或许，黄梦妮是那种追求一夜情的现代新女姓？

## 62

夜里，洪依彪做了个梦，梦见简直与黄梦妮手牵手在东海游海洋馆。

第二天早晨，洪依彪见到了庄怡恬，似乎是无意有意地开玩笑说：也许我们不应该让简直认识吕布尼和黄梦妮呢！我昨晚做了个梦，梦见他俩好上了！

庄怡恬说：不会的，我了解简直，他这人色大胆小。

## 63

一觉醒来已经是早晨六点半，简直发现黄梦妮已经不在枕边了。

简直起床后洗漱完毕，细细地检查一遍床上、房间、洗漱间，竟然没有黄梦妮来过的一丝痕迹，简直便有些感动，心想也许自己真的小肚鸡肠了，黄梦妮也许就是自己的真知己呢！

陈颂华吃饭不愿讲话，作陪的人知道这个习惯在餐桌上也就没有言语。早餐是自助餐，吃得很沉闷，除了偶尔餐具发出的声音，人们咀嚼食物的声音都听不到。简直观察了陈颂华吃饭的习惯，一杯热牛奶，一片面包，一只煎鸡蛋，基本不吃油腻的东西，吃饭的时间很短。

就在陈颂华一行离开餐厅走向大堂时，一群吵吵闹闹的中年人拥了进来，声言要与陈总对话。苏锋一见这情景，脸色立即变得绯红，声音很低但很有威严地说：你们都给我回去，有什么事逐级反映，陈总今天的日程安排得很满。

领头的一个穿夹克戴眼镜的中年人说：苏总你放心，我们一大早从崇明赶来就是想见见陈总，最多只耽误陈总一小时时间。

苏锋说：胡闹，你们回去，即使有情况非要反映也要等首长安排个时间吧！再说了，陈总这几天还专门安排了要去你们单位的。

领头的人说：陈总难得来一趟，我们来一趟也不容易，今天就想给陈总说说0801厂人的真实想法。

陈颂华回头看一眼刘昊天说：你去安排个会议室，我与大家聊聊天，请田总、小简，你们三个参加。

苏锋焦急地问陈颂华：那今天去长兴岛的行程咋办？

陈颂华并不理会苏锋，而是表情平静地对上访的群众说：我这次来就是要广泛听取各方面对宏华公司建设发展意见的，还要就0801厂在“十二五”期间的建设发展做一些调研，你们不来找我，我也要去找你们聊，自然你们来了，就不要走了，今天上午我用一上午听取你们的意见。好不好？说完，陈颂华走上去与来访的二十多位基层代表握手。

进入会议室，陈颂华将长期以来冷峻的面孔换成了一张笑容可掬的脸，这张笑脸别说简直见得少，就是刘昊天和田总也很少见。陈颂华说：我有一年没有来过0801厂了，你们也知道，宏华家大业大企业遍布多个省市，对外要拓展国际市场，对内要盘活体制，党中央国务院下决心要打造一批有自主知识产权的国际知名装备制造产业，工作忙乱的程度你们也多少知道一点。今天我给你们表个态，只要不骂娘不反党反社会主义，你们什么话都可以讲，想讲什么就讲什么，选一个代表讲可以，大家轮流发言也行，一切以你们的方便为便，放心，我们只记录，不录音也不打听你们叫什么名字，当然了，你们信得过我陈颂华，也可以主动报上你们的姓名简历。

戴眼镜穿夹克的中年人哈哈一笑说：陈总啊，我十几岁的时候见过您的父亲，他个头不高，理个小平头穿一双圆口布鞋，无论什么时候总是一脸笑，很多经历过“文革”的人都对他还有印象。

陈颂华并不回应，只是笑笑说：谢谢您还记得他。简直听机关的人说，陈颂华很不愿在公众场合提及他的父亲。

陈颂华问：你们谁先讲啊？可以抽烟可以喝茶随便点儿不要拘谨。

没想到陈颂华的热情并没有起到什么效果。刚才还很义愤很热烈的群众代表一下子冷了场，大家你看看我我看看你并不发言。

陈颂华环顾一下会场四周，立即明白了什么原因，就命令说：苏锋啊，你去忙别的事吧！这里需要的时候我们会让人找你。

苏锋刚一出门，会场一下子热闹起来。他们的发言言辞激烈，有人的火还烧到了简直的头上。他们并不认识坐在眼前的年轻人就是简直。他们严词指责：宏华总公司一位领导公开发表的《警惕“高大全”式的盲目扩张使中国制造业重陷困境》直指0801已经启动的拓展项目，新项目是0801全体员工的希望，宏华高层领导写这样的文章是不负责任的也是不计后果的，宏华高层应该对新项目的发展负责任，目前是上马还是下马要给个明确说法。

听到这里，陈颂华不经意地瞟了简直一眼，简直被吓出了一身冷汗。

这天的会一直开到中午十二点，陈颂华还让苏锋为上访群众准备了自助餐。陈颂华陪大家一起吃完饭后又安排车把上访群众送回了崇明才算了事。按照陈颂华的指示，简直和刘昊天没有睡午觉，而是将群众反映的问题归纳整理成内部参阅的动态清样，准备传真回北京给宏华高层的党组成员们研究思考。

## 64

洪依彪正在审核办公厅报销的账目。

张好武打来电话说：洪总啊，明天早晨去郊区的马池口钓鱼，钓完鱼就在那里吃饭，我还请了两个朋友，你可不能缺席哟！

洪依彪原本是约了人要去怀柔看朋友的，但张好武的面子他又不能不给，只好答应了。

洪依彪提醒张好武：现在办公厅报销的账目中，白条子太多，容易引起审计部门关注，最好放在办公厅内部消化好一些。

张好武很诚恳地保证说：你提醒得对，我批评他们。

## 65

陈颂华在接待了上访群众后，脸色变得很忧郁。随陈颂华出来的一行人也就显得格外小心谨慎。苏锋原本安排了一系列陈颂华一行在东海期间的娱乐活动，也都悄无声息地取消了。

但一切似乎还没有结束。第三天下午，陈颂华一行刚刚出现在动力分厂的大门口，又被一群八十年代离退休的干部和工人捧着请愿信、举着大字横幅拦住了，有人还当众下了跪。要求只有一个：物价上涨太快，改善离退休干部和工人的工资待遇。

陈颂华走上前去扶起下跪的老人，一一将请愿信和横幅收下交给刘昊天，当即表态说：你们是0801厂的元老，为中国的装备制造业做出过很大的贡献，你们如果信得过我陈颂华的话，给我半个月时间，只要你们的诉求符合国家的相关政策规定，我陈颂华一定给你们一个满意的答复。我以我的党性和人格担保，如果我没有给你们一个比较满意的答复，你们可以到北京来找我。

这天晚上，陈颂华与苏锋做了长达三个小时的谈话。

苏锋在走廊上见到简直时说：老弟，这次给老板上眼药了，我过去总以为一个企业关键是效益，效益好了一好百好。

简直说：很正常，谁工作没有纰漏啊！

第二天上午八点，陈颂华例行将召集0801总厂党委常委开会。因为两次上访的事，大家都担心陈颂华要在会上骂娘，与会人员都提前十分钟到了会议室，表情都格外严肃，会场死一般的沉寂。简直发现，在座的人虽然不多，但心态不一样，表情也就不一样。有人幸灾乐祸，有人提心吊胆，也有人静观其态。

苏锋抬腕看一看手表，很谨慎地请示陈颂华说：人到齐了，开会吧！

陈颂华点点头表示同意。

苏锋说：现在开始开会。陈总这次率总公司工作组到我们厂视察，明天就要去江北，大家以热烈的掌声欢迎首长给我们作重要指示。

陈颂华清了清嗓子说：都是自己人，别辛苦啊指示啊什么的，实事求是比什么都重要，我们这次到0801厂来搞调研，主要是为宏华在国家“十二五”规划期间如何赢得国际市场、打造一流国际知名品牌做一些调研。听了很多，看了很多，我对0801总厂这几年的建设发展非常满意，宏华总公司党组对0801总厂取得的成绩是肯定的，希望你们在如何做大做强上多做文章多下功夫。

原本以为陈颂华会劈头盖脸骂人的人，听陈颂华这样一说，全都愣了。继而是长时间的热烈的掌声。

陈颂华说：我今天是即席与大家聊天，大家不必记录。我首先要给大家吃一个定心丸，我们已经与东海市委市政府达成了进一步的合作协议，苏锋同志你要尽快把这个消息告诉前几天来上访的中层领导和专家们，宏华在东海的拓展项目不会砍，只会做一些加减法，企业只会发展不会削弱。现在大家需要更多考虑的是，现在欧盟对华武器出口一时难以解禁，各国都在打自己的政治算盘，俄罗斯正在沦为二流武器研发国，他们对我们大型装备的研发制造能力始终抱有怀疑态度，始终认为我们对他们的知识产权构成了潜在的威胁，一些涉及国家核心机密的尖端武器重要的参据、数据不愿提供给我们。而美国又一直打压我们而扶持台湾印度韩国日本，这都是现实情况。随着我们国力的强盛，中央领导一再强调我们军事装备的独立自主，如何把加强自主知识产权的军品生产作为提升国家综合实力的问题，如何保军品促民品生产占领国际高端市场的问题拿出具体的办法来，只要有好的办法，你们要钱给钱要人给人，我们甚至可以不惜血本向世界一流的研发机构挖人。下面，我讲几点具体意见。

出乎简直意料的是，陈颂华接下来即席讲的几条意见，竟然与自己此前准备的提纲一字不差，陈颂华既没有要过讲稿也没有听取汇报，难道真的会不谋而合吗？这似乎不太可能，一定是刘昊天或苏锋将自己的提纲提前给了陈颂华。简直松了一口气：陈总接纳认可了自己的能力。

## 66

鱼塘位于八达岭高速路马池口西侧。

鱼塘占地足有三十亩，被绿树掩映着。鱼塘西侧是建筑很别致的餐厅，东侧是几排青砖青瓦的四合院。

令洪依彪很惊讶的是，张好武不仅给洪依彪等一行人都准备了最好的渔具，钓鱼时，每人旁边还有美女侍候着。

张好武悄悄地告诉洪依彪，陈颂华也经常来这里钓鱼，这里的鱼从不喂饲料，水也是循环的。

## 67

陈颂华一行原准备下午转到江北的0802厂搞调研，中午吃饭时突然接到家里电话，说陈颂华的母亲心脏不适上午被送进了重症监护室。陈颂华临时决定，工作组先回北京择机再去江北。

在机场贵宾室里，陈颂华和简直、田总、刘昊天一行与苏锋进行了一次语重心长的谈话。陈颂华对苏锋说：我在会上没有批评你，很出大家的意料，为什么不批评你，你要心里有数，也要好自为之。治理一个大型企业如同治理一个小社会一个小政府，古人说，一屋不扫何以扫天下？我看很有道理，你们若想在政治上有追求，就必须站在高处，着眼大处、管好细处，才能有所作为。这次的两次上访，既是好事也是坏事，至少为我们敲响了警钟。如果这些老同志和专家们到市委市政府上访，到北京去上访，后果就严重了。这件事你们党委“一班人”要做一次举一反三的思考。把群众反映的问题一一列出来，逐个落实好。对他们反映的有些问题，我心里有数你们也要有数，事情有真有假，有些能解决有些解决不了，但对群众一定要诚恳。比如，你苏锋喜欢昆曲，我不反对，但凡事要有度，因为你是领导干部不是普通人，在群众眼里你是既得利益者，你吃的穿的用的都比他们好得多，你一只眼睛要盯很多人，但很多人只盯你一个人，出了问题，群众就会将问题无限放大，希望你吸取教训，你们其他几位同志也要记住我这些话。有两件事请苏锋同志要办好，第一，八十年代离退休的老专家、老干部、老职工的工资待遇问题，你们尽快写个报告，我给你一千万元，不够的你自己筹划，刘秘书和田总回去负责落实，一星期内要把钱划到0801厂的账上。这些钱你苏锋既不能截留也不能撒胡椒面，要让真正困难的群众感到温暖。一个月后，简直你们要来做个回访，再征求一下他们的意见建议。

陈颂华讲话的声音很小但大家都在拿本子认真记录。

陈颂华接着说：第二件事，简直同志回去就向张好武同志汇报，立即组织一个班子准备一个报告。你上次的文章写得很好，但它是一把双刃剑，过于锋利，既站在民族工业发展的高度为工业企业发展敲了警钟，同时也伤及了宏华集团的长远发展利益，你这篇文章不仅让0801厂那些中层干部和专家们很紧张，0805、0802厂的人也很关注，怕影响到他们企业做大做强的机遇。所以这份报告要有高度有深度，要设法说服高层加大对宏华的投入和扶持力度，对高污染、高能耗、低附加值的配套设施要坚决下马。这个报告既是给中央一个说法，又是确保宏华在世界五百强企业竞争中再向前跃几名的纲领性文件。我看保八砍二比较合适，但理由一定要充分，立意要有高度，要有超前意识，要抢在国家高层出台相关文件前把我们的理念表达出来，左右上层决策。

陈颂华点到谁的工作，谁都很认真地点点头。陈颂华接着说：第三件事你们回北京抓紧落实，下月初我们请北大、清华和北航、东海交大的一把手开一个座谈会，明年我们需要什么样的人才，现在就得下手，让各骨干企业的老总们都来北京参加。明年初我们的股票在纳斯达克和伦敦同时上市时，我们还要组团去美国英国的大学挖人才，现代企业的竞争实际上就是人才的竞争，谁抢了人才谁就抢占了先机。

苏锋表态说：请陈总放心，我们一定把工作做好。

陈颂华难得的一笑说：这个世界上一定的事情是最不一定的了，

我最不相信的就是那些向我保证百分之百的人。

## 68

洪依彪从怀柔回到北京，已经是晚上十点。

洪依彪老婆大发雷霆：你整天不是写你那些破音乐就是神秘兮兮的，神龙见首不见尾，你究竟在忙些什么啊？这个家你还要不要了？

洪依彪一脸疲惫地说：老婆你放心，我没有做过任何对不起你的事，我所做的事情都是为了事业为了这个家。

说完，洪依彪头也不回地进了洗漱间。

## 69

飞机在北京降落时是下午四点。行走在三号航站楼长长的通道上，简直立即感受到了北京与东海的气候差别，北京燥热，东海闷热。一想到闷热这个词，简直立即想到了妹夫滕松巍，滕松巍应该算是“闷骚”型的人，滕松巍在公众场合不言不语，在有女孩子的场合还露出些许的羞涩，可他却总是在人们不经意间制造出艳遇和绯闻来。按理说，简直完全没有必要管滕松巍拈花惹草的事，现在的社会如此开放你有钱就玩去呗！可问题是父亲死后，母亲没有文化不理事，自己成了家里的顶梁柱。简直只有一个妹妹，妹妹从一个打工妹混到在北京开了连锁店的老板娘不容易。应该怎样处理滕松巍婚外情的事，成为了简直闲下来不得不面对的问题。

简直掏出钥匙打开家门，家里没有人。奥运会很快就要开，岳父可能去做他的志愿者去了，简明正在准备期末考试，小姨朱小和也许正在菜市场与菜贩们讨价还价。

简直换上拖鞋进入卧室，发现枕头上竟然放着一封董冉写给自己的信。简直急忙打开，脸色立马通红，原来，自己这次去东海往返五天，竟然只给董冉通过一次报平安的电话。董冉留的信上说：简直，按照社里的安排，我去参加法兰克福书展了，往返大约十五天左右，如果你们还去江北，我们返家的时间大致差不多。有些事，本来准备等我回来才与你谈的，但你知道我的性格，闷在心里不说出来我会生病的。自从你父亲确诊癌症后，你如同变了一个人，我都能理解。回到北京这些日子，你对我很冷漠，家里的水电气暖、柴米油盐都是父亲和小姨在操持，家的概念在你心里似乎没有了，出去几天也没有过一个电话，你变得让我有些陌生。说实话，你可以不在乎我和我的父亲，但你的女儿身上奔涌着你的血液，你知道吗？昨天下午学校老师找我核实简明是不是回四川乡下了，说简明已经半个月没有去学校参加假期补习。后来我才从小姨那里知道，她未经学校批准正在参加奥运会引导员培训。她还不懂得，在这个社会生存，仅有热情、倔强、任性、自我是不够的。我不反对她参加公益活动，可她明年要参加高考，她考不上好学校她怎么办？谁为她的命运买单？如果正如她说的嫁到非洲我们怎么办？简直，我过去爱你，以后也会爱你，但爱是相互的，希望你拿出百分之一的精力来，为了我们的简明。

简直将董冉的信放到一边，将身体拉直了躺在床上。是啊，跟在陈颂华身后高负荷地工作、没完没了的酒局、不省事的滕松巍，后来又冒出一个黄梦妮。自己对这个家、对董冉、对简明做了什么呢？简直又拿起信看看末尾的日期，竟然是当天的。简直立即打开手机拨了董冉的电话，已经关机了，说明董冉是今天刚出发的，也许此时正在飞往欧洲的飞机上。又拨简明的电话，简明的电话倒是通了，但没有人接。简直就赌气似的一直拨了几遍，简明上气不接下气地终于接了：干吗呀简直？我刚进门，累死了！简明跟没事人似的。

简直问：简明你在什么地方啊，怎么可以不去学校上课呢？

简明说：什么上课啊放假了你不知道吗，他们是在非法剥夺人生自由，国家明文规定不准办各种补习班，我不向市教委举报学校就不错了。简直你回来了吗？累死我了您也不安慰问候我一声，什么破爸爸啊，我晚上有四十分钟时间自由活动，你给我送几份麦当劳和可乐来。你要没有时间，给我叫一份外卖送过来。算是慰劳你亲闺女。

简直提高了嗓门说：我给你送两个大嘴巴子你要吗？我问你为什么不上学不给学校请假？

简明嘿嘿一笑很放松地说：简直你别搞那么严肃好吗，学校那点破课有什么好上的，你闺女哪次考试不是年级前三名。老师上的那点课我只需要看一遍全都懂了，你放心，凭博士爸爸硕士妈妈的遗传基因，我一定给你考个好学校。学校那面我已经摆平了，我给老师补了假条，说我回四川乡下照顾奶奶了，半个月就回来。

简明的性格很“拧巴”。听简明这样一说，简直也没有了办法，简直知道女儿的脾气，决定了的事谁也改变不了，拧着来只能适得其反。去年简明要去登珠峰，一家人联合学校想方设法也没有拦住，后来登珠峰失败了，她也就不再谈这个话题了。

简直歇了一会儿，董大晖和朱小和仍然没有回来，简直就给洪依彪打电话。洪依彪问简直：你在什么地方，不是要去江北吗？简直说刚进家门，洪依彪说：那你抓紧到你妹妹简艾的酒店来，我有事给你商量，滕松巍与胡玉的事又有新情况了，别耽误啊！

## 70

滕松巍一见洪依彪就道歉说：洪哥对不起，上次离开“听雨轩”时忘记付账了，这是一千五百块钱，给你。

洪依彪说：算了算了，你就记得哪个小姑娘漂亮，永远不长记性。

滕松巍迎着洪依彪进了“湘哥川妹”的包房。

## 71

简艾的酒店坐落在西四环的玉带河边，是一个小区临街的独立小楼，店名叫“湘哥川妹”。车行驶在西四环上远远地就能看见酒店的广告牌，店名很招眼。

简直让司机小卢把自己送到“湘哥川妹”。

简艾一看见简直，一脸笑容地迎了上来：哥，你可有很长时间没来过了，我这一阵忙新店开张的事，也没有去你们家，简明的学习咋样？快高考了，抓紧些，该找家教该补课就抓紧，钱不是问题，我这个当姑姑的该出。

简直一看简艾的表情，知道滕松巍与胡玉的事情简艾还不知道，心里就轻松了许多。简直问：我从东海出差刚回来，你嫂子去德国了，我还没有见到她们呢！你洪哥来了吗？在哪个房间？

简艾说：来了，滕松巍在308房间陪他喝茶呢，也不知道这一阵咋了，滕松巍这一阵魂不守舍的，可能是为新店开张累的吧！

简直并不接话，简直心想，简艾平常看着挺精明的一个人，怎么在这种事上就这么迷糊呢，眼皮底下的事竟然看不清楚。原来这个世界上无论男人还是女人有了外遇，除非当场捉了奸，世界上人人都知道了，另一半永远是最后知道的。睡在一张床上有什么用，挣多少钱有什么用？一张肚皮把世界上所有的秘密全装下了。简艾真可怜，董冉也应该算是可怜的女人呢。

简直推开308房间的门，洪依彪、滕松巍和胡玉正一脸凝重地在喝着茶。看简直一进来，洪依彪先笑了：你把麻烦扔给我，我还以为你醉死在江南烟雨温柔富贵乡了呢。怎么样，一脸红润看来这次跟老板出去过得不错啊！

简直笑笑说：你别当着别人乱说，陈总的工作习惯和生活节奏你又不是不知道，跟着他还能得清闲？如履薄冰似的处处小心着，更别说那些事了，我也没有这方面的爱好。

简直这么一说，滕松巍和胡玉的脸立马一抹绯红。

简直这才认真看了胡玉一眼。看来洪依彪讲的一点也没有夸张，这胡玉一米六五左右，唇红齿白、面目清秀，一头秀发被绾在后脑勺上，脖子和腿都很长，真算是一个丰乳肥臀蜂腰的女人。如果把电视剧里那些所谓的当红明星以及董冉、庄怡恬、黄梦妮放在胡玉面前，都得为胡玉让路的。只可惜啊，胡玉是个打工妹，出身也决定命运啊！在简直眼里，胡玉是那种成熟得流出蜜汁的果实，她的眼睛顾盼生辉，在看人时永远露出一脸羞涩，在现在的都市里哪能找到这样的女孩子？别说滕松巍要下手，就是简直这样自认为严谨的人，也不敢保证不动凡心。

滕松巍对胡玉说：你去告诉你简姐，准备几个好菜，把前几天进的那只熊掌用高压锅压出来，我们陪洪哥喝点酒，你把今天的工作交代一下后也来陪一下。

洪依彪补充说：你准备七个人的菜吧，清淡一些讲究一些，我还有两个朋友要来，酒就不用准备了，我车后备箱里还有两瓶二十年茅台。

胡玉很听话地出了门。

简直看胡玉出了门，眼睛盯着滕松巍说：松巍，自从你和我妹妹结婚后我始终把你当成亲弟弟待，从来没有骂过你批评过你。我现在看你的情形似乎特轻松特有成就感啊！你是不是觉得把事情托给我和你洪哥你就可以做没事人了啊？你知道我现在最想做什么？

滕松巍低着头说：不知道。我哪有你说的那么轻松啊，我都快愁死了。

看滕松巍做出一副无辜可怜的样子，简直心里的气就不打一处来：我想抽你就他妈的想狠狠地抽你一顿，你有本事把别人的肚子做大就没有本事了结是吧？你快乐的时候怎么不想想后果？你知道吗，刚才我进门时，简艾还说你是为新店开张烦心劳神呢！你丫还是人吗？现在外地职高毕业的一些女孩子在老家找不到工作都到北京来闯天下了，你去看看那些高级酒店的领班主管有几个是北京本地人，脸蛋一个赛一个漂亮，你花得过来吗？你说，我妹妹哪点配不上你？你们辛辛苦苦打下的这点家业容易吗？

滕松巍很委屈地辩解说：哥，我知道我对不起简艾，我也知道我们有今天不容易，可我和简艾在一起没有感觉，一点也没有。我是男人，我刚四十出头。

洪依彪劝简直说：算了算了，你现在骂他也没有用。现在的当务之急，一是不能让简艾知道，二是要尽快找个堂而皇之的理由让胡玉离开“湘哥川妹”。

简直叹了一口气说：依彪，我们是亲兄弟一般的交情，这些年我们的家务事给你找了很多麻烦，我就大恩不言谢了，我刚回来还不知道具体情况，你先说说你的想法。

洪依彪说：本来说好的给点钱胡玉要么回湖南老家，要么离开“湘哥川妹”永不见面。可问题是前几天她姐姐突然跳出来了，你知道吗，她姐九十年代初在全国妇联一位副主席家做保姆，后来嫁给了这位副主席的傻瓜儿子。是一个很有思想、很会经营事业的女人，是她带着胡玉去的妇产医院，回来后告诉我和松巍，说胡玉一旦做了人流就一辈子也怀不上孩子了，胡玉一听一辈子要不了孩子就哭个不停，坚持要把孩子生下来。我看他们的感情可能是真的，没办法，我们就达成了一个妥协。要么一次性给胡玉五十万元钱开一家干洗店，孩子可以姓滕也可以不姓，是否改嫁今后一切由胡玉自己做主，一切与滕松巍无关，可以请律师公证。

简直问滕松巍：自己拉的屎你自己想办法处理，我是没有那么多的钱。

滕松巍说：哥，我确实没想到这事是这个结果，我已经给她十五万块钱了。胡玉是个好女孩，我不想让她受更深的伤害，也不想让简艾知道这事。

洪依彪说：还有一个问题，让胡玉离开“湘哥川妹”，找个什么借口？简艾很喜欢胡玉你们是知道的。

滕松巍说：钱的问题我已经想好了，哥你找简艾试试，就说你有点急用。胡玉的事，简艾很敬重洪哥，让洪哥给简艾讲，就说你们办公厅需要一个好的文员，想让胡玉去胡玉也愿意去。

洪依彪说：滕松巍，你还真他妈就不是个东西！钱你哥想办法，胡玉我想办法，你快活了我们帮你顶雷。再说了，你小子这是想把屎盆子扣我头上啊，我那样对简艾说，简艾还以为我与胡玉有一腿呢！你让简艾怎么看我啊！

滕松巍说：洪哥，我真不是那个意思，我到北京打工怎么混出来的你们都清楚，我能娶上简艾不容易，我能打下这份家业也不容易，从今以后就是他妈的鲜花我也不敢沾了，哥，今后当牛做马，我一辈子也要报答你俩，求你们了！说着，滕松巍扑通一声跪在了洪依彪面前。

就在这时，胡玉推门进来了，一把抓起滕松巍说：你是男人你就站起来，别求他们。说实话，我并不想为难你，我也知道我这是在往火坑里跳，可我姐不答应，医生说我如果这次流产后今后再也怀不上孩子了。胡玉的话未说完泪水已经出来了。

洪依彪呵斥说：都站起来，把眼泪擦干净，你们不怕简艾看见啊，还嫌不够乱啊！

## 72

洪依彪骂完人，大家都低着头不再说话。

洪依彪心想，这事如果帮简直处理好了，简直不会不感激我洪依彪的。

过了一会儿，洪依彪站起来去厕所用手机拨了一个电话给吕布尼。

## 73

简直推开简艾的门，简艾正与会计在算账。

会计与简直以前就认识，见简直进来，就很客气地给简直倒了一杯白开水，很客气地掩上门出去了。

从表面上看，简艾的生活似乎还比较正常。无论衣着打扮还是语言，都能显示出一些成功人士的自信，从妹妹的身上已经很难找到一个乡下妹子的影子。简直看着简艾说：你抽空多给妈打打电话，她能听见我们的声音就是幸福的。

简艾说：你还说呢，妈最牵挂你了，妈听说你被提拔了好高兴的，还专门到爸的坟头上烧了纸钱。二哥说你已经半个月没给家里打过一个电话了。我准备让妈来北京住一段她也不来，她说她不习惯北京的气候。你有空了多打电话陪妈聊聊天，让妈听听你的声音。二哥说爸爸走后，妈一下子苍老了许多，话也很少了。

简直说：我去东海出差了，明天上班就打。唉，我这算什么官啊，就是吃苦受累，官升一级，责任大一倍，一点闪失都不敢有。这家店看来经营得还不错，新店哪天开业，还有什么困难吗？

简艾说：还缺点钱，都不是什么大事，我准备把这家店抵押给银行，要不周转不过来。现在饭店太多，竞争太激烈，没有一流的厨师、没有好的服务员，人家根本不买账，如果菜再没有特色就是死路一条。

简直安慰妹妹说：什么事都不是一帆风顺的。钱的事我帮助不了你，我们家的钱都是你嫂子管着的，我懒得操那闲心。你的店肯定没问题，来北京旅游的人多，顾客应该不是最大的问题。

简艾叹息说：你只会在机关坐办公室，哪知道开饭店的苦啊！外地来北京旅行的人只是散户，挣不了钱的。真正能带来利益的是机关那些带支票和公务卡来消费的人。我还要打点工商、税务、城管、卫生防疫，还得防着地痞混混，哪个环节不想到都会出问题，滕松巍只负责厨房和员工管理，外面的采购、客源、应酬，有时候累了我真的不想干了，回乡下种田多好啊，可一觉醒来，劲头又来了。刚进城时，就想挣点钱贴补家用，后来发现这北京城满地都是钱，只要你肯吃苦脑子活干啥都能挣钱，再后来挣了一百万元想二百万元，开一家店想开两家店，再后来就想开连锁店了，哥你别不相信，说不定哪天我们店的股票还上市了呢！

简直觉得妹妹说得很有道理，就很心疼地说：你也别太累自己，要休息好，有时间了应该去人大报一个市场营销的学历班听听课，算是对自己的一种心灵放松。

简艾感叹说：学我是不想上了，小时候学习成绩也不错，可父母重男轻女，一家人拼死累活都要保你一个人上大学，我高中毕业没考上大学想再复习一年，家里没钱，十六七岁就只好出来打工。现在哪还有什么远大理想啊，现在干啥也没有人愿意理了，做啥也不敢想了，现在一门心思把饭馆开好，把妈接到北京来享几年福，让二哥一家人过得好一点。

简艾几句话把简直的心说得酸酸的，眼泪都到眼眶里面了。简直原本想再向简艾提一下能不能借点钱了结滕松巍的事，就更不能开口了。

手机响了。是简明打来的，问简直麦当劳几点送到。简直一听傻了眼，简明要吃麦当劳的事早被忘记得一干二净了，忙撒谎说很快就送去。嘱咐简明别忘记了找同学好好补补功课，别忘记了给班主任老师补张假条。

与简明通完电话，立即让简艾打开电脑，在网上查到了一家离简明培训点最近的麦当劳，要了外卖并要求火速送到。放下手机，简直才感到，这个世界上谁都是可以欺负简直的，惟有简直谁也不可以欺负。老人必须孝敬、孩子是上帝、老婆惹不起、同学不能翻脸、同事不能得罪、上级不可冒犯，每走一步、每做一件事都得小心谨慎，看来自己只能当一辈子孙子了。

简艾说：哥，你犯什么愣呢？简明的学习生活你也不多关心一点，你整天在外面出差嫂子也不容易。对了，哥，听说嫂子她小姨人很好，又很精明能干，能不能让她到我新店里帮助我做做账什么的？我现在正愁找不到一个知根知底的人呢。

简直一听这话，就趁机说：小姨这人确实不错，干净利索，在大医院做过小领导，能力是没有什么问题的。她整天在我们家买菜做饭侍候我岳父，搞得真像简明姥姥似的。也不知道她愿不愿意董冉高兴不高兴，我试试吧！我看，你们店的领班胡玉就不错嘛，见了两次面，说话做事都很得体，可以让她试试嘛。

简艾一听就乐了：这你不用操心，我准备让她到新店当副总呢，这孩子聪明伶俐，大专毕业，我是要好好培养她的。

简直听简艾这样说，心里更难受了，对如何处理滕松巍和胡玉的事，心里更没有了主意。

## 74

胡玉和滕松巍准备晚饭去了，简直不在身边，洪依彪一个人独自坐在房间里饮茶。

洪依彪突然感觉自己无意间从一个众人有所求的人变成了简直的随从跟班，凭什么就应该时时事事为简直帮忙呢？转念一想又觉得自己的想法很可笑，自己现在手上掌握着机关的财权，别人有所求，如果简直这样的朋友都没有了真感情，如果有一天自己也需要有人帮助的时候谁真帮助你？

洪依彪从窗口向街下望去，吕布尼驾驶的兰博基尼已经稳稳地停在了楼下。这个女人是个谜，她的身世、她的背景、她与宏华以及宏华上面的管理决策层的交往都是谜，她身后的黄梦妮呢？简直啊，你被人拽到了这条船上，这条船华丽、奢侈、吨位很大，航行在大风大浪里都很平衡。但我们都是这条类似于“泰坦尼克号”上的演员，再好的戏毕竟是戏啊，我们背后的人才是导演呢！

## 75

简直推开308号房间的门，一下子被出现在眼前的人惊呆了。

吕布尼笑着说：简主任，你为什么不进来呢？难道不欢迎我们吗？

简直又看了看吕布尼和黄梦妮，才嗫嚅着说：没有别的意思，我没想到你们会来这样的小店吃饭。也都怪洪总，不提前告诉我，这里经营的可是川湘菜没有西餐，不知道你们可不可以接受得了，小胡，你去吩咐后厨，菜一定要清淡些，到旁边的西餐厅烤一例七成熟的牛排送来。

简直走到吕布尼身边的座位坐下。大家一边喝茶等待胡玉给每人面前的酒杯满酒。

吕布尼侃侃而谈地说：简主任你见外了，中国有句俗语叫入乡随俗，享受中国的川菜我是没有问题的。我不到二十岁就来北京语言大学读书，回到西班牙后又被政府聘用到北京为驻华商务参赞做秘书。我不敢说我是中国通，至少应该是半个中国通吧！当年我们在学院路从南吃到北又从北吃到南，小店路边摊全撮遍了。后来到大使馆工作后，我又吃遍簋街，至今簋街很多老板都认识我。记得有一次我们参赞经不住我忽悠去簋街吃了一次四川火锅，上下都上了火，一天蹲了七次马桶，大骂我是个骗子，还扬言要把我开回国内去。他经常告诫我们，谁要不好好工作，就罚他去吃四川火锅。

洪依彪说：纯粹是胡说，如果让我们四川人去吃一月所谓的西班牙大餐，绝对餐馆倒闭。吕布尼女士刚才还准备在中国找一个老公安家落户呢，我准备在网上贴一个帖子，号召全北京所有身高一米八以上、形象西化、教养得体、有西班牙语会话能力的男士们来应征。

黄梦妮说：我们老板这么漂亮，又有身份又有地位又有教养，如果这样只会招来两个麻烦：一是政府删帖，防止吕布尼姐姐一夜走红成为网络名人，二是造成北京帅哥群殴，影响北京的社会治安。

吕布尼哈哈大笑说：梦妮，你是不可以这样拿自己的老板开玩笑的，你也不怕我生气炒了你。一旦把我的征婚启示贴到网上，中国的芙蓉姐姐和小月月就没有饭吃了，我可不愿意。吕布尼的一言一行，都体现了她深厚的中国文化底蕴和民间交往能力。

滕松巍似乎忘记了自己眼前遇到的麻烦和自己的身份，就起哄说：喝酒喝酒，跟你们在一起太开心了。简直和洪依彪都狠狠地瞪了滕松巍一眼，告诫他要明白自己的身份地位，在不熟悉的女士面前少说不得体的话。滕松巍立马就明白了两位老哥的意思，低头不再言语。

但这一切都没有逃过吕布尼的眼睛。吕布尼用西班牙语与黄梦妮交流几句后，对滕松巍说：我很想认识你的夫人，能不能让她来陪我们一起共进晚餐？

滕松巍两眼看着洪依彪和简直，洪依彪又与简直交流了一下眼神，算是默许了。简直就对滕松巍说：快去啊，让简艾来为吕布尼女士和黄小姐敬杯酒。

黄梦妮说：简主任，我们虽然只有一面之交，但你谦谦君子的学者风度我们可是略有所知的，我们君子之交浓如酒，你可别劝我喝酒哦。

一番逗笑之后，凉菜上齐了酒也倒好了喝酒也就开始了，吕布尼还喝她的红酒，洪依彪、简直、滕松巍喝洪依彪带来的茅台，黄梦妮坚称要开车不能喝酒只能以茶代酒。洪依彪坚持要黄梦妮喝，黄梦妮就发嗲说：奥运会期间酒驾拘留十五天，你要还想见我，就别劝我喝酒，吃完饭如果大家有雅兴我还得陪你们去我店里做SPA呢。

简直一边给朋友敬酒一边注意观察与自己面对面坐着的黄梦妮，黄梦妮竟然那么平静那么自然那么淡定，与在东海陪自己过夜的那个激情似火的女孩子判若两人，这是一个什么样的女人啊？是神仙还是女巫？

胡玉拎着酒壶规规矩矩地站在简艾身后，简艾敬酒敬到谁胡玉就跟到谁的背后，俨然纯正的主仆关系，很温顺很淑女。简艾真的不知道胡玉是她的情敌吗？这个世界太具有戏剧性，人与人之间的交往太悲哀了。简艾在给吕布尼敬酒时，还用比较生硬的英语向吕布尼表达问候。吕布尼笑着说：我是西班牙人，你就说汉语吧，我的汉语说得还凑合。听洪总说你是简主任的妹妹，我与简主任是好朋友，你就应该是我妹妹了。

简艾说：我是属兔的，也许我比你大呢？看你多么年轻漂亮。

吕布尼说：不不不，我是属虎的，我比你大，来，喝了这一杯我们就是亲姐妹了！今后有机会了我带你去西班牙参加奔牛节。

就这样，吕布尼和简艾似乎就成为了真正的姊妹。

黄梦妮端着水杯走到简艾身后敬酒说：姐姐，我们老板刚才同意了洪总的建议，如果你们愿意，我们愿意给你的饭店一次性投资五百万元，我们不参与你们的管理，不过问一切事务，你一年后还本付息就可以了，但利息比银行利率要高三个百分点。如果同意的话我们明天就签协议打款。

简艾一听，脸上立即笑得如花一样灿烂，也不与滕松巍商量就表态说：太好了，你不是给我开玩笑吧？天下哪有这样的好事，利率虽然比银行高三个点，可少了很多复杂因素，比贷款合适多了。

黄梦妮说：不过我们得有一个条件，得让胡玉做你新店的副总年薪不得低于二十万，我们老板一进门就开始观察胡玉小姐了，老板很欣赏她，我们相信她能成为你的好帮手。

简艾说：好啊，这正是我所想的，我刚才还跟我哥讲了这个想法呢！

黄梦妮说：那好，一言为定，明天签协议！姐，来，我们庆贺一下，干杯！

滕松巍一听这话急了，脸色通红地说：嗨，这可不行啊，这得我们家里商量一下才好吧？我好赖也是一家之主啊！简直看得真切，正当妹妹与黄梦妮要干杯时，洪依彪的手在滕松巍的肩膀上用劲地拍了拍，滕松巍似懂非懂地也就安分了。只是胡玉原本很兴奋的眼睛在人们不经意的时候狠狠地瞪了滕松巍一眼，又迅速地移开了。

滕松巍就坡下驴地说：我们家是女人当家，你们怎么说就怎么办吧！我懒得发表意见了。

趁妹妹与黄梦妮交谈得很热烈的时机，简直端起酒杯将洪依彪拉到一边问：你这是导演的哪一出啊，我都搞傻瓜了，你可别把事情搞砸了，我不愿把工作与家庭生活搅在一起的，我从山沟沟里混到今天不容易。

洪依彪说：你放心吧，吕布尼现在是在买股票呢，在宏华内部在吕布尼们眼里，你是潜力股。买你这支股票，她又损失不了什么，你放心，明天胡玉就会自觉地去做了肚子里的孩子回来当她的副总，你们家今天赚大了！

简直这才明白了洪依彪的良苦用心，感激地说：谢谢老兄，你是我们一家在北京最亲的最值得信任的朋友。我只是有些担心，胡玉留在简艾身边，别再出什么乱子啊！

正当洪依彪和简直要干杯时，黄梦妮拉着简艾挤过来说：不行，这酒得加上我们俩，得喝一个大杯。一为有你们这么好的朋友，二为简艾姐有这么好的哥哥！干！

黄梦妮也不管其他人是否喝下了，自己先仰头喝了一大杯，眼睛里立即就涌出了泪水来，眼睛盯着简直深情地说：今后，你们俩就是我的哥哥了！

## 76

喝下这杯酒后，洪依彪感觉到自己终于将简直拽上了同一条船，今后的日子我洪依彪与你简直就真正要风雨同舟、荣辱共生了。

洪依彪端起酒杯对简直说：陈总很欣赏你，也很重用我，我们都得为陈总努力工作，绝不可以给他丢人。喝完这杯酒后，在北京、在宏华，我们就是比亲兄弟还要亲的人。

简直一口喝干杯中酒说：我们早就是亲兄弟了！

## 77

离奥运会的日子越来越近了。

北京的临街的房屋被修葺一新，街道拓展了变得干净整洁了，在北京的外来务工人员被清理回了原籍，城市不再嘈杂，汽车在五环内也实行了单双号限行制度交通不再拥堵，人们似乎在兴奋地等待一个全新的时代的到来。

简直刚一打开办公室的门，公务秘书小冯就抱着一摞文件幽灵般地跟了进来。小冯一边让简直签收文件一边说：简主任，张主任让您八点半到他办公室去一趟，说有重要事情与您商量。另外，您们去写材料的地方我已经给您们联系好了，在怀柔培训中心，去几个司机您定，给您多预留了两个标间。

小冯还要说什么，办公室的电话铃声响了起来。简直等电话响了三声才拿起电话，是刘昊天秘书打来的，让简直立即上楼去一趟，陈颂华要见简直。

简直看一眼手表，离张好武要求的时间还有十来分钟，犹豫了一下抓起桌上随身携带的包就向门外走去，反身对冯秘书说：陈总找我有事，你先报告张主任，我一回来就去他办公室。

在刘昊天秘书的引领下，简直第二次进了陈颂华办公室。

陈颂华和张好武已经聊上了。陈颂华见简直进来，少有地笑笑说：小简啊，听说你夫人出国了，如果让你们相对封闭搞一段时间的汇报材料，家务事怎么办孩子怎么办啊？

简直回答说：我和小董平常也不太管家务事，都是岳父和小董的小姨在操持。您有什么指示尽管吩咐就是了。

陈颂华说：我这人不反对男人操持家务，但也反感男人陷于家庭事务。我今天找你来，是有个新情况，今天早晨接到通知，奥运会结束后，我要参加中央党校一个省部级干部读书班，专题研究经济全球化问题，高层领导要讲话也要听取骨干企业的汇报。我刚才已经给张主任交代过了，由张主任牵头，简直同志具体抓落实，在总公司机关给你抽三四个有思想、理论水平较高、视野开阔的人组成一个写作班子，结合我们在0801厂调研的情况，把这篇汇报材料做好。

简直说：我的阅历和能力不知道能不能完成您交给的任务，我还有些紧张呢！

陈颂华说：我相信你的文字能力和观察问题的独特视角，现在关键的问题是要有信心。我以为，这篇文章不能超过五千字，立意要高，要站在全球经济一体化的角度分析中国装备制造业面临的形势，寻找出一条打造一流民族品牌企业的理论研讨文章，要有理、有据、有力、精练。我让刘秘书给你们准备了一些内部资料，奥运会期间你们就不要休息了，这篇文章做好了我给你们放假。

## 78

从怀柔回到北京路上只用了一个半小时。洪依彪原本要回家吃饭的，但小姨子来电话说她感冒了，要洪依彪送点药去。

没有办法，洪依彪只好很顺从地买了药送去。刚一进门小姨子就从门后跳出来扑进了洪依彪怀里。

洪依彪企图推开小姨子，但小姨子胸前两个热烘烘的“小兔子”把洪依彪留下了，而且越贴越紧。两人亲热一阵后，洪依彪说：你不是生病了吗？也不怕你姐发现了骂你，没大没小的。

小姨子说：你怕了啊，当初你喝高了强行要我的时候你怎么不怕？

洪依彪知道纠缠不过小姨子，只好转移话题说：爸妈去什么地方了，还没回来？

小姨子说：你脑子被驴踢了啊，你给爸妈报的新马泰二十日游，才走几天啊！

洪依彪说：那也得小心点，你姐偶尔不是也回来拿点东西吗？让她逮住我们一切就完了。

小姨子把嘴一翘说：现在的男人谁没有一两个情人啊，现在的女人谁会在一棵树上吊死啊！再说了，我又不会缠你一辈子。

洪依彪脱掉外衣坐在沙发上，小姨子顺势就坐到了洪依彪腿上。

小姨子一边用手理洪依彪有些散乱的头发一边说：我都离婚好几个月了，你要怕她抓住，就给我另租房子。

洪依彪想了想说：正好我有一套两居室闲着，你姐不知道，你偶尔可以过去住。

小姨子跳起来说：好啊，姐夫万岁！来，我现在就奖励你。说完，小姨子牵着洪依彪的手就进了她自己的卧室。

## 79

这天下午下班前，简直提前将去培训中心要带的文件材料收拾好，给家里打了个电话，告诉小姨晚上准备陪全家人到简艾家餐馆吃顿饭。但小姨不同意，非要简直回家吃，并强调经常回家吃饭才能感受到家的温暖。

简直想，一个多星期没在家陪老人吃饭了，就答应了朱小和的要求，下班就早早地回了家。

坐在车上，简直才想起应该给董冉打个电话的事。

拨通两次董冉的电话号码，董冉没有接听。简直就发了个短信给董冉：老婆，我很想你。我们全家都很好，我明天去培训中心写材料了，祝你开心顺利！

董冉的短信很快回了过来：谢谢，放心我很好。一星期后回国。

回到家里，饭菜已经端上桌了，冒着热腾腾的气息。两个小咸菜、一个腊肉香肠拼盘、一个蘑菇炖鸡、一个香芹炒豆腐干、一个干烧草鱼。无论是色彩还是味道，都赤裸裸地勾引了简直的食欲，胃液立即被调动起来。简直放下包洗了手坐到餐桌上，小姨立即就端上来一小碗米饭。

简直已经很长时间没有这样享受美食了，没有应酬没有酒的饭吃得真香啊！简直告诉小姨和岳父说，奥运会期间自己要出去写几天材料，希望老人们保重身体，有什么急事可以打电话。简直吃着吃着，突然发现桌上的气氛有些不对，一向热情多话的岳父和朱小和的表情都有些异样，都在埋头吃饭，并不互相交流。

简直调侃说：小姨，是不是我们这几天不在家吃饭，您特别想我们啊？

小姨朱小和说：可不是吗？两个人的饭太难做了，吃起来也没有味道。

简直说：哦，没关系啊，你们不想做偶尔到外面的餐馆吃也可以，到简艾的餐馆记账也可以。

小姨说：他才不会带我出去吃呢！我只配做他的保姆。

简直听小姨这样说，立即明白可能岳父董大晖与朱小和闹别扭了，就批评岳父说：爸，您这就不对了啊，您这是拖我和董冉的后腿啊，您整天教育我们要建设和谐家庭，每一个家庭和谐了社会才能和谐，怎么一到自己就做不到了呢？小姨一天多辛苦啊，为我们家洗衣做饭还要侍候您，小姨这种精神比雷锋的境界还要高呢！您如果不主动向小姨道歉，等董冉和简明回来，我们开您的家庭批斗会。

董大晖红着脸哈哈一笑说：没事没事，我们也就拌了几句嘴，过两天就好了！

小姨朱小和说：你看你看，他还嘲笑我，我年老色衰，当保姆别人都是瞧不上眼的，还招人烦挡人路，杨振宁八十多了还娶小姑娘为妻呢，我看有些人就有娶小姑娘的心思。简直啊，再待几天等小冉回来我就回我们保定去，过我们小地方人的日子。

简直说：爸，这可真是您不对了啊，小姨比您小十多岁，您们平时好得像一个人似的，咋说怄气就还真的怄上了呢。这一阵我、董冉、简明都不在家，您可得多照顾小姨才是，小心董冉回来跟您急。说完简直给董大晖使了个眼色，意思是让董大晖给朱小和一个台阶。

简直认为董大晖会趁势给朱小和道个歉就过去了，谁知董大晖又哈哈一笑说：真是误会啊，我一会儿还得去街道转转给老年舞蹈队的同志们搞点眉来眼去，你陪她好好聊聊吧！我说不过她。

吃完饭，董大晖戴上红袖标哼着京剧《智取威虎山》“打虎上山”出了门。没有办法，简直就一边帮助朱小和收拾碗筷一边劝朱小和说：小姨，董冉她妈妈在世时就骂爸是个老倔驴，您也知道他的性格，您就让着他一点，能有多大的事让您这么生气啊！

朱小和说：简直，你说我能不生气吗？你看他笑得开心的样子哪有知错就改的样子嘛。今天天热，我怕他热中暑，就做了冰镇的酸梅汤给他送去，你知道他怎么对我的吗？他给一群画得像鬼一样的老妖精们眉来眼去的，愣是假装没有看见我。

简直问：他们是不是在排练节目啊？

朱小和说：是啊，我在一边等了四十分钟他也不理我，人家该唱唱该跳跳就当没有我这个人的存在，我就把酸梅汤给泼了！有时候我就想，我凭什么来侍候他啊，保定又不是活不了人。

简直一听乐了，哈哈大笑一阵后说：小姨，我明白了，您这是在吃我爸的醋呢，您知道吗，这个世界上的男女只有两类人才会吃醋，一类是有感情的两口子，一类是心里有爱的人。

小姨朱小和说：我一老太太，还有什么爱不爱的，人家才不把你当回事呢！在他眼里，我就是个不要钱的保姆。

简直更开心了，安抚小姨说：您这才错了呢，每次您从保定过来，我爸又是刮胡子又是穿新衣的，整个换一个人，您只要一走，他就蔫了，这还不是爱是什么啊！连简明都看明白了，还吵吵要给您们办婚事呢。我看啊，等董冉回来，我们把婚事给您们办了，让您们真正牵手过日子，您明正言顺地管着他，看他还牛烘烘的。

朱小和一听简直这样说，也不生气，假惺惺地嗔怪简直说：你小子也欺负你小姨是吧，我才不稀罕管他呢！

## 80

洪依彪回家已经是晚上十点，见老婆坐在沙发上一边吃西瓜一边看肥皂剧，就自言自语地说：又跑了一趟怀柔，累死了。说完，从包里拎出一包怀柔出的干果放在茶几上说：吃吧，这是你最喜欢的。

洪依彪媳妇站起来问：我这件裙子怎么样啊，好不好看，今天朋友从法国带回来的限量版，钱还没付呢！

洪依彪说：钱没付你就穿上了啊？自己喜欢就行，多少钱你自己拿，昨天给你梳妆台抽屉里刚放了两万元现金。

洪依彪老婆笑着说：是吗？我还没注意呢！今后除了钱，你是不是还可以陪陪我说说话啊！自己的女人也是需要滋润的，每天回来死猪一样躺下就打鼾了！

洪依彪说：老婆，我今天真累了，不信你问简直嘛，我们忙了一整天。

## 81

宏华的培训中心建在离怀柔县城不远处的一个山坳里，可以静静地呼吸到密云水库飘来的清新空气。培训中心四周山清水秀，绿树成荫，一座小桥从溪流上飞过，将两座银色的别墅式主建筑连到了一起。这里不仅夏天能垂钓，冬天也能在温室鱼塘里钓到罗非鱼，还能泡温泉，吃到独具特色的烤红薯、酸菜鱼。每到夏天，宏华的中高级干部理论读书班都要到这里举办，一些老干部和上级机关的人、友邻单位的人以及领导干部的亲朋好友也会来这里避暑。但这个庞大的建筑群并不赚钱，宏华高层的人都知道，宏华每年要为这个培训中心拨付培训经费。

简直的车刚一停稳，车门就打开了。出乎简直意料的是，开车门的竟然是庄怡恬。

庄怡恬一脸严肃公事公办地对简直说：简主任，为了不让你们分心，张主任昨晚临时安排我来为你们搞好生活保障。这两位是培训中心的郑主任、庞副主任。

站在庄怡恬身后的两位穿T恤衫的中年人立即笑容可掬地迎上来跟简直握手，说了很多类似于欢迎简主任检查指导工作之类的客套话。拎在简直手上的行李也被跟在庄怡恬身后的两个漂亮服务员拎走了。

一行人进入简直住的房间后，庄怡恬一本正经地向简直汇报工作说：简主任，快到中午了，吃完饭你们先休息一下，下午开始工作。我就住在您的对面，涉及服务保障的事，我随叫随到。

简直本想拿庄怡恬开个玩笑，见接待中心的两位领导毕恭毕敬地站在一边，也就很严肃地说：没什么更多的事也不用培训中心的领导操太多的心。电脑我们自己带了，你先安排人找个小会议室把投影仪装好，我们下午就开始研究提纲。吃饭越简单越好，不必烦琐以免耽误时间。对了，准备一点方便面和水果，加班晚了用得着。

庄怡恬说：投影仪已经装好了，每个人的房间里都准备了水果方便面火腿肠。

简直转身对接待中心的郑主任说：给你们添乱了，你们接待任务重你们忙你们的。

简直知道，这个培训中心虽然名义上是办公厅管着，但实际上只跟着总公司的几个老总和张主任转，部门的副职领导既不能给他们钱也不掌握他们的生杀大权，在他们眼里也就那么回事。而且大家都知道，这位郑主任是正处级，是陈总父亲以前的警卫员。简直自然就要小心三分。简直很友好地说：我这人没那么多麻烦和客套，你们忙去吧！还有四十分钟才开饭，庄秘书，你去通知他们过来，我们开个短会。

培训中心的两个主任离开房间后，与简直一起来搞材料的几位同志就都陆续到了简直的房间，人人手里都捏着一个笔记本。

大家都落座后，简直说：你们四位都是机关写材料的高手，你们参加这次为陈总起草发言稿，都是陈总和张主任商量后定的。我是第一次牵头，还望各位老兄多支持，写好了荣誉是大家的，搞砸了责任是我的。你们有什么要求和想法先说说吧，我和庄秘书为大家做好服务保障工作。

在宏华机关当了半辈子研究员的奉国权说：简主任，你不必对我们客气，我们这一辈子做不了生意当不了官，过去靠手上的笔吃饭，现在靠怀里的电脑过日子。不给领导写讲话起草文件，我们就得下岗就没有饭吃了。

年轻一些的副研究员苟太平与简直是前后脚进的宏华公司，他的说辞就没有那么客气了：头儿，你思想敏锐，站得高看得远，又有陈总面授机宜，你怎么说我们就怎么干，但有一点我得说，这写材料是一个严重损伤脑细胞的事，你在福利方面给我们搞好一点就行了。

简直与苟太平过去经常在一起为领导和总公司起草各种文件，知道苟太平的性格表面上玩世不恭，骨子里是一个很有思想很有能力的人，这次为陈颂华起草发言稿，很多方面还得依仗苟太平。就客气地说：这个你们放心，为了保障好这次攻坚战，张主任亲自安排庄秘书到一线来保障，庄秘书一定会让大家满意的。我们用两天时间消化相关文件资料，两天时间讨论提纲，三天行成汇报稿。

从房间出来，庄恰恬与简直肩并肩地走在一起。其他几位一块来写材料的人远远地跟在背后，讨论本届奥运会上刘翔可能获得的名次问题。奉国权说稳拿冠军，苟太平说绝无可能。苟太平的理论很有独特之处，他说，中国人把运动当政治，外国人把运动当作锻炼身体。总结中国人在世界运动史上取得冠军的历史就很有意思，中国人独立作战的能力比较强，如武术、麻将、跳水……隔着网的运动还凑合，如乒乓球、羽毛球、排球……最差的就是抱成团或面对面的较量，如拳击、足球、篮球，由此可以总结出一条经验，中国人在运动场上自己玩是高手，没有危险隔着距离玩是新手，面对面玩是残疾手。

简直对体育运动没有兴趣，聊着聊着就与其他人拉开了距离，与庄恰恬的距离反倒更近了。简直是第一次被人前呼后拥着自己带队伍出来，心里就有了当家做主的感觉。简直突发奇想地逗庄恰恬说：你知道我前几天去东海见到谁了吗？

庄恰恬问谁，简直说：我见到俞继飞了！还在一起吃饭了呢！

庄恰恬很兴奋地问：他问到我了吗？他好吗？

简直这才发现庄恰恬那天拥抱俞继飞并不是酒后的冲动之举，而是真的犯了魔怔了，就后悔不应该挑起这个话题，轻描淡写地说：很随意地问了一句，似乎连你的名字都没有记住。你是不是真的爱上他了啊，据我所知，他都已经有孙子了，你可别真追啊！

庄恰恬闪亮的眼睛一下子黯淡下来，感叹说：唉，都怪我认识他晚了，要是早些年，我早就去追他了。不过没有关系，下次去东海出差我让苏锋再安排一次见面。

简直说：看来你真是病得不轻呢！庄恰恬，作为你的好朋友我真的警告你，不要玩这种危险游戏。

庄怡恬压低声音说：你越这样说我越爱他越要去找他，我就喜欢他唱戏时顾盼生辉的样子，你管得着吗？我这次把你们的事服务完了就休假，就去东海找他。

荀太平调笑说：你们俩争论什么呢，是不是要给庄秘书介绍对象啊？小心撞了玻璃墙。

简直抬眼一看还真的险些撞了玻璃门，就避开话题说：我可没那闲心管介绍对象的事，我让她找有关美国高盛公司破产前三年的原始债务资料呢，她想偷懒。

## 82

洪依彪这套两居室的房子是他以每平米八百元的价格买下的，这个价格别说现在的北京城没有，二十年前的北京三环内也没有。

洪依彪就是以这个价格买下的，但房产手续上的价格是一万九千元。

洪依彪将房子粉刷一新后，置了一些简单的家具，就让小姨子自己搬了进去。房子两套钥匙，洪依彪与小姨子立了规矩：每个星期只去一次，不准带任何男人女人陌生人回家，不准外借。

## 83

在郑主任引导下进入餐厅。

郑主任让简直坐中间的主宾席，简直坚持不接受，非要推让年长的奉国权坐中间。荀太平调笑说：简主任平易近人，低调惯了，奉老革命谦虚谨慎，我呢没有享受过这待遇，求求你们几位，让我也享受一把坐主席的感觉吧！

经荀太平这么一说，简直就不好再推了，名正言顺地第一次坐上了主宾席。

简直见服务员们要往杯子里倒酒，就对郑主任说：郑主任，我们这次来的任务很重，酒就别喝了，下午还要研究提纲，喝酒会误事。再给你个建议，菜简单一点，别搞那么多，吃饱吃好就行。

郑主任说：您当主任后第一次来我们单位，其他几位也很久没来了。第一餐饭算我们尽地主之谊接风，少喝一点睡个午觉就好了，也不在乎这一天半天的，我们中心的中层以上管理人员都来作陪，你不让喝大家没面子呢。

简直看酒杯里已经斟满了，大家又都在看着自己，也就不好再推辞，说：那说好了，表示一下有个心意就是了。简直知道，像他这个级别的干部，在官场吃喝中的潜规则是很多的，不喝不拿，别人说你太牛逼端架子，大吃大喝伸手拿要，别人会背后骂你，有点尊严的人都会对自己的行为有所节制。

郑主任端起酒杯站起来说：首先欢迎尊敬的简主任率领的总公司工作组到我培训中心视察工作。众所周知，各位都是总公司领导智囊团的核心力量，是全国有名的笔杆子大秀才，能选择到我们中心来为陈总准备发言稿，本身就是对我们的信任。我提议，为大家写作顺利愉快，干第一杯！紧接着，郑主任就按北京人喝酒的惯例提议了三杯酒。

这天中饭，简直他们都睡到三点半才起床。

简直让庄怡恬通知餐厅，晚上如果再上酒，就不到食堂吃饭了。

## 84

洪依彪打电话告诉简直：你在怀柔有什么事可直接跟郑主任讲，他是我哥们儿。我要去东海几天，有什么事回来联系。

简直说：这里有个叫侯翠的女经理，很能喝呢，等我的材料搞差不多了过来喝次酒。

洪依彪说：我知道了，工作能力也很强，是张好武主任陪陈总去江苏盐城的新四军纪念馆参观时挖过来的人才。过几天我正好去那边有点事，你先抓紧做事吧！

## 85

怀柔夏天的温度比北京市区的温度要低两三度，到了夜里，一缕缕凉风吹来，人的心肝脾脏都是爽快的。但简直他们没有时间去体验这种山里特有的清新气息。

第四天傍晚，余晖下。已经累得精疲力竭的简直他们从会议室出来准备去餐厅吃饭，眼前的一幅剪影将所有人的精神唤醒了。在小溪的木桥上，一个身着洁白长裙的年轻漂亮女子，正如痴似醉地用小提琴演奏德彪西的曲子呢，简直他们不由自主地停下了脚步。周围的一切都静悄悄的，溪水的流淌声音并没有破坏小提琴手美轮美奂的演奏，一切是那么和谐，那么令人痴迷。庄怡恬说：上帝啊，你为什么要支使人们发明音乐这个魔咒呢？让这个世界凡是有听力的人都为你痴迷。苟太平赞叹说：这个世界上最无聊的事业就是为领导人起草报告撰写讲话稿了，如果能娶这个女孩子为妻，我将一辈子别无所求。庄怡恬讥讽说：苟老，你还是很有希望的，要么你是李嘉诚、霍英东的儿子，要么是世界级演奏大师，否则，你就只有看的份了！苟太平说：唉，如此美妙的音乐和如此漂亮的女孩子都被世俗了，人心不古，悲哀啊！

一直沉默无语的奉国权突发奇想地建议：我不懂音乐，但这个女孩子是否真的如诗画般神奇，我们可以打个赌。凭我五十多年的人生阅历，身材如此窈窕，琴也拉得行云流水，她要么是个神仙，要么是个奇迹，我们可以打个赌。

苟太平说：反正汇报稿已经基本成型了，我们可以赌一下，谁输了谁喝半斤白酒。

庄怡恬说：她身材好琴拉得好，人长得一般。输了我喝酒，谁跟我站在一边。

苟太平说：我坚信她就是天仙一般的提琴仙子。输了我喝八两。

奉国权站在庄怡恬一边，同行来写材料的小周站在苟太平一边，简直和郑主任只笑不表态。简直说：你们真是的，漂亮不漂亮问一下郑主任不就行了吗？郑主任一定是见过这个小提琴手的。

郑主任说：这个女孩子是刚从英国留学回来，是0801厂苏总送过来的，洪副总也来看望过她，吃住都是记账。听说留学期间被某驻外机构的公子哥给扔了，她每天这个时候准时出现在小桥上拉琴，已经在那里拉了一星期了。至于她是否漂亮，审美标准不一样，我不好掺和。

苟太平说：那这个赌我赢定了，庄秘书你就等着喝酒吧！驻外机构的公子怎么会看上一般的女孩子呢？再说，苏锋和洪依彪都如此关心的人，要么是背景，要么长得漂亮，二者必居其一。

庄怡恬说：那可不一定，就是真输了我也得去看看，走，大家一路去见证一下。

其实，简直心里也很好奇，也很想去看一眼，苏锋和洪依彪与她究竟是什么关系呢？这本身就很神秘。但他却说：你们就无聊吧，抓紧吃饭，晚上还要加班呢！

苟太平起哄说：别啊头儿，今晚电视要转播奥运会开幕式都不让我们看啊，太“周扒皮”了吧！再说这几天已经严重眼疲劳了，我们去看一眼这个姑娘也算是养养眼，有什么不好的。

就这样，简直他们一群人佯装散步来到了拉小提琴的女孩子所在的小桥上。

女孩子仍然旁若无人地拉她的小提琴。

女孩子除了右眼角一颗米粒大的痣有点败笔外，无论是身材还是长相，几乎无可挑剔。她的淡定自若，微风轻拂起来的秀发以及行云流水般的琴声，几乎征服了简直一群人的好奇心理。

谁也没能找到更合适的理由为庄怡恬辩护，这天晚上的赌博庄怡恬输了。

庄怡恬喝完酒后感叹说：这个女孩子的内心一定在流血，她的骨子里一定隐藏了很多不可告人的故事。

## 86

洪依彪并没有去东海，洪依彪直接去了苏州。

洪依彪此行的事办得并不顺利。

洪依彪被一个老女人从一家宅院里轰了出来，至于因为什么，没有人知道。

## 87

为陈颂华起草的汇报材料基本结稿的那天下午，刘昊天秘书和张好武主任如期到了培训中心。

张好武堆了一脸笑。张好武对大家说：同志们这一段很辛苦，我代表办公厅的全体同志和领导谢谢大家了。

荀太平笑笑说：有主任这句话我们就知足了，遗憾的是我们没能在北京感受奥运会开幕式盛大空前的节日氛围，唉，我们这一辈子是没有机会了。

张好武说：各位别有意见，刘秘书知道，盛什么大空什么前啊，整个运动会期间，按规定我们几乎没有出过门，车辆限行，有些敏感地方不让去，更别说狂欢了。有一天我儿子要去三里屯喝酒还被便衣警察训诫了一顿。说实话，我们除了看电视加班以外，没有感觉到这是一个狂欢的盛宴。不过，陈总心细，体贴你们几位，还专门通过组委会的关系给你们搞了几张最后几场比赛的票，有兴趣的可以去看看。

小周很兴奋地喊了一嗓子：陈总万岁！无论如何我也要到鸟巢去一趟，再垃圾的项目我也得去见识一下。

刘昊天说：你们传回去的初稿，陈总和总公司的几位领导都很满意，他又加了一些他自己的意见，主要涉及次贷危机后中资企业进军国际市场的风险防犯相关的一些问题。现在离晚饭还有三个小时，你们还得辛苦加会儿班整理整理。

奉国权说：哎，我们回北京的东西都收拾好了，这点小问题，让简主任动动脑子就够了。

刘昊天嘿嘿一笑说：奉老革命您可别后悔啊，陈总亲自吩咐，要对你们这次写作班子的有功之臣一人送一件纪念品呢！我相信，这个东西你们人人都想要但目前人人都还没有。

苟太平说：陈总送的啊，那一定价格不菲。快给我们开开眼。

庄怡恬惊呼：上帝啊，陈总不会是给我们一台ipad吧！

张好武说：好了好了，你们快去干活去吧，再辛苦三个小时，晚上培训中心的领导请我们到“九十九顶毡房”吃蒙古烤全羊，到时候大家吃着手抓肉喝着奶茶听着马头琴，感觉不会比看奥运会差到哪里去。

大家散了以后，张好武叫住简直说：你们这一阵很辛苦，材料陈总很满意，回去后我们尽快分头请几家主要媒体的老总们吃顿饭，争取陈总在中央党校发完言后以党委中心组名义发表，要充分体现公司党组以党的创新理论指导总公司全面发展的经验。

简直说：我已经有所准备了，经您这么一说，我更有信心了，只要您出面协调，这篇文章一定会产生一定的社会反响的。

张好武说：陈总最近特别重视网络舆情，文章出来后，要有意识地跟进一下，这个工作我交给他们做你就不要分心了，你要更多地考虑办公厅建设高端的问题。有件事我也给你透个底，由于年龄的原因，我直接进总公司党组班子的希望不大，但陈总很关心我的成长，让我九月份到国家行政学院学习半年，争取在退休之前给我的任命后面加个括号，解决待遇问题。这样，我就希望你把办公厅的全面工作抓起来。

张好武传递的这个消息使简直满脸通红，呼吸急促，憋了一阵才结结巴巴地说：主任，我任这个职务才几个月时间啊，一直在外跟领导写材料到外地下工作组，办公厅的很多业务还没有接触呢！让其他老一些的副主任负责吧！

张好武说：怕什么，只是让你牵头负责。我还是办公厅主任又不离开北京。大事小情我还掌控着，搞不准的事你及时给我报告，我会给你出主意。林彪二十多岁就当军团长了，解放初期的党和国家领导人一多半就是你这个年龄，中央各分局的书记都没有你大呢，要敢于负责任。

简直说：我只是怕辜负了您的信任呢，我努力就是了！

## 88

简直没有直接去会议室与大家一起改汇报稿。简直心里很清楚，陈总讲的思想，自己事先私下已经与苟太平商量过，简直相信，苟太平此时与其他人正在改着呢！

简直看张好武被培训中心主任副主任们簇拥着进了小楼会议室，自己就打开房门进了自己的房间。

简直拿起电话给苏锋拨了个电话，苏锋说正在开会，两分钟后打过来。简直就站在窗前发愣：张好武为什么如此器重自己？陈颂华真的会欣赏自己的文品人品和政治操守吗？吕布尼、黄梦妮与自己交好的真实目的何在？简直一时清楚一时糊涂，他脑子里面一片混沌真的想不明白。

苏锋电话打过来了：简主任你有什么指示？我刚才正陪军方的领导和军代表们召开产品验收会呢！

简直说：我在培训中心给老板写发言提纲呢！我想把写好的材料用电子文档给你发过去，请你替我把把关！

苏锋哈哈一笑说：你的头脑那么敏锐文笔又干净利索，我都多年不干了跟不上时代了。你可以传给我让我学习学习长长见识。

简直说：好吧，我一会儿将文件发到你文档里，今晚你加个班，把你的意见改在上面明天早饭前发回来。另外问你件事，你要如实告诉我，你是不是有个表妹在这里疗养，我不好问别人。

苏锋沉吟一阵后问：你怎么知道的？还有谁知道？

简直说：我们看见她了，出于好奇我们打听来的，我们写材料的几个人都知道是你表妹。

苏锋说：一定是培训中心郑主任没管住自己的嘴，那我告诉你，此事到此为止不要再外传，我一会儿会打电话给培训中心的人让他们闭嘴。也要想办法让你身边那几个人从此不要再议论这件事，干脆就说她是我老婆的表妹好了。你不是外人我可以告诉你实话，她叫叶婉，她的过去与某个重要领导有关系，她患有严重的抑郁症。

简直问：我明白了苏总，需要我做什么吗？

苏锋说：我一会儿给她打个电话，如果她想见你，你可以代表我去陪她聊聊，我给她打完电话给你发短信。

隔了一会儿，苏锋又打回来电话说：算了吧老弟，她现在谁也不愿见，过一阵也许就好了。

简直说：苏总，你和陈总对我恩重如山，需要我做什么随时吩咐就是了，别把兄弟当外人。

从窗户向外眺望，着一袭白色连衣裙的叶婉又在小桥之上开始拉她的小提琴了，上帝制造了音乐，上帝也制造了魔鬼，让优美的音乐和动人的画面永恒吧，阿门！

她确实很漂亮，她简直就是一个女神，不知是谁毁掉了这尊女神的昨天啊？庄怡恬的感慨让特别专注于窗外的简直吓了一跳。

简直有些生气地说：你进门也不打声招呼，要在晚上会吓着人的。

## 89

回到北京，洪依彪忐忑不安地在办公室待了几天没敢出门，小姨子打来几个电话但洪依彪没有去，每天下班准时回家吃饭。

第四天下午，刘昊天打来电话，让洪依彪再去一次苏州，特别嘱咐：不要结果，只要过程。

## 90

培训中心的门口停着两辆车，一辆奥迪小轿车一辆考斯特面包。

按照官场上坐车的惯例，简直很自然地上了停在后面的考斯特。一上车简直就吸了一口凉气，坐在车上的不仅有张好武、刘昊天和写作组的成员，侯翠等四位餐厅美女也在车上，看来今晚这场酒又是一场恶战了。但因为有张好武和刘昊天在场，简直也就不好说什么。

简直迅速在刘昊天身边的空座上坐下，以歉疚的口吻对张好武说：不好意思，接了老家一个长途，让你们久等了！

车队顺着溪流边的小路向山谷深处开去。

简直知道，在中国社会在中国官场上，孝子是不受责备的。张好武并不接简直的话，问陪同的培训中心郑主任："九十九顶毡房"有多远啊，别搞太复杂了，影响不好。陈总最反对的就是奢侈浪费。

郑主任说：也就是一个民俗餐饮，内蒙古烤全羊。你们在北京待久了难得有这个体验民族风情的机会，主要是请你们听听蒙古长调吃点手抓肉又不值多少钱，领导们尽管放心就是了不会违反纪律，从这里出发到毡房最多二十分钟。

车队越向山里走，森林越厚密，空气越湿润，渐渐地鸟兽也多了起来。因为张好武主任在车上，张主任不讲话大家也就没有了往常的热闹。只有庄怡恬说：这么偏僻的地方，有人来吃饭吗？晚上怕是会有鬼呢！

郑主任说：投资方是台湾商人，他们很有头脑的，你们去就知道了，客人很多的，不提前一天还订不上大毡房呢！你们就放心吧！

张好武仍然不说话，大家也就没有了话语。

只一转眼工夫，眼前就出现了一大片开阔地带。在开阔地的中央，一大片蒙古包被桦树制成的围墙包了起来，毡房顶上冒着炊烟，毡房的帘子前拴着一条狼狗。

车队在桦树搭起的大门前停了下来。

郑主任说：各位领导请下车吧，这里有两道礼仪，一道是进大门，一道是上全羊，现在是第一道。

车门刚一打开，窗外以马头琴、长号为主要乐器的演奏已经开始了，在郑主任的引领下，张好武第二个下车，刘昊天与简直客套两句后，简直也紧随张好武下了车。列成两排的蒙古男女手捧哈达载歌载舞地拥上来向简直他们献上了哈达。

庄怡恬显得很兴奋地也跟着蒙族歌手们跳了起来，一边跳一边对郑主任说：郑主任，这多美啊，比在北京的任何高级餐厅都美，比在你的培训中心美，下次有机会了你还得陪我们来。

在通往毡房的小路径上，简直意外地发现拉小提琴的女孩子叶婉也跟在队伍后面，一个人不声不响地低头走着，脸上带着淡淡的笑容，接受蒙族歌舞的祝福欢迎。

蒙古包里膻味很重，一缕浓浓的奶酪、羊肉、皮革味掺和在一起。简直注意了一下已经坐满的座席，拉提琴的小姑娘叶婉并没有跟着进来。简直假装打喷嚏走出毡房，叶婉与自己正好打了一个照面，叶婉的眉头紧锁着，从她的表情看，叶婉并不适应这种味道。

简直走近叶婉说：你好，我叫简直，苏锋的朋友，有什么事需要我帮助，你说一声。

叶婉欲言又止，眼睛注视着简直迅速看了一眼又游移到了脚下。远处是马头琴的声音在飘扬，歌声从一个毡房里流出来，剽悍民族的粗犷并不能改变简直眼前的阴柔尴尬。

叶婉说：谢谢您的关心，我平常就不吃晚饭，也不太适应这种味道，我在这附近转一转，听一听音乐。

叶婉便不再多说话，谜一样地消失在了黄昏里。

简直正犹豫是不是应该给苏锋或洪依彪打个电话，但有了苏锋的特别嘱托，也就只好作罢。庄怡恬已经找来了：简主任，发什么愣啊，你已经惦记上提琴公主了啊，不怕我告诉苏总你就去招惹吧！

简直说：别乱说，苏总是我们大家的朋友，我只是关心一下，瞎猜疑。

庄怡恬说：哼，我才懒得管你闲事呢，张主任问你干什么去了，大家都在等你，酒都斟好了！

## 91

洪依彪带着小姨子一星期内第二次去了苏州。

## 92

简直进入毡房后，培训中心郑主任开始站起来致祝酒词：在这个美好的夜晚，张主任带领总公司机关的各位领导到培训中心视察工作，我们非常荣幸也无比高兴。为了表达全体员工久存于心的感激之情，我们特意为各位每人准备了三十斤锡林郭勒羊肉、二十斤榆林小米和一件T恤衫，虽不成敬意，但也算我们的一点心意。下面欢迎张主任为我们致祝酒词。

张好武笑着站起来说：我讲三句话，第一句，培训中心接待得好，第二句，大家的任务完成得好，第三句，今晚的宴席更好。为此，请刘秘书把陈总奖励大家的礼品分发给大家，在座的每位同志一台ipad，这是昨天上午才从香港快递过来的最新产品。

培训中心的领导和餐饮部的四大美女做梦也没有想到，他们也得到了一部梦寐以求的ipad。大家就欢呼起来：张主任万岁！陈总万岁！

说实话，九十九顶毡房的菜对于内地人来说对于南方人来说，实在算不上好菜品，吃也就是吃一个文化和特色罢了。

烤全羊上来后，乐队和歌队也就上来了。女歌手的声音和她的身板一样宽厚结实，厨师将第一刀肥肥的羊肉敬献给张好武后，女歌手手捧哈达唱着蒙族歌开始了长达三十分钟的演唱祝酒，气氛很是热烈。

简直在日常生活中不太张扬，表面上也很冷漠，但骨子里面还是充满激情的。若在往常，简直也许会一边听着音乐一边喝着酒一边陶醉在大家开心的情绪里。但这天热烈奔放的氛围似乎并没有打动简直，当蒙族歌手手捧银碗向简直敬酒时，简直的思维甚至逃离了美酒美女营造出来的空间。他脑子里全是叶婉，全是这个谜一样的女人。

不知什么时候，侯翠站到了自己身后，侯翠说：简主任，轮到敬您了，您喝一杯我喝三杯，感谢您长期以来对我们培训中心的支持！

简直端起酒杯来什么也没说便喝了。

侯翠将空碗举向空中说：张主任，您看简主任拉着个脸一点表情都没有，是不是我们中心没有把服务保障工作做好，对我们有意见啊！我能不能再敬一杯算是罚我自己的。

简直很难堪地笑了笑说：对不起，我这几天太累了，实在不想说话也喝不动了，我心里闷得慌。

张好武说：写材料是一件很辛苦的事，今天简直脸色不太好，你们就饶了他吧，你们可以敬敬刘秘书和苟太平同志嘛！简直，你出去透透气就好了！

简直说：实在对不起，我扫大家的兴了。这几天写材料喝酒都很累，心里闷得慌，也许过一会儿就好了！

简直从蒙古包里出来，天已经全黑了。这才农历七月呢，一习凉风吹来，山里竟然这般的凉爽，深深地吸几口充满艾草味的新鲜空气，积郁在简直心里的东西一下子散开了。

在不远处围着篝火跳舞的人群中，叶婉正非常投入地跳着蒙古舞蹈呢！

## 93

洪依彪和小姨子手牵手地行走在同里小镇的堤岸上。

小姨子说：依彪，我们出国吧，去了国外我们就没有什么顾忌了！

洪依彪将小姨子的手松开，很认真地说：告诉你，趁早放弃这种想法，应该做什么就做什么，应该嫁人就嫁人，我们不能做伤害你姐的事，我们已经超过界线了。

小姨子说：我知道你是胆小鬼，算了，只要你对我好我就无所求了。

正聊着走着，洪依彪的媳妇来电话了：你在什么地方啊？

洪依彪说：我在苏州，有什么事吗？

洪依彪妻子说：早点回来吧，我爸妈旅游回来了，爸的腿摔伤了，很严重。

洪依彪说：我知道了，明天一早回去。

## 94

奥运会后，北京的人们如同撒了气的皮球，紧绷的表情一下子松弛了下来。天更蓝、水更绿、人更自然，奥运会带给北京的环境、交通环境似乎又回到了从前，被清理回乡下的小商小贩小偷乞丐妓女们又回到了北京，酒照喝、会照开、交通仍然拥堵、孩子们仍然上学，成年人正常上班、老年人照常晨练。

简直临出门前对董冉说：中午简艾的新餐馆开张，晚上请几家好朋友去吃饭，你们下班后早些来，我让司机小卢提前到楼下来接你们。

董冉说：是不是应该送个花篮什么的啊？我都有两个月没见过简艾了，也不知道她儿子滕洲的学习怎么样了？

简直说：我这一阵也忙顾不上他们，张主任到行政学院学习后，我每天都被缠在会议里，陈总安排去东海检查的事也一拖再拖。都是自家人，我看花篮就不买了把0805厂送来的十箱川北王酒，送五箱给他们算了。

董冉说：这些事你安排吧，我懒得操心。这小姨和爸一去台湾旅游，我又忙家里又忙单位，累得都快散架了。要不，晚上你去得了，我还得管简明吃饭，她又不参加这种场合的。

简直说：我们无所谓，但在简艾眼里这是她人生中的大事，你们还是去好，哪怕晚一点去也行，也是一个培养简明亲情意识的机会。爸和小姨不是今天下午回来吗，让他们一块去也算给他们接风。

董冉说：那好吧，我从欧洲带回来的香水还没有给简艾呢，“迪奥”，不错的牌子，也不知道她喜欢不喜欢。对了，今晚吃饭你把庄怡恬也叫上吧，我也给她带了香水，她上次到我们家吃饭给小姨一个红包，我还不知道咋还她人情呢！

简直一边换鞋一边笑着说：难得啊，我老婆都懂得人情世故了。庄怡恬这人啊其实还真不错的，在单位还行，就是一离开办公室就疯了，前一阵苏总请客吃饭，她疯了一样地爱上了一个东海唱戏的老头儿，至今还没退烧呢！

董冉跟在简直背后，一边下楼一边聊天说：是吗，一个高干子弟、知识分子不嫌丢人啊，她那叫戏痴，我还以为她在暗恋你呢，你看她看你那眼神，躲躲闪闪的，一看心里就有鬼。

简直说：你可别乱说，现在在一个单位当领导，最怕的就是两件事，一是钱二是色。沾上哪一条都会被对手当作攻击你的把柄。

说着话到了楼下，小卢已经把车准时停在了简直家的单元门口。董冉从包里掏出一个包塞给司机小卢说：把这个东西带给你媳妇，我专门给你媳妇挑的。

司机小卢也不打开看看是什么东西，就有些受宠若惊地说：谢谢您董主编，您这么关怀我们我都不知道咋谢您呢！

董冉说：小东西又不值钱，你媳妇会喜欢的。

董冉说完招招手就去公交车站了。

坐在车上，简直眼睛盯着街上的行人心里却在想：这董冉最近是咋了，自从欧洲回来后如同变了个人似的，一下子懂事多了，不仅对简直的部属很客气，对简直也不横挑鼻子竖挑眼了，还显得温存了许多。

车过三里河时，一直沉默的司机小卢突然说：主任，有件事我告诉您您不要对别人讲可以吗？

简直说：只要不是讲别人坏话，你可以随便说！

小卢说：主任您还记得看大门的林老头儿吗？昨晚被派出所给抓了。

简直有些惊讶地问：为什么抓他？看着挺老实的一个老头儿嘛！

小卢说：他召妓被派出所抓了个正着，他还一个人泡两个“鸡”呢，他在你们领导面前装得老实，在我们面前就不一样了，横着呢，大家背地里都叫他“老火枪”。

简直问：他一看大门的老头子，凭什么横啊？

小卢犹豫一阵后说：还不因为他是张主任的姐夫啊！

小卢这句话让简直突然警觉起来：人放出来了吗？

小卢说：这不还没有上班吗？谁管啊大家恨不得多关他几天呢，听派出所的人讲，要么关十五天，要么交两万元罚款，也不知真的假的。

简直说：你别把车停地库了，我们一会儿去趟派出所。不管老林头多坏，他毕竟是我们单位的人，还是要与人为善，有了这次教训，他今后就不敢胡作非为了。

## 95

刚进办公室，怀柔培训中心的郑主任就来电话，说他晚上带侯翠来院外的听雨轩茶楼请洪依彪一起喝杯茶。

洪依彪接完电话后在办公室坐了很久没有答复。

洪依彪知道，培训中心的郑主任一行是为明年的拨款而来的，每年这个时候，都是各单位编制第二年预算的季节。

对于怀柔培训中心，的确令洪依彪非常感动，且不说家里吃的喝的都是郑主任们提供的山里的绿色食品，有些为领导办事又不能在机关处理的发票，也是通过培训中心报销的。可人们并不知道啊，洪依彪有洪依彪的难处。在宏华总公司下属的财务部，洪依彪只是分管机关财务，只是拿方案的人，而真正能做决策的并不是自己。

犹豫一阵后，洪依彪给简直打电话说：简主任，你在什么位置呢？晚上能帮我陪客人吃顿饭吗？

简直说：我正忙着呢，前一阵肠子里全是酒肉，我让小姨晚上给我做小米粥和咸菜。我能不能请假啊！

洪依彪说：怀柔培训中心的郑主任和侯翠今晚过来，我想小范围请他们吃顿便饭。你要真难受就算了，今后有的是时间。

简直听洪依彪这么一说，立即表态说：别劝我喝酒就行，什么地方啊，晚上过去我买单。

洪依彪说：你等我电话吧，下午我告诉你地方。

放下电话，洪依彪又给郑主任打电话说：老郑，我已经订好餐了，今晚我请你们，晚上简副主任作陪。下午我去接你们，千万别推辞。

## 96

简直进入办公室，秘书小冯就抱着一堆文件进来了。

小冯说：主任，今天有几件急事需要处理，我给你报告一下。

简直说：抓紧，先拣重要的说。

小冯说：第一件事，昨天田总来电话，说给0801的钱拨出去半月了，问您什么时候去东海检查落实情况，是不是需要对外合作部的人一起去，让您给田总回个话。第二件事，人民大会堂有个报告会，要求我们去五十个人参加，哪位总公司领导带队今天上午要报名单。第三件事，纪委高老带队的赴挪威考察团下午到首都机场一号航站楼，按惯例请您定谁去机场接人。第四，刚才派出所来电话，看门的林老头林守和关在他们那里，要我们去一名领导解决问题。

简直说：这一阵你很辛苦，工作也很扎实。去东海的事，你与对外合作部落实一下时间，初步定在下星期，让他们去一位处长，钱是他们出的，回来对老板得有个交代。听报告的事请王副主任协调一下，一会儿我给他讲，下午考察团回来，让庄秘书和一处处长跟我去。你现在先去财务借两万块钱，让保卫处找个人跟我去一趟派出所。

当了这个副主任后，简直感觉自己明显比过去要忙得多了，工作头绪多、各种应酬多、需要关照的关系多，有一点没有想周到都会发生意想不到的问题。简直将门关上去了一趟王副主任办公室，亲自协调了参加人民大会堂报告会的相关事情。王副主任是自己的老领导，平心而论，王副主任的资力比自己高，但能力确实一般，在对待王副主任的问题上，简直尽量做到低调、热情、谦虚。这次张好武去行政学院学习前一天晚上，简直专门带了一大包补品去了一趟王副主任家，说了一大套希望王副主任多支持多培养的客气话。当时，王副主任大概还不知道简直要主持工作的事，王副主任也就很客气地就如何做好本职工作帮助了简直一回。到第二天上午张好武宣布让简直主持办公厅工作时，简直认真观察了三位副主任的表情，数王副主任表情最不自然，脸上都快挂不住了。按惯例，应该是王副主任主持办公厅工作的，但组织上安排简直，王副主任就明白自己在宏华的前程已经到头了。

派出所离宏华公司不远也就一两站路。

保卫处小张经常跟派出所打交道。把简直介绍给副所长后，随手发了一支烟后说：多大事啊，把我们领导也搞来，你这不是拿我们难堪吗？他一破老头儿还能怎么样啊！

副所长一副公事公办的样子说：简主任您坐。这次啊，我们还真的跟他较真了，他的行为很恶劣，态度也不好，还说他是谈恋爱，他谈个屁恋爱啊，一个破老头子同时与两个比他小三十多岁的“鸡”搞破鞋，他这叫嫖娼，还跟我们张狂。

小张一听这么说，似乎来兴趣了，说：操，林老头这么牛逼啊，多大年龄了看不出来嘛，你们不是为了发年终奖编故事想罚款的事吧？

派出所副所长说：那俩女的也关这儿呢，你去问问她们吧，前两次是你们单位的人举报我们睁只眼闭只眼算了，这次我们抓他时，老东西正在玩“老汉推车”呢，另一个在给他按摩，性质很恶劣。怎么着吧，虽然他不是你们单位的正式职工，但跟你们有劳动合同，要么关他仨月，要么交罚款两万元你们带回去处理。

小张看了看简直，又对副所长说：他一个打工老头儿哪有那么多钱，能不能少交点一万元行不行？

副所长公事公办地说：你可别这么说，这么说我们就没再谈下去的必要了，你知道我们罚款要上交的。你们回去商量好了再来吧，我们单位与你们保卫处一直关系不错，交情还是要讲的，但你们不要为难我。

一直沉默着的简直说：所长，谢谢你们长期以来与我们宏华的良好合作，林老头儿年龄大了，给我们一点面子，把他放了吧，我们按规定交钱就是了。

副所长带着小张去交钱，简直的手机就响了。简直接了一看，是洪依彪来的就接了电话说：嗨，忙死了，又有什么事啊洪总？

洪依彪说：听说你要去东海，什么时间定了吗？我们能不能一道去啊结个伴苏总也好接待。

简直调侃说：能跟财神爷一路去东海当然好了，初步定在下星期一，可我这手上一堆烂事，陈总没有特别交代的事应该差不多。哦，对了，我妹妹的分店今晚开张想请几个好朋友去捧捧场聚一下，我去看了，环境还不错呢！

洪依彪说：好啊，黄梦妮已经请我了，我看干脆把郑主任和侯翠一块带过去算了。

简直有些吃惊地说：这样好啊，一举两得。

洪依彪说：老兄，你今晚可得让简艾大方点，菜要上档次，郑主任这次接待你们很好，吕布尼又是你们家简艾的股东，在最关键的时候是别人给你家投资解围的。

简直这才有些恍然大悟地说：嗨，我怎么把这事给忘记了呢，你想事就是比我周全，放心吧，我一定让她办好。

洪依彪说：人家黄梦妮可有些怀疑你这个朋友的人品了，说你从来没主动给她打过一个电话，还是很伤感的语气。

简直说：我也没有办法，这一阵回来太忙，特别是张主任去学习后又主持工作，大事小情都得过手，不当家不知道柴米贵，可把我给折磨二了！

简直正与洪依彪聊的时候，小张进来了，把手机递给简直说：您接一下，张主任的电话。

简直立即将洪依彪的电话挂了。

张好武在电话中说：对不起给你添麻烦了，你准备怎么处理这事？

简直说：我本来打算处理清楚了再给您报告的。我与保卫处小张商量了，准备交点罚款教育一下算了。

张好武说：第一，财务的钱你回去立即还上，如果用公款交罚款，后患无穷，影响恶劣。这件事你先帮我办一下，钱我回去还你或从他工资里扣，你记住绝对不能公家出。第二，林守和你先别忙带回去，关他两天再放，给他点教训，但这件事的知情者越少越好，他毕竟快六十岁的人了，他的子女还要做人。第三，我不想再看见林守和，机关知道他是我姐夫的人不多，这个世界没有不透风的墙，你找他谈一次，把工资给他结了让他离开宏华。

简直说：我明白了，您放心吧，我一定把事情办好。

简直心想，这种桃色新闻传播得快着呢，更别说林老头一个人嫖两个妓女还玩“老汉推车”，本身就是新闻卖点。怪就怪林老头扯虎皮当大旗招摇过市，还不知道在你张好武的旗帜下干过多少坏事呢，林老头的事有人举报就一定会有人传播，谁有本事管得了人的嘴呢！

简直对副所长说：兄弟托你件事，再关他三天，让他长长记性，按国家法规帮助我们教育教育他。

副所长说：简主任你放心吧，我一定让他知道火车不是推的。

上到车上，小张对简直说：简主任您相信吗？打死我也不相信，刚才我去看了那两个妓女，两人都才二十一岁呢，还长得挺漂亮的。林老头干一次每人只给三百块钱。

## 97

洪依彪将自己关在屋子里，用电脑修改他的音乐剧。累了，才想起还没有将晚上吃饭的地方通知郑主任。

## 98

下午，洪依彪到简直办公室聊天，简直就给洪依彪讲了上午去派出所处理林守和的事，两人调笑了一阵，觉得很搞笑又很羡慕。

洪依彪说：那老东西眼睛滴溜溜地转，看见领导就拍马屁，有几次我发现他看见稍微漂亮点的女人眼睛就发直，靠什么东西补的啊，竟然还玩炮打双灯！

简直说：可不是吗，我和我老婆一个月都不来一次，觉得没有意思，有时候都不往那方面想。

洪依彪说：我以前经常让司机给老林头捎点在饭店打的包和土特产，看来吃得太好的人在性功能方面未必行呢，我们得注意节制饮食了。

正说着庄怡恬敲门进来了。

庄怡恬说：我来是要告诉你，下午要接的飞机晚点一个小时，我们两点半出发就可以了。

洪依彪问：晚上简艾请客，你庄怡恬不到场可能不行吧？热闹不起来呢！

庄怡恬说：我可不敢去，上次吃驴肉董冉看我的眼神越来越不对了，她是不是怀疑我跟简主任有一腿啊？

洪依彪说：怀疑你俩有一腿的人还要加上洪依彪才对。你可别看简主任做事不显山不露水的，这种人最坏。

简直红着脸说：别乱开玩笑了，庄怡恬必须去，董冉还给你带了迪奥香水呢！

庄怡恬说：你看看你看看，一句玩笑话简主任就被吓成这个熊样，本姑娘与你有一腿你还吃亏了不成，这种男人敢做不敢当，谁稀罕与他有一腿啊！

简直说：今后在办公室别开这种玩笑，我还不太适应。

## 99

从简直办公室出来，洪依彪突然冒出了一个想法，他决定亲自给张好武的姐夫林守和找一份工作。做这种事也许一点用没有，也许有一天就有用了，张好武是一个传奇，林守和也是一个传奇，这个世界每天都在出现传奇。有没有人想过，如果地球突然不存在了，如果2012地球真的发生了灭顶之灾，谁跟谁去玩啊？那个时候，音乐的主旋应该是悲怆的还是激昂的？

洪依彪很茫然，他喜欢音乐快乐生活，音乐只给自己一个人制造快乐。他讨厌官场，却不得不为官场带来的痛苦和快乐而震颤。

## 100

简艾和滕松巍应该算得上有作为的农村青年，仅用了十多年时间就从一个农村打工妹打工仔发展到拥有两家饭店的老板，这对于很多到大城市闯天下的年轻人来说，只是一个梦想。

当年简艾想继续复读一年高三继续考大学试试。母亲说：女孩子家读那么多书干什么，读再多书也得嫁人。为你哥读书家里欠的债还没还完呢！女孩子花钱读书不如嫁个好人家实惠。

正当提亲的媒人与父亲在密谋要将简艾嫁给谁谁谁的时候，简艾从嫂子那里借了二百块钱留了一张纸条跑了，到北京的饭店里端起了盘子。

那时，滕松巍是一家湖南餐馆的红案大厨，深得老板娘赏识，工资包总比别的厨师要厚一点。

滕松巍家里穷，但脑子灵活。在餐馆十年等于上了一季社会大学，对餐馆的应酬打点进菜定价折扣上税已经算得上门儿清了，人的野心和欲望就开始膨胀。突然有一天，他对川妹子简艾说：我攒了点钱，也看中了对面机关大门前的一家小店，我们一起把它盘下来自己做老板吧！

简艾莫名其妙地盯着滕松巍问：我凭什么要跟你一块做老板呢？我又没有钱又没有经验。

滕松巍说：我一直在观察你，你干净利索勤快，人也生得标致，所以我想由你来当老板娘我当老板，我们一定能干成。

简艾说：如果我不同意当老板娘呢？

滕松巍说：你会同意的，如果不行就你当老板我当厨师长。你知道吗，有人很想当这个老板娘，我不愿意。

简艾说：你还当老板，但你管厨房。饭店能不能开成，关键在厨房。前面的事我来张罗你放心吗？

滕松巍知道简艾同意了自己的求婚，当晚就把存单交到了简艾手里。他们很快就黏糊上了很快就盘下了一家只有十张餐桌的小餐馆并与原来的老板打起了擂台。几年下来，滕松巍和简艾不仅做好了自己的餐馆，还将原来老板的餐馆牌子换成了“湘哥川妹”，原来的老板去了澳大利亚。原来的老板临走时很幽默地说：你们两个是属贼的，眼睛贼心贼，可我不讨厌你们，人就应该有改变自己命运的本事。

老板当着滕松巍的面将简艾结结实实地抱在了怀里，感慨说：我怎么就没有娶上你这么好的媳妇呢，让滕松巍小子占了个大便宜。如果有一天你们俩发达了，别忘记了你们是从我这里开始的零起步。

简艾和滕松巍感动得双双向老板深深地鞠了一躬。

## 101

洪依彪自驾车去了一趟国家行政学院，张好武说有重要事情要商量。

## 102

简艾新开的“湘哥川妹”连锁店位于昆玉河边，离宏华总公司不到五百米路程。

简直处理完公务赶到“湘哥川妹”，已经是晚上六点四十分，北京的大部分商业设施已经霓虹闪烁。简直知道，一些人忙碌的一天已经结束，一些人紧张的一天才刚刚开始。

推开车门，洪依彪题写的巨大霓虹广告“湘哥川妹”格外醒目，在几十个一米多高的鲜花花篮的簇拥下，“湘哥川妹”成为了一百米之内最亮丽的商业景观。

一队一米六五以上、身材容貌姣好的迎宾小姐身着旗袍分成两列站在门口。简直感叹，不知是全国的美女都集中到大城市的餐饮娱乐业了，还是简艾天生就有商业经营天赋，她从哪里挖来这么多的美女啊！

简哥！欢迎您光临！董姐和洪主任他们都已经到了！简直只顾了看美女和餐馆的陈设，压根儿就没有注意胡玉什么时候已经跟在自己身后了。胡玉穿着一身非常很体的深灰色西装套裙，一脸春风满面的样子，俨然一个高级白领的打扮。

简直说：不错不错。

胡玉淡定但不失热情地说：简哥，什么不错不错啊！你是在夸店还是夸人？

简直并不正面回答，而是跟在胡玉后面环顾左右而言它地问：试营业期间生意怎么样啊？怎么所有的房间尾号都是6和8啊？不怕客人搞错了吗？

胡玉说：试营业三天，相当成功。川湘菜结合在北京的市场还是有的。6和8数字吉利，也就是为了讨顾客一个欢心罢了。

几句话交流下来，简直感觉这胡玉还真是一个聪明伶俐的女孩子，表面既不张扬说话也很得体，是块经商的好材料。说话间，已经到了888房间。

888房间完全是按中式建筑设计的，还留存着淡淡的甲醛味。在正堂的中间，挂着一副很醒目的对联：自古圣贤皆寂寞，惟有饮者留其名，字体很有怀素遗风，给餐厅增添了许多文化氛围。在足有四十平米的大房间里，只摆了一张餐桌，简直环顾一圈，巨大的餐桌已经被洪依彪、庄怡恬、郑主任、侯翠、董大晖、朱小和、吕布尼、黄梦妮、滕松巍围了起来，简直邀请的朋友都如数到了场。

庄怡恬说：简主任就差你致祝酒词了！

简直抱着双拳说：对不起各位，今天确实太忙，迟到了我罚酒。

简直将外衣脱下来交给胡玉，见庄怡恬与侯翠、黄梦妮聊得正欢，就侧身问董冉：简明怎么没来？倒酒倒酒，让吕布尼女士和黄总尝尝我带来的五星川北王。

董冉说：简明已经跟她姑姑请假了，今晚她们要补习。

简直突然想起什么似的又站起来拉着滕松巍到了一边问：胡玉的事情怎么样了？不会有什么问题吧？

滕松巍笑着说：没问题了，那天谈完的第二天她就去把孩子做了，一星期就来这边上了班，很尽心你也放心，简艾给她开的月薪是多少你知道吗？一万八外加绩效工资。

简直压低声音很严肃地说：一切只有再一再二没有再三再四，你要好自为之。说完，简直又换了一张脸好像什么也没发生似的大声说：有空了你们应该请我们怀柔培训中心的侯经理来给培训一下，她们的经营就很有特色。

滕松巍鸡啄米似的连连点头说：好的好的，我们抓紧办！

简直看菜上得差不多了，就端起酒杯站起来说：各位朋友各位长辈，今天我妹夫妹妹家与黄梦妮女士合资开办的饭店如期开张，承蒙各位长期以来的厚爱，我们几个朋友今天专门来捧场，请各位举杯，为“湘哥川妹”的繁荣兴旺，干杯！

酒过三巡。简直和董冉端起酒杯先向董大晖敬了一杯，意思是欢迎父亲和小姨安全愉快从台湾旅游回来。简直趁机对朱小和说：小姨，简艾想请你来给他们酒店做会计，不知道你考虑好了没有？

朱小和用眼睛盯着董大晖征求意见，董大晖却假装没有听见，朱小和就只好说：我虽然有会计证，但毕竟没干过这一行，让我考虑一下吧！简直就借坡下驴，说：也好也好，休息几天再说。

洪依彪端着酒杯和董冉站在一起如同出席冷餐会一样不知在谈论什么有趣的话题，董冉显得那么淑女那么端庄那么融洽那么有情调，这令简直大吃一惊。总之，董冉法兰克福之行后变了，变得可爱了。

简直端着酒杯向吕布尼和黄梦妮敬酒说：谢谢你们支持我妹妹，祝你们合作愉快。

吕布尼纠正说：也祝我们合作愉快！吕布尼喝完杯中的红酒，转身与滕松巍聊上了。

简直注视黄梦妮一眼，黄梦妮的眼神有些暧昧，却什么也没说，简直只好解释说：真的对不起，我这一阵真的很忙，打电话的时间也没有。

黄梦妮仍然不说话，只看着简直，简直就有些慌神了，好在董冉这会儿正与简艾聊天。

正在简直不知应该怎样结束这尴尬的场面时，庄怡恬举着手机冲过来说：主任，你就知道与美女聊私房话，老板找你的电话你都敢不接，你想找麻烦啊！

简直以为庄怡恬是因为吃醋有意搅局，便随口说：哦，我的手机在上衣口袋里忘记拿出来了，没听见。

庄怡恬“哼”一声说：“一号老板”让你立即赶到中央党校他宿舍去，有事找你。

简直这才发现庄怡恬一脸严肃并没有开玩笑的样子。忙掏出手机一看，有三个刘昊天的电话没接，立即按回拨键接通刘昊天说：刚才在我妹妹店里陪人吃饭，马上赶到！

简直见大家都停止了敬酒在盯着自己，就一脸歉意地对大家说了声：真对不起各位，失陪了陈总找我有急事！说完撒腿就冲出了“湘哥川妹”。

## 103

国有大型央企是国家经济的命脉，而国有大型军民兼有型企业，则是国家装备制造业的重中之重。生存于这样的企业，无论是洪依彪还是简直，都有一种优越感。

从表面上看，洪依彪只是一个中层干部，一个普通的财务管理人员，但在宏华内部特别是财务部内部，洪依彪就不同了。他虽然很少与陈颂华直接接触，但他却经常接受陈颂华秘书交代的任务，三十七岁时就被委以重任，手上掌管着宏华总公司机关开支的重大财权。仅这一点，洪依彪就应该算是陈颂华身边的红人。公司的一些副总和财务部的总经理虽然颇有微词，那也无法改变。

但近一年，似乎一夜之间，洪依彪感觉自己没有那么重要了，陈颂华更重视文字游戏了。一向默默无闻的简直成为了陈颂华的红人。陈颂华不仅直接过问简直的工作进步，还经常直接交代任务，带他下基层检查工作。

简直离开宴席又去了陈颂华那里，洪依彪表面上波澜不惊，心里却酸溜溜的。

洪依彪在心里责问自己：朋友好真的大家都能好吗？

## 104

简直一上车，就向司机小卢要了两粒口香糖放进嘴里嚼了起来。简直命令司机小卢说：开快点，到中央党校。车从西三环过西四环一路疾驶到了圆明园西侧、颐和园北门的中央党校南门。

简直赶到陈颂华住的宿舍门口，先休息了一分钟让气喘匀了才敲门进去，陈颂华和刘昊天已经等在那里了。简直很歉疚地对陈颂华说：陈总对不起，我们一家人在我妹妹开的店里吃饭没有听见电话。

陈颂华说：今晚急着找你来，是想找你商量件事。刚得到消息，这次高层下决心要优化重组一批国有大型企业，要从几个龙头企业抽几位年轻同志参与方案，你看我们这里推荐谁去最合适？

简直一听陈颂华急急忙忙找自己来是为了这事，心里更没了底。有些犹豫地说：陈总，您对我们总公司从上到下了如指掌，谁有多大的能耐您最清楚了。

陈颂华说：我是要你拿意见，推荐去的人政治上要有见解、对国有企业的生存现状要熟悉、对宏华要有深厚的感情，如果我自己能定还征求你的意见干什么？

简直被陈颂华咄咄逼人的眼睛逼得没有了退路，只好如实说：陈总，我看人很不准。只能谈点我自己的见解。第一人选当数苏锋，无论文字能力还是把握全局的能力都可以，在这样的场合，他说话会增添很重的分量。第二人选应该是刘昊天，思想敏锐、做事谨慎细致，文字功底好。第三人选我可以试试。

陈颂华一听简直这么说，竟然难得地笑了。

陈颂华盯着简直看了一两分钟竟然没讲一句话。

陈颂华将头转向刘昊天问：你说呢？

刘昊天说：他们两个都很合适，我的工作走不开，我的能力还代表不了宏华的水平，还需要锤炼。

陈颂华想了想感叹说：你们三个都有这个能力，但你们三个都不能去，你们去了人家会认为我们太在意这次重组，认为我们心虚，别总在你们三个人中间转，思维再放开一些。

简直看着陈颂华一脸严肃的样子，斗胆说：陈总，没有担任领导职务的人可以吗？

陈颂华点点头鼓励简直继续说下去。

简直说：办公厅有一个叫苟太平的人，大学毕业后与我前后脚进入的宏华，文字能力和独立思考问题的层次都比较高，我们在一起研究材料时，常常能爆发出一些令人耳目一新的观点。缺点就是爱开玩笑，有点怀才不遇的感觉。

陈颂华说：你的意思是说，如果我们用其所长，他会是一个很值得培养的人是吗?

简直说：我认识问题的能力还比较片面，但我认为这个人的本质还不错。

陈颂华说：我这次听你的也相信你，你先与他谈一次，正式抽去参加调研组之前，我与他谈一次话。另外，这次我在读书班上的发言比较成功，主要领导给予了高度评价，你们对这个发言的后续情况有什么想法啊，可不可以在内部给总公司的同志们传阅一下，加个案语。

简直说：陈总，我们已经联系好了版面，两家重要的报刊都将尽快刊登出来，已经二校过了，这样指导性更强一些传播更广一些。

陈颂华说：简直啊，我已经是六十四岁的人了，级别已经不算低，在仕途上也算得上成功了，在这样的工作岗位上工作，是党对我们的信任。我现在的追求不是要出名也不是为升迁做什么宣传，我现在只有两个追求，一是把我们宏华打造成国际一流装备制造业，二是为国家赚取更多的外汇。这两个目标达到了，我死而无憾。

简直说：陈总，您站得高看得远。

简直从中央党校出来，绷紧的思维一下子放松了，有了一种天将降大任于斯人的感觉。环顾街头，奥运会后的北京变得非常干净整洁，主要街道上一点纸屑树叶都没有。车过西四环，简直抬腕看一眼手表，才晚上八点半，北京的夜生活才刚刚开始。简直突发奇想地对司机小卢说：你吃过地摊的烧烤吗？小卢说吃过，并强调：就着地摊的烧烤喝啤酒是一件很有意思的事，比在饭店吃大餐强多了，不受任何约束，可以大声喧哗，无所顾忌，问题是不太卫生。

简直说：好，我们到昆玉河边吃烧烤，我请客。

## 105

简直一离开，喝酒的目标自然就转到了郑主任和侯翠身上，但这两人表现很奇怪，咋劝也只是敷衍了事，搞得洪依彪很是纳闷。

郑主任趁人不注意，把洪依彪拉到洗手间，从兜里掏出一张信用卡交到洪依彪手上说：一点心意，给弟妹买件衣服。我们今晚还要回去，明天有个重要领导要去培训中心度假。

洪依彪想要推辞。郑主任已经转身离开了。

送走郑主任和侯翠，吕布尼说：天下没有不散的宴席，各位，请到黄总的“豪门夜宴”去做个SPA吧？

董冉盯着黄梦妮多看了几眼，然后很客气地说：你们去吧，简明一个人在家，我明天还要加班呢，我和爸爸、小姨先回家了。

## 106

简直回到家已经是十点钟。

董冉刚冲完澡裹着浴巾用干毛巾在搓头发。

看见董冉出浴后的样子，简直的身体里有了一种久违的冲动。简直走上去要抱董冉，却被董冉努努嘴制止了，意思是家里人和简明还没睡。董冉说：什么味儿啊，你身上好臭，一股烟熏火烤的怪味，还不快去冲冲澡。

简直只好作罢。趁着酒劲随口说：臭男人嘛不臭还算男人吗？简明这几天怎么样啊？

董冉说：她又不是我一个人生的，你的女儿你不知道啊，平常你们俩在一起不是很黏糊的吗？

简直说：她上初中时每天晚上都要到我被窝躺一会儿，一上高中整个变了一个人，抱都不让我抱了。

董冉说：她都十七岁了还让你抱啊？你想得美。我现在最担心了，她高中的课已经上完了，学校不停地将历年的试题拿给她们做。简明的性格你知道，这一次考好了下次必然考差，今晚告诉我，她这次考了年级第一名，跟我要三百块钱，明天要请同学去滚石蹦迪呢！

简直说：你放心吧，我们简明不会有问题的。三百算什么，穷养儿子富养女，给她三千。

简直哼着四六不着调的歌进了卫生间。

简直只用几分钟就完成了董冉交给的任务。

正在往脖子上抹紧肤水的董冉两眼盯着简直命令说：再去冲一遍，你耳朵上的泡沫还没洗掉呢，这就算洗完了啊，真是乡下人。

简直将耳朵上洗浴液的泡沫擦干净回到卧室，轻轻地将董冉抱起来放到床上，一点一点地将董冉的浴衣脱了，做了他们很久都不做的事。一切显得很程序、很自然、也很投入。董冉很感动，脸色潮红，意犹未尽。但简直感觉很累，做完了平躺在床上眼睛盯着屋顶的吊灯，心里却在想着黄梦妮光滑如玉的身体，想着黄梦妮做爱时呻吟的声音，想着与黄梦妮在一起的快乐。

董冉将头靠在简直肩胛上，胸腔里面的气息已经匀称了，抚摸着简直的胸说：我还以为你真的不行了呢，这不挺好的吗？

简直说：工作没有压力时心里愉快时就可以。

董冉说：出国回来后我去看望了陈总的夫人，她给我讲了很多做女人的道理，她让我好好扶持你，全力支持你的工作。你全身心的工作去吧，我不会拖你的后腿。阿姨说了，男人没有了事业，一切爱都不会有了。

简直说：谢谢你董冉。我会努力的。你不是说有事要对我说吗？

董冉说：哦，你不提我还忘记了呢！一是今晚庄怡恬让我给你说一声，她希望你这次去东海带上她，她有些私事要处理。第二件事是关于我爸和小姨的事，爸爸总是大大咧咧的，小姨希望我爸跟她去民政部门领个证，名正言顺地过，但她又说不出口。我不知道应该咋办。

简直说：第一件事，你不要参与，庄怡恬爱上了东海一个六十多岁唱戏的老头儿，人家压根儿没那个意思，这叫花痴你知道吧，让她去可以但不能搅和，我单位的事你别管，你单位的事我也不会问。第二件事，我们俩出面说不合适，今后他俩过好过坏我们都不好办，我让洪依彪找爸爸聊聊，他这方面很有智慧。

简明不知什么时候已经站在床前了。简明酸溜溜地调侃说：俩老同志挺浪漫的嘛，还搂着睡觉。把衣服穿好，我今晚睡你们中间。

董冉大喊起来：简明，你什么时候进来的啊？你太不像话了，这么大人进门也不敲门，还要睡我们中间。

简明不依不饶地说：简直立即穿好衣服，我今晚要睡中间。

简直说：来吧，你妈睡中间。

简明说：看你俩吓的，放心吧，我才不会来呢，晚安吧你呢！我来要告诉你们，我明天不去蹦迪了，我要去龙庆峡蹦极！说完掩上门就走了！

董冉惊魂未定地说：我越来越担心简明了，什么事情都由着性子来，今后怎么管啊！

简直说：睡吧，没事的，简明从小独立意识就强，但她的是非观念还是很强的。

## 107

洪依彪临时接到刘昊天通知，让他陪上级审计部门去一趟四川。走之前，还有一件重要的事必须办好。

## 108

没有总公司领导带队，简直一行的行程自然就低调了许多。

进入安检排队时，庄怡恬扯了扯简直的衣服说：哎，头儿，你看那个人是谁？怎么那么面熟啊？

简直顺着庄怡恬手指的方向看去，对外合作部洪依彪正送一个戴着墨镜的女人在另一个安全通道办安检呢。

由于只隔着一个通道，简直一眼就认出来了，戴墨镜的女人是叶婉。这时，候机大厅的广播播送的一则消息证实了简直的猜测。广播说：前往东海的叶婉女士请注意，贵宾休息室有人找你，请你听到广播后立即前往贵宾厅。戴墨镜的叶婉并不理会广播播发的消息。

从表情上看，洪依彪与叶婉声音很小的在交涉什么事情，叶婉显得很没耐心。大概这时叶婉的手机响了，叶婉将后背给了洪依彪，若无其事地将手机掏出来关了机。显然，这时洪依彪也注意到了简直一行，但洪依彪并不打招呼，而是匆匆与叶婉招了招手便转身离开了。简直是聪明人，也就假装没认出洪依彪和叶婉。而是催促庄怡恬说：

管闲事干什么？往前挪两步，挡着别人了！

没想到的是，进入候机厅时，叶婉却主动走过来给简直伸出手来与简直打起了招呼：您好简主任，您也是去东海吗？苏锋说您和我同机到达。简直看看周边的人，表情多少有些尴尬。简直笑着说：真是有幸，最近身体怎么样？你的琴拉得真好！

叶婉说：身体就这样时好时坏，只是要回南方了，心情自然就好一些。

简直见随行的人都在关注叶婉，就向大家介绍说：叶婉，东海苏总的姨妹。

庄怡恬奇怪地问：苏总老婆是重庆人啊，我认识的。

叶婉并不接庄怡恬的话，而是对简直说：简主任，苏总夫人是我表姐，我母亲住在苏州乡下，欢迎到同里做客。

说完也不与其他人打招呼，拖着行李箱转身去了一边的座椅上翻起随身带的英文杂志。

庄怡恬悄悄对简直说：头儿，你什么时候与她勾搭上的啊，那么冷艳的人都主动给你打招呼了，你这人够深的，我过去怎么就没有认出你来呢？

简直拉着脸批评庄怡恬说：你别无聊好吗？她是苏总的小姨妹。

庄怡恬说：太不可思议了，这个女人的身后肯定隐藏着很多鲜为人知的故事，人那么漂亮眼睛那么忧郁，可以写一部悬疑电视剧了！

## 109

这些天，洪依彪如同打仗一般穿行于北京城里，他要在去四川之前，把单位的事、音乐剧和老板交代的事都办理出头绪来，这些事没有一件是可以懈怠的。

谁知刚一进家门，却被妻子给了一个冷脸。

洪依彪说：我要去一趟四川，陪上级的审计组。

妻子说：你忙你的吧，我每天也就上上网，成了著名的电视寡妇网络情人。不过，你放心我不会被网友骗走的。

## 110

东海又是一个阴雨天。

庄怡恬感慨说：好一个多情温柔的东海啊！初次去伦敦的人如果正好赶上雨天，那就说明你是伦敦的客人，我们也算得上是东海的客人呢！

对外合作部的小诸说：庄秘书其实更应该是个诗人，下雨多烦人啊，在你眼里都成了浪漫的事。

摆渡车把简直他们送到门口，0801厂一位姓于的副书记和办公室主任已经候在门口了。细心的简直发现，苏锋并没有出现在接机的人群里。这一点简直很明白，总公司党组关于加强宏华总公司廉政建设的若干规定里有明文要求，简直这个级别的人到基层检查工作，一般应该是办公室领导对口接待，副书记到机场迎接已经属于破格了。

临下飞机前简直转身向叶婉投去了一个眼光，叶婉已经注意到了。简直试图问叶婉是不是也去0801厂，话到嘴边又忍住了。这种事情不问比问好，不关心就是最大的关心。

简直上车时又有意注意了一下叶婉，叶婉并没有上0801厂的车，而是上了一辆红色的法拉利跑车。

0801厂的于副书记说了什么，简直也没有太在意。

于副书记说：苏总本来要亲自来接你们的，今天上午军队订货单位的领导来厂里检查军代表室的工作，苏总陪同去了，所以让我来陪你们。

简直说：军方领导是我们的衣食父母，我们一半的订货单掌握在他们手里，不把他们陪好，陈总都不答应。再说了，北京像我们这个级别的干部，满大街都是。在宏华，我们也就是个大秘书。

于副书记说：皇城家丁七品官，您是宏华的幕僚，更得高看了！

简直说：您这是拿我们开玩笑呢，我们在北京除了加班还是加班，经常在办公室吃泡面，也就离开北京你们把我们当根葱，您能来接我们，我们已经很感谢您了。再说，东海我们每年都来三四次，来个司机就可以。不怕您笑话，我们虽然生活在北京，一年还去不了三次长安街呢！天安门广场上转悠的人，百分之八十不是北京人，现在的人一天多忙啊！

于副书记说：简主任，虽然我比你年长十多岁，但你学问高深，算得上是青年才俊呢，过去与你打交道少，这次党委定了让我陪你们检查工作，你可得多给我机会，让我多学习学习。我在网上读了你的文章，有深度有理论也有实践，对中国装备制造业有独特的见解。

简直被于副书记夸了一个大红脸。立即谦虚地说：您可别夸我了，我最多能代表我们这个行业的一个愤青，应该说什么写什么不知道轻重，掌握不了火候，看问题很片面，上次的一篇文章还差点给宏华惹了大麻烦。

于副书记说：我在你这个年龄的时候还只是个车间主任呢！认识问题和解决问题的能力远不如你们。这也说明一个问题，陈总这个人是你的贵人也是我们宏华的贵人，他用人不疑，大气。

提到陈颂华，简直就打“哈哈”了，简直知道，陈颂华最讨厌别人背后议论他，无论是好话还是坏话。

车到0801厂招待所门口，苏锋带着几个厂领导已经站在招待所门口迎接了。苏锋与简直主任一行的人说：不好意思，没能到机场接你们，实在抱歉，今天上午是陪军方的领导，刚送他们回房间休息，他们下午要去乌镇。

简直客套说：现在空中巴士一小时一个航班，也就我们从北京西城到东城逛了一圈的时间，接什么啊！说着话一群人就进了招待所。

令简直开心的是，简直的房间还是上次陪陈颂华来东海时住的那个房间，里面的水果、睡衣、鲜花及一切的一切都与上次一模一样，一切恍若昨天的事情。简直吸了吸鼻子，似乎还能呼吸到黄梦妮的气息。简直告诫自己：这很危险。简直也提醒自己无论如何要给黄梦妮打一个电话或发个信息。

苏锋在简直肩上拍了一下说：哎，简主任你发什么愣呢？

随行人员见苏锋与简直聊天，就都很识趣地退了出去。

简直说：故地重游，感慨良多，恨不能做故乡人啊！

苏锋说：你这是触景生情，不会在这里欠下过什么风流债吧？我认识你这些年还从没见你风花雪月过呢！

简直看着苏锋灼人的眼光，脸先红了，说：我这人你还不清楚啊，有贼心没贼胆，做点坏事老婆还没打我就先招了，一条肠子透明，你这样阅历的人一眼就能看透！

苏锋说：那可不一定，现在北京流行一个词，叫“闷骚”。说的就是外相腼腆内里风骚，别人揪一枝花全城知道，“闷骚”天天采花没人相信。

简直说：我不给你开玩笑了，您知道我今天在飞机上遇到谁了吗？

苏锋说：知道，叶婉。你是不是猜我与叶婉有什么故事啊？别猜了，我可以向你保证她与我什么关系也没有，你不要问我也不会说，我不想把火惹到你身上明白吗？作为兄弟我可以告诉你，她是我们共同朋友的亲戚。

## 111

在飞往四川绵阳的飞机上，洪依彪表情非常和悦，而内心却并不平静。简直带队去检查0801厂的工作落实情况，而自己却只能陪同上级去检查单项工作。

洪依彪不是小肚鸡肠的人，关键是洪依彪过去在仕途上一直走在简直前面，而仅仅一夜之间，简直头上罩上了希望的光环，而自己呢，却仍然是个小管家的模样，穿着土布长衫在为店主打杂。

简直身上的优长是什么呀？博学？淡定？蛰伏？

经过多次的试验，简直对金钱和女人一样是来者不拒啊！那就是淡定了，不信你去研究简直的眼神和表情，他永远在装傻，永远是那么平和。

飞机过秦岭了，气流让飞机震颤起来。

# 112

按照工作组和0801厂商量的程序，简直带领的工作组在于副书记的陪同下，先实地查看了为老职工改建的图书馆、健身房、棋牌室以及洗浴中心等服务设施。

简直他们看得很细，对价格、质量都进行了认真查验。

从职工俱乐部出来，眼前的一切把简直惊呆了。蒙蒙细雨中，近二百个老人挤成一团堵在门口，一言不发地在静候着简直一行。

简直见过这样的场面，但作为一个工作组的最高领导，他还从来没有独立处理过群众围堵的事情。简直和总公司来的人的神情一下子紧张起来。

上次找陈颂华上访的老同志大着嗓门说：于书记，听说总公司来人了，我们要见见总公司的领导。

于副书记看一眼简直后对围堵的群众说：你们围在这里干什么？有什么事按组织程序办，实在不行，你们选取几个代表与总公司领导谈都可以，不要围在这里影响不好。

老同志说：于书记你放心，我们不是来上访的，我们是要请总公司的领导给陈总捎封信，我们感谢陈总，感谢总公司领导。

听老同志这么一说，简直绷紧的神经一下子松弛了。

简直走上前去与老同志握了握手，从老同志手中接过一个大大的牛皮纸信封。另一个老同志也递上一个信封说：这是我手书的一副对联，你一定要亲手交到陈总手里。

简直深深地向群众鞠了一躬，深情地说：请各位老同志老前辈放心，我一定把大家的心愿亲手交给陈总。我重复陈总上次给大家见面时说的一句话，你们是宏华的功臣，宏华不会忘记你们，0801总厂党委和领导绝对不会忘记你们！

在返回招待所的路上，于副书记对简直说：恕我直言，这件事对陈总对苏总来说是好事，对老职工对中层老干部们来说是好事，但从企业发展来说，我认为就未必了。

简直很奇怪地问：群众高兴群众满意的事为什么就成了坏事了呢？

于副书记说：我这两天与你交往，觉得你是一个很务实的人，所以我斗胆与你交流一下。一、现在的群众掌握了高层领导营造和谐社会的心理期望，什么事只要一聚会就没有办不成的，长此下去必然滋生一种不健康的群众表达意愿方式。二、老同志老工人的社会保障保险都不规范，导致企业成为大企业小社会，包袱越背越重，企业百分之四十以上的利润要用于离退休职工的生活保障，真正用于企业发展的经费大大萎缩。

这个话题引起了简直的很大兴趣。简直说：我们晚上可以就这个话题深谈一次，我觉得很有意思，它不仅仅是涉及宏华的问题而是涉及所有国有大型企业生存的大问题。如果有可能，我们明天上午家访几位老专家时，也可以向他们征求一些意见，还可以开几个座谈会，多听听各方面的意见。对企业发展对高层决策都很有帮助。

于副书记说：这是我们俩的交流，你可别把这事说大了，让我成为我们厂老同志的敌人。按理说，我这个年龄快退休了不应该聊这些事，但我确实对宏华有感情，我们一辈子都献给宏华了，希望在有生之年看见宏华成为国际知名的一流企业。

简直说：放心吧，你已经让我感动了，保护朋友这点智慧我还是有的。我还得好好谢谢你呢！

## 113

在工作组对0805厂财务情况进行审计的间隙，洪依彪抽空回了一趟广元老家。

刚进家门时，母亲正在陪几个老太太打麻将，桌子上散放着一堆一元两元散票。母亲看见儿子回来了，高兴得不得了，推倒麻将就要撵同伴走。洪依彪对随行的司机说：出大门左走一百米就是一家冷锅鱼餐馆，你去要最好的鱼订一锅，十二点准时送家里来。

司机出门后，洪依彪对陪母亲打牌的几个老人说：我就在家待几个小时，你们谁也不能走，就在我们家吃中午饭。

说完，洪依彪从包里拿出一沓钱来，给每位老人面前发了两百，但老人们都有些不好意思接受。洪依彪说：我总听我妈说你们是最好的朋友，这就算我投资了，打赢了是你们的，打输了是我的。

洪依彪这一举动，让洪依彪母亲脸上很有光彩。

洪依彪一边说一边挪了张凳子依在母亲身边坐了下来陪母亲打牌。

母亲的牌友很高兴，都夸洪依彪从小就懂事，又有出息。

洪依彪母亲说：我和他爸在北京待十天都待不住，北京人一个个都跟政治家一样板着脸过日子，节奏又快，我就愿跟姐们儿在一块打牌消磨时光。

几个老太太就附和说：个狗日外省人说话就是不好听，一点儿也不温柔。

## 114

晚饭前，简直给黄梦妮打了个电话。

简直问黄梦妮在哪里做什么，黄梦妮说：我还以为是天堂来的声音呢，你怎么会给我来电话呢？

简直说：我在东海呢，还住在上次来时的房间里。

黄梦妮似乎在犹豫，既没有挂机也没有回话。

简直说：东海又下雨了，与上次一样，雨又细又密。

黄梦妮说：我明天去东海，准备住国际饭店，到了给你打电话。

简直说：你来做什么，我几天就回去了！

可惜黄梦妮的电话已经挂了。

简直站在窗口望着雨伞下结伴而行的情侣，心里想着与黄梦妮的通话，怎么也走不出黄梦妮的影子，是应该让黄梦妮来东海呢还是打个电话别让她来，一旦黄梦妮来了东海被庄恰恬们发现了再搞个满城风雨，自己的前程自己的家庭怎么办？简直的内心非常慌乱，四十多岁的人了怎么能在感情生活中显得如此脆弱呢？

简直索性将老同志送给陈颂华的信打开读了一遍，感觉信中的语言和行文方式非常熟悉，就是一时想不起来是谁的杰作。难道天下竟然有如此酷似的文风？

简直好不容易将精力从黄梦妮身上转移开来，正琢磨着这封写得文采飞扬、百分之百拍马屁又恰到好处的感谢信出自何人之手时，庄怡恬陪着苏锋到了简直的房间。

苏锋用关心的口吻说：简主任又在琢磨什么呢，在北京忙工作出来了就要放松，别太累了。

简直的思维一下子被激活了。

信上的语言、文采和行文方式除了苏锋还会有谁？

好一个聪明的苏锋，也不怕被陈颂华识破了。但简直并不想道破玄机，而是很自然地将信递给苏锋说：好一封感谢信啊，一定能把陈总拍晕了，虽然陈总不吃这一套，陈总也会感动的。我准备将这封信复印给办公厅的同志们，今后的感谢信就以此为范文。

苏锋接过信翻了一遍递还给简直说：表达老同志们的心声嘛，感情很真挚就行了，字写得很漂亮。现在的大中学教育，电脑会毁掉几千年的中国书法呢！

经苏锋这么一说，更坚定了这封信是出自苏锋之手的念头。简直说：苏总，我准备就企业与社会化保障剥离及企业负担做一个比较详细的调查，可能要在你这多待几天。

苏锋说：好啊，你这篇大文章要是做好了引起宏华高层的重视，我得给你送万民伞。你知道吗，我每年为公司的子弟校、幼儿园、食堂、老干部老职工的生老病死、职业培训耗去多少精力和财力吗？四个字可以概括，苦不堪言。

简直说：您这么一说就更坚定我的信念了，我给刘秘书报告后准备在“沙家浜”住些日子了。

庄怡恬愣着问：什么沙家浜啊？

简直说：沙家浜就是阿庆嫂和鬼子耍花枪的地方。

庄怡恬不悦地说：莫名其妙，两个神经病。

庄怡恬的话引得简直和苏锋哈哈大笑起来。苏锋说：“80后”就是不一样啊！好了，今晚我私人请你们小范围吃饭，到雅尔培路的“梦里江南”吃本帮菜喝绍兴酒，出发！

## 115

洪依彪刚上车，刘兴初就打来电话问：成都有个歌剧演出季，主要剧目是《托斯卡》《卡门》和《图兰朵》，有没有兴趣去看一下？

洪依彪说：我是有兴趣啊，就不知道审计组的人愿意不愿意，你先征求他们的意见吧！

刘兴初说：他们想去喝茶听说书呢！说歌剧是洋玩意儿听不懂。

洪依彪就立即表态说：一切听他们的。

## 116

梦里江南是一家常熟人开的本帮菜馆。菜馆是一座典型的水乡建筑，四周是水，竹林环抱，人们要进入餐馆，就必须穿过回荡着轻缓舒曼的江南丝竹、九曲回肠的廊桥水榭。在这种地方用餐，仅这文化氛围就可以醉倒很多人。

从大院进入一个小院，苏锋指着一副对联说：这情调和风格，也就只有烟雨江南才会有，你走遍北方，全是豪侠大气的东西，你心累了就来这种地方，要一壶茶、一碟干果，听听丝竹，再冷硬的人都会变得温柔可爱了。简直看两根柱子上的对联：一山一水一塘荷，两人两影两壶茶。对联并无新意也不算高明，意境却还不错。

苏锋说：我这人有个习惯，无论走到什么地方，就吃当地的菜喝当地的茶饮当地的酒，你们是我最好的朋友，所以我也就只好用土茶土酒土菜尽地主之谊了。进了题名叫“莲舫”的包间，也并没有更出奇的地方，只是空间很大，除了一张餐桌几张竹编椅子茶几外，还有十多平米的水池，池里的荷花和睡莲正夸张地盛开着，池里面有几条红金鱼在游动。

简直并不接苏锋的话，因为他被眼前坐在竹编长椅上的人吸引住了。苏锋向大家介绍说：这位是著名昆曲表演艺术家俞继飞，这位是他的学生俞小飞，这位是我爱人的表妹叶婉。

简直与俞继飞握手说：幸会啊俞大师，我们真是有缘，不到一年见三次面了！俞继飞一身中山服，头发向后梳着一丝不乱，手指洁白绵软，脸上始终挂着似笑非笑的表情。简直突然想起了站在身后的庄怡恬，就向俞继飞介绍说：我们庄秘书是你最忠实的粉丝，这次我们一道来的，原计划等忙过这两天去拜访您的。

简直客套完，却发现庄怡恬根本就不在自己身后了。

简直显得很尴尬，只好说：对不起大师，她可能去洗手间了。

俞继飞说：没关系的，苏总已经告诉我了，我给她带来了我演唱曲目的光盘。

简直与俞继飞的学生握手时，才猛然醒悟，庄怡恬大抵是犯病了。如果把庄怡恬单独放在一个普通的群体里，庄怡恬会使很多人眼睛为之一亮，但如果庄怡恬与俞小飞站在一起，庄怡恬就变成了灰姑娘。俞小飞的头发、眼睛、身段、眉毛甚至三围，她眼睛里流露出的羞涩、身体里放射出的信息、站在你面前的姿态，是毒药还是甜蜜的果浆？没有人知道，能有多少男人能把持住自己不想入非非啊！

这是一场什么样的宴席啊，三个香艳美女，一桌丰盛宴席，身后丝竹管弦弥漫，脚下莲花盛开。

苏锋陪着庄怡恬从洗手间进来入席时，简直发现庄怡恬眼睛红肿着显然刚刚哭过。俞继飞见庄怡恬进来了，竟然主动站起来从身后拿出个锦绣盒子递给庄怡恬说：这是我这些年演出的一些作品，送给你做个纪念。庄怡恬在接过俞继飞递过的光盘时，一下子扑到俞继飞的怀里大哭起来。声音里透着走失女儿见到久别父母才会有的委屈和伤心。这种场面，苏锋和简直不觉得奇怪，其他人却全傻了。俞继飞拍着庄怡恬的脑袋说：好了好了，这不见面了吗？都怪我没有及时给你寄光盘过去。听俞继飞这么一说，庄怡恬哭得更伤心了。

苏锋说：庄秘书，一会儿俞大师和小俞老师还要为我们清唱昆曲名段呢，你可别把气氛给搅坏了！

坐在简直右边的叶婉摇摇头凄凉地说：真傻啊，又一个可怜的女人！

## 117

晚饭是在绵阳郊区的一家名叫“渔家傲”餐馆吃的。

0805厂的厂长党委书记都在场作陪，这个年头，企业领导最不敢冒犯的就是银行、审计、客户，其次才是顶头上司。

吃完饭，按照事先商量好的程序，由刘兴初和洪依彪陪着去绵阳最好的茶馆喝茶听川剧。

谁知到茶馆待了不到二十分钟，审计组的人就不耐烦了，他们对川剧表现出了强烈的抵触情绪。

## 118

简直将工作组的四个人分成两拨，一拨由庄怡恬和财务部的会计组成，负责检查宏华总公司下拨经费的使用情况和0801厂的投入情况。简直专门交代说：陈总的性格你们知道，他经手的大钱小钱、他对上对下的承诺，都讲究清楚明白，你们要细上加细核对清楚，以免今后审计出问题对谁都不好交代。另一组由简直和对外合作部的同事到老同志、老专家家里走访，听取大家对总公司相关工作的意见。

简直刚上车，黄梦妮的电话就来了。黄梦妮告诉简直，她已经到国际饭店了，希望晚上见一面。并调侃如果简直能陪着吃顿饭，她会很荣幸。

简直支吾一阵说：你在单位要好好工作，别总想着跳槽。好吧，我晚上去看你！

黄梦妮迟疑了一下立即反应过来：明白了，你先忙。

简直这才感觉自己犯了一个错误，不应该在东海给黄梦妮打那个电话。简直立即给苏锋通了电话，说自己有个侄女在东海打工有点事，晚上不用等他吃饭了。苏锋说：你怎么不早说啊，你没把朋友当真朋友，让她到我们单位上班吧，这点忙我还是能帮的，我派个人陪你去吧！

简直左推右挡，找了若干理由好歹说服不让苏锋派人陪了，这才舒了口气。

于副书记说：你就让你侄女到0801厂上班吧，我们这么大厂无所谓多十个二十个人上班，说实话，总公司中层以上干部，可能也就没有你的亲戚来工作了。我们这几年效益好，工资也不错，合同工还负责上三险，多好啊！你要不方便我出面给你办，只是工种不要挑就是了。

简直听于副书记这么一说，也就满口答应了。

简直先是到几个国家级老劳模家里看了看，又组织离退休的专家开了座谈会。有一个叫黄孟超的老专家是中国工程院院士，是我国某型号武器的顶级专家。简直预约要去黄院士家里听取意见，黄院士一百个不愿意接待，简直就给院士的夫人留下话：如果院士不愿见面，那就明天再来，或将书面意见带回去也行。可当简直一出电梯，黄院士的夫人又追出来了，说黄院士愿意见面了。

简直进入黄院士家，立即被黄院士家的陈列惊呆了。黄院士家二百平米的房子里，除了一张餐桌两张床外，屋子里面全是书和资料，博古架上，是黄院士牵头设计和参与设计的全部武器的模型。

黄院士很不客气地说：陈总这几年带领宏华干得不错，没什么更多意见。有一条我在参加全国人大会时，与他聊过从英美国家引进人才的问题，他没有给我回复。现在的高层没有意识到这些问题，当年搞两弹一星，如果不是从海外回来的学子，一切都不可能，如果宏华出现人才断档，什么打造世界一流装备制造业，全是鬼话。

简直立即要通了苏锋的电话，邀他赶到黄院士家来一趟。简直对黄院士说：黄老，您的建议都装在陈总心里呢，总公司下月就召开各企业一把手与清华、北大和东海交大校长恳谈会，专门研究明年的博士研究生人才问题。春节前后陈总将率团亲赴欧美著名院校科研机构引进人才。

黄院士听简直这么一说，立即兴奋起来，握着简直的手说：看来我错怪陈总了，你回去转告他，需要我老朽出面的时候，我不遗余力。

正聊着天，苏锋已经进了门。

简直对苏锋说：苏总，我让你见识一下什么叫书香门第，开开眼界。

苏锋何等聪明的人，环顾了一周脸立马就红了。苏锋说：简主任你是有面子的人，黄老有个习惯，不愿让别人进他的家门，逢年过节我们来走访他也不愿让进门。

苏锋转身向黄老深深鞠了一躬说：我以为您的儿子女儿都在美国，房子一定够住了，没想到你家里这么紧张。您放心，我尽快给您解决书房。

黄老很客气地说：我之所以不让你们进家门，就是不想让你们误解，比我困难的人很多，我们老两口加一个保姆二百平米已经不少了够住了。

苏锋说：你是我们0801厂的功臣，是宏华的功臣，也是中国国防事业的功臣，您一百个放心，我在十天之内给你解决两间资料室。

苏锋说完转身对于副书记说：你负责这件事，让房管部门立即从这栋楼里调换一套小点的单元房给黄老做资料室，配套设施要一应俱全。

黄老说：要早知这样，我还真不应该让你们进门呢！那我就感谢组织了！

## 119

原打算在0805厂的审计工作要一个星期时间，没想到三天就结束了，但审计组的同志并没有表现出要走的意思。

0805厂的领导与洪依彪商量后，刘兴初征求审计组的意见：来一趟四川不容易，是不是上九寨沟去转一转。没想到，他们还欣然答应了。

这可难坏了洪依彪，去九寨沟要一个多星期，北京一大堆事还等着处理呢！但没有办法，洪依彪还只得硬着头皮跟着。

## 120

东海国际饭店是一家百年老店，也是东海的标志性建筑之一，与新世纪百货相隔不到三百米。

晚上六点二十分，司机把简直送到离国际饭店不远的地方后，简直对司机说：我就在这里下车你回去吧，一会儿我坐出租车回招待所。

简直敲开黄梦妮住的1208房间时，黄梦妮早有准备似的一下子扑进了简直的怀里。黄梦妮踮起脚尖，迫不及待地紧紧抱着简直，用热乎乎的嘴和舌头在简直的耳朵脖子和眼睛以及嘴里疯狂地吻了起来，眼泪顺着眼角滴进了简直的嘴里，黄梦妮热烫的身体如同蛇一般在简直怀里面扭动着，令简直浑身膨胀。

一切是那么慌乱又是那么有条不紊，没有人知道是简直脱了黄梦妮的衣裙还是黄梦妮将简直脱了个精光。总之，他俩的一切穿戴都散落在宾馆房间的地上床上，他们在床上挣扎着发出绝望的撕裂般的声音，直到最后一点点的悄无声息，疯狂的搏斗变成了微风吹拂的海面，这是黄梦妮和简直的喘息。

简直抚摸着黄梦妮的秀发问：你自己来的还是与别人一道来的？

黄梦妮说：我不会带第二个人。

简直问：你是为我专门来的还是因为工作？

黄梦妮说：我为我自己的欲望，因为我疯了，疯狂地爱上了一个中年已婚男人！

简直将黄梦妮搂得更紧了，说：傻瓜，我什么也给不了你。你怎么这么傻瓜啊，你让我一辈子欠着你生活我得多累啊，你让我看不见方向！

黄梦妮说：我要你什么？我需要钱吗？我的钱早就花不完了，我需要精神，我讨厌那些脑满肠肥的男人，我更讨厌小白脸，我愿意为你付出。你不会是小仲马和莫泊桑的书读多了吧。老公，我饿了，我想吃东西了！你给我穿衣服带我去吃饭。

黄梦妮一双手牵着简直的胳膊如同情侣般穿行在东海的大街上。简直几次想将胳膊从黄梦妮的手里拔出来但没有成功。黄梦妮说：你怕什么我都不怕，这是在东海又不是在北京。

简直和黄梦妮就这样牵着手进了一家叫“紫丁香家乡菜”的菜馆。

简直对服务员说：有雅间吗？我们愿意加一百块钱服务费。

服务员说：加两百也没有，这个时间正是就餐高峰能有座位就不错了！

简直和黄梦妮就挑了柱子后面一个临街的餐桌坐了下来。简直让黄梦妮点菜，黄梦妮就要了一壶姜丝话梅煮黄酒、一个清炒菜苔、一个霉豆腐蒸臭鳜鱼、一个干豆角烧肉、一份烧麦。

黄梦妮端起高脚酒杯对简直说：你不用担心，你可以完全放松了生活，我一不要你钱二不让你离婚三不请你办什么事，你让我走开时你只需要暗示一下就可以了！

简直并不说话，而是很幸福地摇摇头喝下了杯中的酒。

当简直要给黄梦妮倒第二杯酒时，身后传来的声音让简直手中的酒壶定格在了空中。

声音是苏锋的，苏锋说：黄梦妮，你来了东海也不去看我，跑到这个温柔富贵乡来享受生活！

苏锋和叶婉站在简直身后却并不理会简直。简直的脸一下子红到了脖子根，如果此时脚下有一条地缝，简直会毫不犹豫地钻进去。

黄梦妮站起来说：对不起苏总，我临时来东海办点事，与简主任通电话才知道他也在东海。

苏锋问：吕布尼也来了吗？你们俩一直是形影不离的。

黄梦妮很自如地说：她回西班牙了，下星期回来。你们也是来吃饭的吧？来，坐下，加两个菜就可以了！

苏锋说：简主任你们慢用，叶婉的妈妈来东海了，我们在楼上订了餐。要不，你们把菜退了，我们一起吃吧！

简直说：不用了，你们吃吧，我侄女儿和她男朋友马上过来我们一起吃。

接下来饭桌上的氛围就有些沉闷了。

黄梦妮将手伸过桌子握着简直说：别那么紧张，什么事也不会有的你放心，我们与苏锋都是好朋友，他不会伤害我们。这样吧，你一会儿还回招待所住，我今天下午被你折腾累了我休息一晚上，反正我明早九点的航班。简直笑笑说：世界真的太小了，小得令人无处躲藏，要是这个世界只有我们两人该多好啊！

黄梦妮见简直没有情绪，自己的情绪也就低落了。与简直碰完壶中的最后一杯酒后，就让服务员买单，服务员告诉黄梦妮，刚才一位先生已经把单买了。

## 121

虽然洪依彪生在四川长在四川，但他在四川生活的全部旅程没有离开过广元，最远也就去过成都，九寨沟、峨眉山也只是记忆中的风景画。

九寨沟的风景很美，美得令人眩晕。

但洪依彪没有心情，即使从绵阳旅行社带来的漂亮女导演一再地用黄段子拿洪依彪开玩笑，洪依彪也没有心思，他的心思在北京，在他的音乐剧上，在他的事业上。昨天晚上，小姨子给洪依彪来电话，哭泣着告诉洪依彪，她与她姐吵架了。

洪依彪很惊讶地问为什么，小姨子说不为什么，就是看不惯就是想吵。

洪依彪更担心后院起火了，后院这个时候无论如何不能起火。财务部老总已经任现职七年了，如果一旦提拔，这个岗位对自己很重要。

## 122

简直回到招待所已经是晚上八点半。

简直原本陪黄梦妮看夜景的，只走了几十米路，黄梦妮突然不愿走了。黄梦妮说：这黄酒后劲太大，江风一吹头好痛，我想回去睡了，明天一早还得去机场呢！简直明知黄梦妮是在因为苏锋的突然出现引起的不愉快生气，又不好多说什么，就将黄梦妮揽在怀里面，用嘴亲黄梦妮的额头和嘴唇，但这时候已经完全没有了刚见面时的冲动。

黄梦妮挣脱简直的拥抱说：我自己打车回宾馆，你不用管我了！

简直拉着黄梦妮的一只手说：要不，我陪你或者你陪我一晚，我什么都不怕我们住在一起。

黄梦妮说：你回去吧，我知道你心里在想什么，我们都不是小孩子了，理智比什么都重要。我现在知道什么叫冲动是魔鬼了，我就不应该来打扰你的工作。

简直见黄梦妮态度很坚决，就俩人打一辆车把黄梦妮送回了国际饭店。临下车时简直说：明天安全到北京后给我发短信或打电话。

黄梦妮什么也没说，只招了招手便头也不回地上了国际饭店的台阶。望着黄梦妮消失在旋转门里面，简直心里有一种说不出来的感觉。洪依彪警告自己要远离这个女人，而这个女人却给自己带来了前所未有的肉体之爱、欢娱之爱，这种爱从董冉身上没有得到过，庄怡恬给予不了，其他人简直没有胆量。不知道从什么时候开始，简直开始关心起黄梦妮的生活和安全来了，她有老公吗？她住在什么地方？她的工作之余都跟谁在一起？想着这些问题，简直就有些后悔了，后悔没有送黄梦妮回宾馆。

简直本想直接回房间睡觉的，在大门口却遇见了于副书记。于副书记告诉简直，苏总和总公司的几个人正在玩扑克，一会儿要去吃消夜。简直想，自己这一下午不明不白地开了小差，别人怎么想还不知道呢，这时候正好应该跟大家见个面，在苏锋面前表示一下清白。

简直正准备进入招待所茶艺室的门，苏锋已经领着总公司来的几个人出来了。苏锋看见简直站在门口，表情先是一愣，随即招呼说：你这么快就回来了啊，告诉你侄女儿，如果在东海有什么困难，让她随时找我，小忙我们还是能帮的。走吧，家里今晚来几个客人我没陪大家吃饭，现在我请大家去吃消夜。

简直很感激苏锋的随机应变能力，也很佩服苏锋的智慧。说：我是真还没有在这里吃过消夜呢！恭敬不如从命，我们就吃苏总了！

简直发现，从自己出现那一刻起，庄怡恬始终冷眼看着自己，脸上一点表情也没有。在打开车门时，庄怡恬还狠劲吸了吸鼻子，声音不大却很发狠地说：哟，简主任的侄女混得不错嘛，还用法国香水。

简直听庄怡恬这么一说，立即慌了神，环顾一下车上的人，大家似乎并没有在意庄怡恬的话又似乎在意了。简直没话找话地说：在北京吃东西，食物一变味立即就倒掉了，可这江南人，还专门把鳜鱼、苋菜、豆腐搞臭了才吃，味道还真不错呢！

庄怡恬仍然不依不饶地说：知道吧，这就叫臭味相投。现在我们生活在一个另类时代，越是人们反对的越有人推崇，越是荒诞的越被人认为崇高。捧臭脚也就是这个意思。

苏锋何等聪明的人啊，苏锋说：庄秘书啊，你看问题与众不同，你知道黄山三绝吗？

庄怡恬说：知道啊，黄山松、祁门茶、徽州菜。

苏锋说：不知道了吧，新三绝是臭豆腐、臭鳜鱼、臭丈母娘。

## 123

行驶在首都机场回市区的高速公路上，洪依彪的心情和表情立即就不一样了。

洪依彪的电话始终没有断过。

洪依彪对着电话说：哥哥，您辛苦了，你放心，我半小时赶到保利剧院。行行，你把几位大师都叫上，晚上我在“豪门夜宴”请大家吃官府私房菜，做SPA。好的，不见不散。

车过四元桥，电话终于停了，洪依彪这才把电话关了头靠在靠背上睡了十分钟。

# 124

简直的东海之行写了两个报告。一个是《关于0801厂老专家老工人反映问题处理情况的报告》，一个是《关于超大型企业管理保障社会化的现状及建议》。两份报告陈颂华看了都非常满意，还批示在宏华企业内部中层以上干部中传阅，并责成一名总公司副总带队到0805厂搞先行试点。

至于0801厂老工人老专家写给陈总的感谢信，陈总只字未提。刘昊天告诉简直，陈颂华在元旦前赴欧洲美洲考察团名单上加上了简直和黄孟超。

从这两件事的表面上看，陈颂华对简直第一次单独带队到一线搞调研的结果是满意的。

坐在办公室里，简直翻阅了近一段时间高层领导和陈颂华有关企业产能问题的有关批示，直看得简直有些头昏脑涨。就给简来打电话询问了母亲的身体情况，问简来愿不愿意去东海苏锋的0801厂上班。这一问不要紧，简来高兴了却捅了简来媳妇这个马蜂窝。

简来媳妇打电话给简直，又哭又闹地说：大哥，简来去东海我们全家都得去，妈到你们北京去，家也别要了，你想把我们家拆散啊，你不知道简来的相好陆芳在东海打工吗？家里的猪牛房子谁管啊！

陆芳是简来曾经相过的对象。

简直本来很好的心情被兄弟媳妇一顿狂风暴雨般的质问搞得没有了主意。只好安慰说：我也就是征求你们的意见，去不去你们定。简来这媳妇，按农村话说就是一“母夜叉”。

简来媳妇说：大哥，我知道你关心我们，但我和简来这一辈子死也要死在一起，他跑东海去跟陆芳风骚我咋办？要么我们一起去，要么你让我妹妹去。我妹妹今年高中毕业了在家正好没事做，说不好还能嫁个东海人呢！我在你们家当牛做马这些年就算我求你这一回了！

简直知道陆芳是谁，也见过这个女孩子。当年简来与陆芳谈恋爱，父母坚决反对，父母说这女孩子过于风骚简来又太老实，结婚了看不住。简来就和陆芳散了，从此陆芳去了江苏昆山，简来就娶了现在的老婆。简直不想与弟媳纠缠，也就只好答应了弟媳的要求，并随即给苏锋打电话说了简来小姨子去苏锋那里上班的事。

刚把弟媳交办的事办妥，董冉又来电话了，说小姨又跟父亲闹别扭了，一定要回保定，让他晚上务必回家吃饭。

一听这话，简直也急了。简直知道，这几年之所以简直和董冉都能全身心地投入到事业中，朱小和起了很大的作用。董大晖虽然当过兵做过县处级领导，但养了一身的坏毛病，他明明很喜欢朱小和离不开朱小和，却假装嘴硬又不愿说出口，除了讲大道理谈论政治做公益事业一切家务都不愿做什么也不会做。按董冉的话说，讲国家大事国际新闻一点也不比大学教授逊色。朱小和在董家买菜做饭洗衣打扫卫生全包了，这一两年又成了董大晖的事实老伴，成了董家不要钱还要陪睡的保姆。朱小和要真生气回了保定，简直和董冉还不得傻了啊？

怎么解开岳父和小姨之间的结，成了简直最闹心的事。他知道，在处理岳父和小姨的情感问题上，董冉几乎没有什么办法，自己也束手无策。

简直不敢怠慢，立即召集办公厅的秘书们把第四季度总公司党组中心组的学习计划和总公司常委们的发言提纲分了任务。接着又给黄梦妮打了电话，但黄梦妮始终不在服务区，有一次打通了，又被挂断了。这几件事，把原本很快活的简直搞得很沮丧。简直给黄梦妮的手机发了短信：永远有多远，我就爱你多远！

还差四十分钟下班，简直借口有个会要参加，把第二天的工作给公务秘书小冯交代后，就让司机小卢开车去了附近简艾的分店。

简直到达"湘哥川妹"酒家时，饭店还没开门。胡玉正板着面孔在训斥一个农村刚出来的服务员，大概是这个女孩子不太讲卫生的事。胡玉见简直进来了，立马换了一张笑脸彬彬有礼地说：大哥，你都成稀客了，这么早来还不到饭点呢，有什么事吗？

简直很欣赏地对胡玉说：胡玉啊，你还真是个人才呢，怎么样生意好吗？你干得顺心吗？

胡玉吩咐刚才挨了训斥的女孩子去为简直泡茶，一边为简直侍候座位，一边回答简直说：生意不错，都多亏您的朋友们捧场。现在的问题还是服务质量上不去，刚招来的女孩子们出校门不久，啥都不懂。哦，上次开张时我简姐请你们吃饭，结果洪总买单了，简姐现在还骂我不懂事，您有机会了在简姐面前为我求个情。

简直那天临时被陈颂华召走，压根儿没听说洪依彪买单的事，心想这洪依彪也太讲究了，让自己又欠了个人情。简直懒得听胡玉絮叨这些生意上的事，对胡玉说：他买了就买了吧，这些情我今后会还给他的。你去让后厨给我准备几个好点的菜，我家今晚有客人。

胡玉是多么机灵的人，立即吩咐后厨用最快的时间准备四五个好菜包装好送过来。

在候菜的时候，胡玉将椅子向简直面前挪了挪，压低了声音说：简大哥，有一件事我不知道该不该对您讲，但不讲我又怕今后出什么问题。

简直说：你认为应该讲就可以讲。

胡玉吞吞吐吐地说：我听后厨的人讲，我们用的油比市场上要便宜三分之一的价钱。

简直问：什么意思啊？便宜不好吗？

胡玉说：就当我没对您说，也许我多虑了，现在开饭店都这样否则挣不了钱，我的意思是说这些油质量不太好。

简直说：哦，我知道了，有机会了我问问简艾。

从“湘哥川妹”出来，简直就纳闷，这一天是怎么了，为什么就没有一件让自己开心的事呢？车快到三里河时又遇上交通管制，简直一看腕上的手表，已经快六点了，就突发奇想地给洪依彪打了个电话：老兄，忙什么呢今晚有应酬吗？

洪依彪说：前几天白天忙单位的事，下班后忙音乐剧的事，累得快散架了。怎么，你晚上没事啊？

简直说：你来我家吃饭吧，我们喝几杯聊聊天。岳父大人跟小姨闹别扭，我正愁咋办呢，你帮我想想办法。

没想到的是，洪依彪竟然很爽快地答应了。

司机小卢见简直脸上表情好多了，就对简直说：主任您知道吗？林守和从派出所放出来后更得意了，在一家公司当上了保安队长一个月四千多块钱，前几天还带着一个女人回来请客显摆呢！

简直一听乐了，这事一定是洪依彪办的。看来今晚这酒是要喝好的了。简直对小卢说：是吗，这老东西可别再进去了。你们年轻可得注意啊，别为这事惹麻烦。

小卢说：主任您就放心吧，我老婆看得严。老林头上次放出来，张主任还抽过他一个大嘴巴，老林头当时可老实了，一声都没吭，老东西因祸得福了。

简直说：小卢，做人还是要踏实要有水准，别羡慕那些不着边际花花草草的东西，做人要守住两条线，一条是道德底线，一条是法律红线，守不住这两条线，最后吃亏的是自己。

## 125

洪依彪拎着包正准备出门，老婆的电话就打过来了：你闺女的卡上没钱了，我这几天忙没时间去银行，你到自助银行给她打点钱吧！

洪依彪犹豫了一下说：好啊，穷养儿子富养女，咱闺女没钱咋行，放心，我立即去打，你俩一人一万元。

洪依彪嘴上痛快，心里却很别扭：妈的，工资卡在你身上，却随时随地刮我身上的油，你那点鬼心眼我不清楚啊，老子也就花钱买个清净罢了。

## 126

简直刚推开家门，简明就扑上来了：简直，你今天怎么回来这么早啊？我都想你了。

简直说：你是想我打你吧！说，是不是又在学校惹是生非了？

简明笑着说：你傻了吧，你女儿是优秀青年，才不会惹是生非呢，我告诉你一个好消息，我这次月考实现了一次成功穿越，全年级第一。由此我决定，今年寒假我准备去日本北海道过年，你准备银子吧！

简直一边脱衣服放包换鞋，一边欣赏自己的女儿。女儿长大了，成熟女人的标志更加明显，女儿似乎已经从青春期进入了恋爱季节，脸色红润，思维跳跃。但女儿还是女儿，她的思想和她的行为还是小孩子。简直将从“湘哥川妹”打回来的菜交给简明，说：你放心吧，我一定给你准备两个大嘴巴，让你一次穿越回童年。去，把这些菜拿去你让姨奶在微波炉加热一下，一会儿你洪叔要来我们家吃饭。

董冉听了简直与简明的对话，一下子急了：简直，我看你俩没一个有谱的，洪依彪要来吃饭你不早说，家里一点准备也没有，我不是告诉你了吗，家里还有别的事呢。简明马上要高考，却要去日本玩，你不批评她还跟她开玩笑，你们俩都是神经病，非得气死我不可！

谁得神经病了啊，我送他去回龙观的精神病医院。由于简直刚才忘记了关门，洪依彪已经直接闯了进来。

简直说：董冉小题大做，别介意啊，坐！马上开饭。

由于家里人都知道洪依彪与简直的关系非常特殊，朱小和和董大晖自然也就高兴。

朱小和装出一副很开心的样子对洪依彪说：我说今天怎么太阳从西边出来了呢，简直都往家打菜了，原来是小洪要来啊！你的音乐剧什么时候开演啊，再不演我就回保定了！

洪依彪一边把宣传册分给大家一边说：参谋一下制作水平，初步定在十二月十八日在保利演出，我今天就是送宣传册来的，您和董大爷一定得捧场，您放心您的票我免费送给您。

董大晖接话茬儿说：洪啊，这宣传册是印得不错，可我这人土老帽，不是我给你泼凉水，前几年我看过一场音乐剧，看了不到十分钟就逃出来了，压根儿没听懂什么意思，有那工夫啊，我还不如到公园听老头儿老太太们唱京戏拉弦子呢！

简明说：洪叔，您别理我姥爷，他真的是土老帽。到时我带同学去给你捧场，您太牛了一个企业高管会写音乐剧简直就是奇才，我的同学们一定特崇敬您。

虽然没做特殊准备，菜还算丰盛。简直特意开了一瓶茅台，给洪依彪、董大晖和自己分在三个大玻璃杯里。简明说：爸，您这大杯哪是喝茅台啊，我看胡同里的人喝二锅头才这么喝，就您这样去听音乐剧啊，够呛，到时别睡着了！

董冉瞪一眼简明说：你越来越没礼貌了，好好吃饭，大人的事你少管，抓紧吃完复习功课去。

简明委屈地说：我过年就十八岁了，我们是平等的。

虽然董冉批评了简明，但董冉还是主动去取来几只小酒杯放在了三个喝白酒的大老爷们面前，玻璃杯就成了分酒器。简直倒一杯酒举起来说：这第一杯酒得敬洪总，祝贺洪总的音乐剧终于要上演了！

洪依彪说：你别洪总洪总的，我这个副职有多大的权力你还不知道吗？当好了也就是一把手的助手，当不好让领导感觉碍手碍脚，还不及一个处长呢！你还是叫我依彪好听些。

简直说：自然你的话说到这个份上我也就不把自己当外人了，我给你个建议，你这个演出毕竟不是正业，你纯粹是玩儿纯粹是业余爱好，对外宣传还是低调些好，你这些宣传册和海报最好别在总公司出现，我担心影响不好。

洪依彪端着酒杯沉吟半天才说话：简主任，你知道我们为什么能成为知肝知胆的好朋友吗？这个音乐剧把我的头脑搞热了，但没有一个朋友说过你刚才这番话，你是真的关心朋友。我谢谢你，谢谢你们一家人。

简直说：你给我们家帮了那么多的忙，对我个人也默默无闻地做了很多事，我特别感谢你。

洪依彪说：咱在单位是好同事，生活中是好哥们儿。

朱小和说：瞧你俩好的，像亲兄弟一样，多吃点菜，光喝酒对身体不好。

洪依彪似乎这才想起下午简直说的事来，端起酒杯敬朱小和说：小姨，您做的菜很好吃，您人也非常好，我都羡慕简直了，有您这么好的小姨。

一听这话，原本一脸光鲜的朱小和脸色突然黯淡了，感叹说：好又怎么样呢，儿女不在身边，终归是一个人的生活。

简直说：小姨，我也敬你一杯，今天简艾又给我来电话了，希望你去给她帮帮忙做做账，每天只去上三四个小时班就可以了。

朱小和看董大晖一眼，说：让我再想想吧，我这老保姆别人也不待见，保定的家里很久没开窗户透风了，我也想回去看看我的老朋友们，清理一下家里的卫生。

简直还要说什么，被洪依彪用眼神制止了。洪依彪拿出手机说：对不起啊姨，我去阳台接个电话。

洪依彪拨通简艾的手机把董大晖和朱小和闹别扭的事说了一遍，希望简艾尽快安排朱小和去店里做会计，挽救一下两位老人的黄昏恋。简艾一听乐了：他董大晖活该，他以为全中国全北京就他讲政治不讲人情啊，逮谁给谁上政治课，他能娶上朱小和这样的人是他的福分，就是应该惩罚他一下。洪哥，你和我哥商量一下，假装让朱小和回保定，实际上来我店里上班，保准不出一个月他董大晖就得投降。

洪依彪回到房间，端起酒杯给董大晖敬了一杯酒，又转过头对朱小和说：阿姨，我单位还有事我先走了。我们单位这两天有车去保定，您想回去我们把您顺道送回去。

董冉听洪依彪这样说，立马就急了：洪依彪你要做什么？谁说小姨要走了？

洪依彪并不理会董冉和简直，拎着包就出了门。洪依彪很热情地对朱小和说：阿姨，您出来一下，我有点事想跟您商量。

## 127

洪依彪从简直家出来，并没有直接回家，而是独自一个人去了楼下的“听雨轩茶楼”。

## 128

洪依彪一出门，董大晖把杯子一放说：什么茅台啊，百分之八十是假的，难喝死了！说完站起身来就进了自己的房间。

董冉还要絮叨，小姨已经从门外进来了，并没有表现出不高兴，嘴里还哼着“我们的生活充满阳光”。董冉就把怨气撒到了简直身上：现在北京哪还有人把客人请家吃饭啊，事先也不打个招呼，真是够呛，还嫌不乱啊！

朱小和说：小冉，你的脾气也得改改，简直一个大老爷们，整天骂还不得骂傻啊？他当领导本来就操心，一天上班已经够累的了，回家就应该让他的心情放松才是。再说了，洪依彪多好的人啊，又懂事又体贴，我这一辈子啊，就缺这样的朋友。

正在这时，简直的手机响了，是洪依彪打来的。洪依彪说：把手机给你老婆，我有话对她说。

简直不知道洪依彪葫芦里卖的什么药，就一脸疑惑地将手机给了董冉，说：洪依彪找你的。

董冉极不情愿地接过电话与洪依彪通起了话，没说几句，董冉就如同换了个人似的一下子满面春风了。董冉说：你这个人啊，好在是个管财务的领导，要是拿一级政府让你管，你不知道要出多少坏主意，害多少人呢！你看我们家简直，就一根肠子到底，遇事一点办法也没有。

简直越听越莫名其妙，甚至怀疑起洪依彪胡说八道把什么事情说漏了，就一把抓过电话说：你又忽悠什么呢，我老婆可是个开不起玩笑的人。刚才还一脸怒气，你几句话就把她搞了个满面桃花。

洪依彪就如实把与简艾商量的办法和盘托给了简直，简直握着手机一连说了好几个：高，实在是高！就照你说的办。另外，我给你说，张主任那个一担挑的事你办得够意思，我会如实告诉张主任，但你有机会得敲打他一下，我们司机小卢说他的老毛病又犯了！

洪依彪说：我又不是你秘书，大事小情只要难办就推给我，你自己敲打去吧！

简直笑着说：咱俩不是铁哥们儿吗？不要分那么清楚。

董冉一边擦桌子一边插话说：这洪依彪真的是个热心肠，给我们家帮了很多忙，我们也要多关心他才是。

## 129

简直刚一进办公室，张好武的电话就打了进来：简副主任啊，中心组学习的方案我看过了，实在是太糙，你不怕陈总批评你吗？我们抓党委中心组学习，不仅要让党的创新理论入脑入心，更要把宏华的建设作为重点来思考，如果没有这些我们抓学习有什么用？你们搞的这个方案，特点是什么？新在哪里？

简直说：方案是王副主任拿的，我刚回来只注意了为各位领导准备的发言提纲。

张好武说：你现在是主持工作的副主任，你得全面抓工作，每个环节都不能出任何问题。我提醒你，其他几位副主任资历比你老，能力不比你差多少，你以为他们对你主持工作就没有想法吗？他们既可以帮你也可以不帮你，这就是官场，你要多动动脑子。另外，林守和的事处理得很好，谢谢你和洪依彪。

简直让冯秘书把中心组学习方案送过来看了一遍，鼻子都差点气歪了，整个方案完全是第三季度学习计划的照抄照搬，甚至还错了两个字。

简直让冯秘书通知办公厅所有人十分钟内到会议室开会。

十分钟后，简直出现在办公厅会议室。开玩笑的、窃窃私语的、玩手机的都没闲着，见简直破天荒地拉着脸，立马也就安静下来。简直开门见山地说：开个短会，事先没有与其他几位领导商量。

简直说：就一个议题，你们负责这次党组中心组学习计划的人把你们做的计划重新翻开仔细看一遍，你们不觉得脸红吗？对得起宏华给你们开的工资和福利吗？今后，在我没有审读把关之前，任何方案计划不能向上级呈报。冯秘书，你去让食堂给我们准备盒饭，我陪大家加班，今天搞不好明天，明天搞不好后天，不愿参加的人现在就写请假条。领导发言和学习计划一天没搞好，我们就一直加班。散会！

正在这时，有人一掌推开了简直办公室的门。

来人是冯秘书。冯秘书一脸着急地说：主任，食堂着火了，您赶紧去一下，火很大。

简直一听，脑袋立即大了：打119报警了吗？

冯秘书说：报警了，消防车正往这边赶。

简直赶到副楼前时，熊熊大火已经从二层蹿到了三层。总公司领导差不多都已经到了现场。一个炊事员向简直汇报说：炒菜的油点着抽油烟机了！灭火器材根本管不了用！

陈颂华从刘昊天手上拿过话筒，很冷静地对在场的人说：大家不要围观立即疏散，防止煤气爆炸。在场的司机立即把所有的车开到街上去，为消防车腾开位置。

在陈颂华的指挥下，混乱的现场立即变得井然有序了。

围观的人和现场的车刚开走，消防车就开到了副楼前。高压水枪从三个方向射向大火，红色的火焰很快就变成了黑色的浓雾，大火仅仅十多分钟就熄灭了。

陈颂华一一与消防队员握手拥抱。

陈颂华对简直和总公司领导说：一、由总公司一名副职领导牵头处理善后，立即控制事故直接责任者，调查火灾真相。二、办公厅特别是管理处停止其他相关工作，举一反三地反思造成这次事故的内在原因，用三天时间整顿，对车辆、电路、煤气进行一次彻底排查。三、责任人要写检查，准备接受组织处分。四、办公厅领导抽空要带上礼品去慰问一次消防队。

陈颂华交代完转身就离开了现场。

## 130

简直拒绝了一切应酬，连续三天吃住在办公室，白天组织搞整顿，晚上加班搞材料，方便面吃了几大箱。

到第四天早晨，简直八点准时出现在陈颂华办公室门口。刘昊天见简直一脸倦容，就用调侃的口吻对简直说：你别紧张，昨晚十点钟陈总打完乒乓球去食堂看了，很满意。凭我的感觉，陈总不会把你怎么着。这事很快就过去了。

正说着话，陈颂华已经到了。

简直低着头跟着陈颂华进了办公室。陈颂华并没有像以前那样对简直客气，甚至座位也没有让。简直只好站着说：陈总，我的工作没有做好，我请求组织上给我处分，我已经在办公厅党总支会上做了深刻检查。

陈颂华接过简直的书面检查，顺手翻了几页就扔到了一边。陈颂华说：你这一段的工作抓得不错，我很满意。但这次事故造成近百万元的损失，影响很坏，我得挥泪斩马谡，我与其他几位领导碰头商量了一下，准备给你一个行政警告处分，你还要在总公司机关大会上做检查，否则没法交代。办公厅的工作千头万绪，你要学会弹钢琴。当然，你也不要背包袱，这次的事故对于你来说是一笔财富，就看你怎么对待了。

简直说：首长，我明白您的良苦用心。您放心，我会努力工作的。

从陈颂华办公室出来走到电梯口，遇到了分管对外合作的田总。田总拍拍简直的肩膀说：没多大的事，别挂在脸上让人看笑话。过两天老哥请你吃饭为你压惊。简直嘴里说没事，谢谢你！心里却在流泪。自己从小到大，从山沟到北京混了近二十年，很少挨领导或老师批评，更没有受过处分。

刚进办公室，电话铃又响了，简直猜想又是什么人要安慰自己就懒得去接，而是将头靠在高靠背椅上望着屋顶出神。但电话铃仍然没完没了地响个不停，出于无奈，简直看一眼来电显示，是个不熟悉的号码。

简直抓起电话，竟然是黄梦妮的声音。

简直说：你去什么地方了，从东海回来一直不接我的电话，我每天都担心你。

黄梦妮说：晚上来“豪门夜宴”吃饭吧，没有别人就我们自己。

简直说：这几天我真的忙，过几天吧，我请你。

黄梦妮说：我给你预约了，你下班前再确定一下，我等你。

冯秘书敲门进来说：简主任，苟太平刚才来电话请示工作，说你办公电话不接，手机关了。

简直从兜里掏出手机一看，真不知道什么时候关机了。就对冯秘书说：麻烦你现在让他打过来吧，我忙糊涂了忘记开机了。

冯秘书说：你抓紧睡一会儿，你的眼圈四周都是青的，不休息好影响健康。正说着话，苟太平的电话就打过来了，苟太平说：头儿，我想把我们搞的央企重组方案第一稿给你看一下，你认为合适了再给陈总看。

简直思考一阵后说：方案没出来之前应该是保密的，你最好不要拿回来，别给陈总惹麻烦。有机会了给我口头说说就行了。兄弟，你要好好干，工作结束早些回来，我很需要你的帮助。

苟太平说：别搞那么悲情好不好，我都知道了，屁大点事至于吗，这样吧，我晚上请你喝酒聊天。

简直说：谢谢了，你好好工作吧，我们来日方长，我没事的，只是这几天连续加班搞得有些累，调整一下就好了。

简直把党委中心组学习计划和为主要领导准备的发言提纲一字一句认真研读一遍，确信没有问题了，才签上字让冯秘书分送给中心组成员。自己关上门躺在沙发上认真睡了一觉。

## 131

洪依彪到建设银行办完房款手续，已经是中午十一点。给几个帮助搞音乐剧的朋友打电话，他们都在睡觉，说昨晚加班太晚喝高了点。

洪依彪索性没回办公室也没有回家，而是去了自己的另一个住处。一推门，险些吓得他晕倒过去，小姨子正赤裸着身体在试衣服呢！

洪依彪问：你怎么没去上班啊？在家作什么妖？

小姨子说：知道你要来，我就来陪你了！

洪依彪说：你就作吧，小心把工作搞丢了。正好，帮我按摩一下后背和颈椎，这几天累死了。

小姨子就赤膊上阵给洪依彪做起了按摩。

## 132

简直被一阵“咚咚咚”的敲门声惊醒了。

睁眼一看，自己身上不知谁给盖上了毛毯，面前的茶几上摆着一份已经凉了的饭菜，墙上的钟表已经是下午五点二十分，这一觉整整睡了六个小时啊！

简直揉一揉仍然有些酸胀的眼睛，问了一声：谁啊，请进！这才想起自己说了一句废话，门被自己反锁上了。

简直打开门，见洪依彪和庄怡恬站在门口。

简直说：对不起，我休息了一会儿，可能是安定起了作用，睡死了。

洪依彪说：你把手机关了，办公电话又不接，冯秘书去了张主任那里，好嘛，我们吓死了，还以为你出了什么事情呢！走吧，我俩今晚请你吃饭。

简直盯着洪依彪和庄怡恬看了一阵，脑子却在飞速地转着，他在回忆上午上班后经历的事情及接的几个电话内容。说：我没事啊，你们先回办公室，我把陈总交代的几件事处理一下才能决定晚上能不能跟你们去吃饭。

将洪依彪和庄怡恬轰走后，简直将门轻掩上，打开手机一看，竟然有二十多条短信和十多个未接电话。简直先给刘昊天的办公室回了电话，刘昊天说：陈总对你们这期中心组学习的安排很满意，让你再多安排一项活动，学习期间组织中层以上干部到唐山曹妃店参观。另外我告诉你，陈总送你一箱酒，我已经让司机送你家去了。听刘昊天这么一说，简直的嗓子眼就有些哽咽，心里如同打翻五味瓶，自己受了一点挫折，竟然有这么多的朋友同事领导关心，而自己对同事朋友又做了些什么呢？在朋友有困难的时候自己在哪里？简直说：昊天，我永远不会忘记你和陈总，我不知道应该怎样谢你们！

看墙上的钟表时间已经下午六点，简直就给黄梦妮去了个电话。

黄梦妮问：你能来吗？我已经在豪门夜宴等你了！

简直就把洪依彪和庄怡恬要请自己吃饭的事说了，问能不能安排四个人在一起吃饭。

黄梦妮那边没有了声音，简直说：他们都是我的好朋友，在我最困难的时候关心我。

黄梦妮干脆把电话挂了。

简直在屋子里来回踱了几圈步，他的心里乱极了。一边是自己心仪已久的情人，一边是自己最好的朋友。简直谁也不想伤害谁也不能伤害，他不知道这几个人一旦远离自己会是什么样的结果。左思右想，简直还是给洪依彪和庄怡恬办公室去了电话，告诉他俩，晚上领导安排有别的工作，聚会的事推到明天。并说了很多千恩万谢的话。

简直下班前一直站在窗前看着单位的人陆续从楼里走出去上了班车，才慢慢地拎上包出了门。

简直没有要小卢的车送，而是直接到大街上要了一辆出租车并吩咐出租司机去东三环。简直打电话回家，是董大晖接的，简直告诉董大晖晚上别等吃饭了，回家可能要晚些。董大晖说：不晚也得晚了，董冉单位要加班，简明补课。简直说：那你就和小姨先吃嘛，不要等了，别饿着。董大晖听简直这么讲，就发牢骚说：还说呢，你几天不回家了啊，朱小和回保定去了什么时候回来不知道，家里鬼都可以打死人，我从早到晚都吃馆子喝“小二”。

简直这才想起朱小和与董大晖赌气的事来，这几天都忙晕头了，也不知道朱小和在简艾那里过得怎么样了，是不是适应工作。就对董大晖说：爸，你就低个头怎么了嘛，现在知道小姨的好了吧，给小姨打个电话，让她抓紧回来不就得了吗?

董大晖一听这话气更不打一处来：还说呢，她说她在保定过得很好，过完年再回来。

简直笑着说：爸爸，你别着急，我忙完就去保定给你接回来，您可别再大男子主义了啊，应该想求婚就求婚，想结婚就结婚，别那么多顾虑。

董大晖说：别管我了，你忙你的吧，灶上给我闺女炖着肉呢！

出租车司机是个光头。光头司机不知什么时候把收音机关了，专心地听简直打电话，听着听着就乐了，插话说：哥哥，你这形象怎么的也是个领导干部，够潮的啊，儿子给老子做起媒来了，比我强。

简直说：我一个打工仔，你从哪儿也看不出我是个领导干部啊！

光头司机说：哥哥，这你可骗不了我，我在北京开了十几年车，有人想冒充大款冒充领导干部在我这眼里过不了。

简直说：你这么一说我还真成领导了。说实话，我老家来个领导，我去拜访一下。

光头说：你爸多大了，我拉活认识一姐们儿，四十多岁，有钱，人也长得不错，不行我给拉拉线？

简直笑着说：不是我爸是我岳父，丈母娘死几年了，他一个人没有人照料现在正谈着呢！

光头司机说：现在生活好，老头子们身体倍儿棒，我们胡同里一六十多的老梆子，儿子在南美开矿常给他汇美元，嘿，经常泡妞，还经常让我给他接送。

正说着话呢，车已经到了“豪门夜宴”门口。

简直给光头司机一张一百的人民币，光头说找你七块，简直下车说：算了，感谢你一路陪我聊天。祝你顺利！

简直刚到门口，一位漂亮的值班女经理已经候在那里了。女经理淡淡地笑着说：领导您好，很久没来我们店了，欢迎光临。

简直认真看一眼，这值班经理似乎有些面熟，但又不敢肯定，就笑笑说：这一阵忙工作呢！谢谢你还记得我。

## 133

洪依彪带着一家人和庄恰恬正在“淮扬府”吃饭。

## 134

走到电梯口，值班经理把简直交给了一位身着旗袍的领班，并吩咐说：领导，祝您用餐愉快，黄总在花开富贵厅等您！

简直走进花开富贵厅，黄梦妮并不在屋里。

二十多平米的包房，只有一张不到三平米的长条桌。餐桌上铺着洁白的桌布，桌中央一篮郁金香开得很是鲜艳，三个凉菜四个热菜已经上桌了。

就在这时候，一双芊芊玉手幽灵般的从背后紧紧地抱住了简直的腰。简直知道，这是黄梦妮，她细若凝脂的双手、她胸腔里发出来的香水气息，后背一对热烘烘的东西压迫过来，简直感觉心脏受到了强烈的挤压，胸也闷了，气也短了。简直掰开黄梦妮的双手，慢慢转过身来注视着已经十几天不曾见面、没有音信的黄梦妮。嘴里在念叨：你个傻瓜，你为什么不接我的电话，你为什么一点消息都没有？

黄梦妮将脸贴在简直胸前，一脸眼泪地说：你才傻瓜呢，虽然不接你电话不给你回信，但我一分钟也没有忘记过你，我知道你这几天过得苦，我知道你心累，所以我要给你补补，就我们两个人，谁也不可以打扰我们。

黄梦妮踮起脚尖，轻轻地将舌头伸进简直的嘴里，吸吮着，吸吮着。

黄梦妮牵着简直的手走到餐桌前，亲手为简直倒满酒，又为简直盛了一小碗汤，一勺一勺地喂简直喝了，才举起酒杯说：今天我要告诉你两件事，第一件，我们从法国阿尔斯通公司为0801厂引进动力设备的事成功了，吕布尼很高兴，0801总厂苏总也很高兴，我们庆贺一下。

简直将酒杯举起来却并不喝。

简直说：我不懂这些事情我也不想知道，我们只喝酒好吗？这几天我很累，累得快散架了。

黄梦妮说：我知道，你永远是我的男人，是我一个人的男人，我只是与你分享一下成功的喜悦。你放心，我十点前一定把你送回你夫人身边去。

菜很清淡也很可口，简直低头吃了一阵，才发现黄梦妮并不动筷子，而是将双手撑着下颌，目不转睛地盯着简直吃饭喝汤。简直问：

你怎么不吃啊？

黄梦妮说：一般情况下我都不吃晚饭，只吃水果喝牛奶。如果你吃好了的话，我陪你去泡个澡，放松一下身体。

简直很感激地说：谢谢你，我真的不知道怎么报答你。你想告诉我的第二件事是什么？

黄梦妮很忧郁地说：我暂时又不想说了。你再吃两口，我去把水放好。

说完话，黄梦妮转身走到一大盆绿萝背后，用手轻轻在一幅画上碰了一下，竟然开启出一道门来。简直当时的惊讶程度是可想而知的。但简直仍然佯装什么也不知道，继续享受着桌上的美味。

哗哗的水声激发了简直的想象力，膨胀的思维使简直忘记了一切疲惫和烦恼。

几分钟后，黄梦妮在屋里说：好了，你进来吧！

简直用餐巾擦干净嘴起身向屋里走去。

简直刚一进屋，身后的门随即就自动关上了，简直脑子里突然闪现了“暗室”这个久违了的词。

屋子不大，一缕中草药的味道弥漫了整个世界，水池里漂浮着鲜艳的玫瑰花。房间四周由玻璃镶嵌装饰而成，屋子的四周摆着四盆叫不上名字的热带雨林植物，中间是一个白色陶瓷浴缸，缸前摆着粉、蓝两双手工拖鞋。

傻瓜，你脱了衣服下来啊！黄梦妮如同一条鱼般的已经躺在浴缸里了。

简直犹豫了一下，迅速脱掉身上的衣服扔在黄梦妮的衣服上，一只脚已经跨进了冒着蒸汽的浴缸里。

黄梦妮与简直并排躺在浴缸里，音乐轻描淡写地穿行在时空之中。黄梦妮的手指如同弹奏琴弦般在简直的身上滑动着，两条腿形若游蛇般在简直的下半身划动。

简直说：梦妮，我不行了，我要死了，你就让我死了吧！

黄梦妮并不让简直去死，而是让简直超越极致地活着。

简直说：求求你，让我死了吧！你来吧！

黄梦妮就让简直死了。窒息。抽缩。失忆。

什么时候完事的，简直不知道，简直泡在水里睡着了。

不知过了多久，黄梦妮将简直推醒说：起来穿上衣服，回家。简直就如同小孩般赤裸着身子很听话地从浴盆中走了出来。黄梦妮用干毛巾为简直从头发到脚指头擦了个一干二净，又用梳子为简直梳了头发。简直说：梦妮，如果我辞职来为你做助手你会要我吗？

黄梦妮笑着说：傻瓜，我可不愿养个吃软饭的小白脸，你不怕丢人我还怕丢人呢！大男人应该做大事，告诉你吧，我喜欢你是一方面，另一方面我是在赌博，我相信我的眼光，你是一只非常好的潜力股。

只这一句话，冰释了简直心中郁积了很久的结。简直将黄梦妮紧紧地搂在怀里，直到黄梦妮催促说：走吧，我承诺十点前要把你送回家的。

简直说：我不走，你还有第二件事没有告诉我。

黄梦妮犹豫一阵后说：那好吧，我告诉你。我老公要回来休假一个月，他在美国做访问学者，这一个月你不要给我打电话。

简直一听这话，埋怨说：你从来没有告诉我你有老公。

黄梦妮说：你后悔了吗？我也没有嫌弃你有老婆啊！走吧，我不送你了，楼下有一辆红色的保时捷在等着送你回家。

简直问：我可以给你发短信吗？

黄梦妮说：你真是个老小孩，白天可以发短信。吕布尼回来后我们可以找借口见面但不能像今天这样。

## 135

回家的路上，老婆突然对洪依彪说：现在世风日下人心不古，我们单位的财务室主任在外包养了一个二奶，比他小二十二岁。

洪依彪说：这年头这种小报新闻已经不新鲜了。

老婆说：新的还在后面呢，那女孩让财务室主任离婚，这边财务室主任把婚离了，那边女孩子已经卷钱卖房子走人了！

洪依彪说：这也不新鲜啊。

老婆说：什么呀，财务室主任后来才知道，跟他那女孩子是整过容的，整容之前整个儿一个丑八怪！

洪依彪说：倒霉蛋，活该！

老婆以一种怪怪的口气说：这年头啊，还是小心谨慎些好，二奶也好小三也罢，都是道德所不允许的。

## 136

简直回到家正好夜晚十点整。

董大晖在阳台上抽烟，董冉在台灯下审看样书，简明在复习功课。

董冉见简直回来了，抬头说：你几天不回家了拉着个脸做啥，发生什么事了？

简直说：没事，加几天班累的。

董冉见简直径直要上床睡觉，就说：再累也要洗脚啊！农民习性咋就改不了呢？

简直突然提高嗓门儿吼道：我就是农民，怎么着吧，我在外面洗过脚了换过袜子了！

简直也没想过为董冉一句话会发如此大的火，话一出口自己都吃了一惊。这一声吼不要紧，董冉先是惊讶继而眼泪就出来了，还把董大晖和简明都招了过来。

简明问：简直，你什么意思啊？多大事啊吼什么啊还知识分子呢！

董大晖说：一定是在单位遇到麻烦事了，男人有男人的难处，下午你们陈总那么大的官儿还让人给家里送一箱酒两条烟。

董冉说：单位有事别回家撒气啊，我跟寡妇似的一个月见不了几面不说，还得听他吼。

简明向简直使了个眼色说：简直，还不跟你老婆道歉。

简直说：对不起大家，我错了，单位出了点事，我不应该大嗓门说话。我洗过脚了我先睡。

躺在床上，眼睛看着董冉一边流眼泪一边审看书稿，自己先愧疚起来。简直内心知道，自己的不痛快绝不是因为单位的事或累而生发的，而是因为黄梦妮的老公要回来了。黄梦妮有老公自己不知道，黄梦妮一个月不让简直打电话简直更是莫名其妙地生气。简直突然觉得自己很空虚，很无聊，突然怀念起加班受累的日子来了。

简直想强迫自己尽快进入梦乡，但一切努力都是徒劳的。一小时后，董冉已经进入梦香发出呓语了，简直仍然没有任何睡意，他似图用庄怡恬或叶婉来分散自己的精力，仍然无济于事，一脑子全是黄梦妮和自己在一起的事情，如同一部经典电影一般不停地回放。

这是一个什么样的女人啊，她从来没让简直痛苦过烦恼过，她带给简直的是突如其来的幸福和电击般的爱情，她的一举一动、一说一笑都能刻骨铭心地留在简直的记忆里。曾几何时，简直担心过黄梦妮有一天黏上自己脱不了身，担心过黄梦妮对自己的事业和家庭构成威胁，但现在看来一切都是子虚乌有的。而黄梦妮突然冒出来了一个老公，又一个月不允许简直通电话，简直心里接受不了。

简直想找人聊聊自己的痛苦，想来想去竟然没有一个合适的可以谈这个话题的人，受爱情折磨比辗转难眠更加痛苦。于是简直从床上爬起来，掩上卧室的门，找来纸和笔给自己的恩师尚德写信。

简直已经几年没有写过信了。

简直把自己对老师的思念、自己的奋斗、自己的爱情，自己受到的挫折和盘托出，如同基督教徒向上帝的忏悔，能想起来的都写了。洋洋洒洒七页纸，从头读一遍，竟然如散文般文采飞扬。

简直回到床上躺下，董冉发出的均匀鼾声感染了简直。简直想，其实女人活得比男人要轻松简单得多，女人的思维里更多的是家庭、衣服和化妆品，男人思考更多的是事业、前程和提升家庭生活质量，女人想的是男人在不在身边，男人想的是漂亮的女人在不在自己身边。大多数男人和大多数女人的思维就是不一样，所以幸福指数也就不一样。

只几分钟时间，简直竟然轻松入睡了，睡得很香甜。

以至于到第二天早晨已经八点了，董大晖将油条豆浆又热了一遍，简直才从熟睡中醒来。

## 137

洪依彪失眠了！老婆为什么突然给自己聊“包二奶”这个话题呢！

## 138

刚进入办公室，刘昊天的电话就打过来了。

刘昊天很着急地说：你怎能迟到啊，今后你的手机二十四小时不能关机，这是规定难道你不知道吗？

刘昊天虽然是“一号老板”的秘书，但从行政上讲他毕竟还是简直的部下。刘昊天以这样的口气与简直说话，简直先是愣了一下，继而就紧张起来：难道自己的工作又出现闪失了？简直立即说：对不起，我错了，我这几天几乎没有睡觉，所以睡过头了。

刘昊天没听简直进一步解释，而是很严肃地说：你在办公室等我电话，陈总找你有事。

简直不知道又发生什么事情了，在惶惑中迅速将放在桌上的文件翻了一遍，又将冯秘书叫来问了当天工作日程安排，才有时间喝了一口茶。

简直在陈颂华办公室门口看见吕布尼和黄梦妮，吕布尼一脸笑意地给简直打招呼说：简主任，很久不见你了。

黄梦妮佯装不认识简直似的没与简直打招呼。

送走客人，陈颂华对简直说：我找你两件事，第一件，吕布尼女士的公司要向我们宏华集团捐赠三千万元的电脑和健身器材，我没有接受这个捐助，这里既涉及到自动化办公的保密问题，也涉及到宏华这样央企的形象问题。我建议她们把这些器材捐赠给比较困难的离退休老知识分子老工人，她们同意了，你尽快与对外合作部的同志商量一下，拿出一个分配方案报给我，然后与吕布尼女士的公司把这件事谈妥。

简直拿着笔记本一字一句地记录下了陈颂华的指示。

陈颂华说：第二件事是私事。也拜托尽快帮助办理一下，而且要快要好要妥。

简直说：陈总您吩咐就是了，我尽最大的努力办好。

陈颂华说：你先别表态，这事比较难办，不难我就派其他人去了。是这样的，有一个新四军的老前辈，解放后担任过重要领导职务，现在九十多岁了，下月十六日是他的生日。最近有人告诉我，在江西一个县的档案馆发现了他的一本战地日记，很珍贵，我准备把这本日记送给老前辈做生日礼物。你带人亲自去一趟，想办法把它要过来，可以适当地花点钱作为对当地文物档案部门的补偿。

简直问：我尽力办好。什么时候出发?

陈颂华说：你别把事情想得太简单，这本日记是文物，地方政府不会轻易让给我们，你要把事情想得复杂些。你准备带谁去啊？一定要带公关能力强、又靠得住的人去办这件事。

简直略迟疑了一下说：我这些年在机关做文字工作，办具体事的能力还比较差，需要磨炼，带什么人去请您定。

陈颂华说：一个是财务部的副总洪依彪，这个人办事能力可以，脑子灵活点子多。另一个是庄怡恬，她爷爷解放初期在江西担任过重要领导职务。小庄的父亲在地方上很有人脉，你做工作让小庄的父亲给江西有关方面打个招呼，事情办起来难度会小些。

简直说：陈总您想这么细了，我们办起来就方便了。洪依彪这次跟我们一起去江西，请刘秘书给财务部打声招呼，办公厅的工作我会协调好的您放心。

陈颂华说：洪依彪我让刘秘书通知，出发时间你定，我只要结果不计较过程。你走之前去见一下你们张主任，他现在还是你的领导，大小事情你都要对他讲，怎么对他讲是你自己的事。

简直从陈颂华办公室出来，刘昊天就跟到了电梯口，又把有些陈颂华不方便讲的话对简直叮嘱了一遍。简直看离中午饭的时间还早，就直接去了洪依彪办公室。

洪依彪听完简直的话后说：你这不是成心害我吗？我的音乐剧还

有四天就要在保利上演票却只卖出去四成啊？我怎么可以不在场？

简直说：你比我高明，陈总比你高明，陈总派我们三个人去江西，本身就是对我们的极大信任，这时候还不努力你想做什么啊！难道你真傻啊，陈总早就知道你写音乐剧的事了，他是有意让你远离是非。演出成功了你在单位有面子在社会有影响，如果演出不成功你有台阶下，在单位也没是非。

洪依彪沉默一阵后说：只有这样了，自己的老婆好不容易怀孕要临产了，却不能亲自见证是儿是女。

简直说：有一点我吃不准，需要带多少钱啊？

洪依彪说：我们先去看东西谈条件，然后让单位打到对方账号上不就得了，我们何必操这心呢！

简直开玩笑说：陈总为什么让你去啊，陈总知道这方面你比我在行。你呀，早知道一台音乐剧要这么费神费心费力，还不如改写情书呢！

洪依彪调侃说：这你就不懂了，这个世界上写音乐剧和爱音乐剧的人都不会多，但我沾上了就迷上了。有钱人和当官的喜欢小蜜，难道他们不知道危险吗？爱喝酒抽烟的人不知道烟酒有毒吗？一个道理。

简直说：我不和你瞎扯了，歪理邪说。我还要去给张主任汇报工作呢！

简直从洪依彪房间出来并没有去张好武那里，而是把庄怡恬叫进了办公室，先是与庄怡恬商量去江西的事，原以为庄怡恬会不同意，没想到庄怡恬很痛快地答应了。庄怡恬说：在北京闷死了，我正想去三清山呼吸一些新鲜空气呢！

简直说：出发前还有一件事你抓紧办一下。去保利剧院买三百张洪依彪的音乐剧票回来，分三天买每天一百张，分头送给你的好朋友，给我家留二十张。但一定要记住，不能送我们总公司的人。

庄怡恬伸出大拇指说：头儿，你够哥们儿，我现在明白你为什么能当官了。

庄怡恬走后，简直又让冯秘书去保利剧院订六个花篮，在洪依彪的剧演出当天送去。

## 139

送走简直，洪依彪立即分头打电话，求助大家在他出差之前完整的彩排一次音乐剧，时间就定在当晚。

洪依彪决定带老婆一家人和小姨子一起欣赏一次自己的作品。

## 140

简直拎了一筐进口水果，到行政学院去给张好武汇报近段时间的工作和下一阶段的打算，没想到在楼梯处遇到了林守和。

林守和很热情地一把抓住简直说：兄弟，你是好人你不仅把我捞出来还为我交了罚款，洪总也是好人还给我谋了个好差事，什么时候我要发达了，我一定请你们到“天上人间”玩一次不可。

简直并不接林守和的话，而是问：张主任在房间吗？

林守和说：操，我好心来看望他，他劈头盖脸骂我一顿不说，还让我把罚款交给他。这孙子，当多大官也是财迷，我哪有那么多钱啊！他伸个小拇指比我腰还粗。

简直趁机教育林守和说：那你今后在某些方面管住自己，裤带扎紧点不就行了吗？

林守和压低声音说：简主任，你是我亲兄弟我不骗你。我老婆绝经十多年了，我在这方面要求比较旺盛，一看女人吧我就头发胀、腿发沉，我也是没有办法。再说了，现在这社会，谁还把两性关系当回事？我看新闻上说了，香港台湾都把“鸡”称“性工作者”了，称呼是“工作者”你知道吧？比打工妹民工还好听。

简直发自内心的想笑但他还是忍住了，告诫林守和说：找到一份好工作不容易，你应该好好干啊！

简直怕再被林守和没完没了地黏糊住，转身便直奔张好武的房间。

简直敲门进去，张好武正端着一杯茶在生气，嗓音很大地吼道：

不是让你别再来了吗？你想干什么？

简直知道张好武是误会了，接口说：主任，是我，我要出去几天，来给您汇报一下近期的工作。

张好武转身看见是简直，就一脸歉意地对简直说：我还以为是我那个混球姐夫呢！我刚把他给骂走。坐吧，又带这么多水果来，上次你让人送来的还在卧室放着呢！

简直说：我现在这工作干得就很吃力，很多事处理起来远没有您那么行云流水，我历练一辈子恐怕也赶不上您的水平。

张好武说：你学历高脑子反应快做事低调淡定，你的前程比我远大。

简直说：我刚起步就让您失望了，又是处分又是挨通报，我很愧疚！

张好武说：你别这样认识问题，这是陈总在保护你在捧你，把你往公众视线里推呢，这点小处分算什么？突然有一天，陈总宣布你成为我的接班人时，你就明白了。哦，对了，林守和那两万元罚款我给你备下了，我现在给你。

简直说：您这是瞧不上我，您这些年对我的照顾何止两万元，二十万元也不止，这样吧，您在这里学习还需要花钱，等您学习结束再说吧！

简直从行政学院出来，心里一下子轻松了许多。坐在车上，简直突然问司机小卢：你跟我小半年了，群众怎么评价我？不准说半个字的假话。

小卢迟疑了一阵说：他们认为你比张主任好侍候，你家里的人也好侍候，麻烦事少不摆谱，有工作能力。

简直说：今后不要拿我和张主任比，张主任的能力永远在我之上。那缺点呢？不准说假话。

小卢说：他们认为你这人缺乏当官的威严，书生气很重。

简直问：你们心目中当官的威严是什么样子？

小卢说：板着面孔，说话带官腔，一般人见面害怕。

简直问：你们真喜欢领导是那个样子吗？

小卢说：说实话，我们内心喜欢你这个样子的领导。

听小卢这么一说，简直就不再与小卢讨论，而是掏出手机给家里打了个电话，告诉董大晖，他准备去把朱小和接回来，让董大晖晚上准备点好吃的。

董大晖兴高采烈地在电话里说：去吧，路上注意安全。我去准备她喜欢吃的水果和蔬菜。

## 141

在保利剧院，洪依彪为自己的音乐剧几次哭泣，而老婆、小姨子和女儿却不以为然。

## 142

赣南这个小县城很小，如同一幅卧在水池里的水墨画。有谁会忍心把一幅如此曼妙的水墨画放在山里啊！已经接近下午两点了，县城还醉卧在远处的云雾里，若隐若现。

坐在县里派来的车上。庄怡恬突然冒出一句话：一本什么样的日记啊，竟然兴师动众让这么多人来找。

简直以纠正的口吻说：大了说，这是为党史军史征集文物，小了说，这是为老一代无产阶级革命家的一次人文关怀。陈总这是一种境界一种极其高尚的境界。来之前，我上网查了一下资料，这个县的县委书记叫孙震宇，北大毕业生，从市委空降下来两年多了，政绩很突出。

洪依彪说：陈总很少在公众场合讲话，但他讲话做事都是经过深思熟虑的，做事也是这样，做一件就让人铭记一件。

庄怡恬说：我爷爷在三十多岁时就是大区的副书记了，陈总四十二岁就是副部级，本人至今未婚，还给你们当狗腿子，我要是男人啊，也许比你们俩能干。

简直调侃说：说不好你早就因流氓罪给抓起来了呢，我们是狗的话，你也只能当腿了。

洪依彪说：还可能是第三条腿，你看你跟俞继飞那黏糊劲儿！天生就是第三条腿的料。

庄怡恬说：洪依彪，揭人不揭短啊，你怎么那么缺德啊，拿人伤心事开心，为这事我妈还要与我断交呢！

说话间，简直他们的车已经到了县委宾馆门口。简直做梦也没有想到的是，县委五大班子成员都站在宾馆门口迎接。简直让洪依彪先下车，洪依彪让简直先下车，庄怡恬说：干什么啊，你们让那么多领导站在那里等待别人给你开车门？你们不下我先下了！

洪依彪和简直以为庄怡恬是开玩笑呢，没想到庄怡恬真的就打开车门先下了车，洪依彪和简直也只好跟着下了车。

一位戴眼镜很清秀的男子迎上来说：您是庄怡恬庄秘书吧？我是这里的县委书记孙震宇，欢迎您和其他北京来的领导到我们县视察工作。

庄怡恬有些尴尬地转身向孙书记介绍说：孙书记，这是我们办公厅的简副主任，这位是我们财务部的洪副总。

孙书记满面笑容嘴里不停地说着“欢迎欢迎”却并不真理会洪、简二人。孙书记跟在庄怡恬身后说：庄秘书，您父亲的秘书给省厅打完电话后，省厅非常重视，我们县委也很重视。一会儿我们专题给您们汇报工作。

说话间电梯上了三楼。

从下车到进电梯，庄怡恬俨然成为了简直一行的最高领导。孙书记一边走一边介绍说：庄秘书，您住顶头的388房间，其他两位领导在另一头的两个套间。您放心，我们的接待标准都是一样的，山区小县条件差你们多担待一些。

庄怡恬几次想做解释，都被洪、简两位用眼睛制止了。

庄怡恬在一群人的簇拥下进入房间。

进入房间，庄怡恬的第一感觉不是进入了宾馆，而是进入了某个单位的会客室或某个部级干部的办公室。

孙书记说：我们这里的条件差，一年难得接待几次北京来的领导，有什么不周到的地方您多谅解。您看我们汇报工作的时间怎么安排？

庄怡恬说：孙书记您忙，我只是秘书不是领导，具体工作我请示我们简主任后再给您汇报。我们这次来，主要是听说贵县征集到了一本老一辈无产阶级革命家的战地日记。

孙书记说：哦，省厅领导给我们打过招呼。这样吧，具体事下来再说，我先去看看他们的住处，晚上我们为您们一行接风。

## 143

在宽敞明亮的套间会客室里，洪依彪一边品着当地的土茶一边跟简直开玩笑说：这次我们得跟庄怡恬当秘书跟她沾光了。

简直说：现在知道了吧，无论你宏华总公司是什么级别，无论我们是什么级别，现官不如现管，这时候的陈颂华就没有庄怡恬的父亲管用了！

## 144

庄怡恬向孙书记提出把赣南之行的目的向主要领导做一次汇报，县委办主任接话说已经安排好了，下午五点半在宾馆二层会议室。

五点二十五分，庄怡恬到了洪依彪住的房间。洪依彪正在与简直聊天。洪依彪告诉庄怡恬：北京来电话了，音乐剧的票连续三天全部售罄。简直很夸张地惊呼：太好了！庄怡恬想要说什么，却被简直一个眼神制止了。简直说：我们这次任务如果完成得好，洪总的音乐会又非常成功，那才叫两全其美呢！

庄怡恬很失落地说：你们都有好事值得庆贺，我什么也没有！

洪依彪说：兄弟们还分那么清楚啊，一人有喜大家同喜，说不定这次任务完成得好，陈总给你提个副处长干干呢！

庄怡恬哈哈大笑说：我对男人们这种所谓的事业一点兴趣也没

有。真正的事业应该是比尔·盖茨、巴菲特或大国领袖。我爷爷干了一辈子所谓的事业，现在躺在医院靠输氧维系生命，老革命干了一辈子事业，不过是为了让我们找点他年轻时的回忆。我啊，我的事业就是爱我所爱，我才不会像你们那样为一官半职加班加点点头哈腰呢。

简直说：话一到你嘴里就变味了，这叫干事业你知道吗？走吧，咱们到会议室去吧，或许县里领导在会议室等着呢！庄秘书，到会场可别信口乱说了，这里可是红色革命根据地是老区，人都很正统的。

果不其然，县委十几位领导已经端坐在会议室迎候简直一行了。

简直一行刚一落座，县委孙书记就将在座的领导对简直一行做了介绍。简直也将洪依彪和庄怡恬介绍给了在座的人。孙书记在致欢迎词时，将本县历史、经济、文化特别是红色旅游文化向简直一行做了简要汇报。然后请简直做指示。

简直注意到，孙书记对“老革命”的战地日记的事只字不提。简直心里明白孙书记是要退到二线指挥呢，也将宏华总公司的情况做了简单介绍，然后切入正题说：感谢老区人民特别是孙书记对宏华总公司的厚爱，正因为宏华人对老区人民特别是八十年前在这块红色土地上进行的波澜壮阔的土地革命的敬仰，这次总公司才专门派我们几位来学习。我们既不是领导也不是检查工作，我们的惟一任务，就是来学习，学习老一辈无产阶级革命家的牺牲奉献精神，学习老区人民的艰苦创业精神。

孙书记说：北京来的领导讲话就是有水平，希望你们在我们这里多待几天多转转多看看，我们这里虽然还不富裕，但我们这里很有特色，离三清山也很近。一会儿，省厅贾副厅长和市里领导也要过来陪您们几位，一切事情留在饭桌上，用酒说话。我刚知道，您们陈总的父亲也是在我们这块红色土地上参加过土地革命战争的老前辈，您们放心，具体工作的事，由业务部门给你们帮忙解决。

有了孙书记这话，简直心里似乎有了底。

在去餐厅的路上，县委“一班人”仍然围着庄怡恬热情洋溢。洪依彪悄悄对简直说：吃到嘴里的才是肉啊，你等着瞧吧！此人虽然年轻，但深谙官场之道。

欢迎晚宴安排在县委最奢华也是最大的大厅里，赴宴的人除简直等三人外，还有专程从省城赶来的一位副厅长、一位市委副书记，县委在家的常委如数到场。简直数了一下，十八人就餐，六位着黑色西服的服务员。

一切与简直似乎没有关系，一切与洪依彪似乎也没有关系，这个宴会虽然没有安排庄怡恬坐在主宾位置，但人们交流的对象、热情的程度、服务的先后都说明，庄怡恬才是宴会的真正主宾。庄怡恬一定是被主人的热情击打得晕头了，她笑得非常可爱、非常纯情、非常得体、非常大家闺秀。主人们谈论的话题与宏华总公司无关，与简直、洪依彪无关，大家似乎更关心庄怡恬父亲的健康、生活习惯以及何时能来赣南视察工作。

出乎意料的是，除了冷菜外，上来的第一道热菜竟然是一小碗红米南瓜火腿粥。粥上桌的同时，一位青春靓丽的女歌手已经唱响了与红米南瓜有关的、大家都耳熟能详的江西民歌。声音清纯甜美，与在中央电视台选秀和参加青年歌手大奖赛的歌手们的感觉完全两样，简直一行听到了真正没有经过院校培训的原生态民歌。再喝粥，更是出人意料的好口感，暖暖的香甜令人如痴似醉。孙书记见大家碗里的粥喝得差不多了，这才开始他的祝酒词，祝酒词也很独特。孙书记说：八百年的福分把我们修到了一张酒桌，今天我们坐在红土地上，吃着红米饭，喝着赣江水，听着红歌，我们没有理由不用美酒证明我们的友谊。来，祝大家长饮不醉，不醉不归！话音刚落，孙书记已经喝完了自己面前的一小碗酒，并把酒碗倒过来展示给大家。

简直带头鼓掌并喝下了第一碗酒。

紧接着，每上一道菜换一名歌手献一首红歌，整个大厅被红歌和热情包裹得严严实实，酒醉人，气氛醉人，人醉人。

不知在喝到第多少碗时，简直和洪依彪开始求饶了。简直说：我们确实没有能力回敬你们酒了，今后有机会到北京我们再敬你们各位领导。

省厅副厅长说：入乡随俗，在这里喝酒都没有诚意，到了北京那样的大地方，我们哪还敢惊扰你们啊！

孙书记并不理会简直，而是端一碗酒走到庄怡恬身后说：庄秘书不仅是名门闺秀，也是纯情美女，据说上人民大学时还是文艺特长生，歌声一定也非常动人，为纪念你爷爷曾经为这块土地流过血，你为我们唱一首江西民歌吧！

庄怡恬一脸潮红地说：孙书记，你都快赶上中情局的人了，好吧，恭敬不如从命，唱不好可别笑啊！我翻唱一首你们这个年代的人都会唱的歌。

话音刚落，大家都鼓起了掌。

真没想到生于一九八五年的庄怡恬竟然把一首《映山红》唱得如泣如诉，悠扬绵长。

晚宴的高潮是每人轮流唱一首红歌，不唱歌的人要饮一碗酒，洪依彪感叹说：先烈们是因为土地和信仰倒在这片土地上的，再喝下去，我可能也要栽倒在红色土地上了。

当女声小合唱《十送红军》响起时，简直已经趴在桌子上不省人事了，简直的鼾声赢得了全体陪酒人员的掌声。孙书记告诉洪依彪，他到这个县上任的第一天，与简直的遭遇完全一样。当地有个民风，如果东道主请客没有人喝醉倒下，说明主人不盛情不大方。

整个晚宴并没有上什么鲍鱼鱼翅熊掌辽参茅台五粮液年份酒。但这场酒却让简直至少三天没敢再端酒杯。

## 145

安顿简直睡下，洪依彪又找县委办主任聊了会儿天，对能不能拿到老首长的战地日记心里多少有了点底。

刚要洗脚睡觉，北京那些帮着搞剧的“夜猫子”哥们儿又来电话了：媒体和网络宣传“轰”不起来，能不能再打十万元救急？

洪依彪想了想，事情到了这个份上，应该花的钱就花呗！就给吕布尼打了个电话，让无论如何帮个忙先垫支一下。吕布尼很爽快就答应了。

## 146

一觉睡醒，已经是夜里四点。

简直感觉头痛欲裂，口干舌燥。简直挣扎着想坐起来喝点水，却被一只绵软的手按住了：首长，您需要什么，我帮您取。

从口音可以辨别出，身边的人不是庄怡恬。

简直说：对不起，我喝多了可能出洋相了，我想喝点水。绵软的手说：没事，我一直坐在您身边呢，我给您准备了葡萄糖水，喝二百五十毫升下去就好了。接下来屋子里是敲击玻璃瓶的声音和倒水的声音。

简直问：现在几点了啊？绵软的手说：凌晨四点了。

简直很愧疚地说：真对不起，让你受累了。

绵软的手就将简直扶起来靠在自己怀里面，将医用葡萄糖一点一点细心地喂进简直嘴里。这是多么温暖的怀抱啊，“咚咚”的心跳声显得那么亲切，那么让人幸福。

葡萄糖水喝下去，简直感觉自己好多了，头脑清醒了许多，但浑身仍然无力。靠在绵软的手的怀里，简直突然感觉很幸福。一缕淡淡的消毒水味，使简直的头脑产生了幻觉，简直的手不自觉地握住了绵软的手，如果此时身边是黄梦妮那该多好啊！董冉知道自己现在受的罪会是什么反应，是斥责？是温存？还是讥讽？也不知道庄怡恬会不会喝多啊！人类发明了酒，人类也制造了魔鬼。

早晨醒来，房间里一切如初，惟有昨夜的酒味还残留在房间里。简直起床打开窗户，一缕清新的空气瞬息间飘了进来，竟然有些寒意了。头仍然晕，昨夜发生的事渐渐清晰了，惟独想不起绵软的手的形象，如果有机会，应该给她道声感谢才是呢，不知道还有没有机会见面。简直看一眼手表，已经接近七点半，离早餐还有半小时，索性冲了个澡，身上立马轻松了许多。

县委办公室主任告诉简直，孙书记陪市委副书记下乡去了，明天回来。孙书记特别嘱咐，来一趟赣南不容易，一定要陪北京来的领导上三清山住一宿。

简直问：我们请县委帮忙的事有交代吗？

县委办主任说不清楚，只要求必须把北京来的领导高标准接待好陪好。

洪依彪和庄怡恬已经在餐厅里捧着豆浆了，见简直进来，两人先是会意地一笑，继而大笑起来，庄怡恬更是笑得流着眼泪将饭也喷了出来。简直被笑得莫名其妙：喝那么多酒，你们竟然一点事也没有？是不是我出什么洋相了啊？陪同的县委办公室主任一个劲地说：没有没有，抓紧吃完饭还上路呢，争取中午赶到那里吃中饭。

越是这样，简直越觉得昨晚自己一定是出洋相了，就威胁庄怡恬说：你要是不讲真话，我就把你在乌克兰的事告诉大家。庄怡恬说：你现在就讲啊，有什么了不起，不就是语言不通打错电话把男妓召来了吗？我早就跟洪总聊过了！洪依彪说：别互揭疮疤了，简副主任，你昨晚喝高了我们去你房间陪你，你抱着为你输液的女护士就喊老婆，搞得小姑娘都下不来台了！庄秘书吃醋了，拽你都拽不开。

简直压低了声音说：这种玩笑可不是乱开的，我真输液了吗真抱女护士了吗？这不可能啊，我怎么一点印象也没有？

洪依彪说：你看你被吓的，放心吧，回北京我们不会告诉董冉的，抓紧喝点豆浆解解酒，这几天别喝酒了，恢复一下元气。

简直问庄怡恬，洪依彪是不是在开玩笑。庄怡恬说：古人说得好，酒色财气，酒能乱性。你们男人啊，一喝酒就借题发挥，把自己好色的本来面目都暴露出来了。还不知道这些年你喝酒乱性失过多少次身呢！白让我信任你这么多年，认为你是坐怀不乱的柳下惠呢！

听庄怡恬这么一说，简直开始怀疑事情可能是真的了。简直对县委办主任说：如果你见到那位护士，替我向她道歉，我真的是喝高了。

县委办主任说：你一会儿当面给她道歉吧，她也跟我们一道上三清山呢！

简直说：真是太丢人了，你们回北京千万别拿这事开玩笑。

洪依彪说：算了，我们不给你开玩笑逗你了，你昨晚没抱女护士，你一会儿见面也不用给女护士道歉，但你真的抱了庄秘书。女护士的手你是抓了的，人家没有在意，知道你喝醉了。

简直说：那也够丢人的了！

庄怡恬说：你就不应该向我道歉了啊？我还一黄花大闺女没嫁人呢就让你先抱了，还喊我老婆，也不知喊谁。

简直说：我们两清了，你上次去乌克兰晕机，不也抱我了吗？

庄怡恬生气地说：你无赖，我抱你是因为害怕，你搂我那么紧做什么，你要不道歉，我这次回去就把事情告诉董冉。

## 147

洪依彪突然想起来了，今年夏天的某天，自己与小姨子从燕莎商场出来，正好与庄怡恬撞了个满怀。当时无论洪依彪怎么解释，庄怡恬都认定，小姨子的屁股有一半已经归了洪依彪了！庄怡恬还为此从洪依彪手上敲走了一大盒巧克力。

## 148

从三清山回来已经是第二天晚上，一行人的身体累得快散架了。

只有庄怡恬还活泼得如同小鸟一般。

快进入县城时，县委办公室主任告诉简直，晚上由宣传部朱部长做东为各位领导接风。简直一听说接风，脑袋都大了，说：我是真的不能喝酒了，能不能告诉领导别请了，心意我们领了。

办公室主任说：她可能要与你们谈有关战地日记的事呢，朱部长已经在红军渡口码头等着了！

一听这话，简直只好说：求你们今天一定要保护我才行，我不能牺牲在老区人民的酒桌上啊。

大家都以为“红军渡口码头”是个地名，一到了才知道，“红军渡口码头”实际上是建在赣江边上的一家酒店名称。

简直他们刚下车，就有一个显得很干练、三十多岁的短发妇女迎了上来。办公室主任介绍说：这位就是我们县委常委、宣传部朱部长。

朱部长用力地与简直握了握手说：对不起前几天我在省委参加一个培训班，你们来我也没陪同，今晚在这家小店粗茶淡饭为你们接个风，感谢你们给我面子。

简直说：我们给你增添麻烦来了，还望朱部长多支持啊，朱部长这么年轻有为，我们会成为好朋友的。

朱部长并不再理会简直，而是牵着庄怡恬的手端详一阵后说：我们这小地方，县城不过八万人，一回来他们就告诉我，北京来了一个美女，气质好得不得了，百闻不如一见，就是不一样。

进入酒店内部，餐桌竟然摆在水中央的亭子里。环顾四周，烟波浩渺，灯火阑珊，别有一番风情。洪依彪感叹说：这里真能算得上江南福地呢，要离北京近些就好了！

朱部长说：只要您有心，再远的路在心里也是近的。我们这里随时张开怀抱拥抱您。

从让座和让茶以及讲话的水平看，朱部长是一个让人感到体贴、大方、热情的人。朱部长对简直说：关于你们要的东西，我们确实有这么一件，报纸上也报道过，全县以及省市领导也都知道，老革命的后代也知道，曾经专程来要过，都被我们以各种借口婉拒了。为什么呢，因为这本日记不仅仅是老革命的个人财产，也是我们县在整个土地革命时期的历史见证，是我们县十几万人民一笔巨大的精神财富。

简直问：那你的意思是？这本日记我们拿不到了吗？

朱部长犹豫一阵说：简主任，我说的是特殊情况，如果我们把这本日记给了你们，我们没法给全县人民交代啊！我们这一届班子会挨骂的，希望你理解。

洪依彪问：这是不是也算孙书记的意见呢？

朱部长说：这个事先不说了，我们先吃饭，边吃边聊好不好，谈工作不能饿着肚子谈吧！

庄怡恬有点生气的说：都不行了，我们还吃饭做什么，我们在北京又不是没有饭吃。

简直意识到了事情的复杂性与陈颂华估计的差不多。但陈颂华派三个人为了一本日记跑这么远的地方来交涉，拿不回去肯定是交不了差的。简直用眼睛制止了庄怡恬。对朱部长说：朱部长，我们也是奉命行事，自然是革命历史文物，上级文物部门应该也可以征集的吧，这样吧，你想想办法，不能让我们空手回去。听朱部长的，我们先吃饭。

朱部长与县委办公室主任交流了一下意见，说：上大酒杯，先喝酒，其他事慢慢聊。谈工作谈工作，工作是谈出来的嘛！

简直说：朱部长，我事先请求，我真的不能喝了，前天孙书记请客，我都喝输液了，还没有缓过劲呢！

朱部长哈哈一笑说：我一个女流之辈，你怕什么？我这次到省委培训，省委宣传部长就说了，很多事写文章做不到，金钱办不到，喝酒可以解决很多问题。

简直一听这话有点谱。这不是在暗示事情还有希望吗？

简直心想这酒拼上老命也得喝啊，不喝咋回去给陈颂华交差？简直说：朱部长你可真得手下留情，我们三个都是残兵败将了。

朱部长说：我们都是朋友，你们又是北京来的领导，不存在手下留情的事，而是要牵手友情。这样吧，我们一帮一、一对红。一个人陪一个人喝。你先挑人吧！我一个女流之辈，要不是为了尽地主之谊，我是不沾酒的。

简直环视一周作陪的人，下不了决心。

庄怡恬说：要挑对手得我先挑，我是女同志我优先。我挑县委办主任。

简直也不管洪依彪怎么想，就先挑了朱部长。

简直的决策再次让他付出了沉重的代价。三杯开场酒后，朱部长说：你们先喝吧，我得先喝碗汤，这酒实在太辣了！简直窃喜，看来这饮酒对象是挑对了。谁知简直刚喝下一小碗穿山甲煲竹荪汤，朱部长已经端着一碗酒站在简直身后了：简主任，你们宏华总公司的股票最近涨得不错，在央企中是经营得非常好的企业，来，为了宏华的繁荣和我们国家装备制造业的发展，敬您一碗。朱部长的话音刚落，一碗酒已经下肚了。

朱部长见简直一脸很痛苦的样子，就掷地有声地激将说：你总不至于让一个弱女子失望地站你背后不走吧！

简直只好喝下了碗里面的酒，足有二两。

简直的胃里开始翻腾，嗓子也如火烧火燎般难以忍受。朱部长见状，立即亲自为简直打开一瓶奶递到简直嘴前说：北京的官员们啊，就是会演戏，我一个不会喝酒的女人都没有你的表情丰富，喝了这杯奶就会好些了，这可是我亲自给你的鲜奶啊，喝吧！

简直哭笑不得地说：我前两天真的喝醉了还没有缓过劲来，请你手下留情。

朱部长说：你放心，宁愿我的胃喝个洞，也不让咱俩感情留条缝。

庄怡恬说：朱姐，简主任可能真的不能再喝了，要喝，我替他一碗吧！

朱部长说：按照孙书记的交代，我这几天都陪你们，放心，简主任会给我面子的。我们还要合作呢，而且我们一对一的喝法是他认可的，这样吧，为了表达我们老区人民的诚意，我喝两碗他喝一碗，这总可以了吧！

话说到这个份上，简直没有了办法，只得硬着头皮喝，为了那本还没有见过的战地日记。当简直喝得舌头有些发硬声音有些结巴的时候了，朱部长说：简主任，说实话，喝酒您不是我的对手，我曾经一次喝过二斤，今天您确实尽力了，我们这个朋友也算交下了。这样吧，其他同志和服务员都回避一下，我要跟北京来的领导聊点私事。

县里陪同的其他同志就退出去了。偌大的房间里就剩下了简直、洪依彪、庄怡恬和朱部长。

朱部长说：为了老首长的战地日记，陈总派你们三员大将来我们县，庄部长的秘书又亲自打来电话，县里领导非常重视也非常为难。为什么为难我饭前也告诉你们了，站在我们的角度换位思考一下，你们也会有同感。现在这件事如何解套，孙书记想了很多办法，又责成我来处理这件事，说实话，这是一个烫手的山芋。

洪依彪说：这是肯定的，我们来之前陈总也交代过，不能太让县里领导为难。但这本战地日记对我们陈总和老革命确实都很重要。

朱部长说：按理说，就陈总的面子和职级，这本日记送他是没有问题的，但我们没有这个胆量，现在基层的工作难做，一些人动不动就告状，我们是心有余悸。现在这里没有外人，我出个主意，感觉合适不合适，你们晚上回去再商量一下。

简直说：主意你出，办法我们来想。

朱部长说：一、你们托上级文物部门出一张征集通知，我们对上对下都有个交代。二、我们县准备建一座红军歌谣纪念馆，现在还有二百万元资金缺口，你们宏华是大公司，伸个指头比我们腰粗，你们如果帮助解决一点经费，也算是对老区人民的贡献。据我们了解，你们陈总的父亲曾经也在这一带参加过反围剿，他一定会支持的。我们孙书记的女儿在北航读书，毕业后也想到你们公司找点事做呢！这样吧，你们回去商量一下，我们也抓紧把这本日记做个复件。

## 149

洪依彪和庄怡恬都跟着简直进了简直的房间，虽然喝了不少酒，但没有一个人有醉意，也没有人打算去倒开水喝。

三个人静静地坐了十多分钟。

庄怡恬说：我理了理，朱部长实际上提了三个要求，一是要钱，二是要信，三是要为孙书记的女儿安排工作。能不能给刘秘书打个电话请示一下啊！

洪依彪说：陈总的为人处世风格我们大家都很清楚，他只注重结果而不是过程，即使问了他怎么答复，事情办好了他高兴，办不好又花了大价钱，有一天上级再一审计，我们不是给陈总添堵吗？

简直问：我们还有没有必要见一下孙书记？

庄怡恬说：我再给父亲的秘书打个电话，让他再压一压有关部门。

洪依彪说：孙书记下乡是骗人的，他站在幕后呢，刚才吃饭时我上洗手间，听两人在议论，夸孙书记有魄力，今天把环城路拆迁的钉子户拿下了，朱部长谈的条件，实际上应该是孙书记的主意。庄秘书的电话也不必打，你把电话打了他不办还是不办，也许还会起副作用。

简直说：我看庄秘书可以给你父亲的秘书打个电话，求他到相关部门要一封征集文物的信。现在的关键问题是二百万元钱和安置工作的事我们做不了主，陈总一边是势在必得，一边是不想让更多的人知道这事，这很难办。

洪依彪沉默一阵后建议说：你们张主任什么时候学习结束？

简直说：春节前，还有一个多月。这与他有什么关系？

洪依彪说：你们还记得我们在孔乙己酒店吃饭时认识的那位姓高的部务委员吗？前天上三清山时县委办主任说他老家是这个地方的人，让苏锋给孙书记打个电话，就说宏华公司要为他家乡希望工程捐点钱，部务委员有面子孙书记又不能不给面子。

简直问：怎么操作这笔钱呢？

洪依彪说：你回去写个报告，把为老区失学儿童捐款提高到政治高度，报给陈总一签字就可以了，二百万对于宏华不是什么大事，去年、前年我们向西部捐资助学一次就是五千万元。

简直紧锁的眉头舒展了许多，很轻松地说：难怪陈总点将让你来呢，你确实满脑子的鬼主意。就这样办了，那孙书记女儿的事怎么办？

洪依彪说：这还不好办啊，他女儿明年才毕业，反正是事业单位编制，这点事我们就搞定了，先让她到江北或东海待一年，过一年找借口把她调到北京就可以了。

庄怡恬说：东西我们还没有看到呢，代价是不是太高了点啊？

简直说：所以这几件事我们抓紧准备。明天上午我们谁也不见谁也不让陪，下午看东西。晚上谈条件，争取三天内把东西拿到手走人。

庄怡恬说：那我们是不是可以睡觉了，这几天喝傻了也累瘫了，真想美美地睡他个天昏地暗。

简直说：哪能现在就睡呢，我起草为老区捐款的报告，庄秘书给你父亲的秘书打电话，洪总给苏总打电话，每件事今晚都得落实好。明天早晨，我们留张条子，打个出租躲到乡下去玩。

## 150

小县城的早晨很清静，街上除了摆摊卖早点的人，就是推着小车挑着筐子到集市卖菜的人。

简直几人站在街头等了许久也没有等来一辆出租。

一个瘸腿的农村老头走到简直面前用赣南话问：你们是从省城来的还是北京来的?

简直回答说：我们是北京来的。

瘸腿老头当即就跪下了：青天大老爷，我终于找到你们了，我一看你们的打扮和形象就知道你们不是当地人。求你们救救我，因为我向上级举报他们向国家冒领低保，被他们打成了残疾，现在我离开本县的权利都被剥夺了，求你们把这封信给我递到中纪委，我老汉死了也就值了。

简直一看这情况，知道一大早起床触了霉头，但又不忍心让老人家总跪在地上，就扶着老头说：我们是北京来的不假，但信我们不一定递得上去。您先起来，再找别人试试。

瘸腿老头仍然坚持跪在地上说：你们不帮我，也许我活到明年的机会也没有了，我倔老头死也要告下他们。

洪依彪一把将老头扶起来说：老人家您放心，我们尽力帮助您。

瘸腿老头见洪依彪收下了信，又重重地在地上叩了两个头：恩人啊，我就是死了也值了!

庄怡恬掏出二百块钱给老头，老头儿无论如何也拒绝收下，向后退了几步又向简直他们鞠了一躬。

正好有一辆出租车过来，庄怡恬拦下了车。

出租车司机问：你们去什么地方?

庄怡恬说：找一个风景好的近一点的农村转转。

出租司机说：你们上来吧！我们县没有什么更好的风景，我拉你们去一个水库转转吧，那里风景好。不过先说好了，半天一百元全天二百元不找零头。

庄怡恬说：你放心吧，一分不少你的。不过有个条件，你得做我们的导游，另加五十元钱。

司机乐了：没问题，在本县任何地方我都能找到路。

车开出县城，出租司机话匣子打开了：我一看你们的打扮和说话就知道，你们是来微服私访的。

庄怡恬说：你不会是电视剧看多了吧，我们三个人还微服私访？哈哈哈哈！

出租司机说：他俩一看就是领导，你呢就是秘书。你们说话有礼貌，穿得很体面，不是微服私访来我们这里做啥？一没工矿，二没大企业，三离旅游点比较远，还没有贪官陪着。刚才那老瘸子给你递状子我都看见了。

说话间，车已经上了盘山公路。

虽然北方已经是寒冬，但这赣南地区仍然满眼苍翠，山青水绿。经过四十多分钟的行驶，一大片宽阔的水域呈现在人们的视野里。谁能想到这是冬天啊，烟波浩淼，几艘木船在远处的雾里张网，如果再有渔歌呢？

庄怡恬说：这才是真正的世外桃源呢！

简直说：也不尽然，你忘记了那个下跪的老头了？

洪依彪说：陶渊明为什么要写《桃花源记》呢，就是这个世界上本来就没有世外桃源。你以为一本日记就真的值二百万元吗？

正说着话，司机已经叫了船过来。

船行在雾里，四岸是猿啼鸟鸣的声音。庄怡恬的电话铃声响了，庄怡恬打开手机一看，问简直：是县委办主任的电话，接吗？不接不礼貌。

简直说：接啊，如实讲。

庄怡恬对着电话说：哦，对不起，我们在宾馆前台给你留条子了，我爷爷当年在这里有个房东，我们去看他一眼。中午在这里吃饭，别等我们了。

县委办主任说：无论你们在什么地方，我立即带车去接你们，孙书记都批评我了。他让你们下午必须赶回来，他有急事给你们谈。

庄怡恬说：你不用来了，这里路也不好，一会儿就往回走了，你放心吧！说完，庄怡恬就把电话给挂了，还把手机设置了忙音。

庄怡恬把县委办主任的话给简直和洪依彪复述了一遍，洪依彪说：看来苏锋的电话起作用了，越是这样，我们越要抻他们一会儿，他不是躲我们吗？我们给他来个以牙还牙。

司机说，这里的瓦罐鱼特别有名也非常好吃，用山里的一种香草等作料加赣江水煮赣江鱼，远近几十里的人都来吃。简直说：也好，喝鱼汤清清肠子，据我估计，晚上孙书记一定会请我们喝酒。

## 151

洪依彪一行正在船上欣赏渔民张网捕鱼呢，苏锋来电话说：你们别躲猫猫了，抓紧回去吧，估计县委孙书记这会儿已经接到领导电话了。

洪依彪很兴奋地说：谢谢苏总，我们在北京感谢您！

## 152

简直一行回到县委宾馆，县委办主任和朱部长早已等候在那里了。一见到简直一行，县委办主任一脸焦急地迎上来说：你们可回来了，孙书记今天狠狠地把我们批评了一顿，骂我没有陪好你们。这样吧，你们先回房间洗一下，等一会儿党史办的同志把老首长的战地日记送过来，晚上孙书记请你们吃饭。看样子，县委办主任是真的有点急了，大冬天的满头是汗说话都有些结巴了，天下办公室主任都难当呢！

简直说：嗨，没事，我们今天去看望了一下庄秘书爷爷的房东，怕影响你们的工作，因为是私事就没有惊扰你们，让你担心了。

朱部长把庄怡恬拉到一边说：庄秘书，我那天给你们说的事，你们请示了吗？如果太为难就算了，我们虽然是国家级贫困县，但一二百万元救不了我们的穷，我们难就难在没法对下面的群众有个交代。

庄怡恬说：我们简主任已经向北京汇报了，你把账号给我，我现在就去办。财务部洪总就在这里，他负责协调，争取三小时内到账。虽然我们宏华财务管理审批程序很严格，但陈总说了，算是我们对老区人民的一份贡献，不过你得让财政上给我们出一份收据，我们好面对审计。至于孙书记的女儿，我们简主任现在就可以给你表态，进宏华工作的事应该问题不大。

朱部长笑逐颜开地说：这太好了，北京来的领导就是大手笔。你们先回去休息一会儿，孙书记晚饭前来看你们。

刚回到房间洗了把脸，朱部长就带着党史办的同志来到了简直的房间，说是把老首长的战地日记送来了。简直立即让洪依彪和庄怡恬过来，要分享一下几天来喝酒的成果。

党史办的老同志从包里拎出来一个做工精细的盒子，一边打开一边说：这本日记如果是大革命初期领袖人物的日记就了不得了，能够换来一座城市，只可惜那时候老首长只是一名连长。

简直问党史办的人是从哪里找到的这份日记，党史办的人讲，是县里全面推行新农村建设，农民家拆房子在土墙的墙缝隙里面翻出来的，村里的人开始还以为是家谱，打开一看是红军时期的战地日记，险些被他们家里人当废物引火烧了，我们听说后连夜派人去征集来了。

简直问：那家老百姓家的后人还健在吗需不需要我们去看望一下？

党史办的人回答说：老首长家的人也来电话问过了，那家房东是个地主，解放初被镇压了。现在的房东是当年的雇农。老首长的秘书让我们把这本日记的复印件送到北京去，但时间长久纸质不好字迹发黄根本印不了就没给，他们说他们在适当时机派人来取，今后我们还不知道咋给他们讲呢！

简直说：这你不用担心，我们就是为老首长来办这事的。你们给老百姓家补偿了吗？

朱部长抢着回答说：给了一点，不多。

呈现在简直面前的是一小本破旧不堪、纸质泛黄，只有巴掌大的笔记本，木刻的列宁头像已经很模糊了，翻动页码时稍有不慎就会损坏。好在上面的字迹依稀可辨，上面记着几月几日打了哪家乡绅，几月几日借了百姓某某某家的稻谷，几月几日受了伤被追赶。突然，一个熟悉的名字跃入了简直的眼帘，这个名字就是陈颂华的父亲，虽然日记中没有具体故事，但简直相信，这本日记不仅对老革命的后人有用，对陈颂华也一定具有价值。

庄怡恬说：为这么一本破玩意儿值吗？什么屁用都没有。我打电话问我爸，说那老革命几年前就老年痴呆了，要这还有什么用啊？

简直瞪庄怡恬一眼说：不懂别乱说，这些历史资料是无价之宝，是我们党与人民群众血肉相连的历史见证。

简直非常认真细致地将老首长的战地日记一层一层包装好后放入行李箱内。转身一脸轻松地对朱部长说：谢谢您们为我们所做的一切。按照陈总指示，我们向老区希望工程捐款二百万元，洪总刚才已经吩咐财务办了，您一会儿让人去查一下。

## 153

洪依彪给保利剧场打了电话，脸上绽放出了可爱的笑容。

## 154

晚饭前，一辆考斯特轿车把简直一行拉到了简直他们上午去过的水库。车到湖岸时，洪依彪感叹说：这地方真不错，可惜我们明天就要回北京了，要不我们真应该抽空来转转。

庄怡恬说：洪总好地方去得多了，去多了再好的地方也就记不得了。

洪依彪乜庄怡恬一眼后说：茂林修竹，流水曲觞，梦里似乎游过的地方啊！如能在这里租二亩田，造一艘木船，盖三间房，应该是多么惬意的生活啊！

庄怡恬说：难怪你能写出音乐剧呢！如果再有一个妙龄少女相陪，岂不是更惬意了？

县委办主任介绍说：这个地方风景很好，酒庄是一家东海公司投资的，经营的全是山珍野味，酒也是自己酿的酒，只有重要客人来了，孙书记才会亲自到这里请客。

车沿着湖岸行驶了四十分钟，终于停在了一个被竹林环抱了的别墅群里。县委办主任怎么也不会想到，就在上午，庄怡恬还在竹林前照过几张相呢！

朱部长已经在门口迎接了。朱部长说：各位领导，这里环境不错吧，北京一定没有这么闲情逸致的好去处。

简直深深地吸一吸鼻子，动情地说：北京有这样好的地方也不行啊，人太多，几年就糟蹋得不成样子了。

餐厅里人不多，所有的摆设全部是竹子的制成品，餐具酒盅也不例外。孙书记见简直一行人进来，主动站起来重重地与大家一一握手，然后拉着庄怡恬坐在自己旁边说：你们自己找自己合适的座位，我今天就陪庄秘书了。

朱部长就拉了简直坐在了孙书记的左边，县委办主任就拉着洪依彪坐在庄怡恬右边。其他几位女士简直他们并不认识，大家也不介绍。庄怡恬笑着说：陪孙书记坐是我的荣幸，我就怕我的两位顶头上司回去给我小鞋穿呢！

孙书记说：庄部长的千金很低调，这是民间聚会你还这么拘谨，看来部长真是教女有方啊！我相信，简主任和洪总对今天的座位安排是不会有意见的。怎么样，开始吧！

简直说：孙书记是做大事的人，每件事每个细节都很细致令人感动，够我们学习一辈子。

孙书记端起酒杯站起来说：今天上午，我狠狠地批评了县委办主任和朱部长，我们条件有限、工作不细，没有把各位领导接待好，如果大家接受我们的道歉，请喝第一杯，话未完，孙书记手上的第一杯酒已经下肚了。

面对孙书记绵里藏针、软硬有度的祝酒词，简直一行不得不做出很慷慨的样子，喝了第一杯。

孙书记亲自给庄怡恬舀了一碗汤，自己也端起碗边喝边说：今天把大家拉这么远吃顿便饭，实在不好意思，既然是朋友，我们就要随便，酒少喝尽兴就好。

洪依彪说：孙书记治理一个大县，我们所到之处莺歌燕舞，潺潺流水，新农村建设到处充满和谐朝气。特别是我们非常圆满地完成了一项重要任务，令我们非常感动，孙书记我们敬你一杯酒。

孙书记嘿嘿一笑说：洪总，入乡随俗，前三杯酒还是我来敬，我女儿在北航读书，下次我们到了北京少不了要麻烦你的。你们这次来，既是庄部长对我们的信任，也是陈总对我们这个山区小县的信任，下午我听朱部长说，陈总还专门拨款二百万元资助我们的希望工程，我代表全县人民感谢陈总对老区人民的厚爱，去取个碗来，我代表本县生活在红色土地上的赣江儿女，祝陈总、庄部长健康长寿！

这杯酒能不喝吗？又有谁敢不喝呢？你可以拒绝堂堂县委书记的热情，但你不能拒绝红土地上赣江儿女对庄部长和陈总的祝福。

服务员开始上第一道例菜。

服务员要报菜名，却被孙书记制止了。孙书记说，这是井冈山特有的美食，吃完再报。

简直他们观望了一阵躺在盘子里奇形怪状的东西，始终不敢下筷子。但看见孙书记和朱部长风卷残云般地吃下去了，这才下了筷子，味道还真的不错。

孙书记说：鹿鞭烧竹鼠，味道不错吧？

好东西啊，你在北京吃不上的，一些香港人专门到这里吃这道菜呢，大补。从各位喝酒的爽快就可以看得出来，你们三位有两位职务比我高，年龄跟我差不多，庄秘书又巾帼不让须眉，这酒喝得痛快，这朋友我交定了。

庄怡恬喝完酒后说：孙书记，你就不怕去了北京我们报复你吗？这酒喝得太霸道。我得敬你一碗，你不会不给面子吧？

孙书记对庄怡恬的举动多少有些吃惊，看着在一桌吃饭的另外三个女士说：庄秘书的酒我岂敢不喝？我宣布，下面的酒自由活动。她们三位是这个山庄的副总，老总回东海去了，你们怎么喝我不管，但一定要把北京来的领导陪好。

庄怡恬端一碗酒走到孙书记背后，唱起了她前不久在怀柔写材料时刚学来的蒙族敬酒歌。歌词虽然不太熟悉，但蒙族味还是很浓的。孙书记似乎并没有见识过这种阵势，孙书记不喝庄怡恬就一直重复唱，最后没有办法，孙书记不得不喝了下去，感叹说：红颜美酒，李煜拒绝不了，李自成拒绝不了，吴三桂拒绝不了，我孙某人也难以拒绝啊！

## 155

飞机飞行在棉花般洁白的云之上。

简直睡着了，简直一脸疲惫，四天时间喝高三次，一般人的胃是难以承受的。

洪依彪没有睡意，他的脑子里全是他的音乐剧。

庄怡恬问洪依彪：那破东西能值二百万元吗，值得我们兴师动众吗？陈颂华会骂我们吗？

洪依彪说：不信我们可以打赌，陈总会奖励我们。

庄怡恬说：猪才信呢！一群猪。

## 156

简直陪董冉在双安商场买冬天穿的衣服，刘昊天的电话打过来了，通知简直：晚上陈总请你们几位在达园饭店吃饭，六点准时开始。

简直有些受宠若惊的感觉，到宏华工作十几年了，还第一次听说陈颂华请部下吃饭的事。一激动，竟然忘记了问刘昊天都有谁参加，需不需要提前去做准备？达园饭店在什么位置？简直又把电话打给刘昊天，让刘昊天把具体地址发到手机上。

饭局结束时，刘昊天从随身携带的包里拿出几个信封来交到陈颂华手上。陈颂华对在座的人说：大家都知道，央企高管的薪水很高，我女儿老伴的收入也还好，对于我来说，钱只是一个数字一个概念，再过几天要过年了，你们不要上我家我也就不给你们拜年了，我有我的生活圈子，希望你们理解。感谢各位对我和我们一家人的支持，我的一点心意，给老婆孩子或父母买件衣服。

大家也不说什么客套话，将钱收了起来。

回到家，简直立即把钱交给了董冉。

董冉说：你已经进入你们老总的圈子了，今后荣辱祸福都在一起了。

## 157

没有人会相信，洪依彪的音乐剧在保利剧院成功上演，赢得了音乐界专家和观众的广泛认同。洪依彪被媒体吹捧为“音乐剧奇才”。

然而与各合作方一结算，大量的有形和无形投入剔除后，洪依彪只拿到了二千七百元稿酬。令人啼笑皆非，牙掉在肚子里面还不能对外人讲。

但洪依彪仍然很快乐，因为洪依彪从来就没打算通过这部音乐剧挣钱，他只是喜欢他只是想玩一把音乐，他只是对玩音乐有一种特殊的冲动，这种冲动超过了他与小姨子的私情。

洪依彪在民族饭店召集所有对音乐剧创作演出有突出贡献的朋友同行吃饭庆贺，还为每人派发了一件T恤。

## 158

北京的冬天很萧瑟，北风呼啸，寒冷刺骨，南方人只需待一天就会厌倦。

但南方人喜欢北京人室内的冬天，是春天的感觉，暖气烧得旺旺的只需穿一件保暖服就可以了。董冉见简直回来晚了还满嘴酒气，就很不耐烦地催促简直快去洗脚准备睡觉。

简直说：简明睡了吗，我在“良子”洗过脚了。

董冉说：你还记得简明啊，自从当个破副主任每天要么酒气冲天要么懒洋洋地回家，也不知道你们都在忙什么？告诉你啊，今后不管你在什么地方洗过脚了，回来都得洗，否则就睡沙发。

简直说：这一段时间张主任在行政学院学习，我主持工作，整个总公司机关的吃喝拉撒睡、会议文件电报都得管，这转眼就要过年了，大家的福利，领导到上级机关走访，群众上访，每一件事都得操心，累了就不想动了。

董冉有些嗔怒地说：我的话只是建议你可以不听，我现在提前更年期了！说完一摔门进了卧室。

简直还想说什么，朱小和一把将简直推进了厨房。朱小和说：简直，你得多关心她才对，你和简明每天早早地就出门了，很晚才回来，她工作也很累很孤独。听简明说，她这次评正高职称，终评可能没通过，心里压抑。

简直笑嘻嘻地对朱小和说：小姨您放心，她没事过几天就好了，我会处理好和董冉的关系的。你与我爸现在怎么样了？

朱小和说：他呀，煮熟的鸭子嘴硬，一头老倔驴。不过还好，我每天下班回来，他都把菜择好洗干净，比以前好多了。

简直说：那你们考虑过拿结婚证的事吗？

朱小和说：我已经征求你表妹的意见了，她支持。我们准备下星期回趟保定，把户口本取来履行个手续就是了。

简直有些紧张地问：这事您给董冉说过吗？我们要给您们小范围操办一下呢！

朱小和说：你爸给董冉说过了，她不反对，但提了一条要求，不准我们拍摄婚纱照，不准办酒席。她的心思我知道，我都同意。

简直听朱小和这么一说，突然想起陈颂华说过董冉出版社的老总是他夫人的老部下，如果事先打声招呼做点工作也许会好一些，这事确实自己疏忽了。

简直推开简明的门，简明正在温习功课。简直说：别太晚了，人的精力是有限的，会影响明天的正常学习。

简明扭头看了简直一阵，命令说：过来，给我揉揉肩。我有话要给你说。

简直就很听话地过去给简明揉肩捏脖子。简直很喜欢自己的女儿，女儿聪明、单纯、好学，长得也还算漂亮，惟一的毛病就是主意太多，特立独行。

简明说：爸，我感觉我妈是不是真的“早更”了，经常动不动就发火，今天我跟她商量寒假去北海道的事，她劈头盖脸地就骂我一顿，真是莫名其妙。爸，你同意我去吗？

简直说：我们就你一个闺女，你一个人去那么远的地方，我们怎么放心啊，你可以换位思考一下嘛！你打算跟谁去啊？

简明说：我过年就十八岁了，她以前答应过我的，连续三次考试年级排名前三，愿去哪里就去哪里，说话怎么可以反悔呢？而且我是有伴的，我跟我们班魏楚于一路去，他父母都在日本奈良工作，有伴多好啊！

简直问：魏楚于是男生女生啊，这名字我听着怎么像个男生？

简明说：就是男生怎么了啊，他人长得帅又不是坏孩子，理科成绩非常好，还拿过北京市奥数比赛的冠军呢！

简直说：你一个女孩子跟一个男生去日本度假，我和你妈心里都接受不了，你最好打住吧！这事没商量。

听简直这么一说，简明的脸一下子拉了下来：好吧简直，自然你们不同意，我明天就不用去上学了，我在家陪姥爷跟街头的老太太们扭大秧歌去。你走，我要睡觉了！

简直被简明从房间里推出来后，发现董冉已经把卧室的门反锁上了，一套被褥和枕头放在沙发上。简直知道，这一夜又要在沙发上度过了。躺在沙发上，简直却怎么也睡不着，董冉有董冉的烦恼，简明有简明的烦恼。简明正处在青春期，逆反心理较重，如果不引导好，只会起到适得其反的效果。这时候，简直的手机振动了一下，打开一看，是一条黄梦妮发来的信息：失眠了，很想你！简直立即回复了一条信：我也非常想你，但现在不能见面，忙过这几天去看你。黄梦妮又回信说：他在国外有人了，是一个华人留学生，我在博客上看见了他们在拉斯维加斯度假拍的照片。我不知道怎么办才好。简直回信说：你们分开太久太远了，这种事是必然的。

就这样一来二往地发短信聊天，一聊竟然聊到了十二点。先是聊黄梦妮的婚姻，然后又聊简直的烦恼。

## 159

洪依彪正在楼下的“听雨轩”陪几个搞音乐的朋友喝茶聊天呢，财务部的“一号”打电话来了，以前所未有的强硬语气命令洪依彪：立即来机关办公室，我有事找你谈。

洪依彪立即把账结了，让朋友们慢慢聊，自己有点公事先走一步。

这“一号”老头是怎么了啊，走路怕踩死蚂蚁的人，破天荒地头一次冲自己发火了。直觉告诉洪依彪：一定是出什么问题了！

洪依彪冲到办公楼财务部的楼层，先稳了稳神才敲开“一号”的门。

“一号”见洪依彪进来，指了指一边的沙发示意洪依彪坐下。

“一号”很严肃地说：我对你很信任很放心，你分管的机关财务这一块我基本没管过。快到年底了，我调了这半年的报表看了一眼，这些大笔的开销，没有文字报告，没有四级联签、没有实物凭证你搞财务多少年了啊？

经“一号”一大段的数落，洪依彪终于明白了。

洪依彪对“一号”说：这些账目确实存在问题，有些我已经提醒过张主任，有些是上面直接交办的，我也没有办法，正因为怕影响您，有些事才没有向您报告。

“一号”很生气地说：你说得轻巧，真出了事，我是第一责任人，打屁股先打我你知道吗？

洪依彪见“一号”一脸无可奈何地埋头看报表，只好悻悻地退出了“一号”办公室。

## 160

简直还在睡梦中呢，就被董冉拽了起来。

董冉说：你昨晚给简明谈什么了，她今天说不去上学就不去了，现在还在床上赖着呢。你准备把你闺女惯成什么样子才罢休啊？你们俩非要气死我才好吗？

简直抬腕看一眼手表，差十分钟七点半。

简直一骨碌爬起来，什么话也没有说便冲进简明的房间。简直扯着简明的耳朵说：你现在必须而且立即起床洗脸，坐我的车去学校还来得及。

简明吼道：干吗呀凭什么呀，你把我耳朵弄疼了，简直你松手，不然我真生气了。

简直松开手承诺说：我同意你去日本，但前提是你得让我见见你的同学魏楚于，时间地点你定。放心，我不会给你丢人我们只是朋友见面，不谈实质问题，我只是相相面就行。你妈的工作我来做这总可以了吧！

简明伸出手来与简直拉了拉钩，命令简直说：头伸过来让我亲一下。简直就很听话地把脸递了过去，让闺女亲了一下。简明说：你可以放心地出去上班了，我要换衣服。

简直一脸得意地从简明房间出来，简单地洗一把脸，喝一口豆浆抓起一根油条就要下楼。朱小和一把抓住简直问：去保定的时间能定吗？我好与你爸商量。

简直说：初步定双休日吧，到时要没事我和董冉都陪你们去，我们有一段时间没去过保定了。

简直把简明送到学校再赶到单位已经快九点了。简直把冯秘书叫来安排了全天的工作，才有时间喝了一口茶。

简直给刘昊天打了一个电话，把董冉评高级职称的事与刘昊天说了，刘昊天说：这事可能说晚了些，我再试试吧也许搞个曲线救国还有操作余地。简直说了一大堆千恩万谢的话，说办成了一定答谢刘昊天。刘昊天说：举手之劳的事，能办成当然是好事，办不成你也别怪我。

## 161

简直带着直属工作处处长一道去给张好武汇报。

简直做梦也没想到，碰巧又遇上了林守和。林守和浑身上下西装革履，容光焕发，头发上还喷了定型发胶。如果不仔细看，你怎么也不会想到这就是那个看车库、被派出所收容的农村糟老头儿。

更出人意料的是，张好武和林守和谈兴正欢，张好武再也没有了以往那种居高临下、盛气临人的感觉，他们相处得很亲切很和谐，完全是一种多年不见的老朋友的感觉。

见简直和管理处长进来，张好武立即收起了笑脸。

林守和一脸热情地站起来准备与简直打招呼，张好武却对林守和说：你先到里屋待一会儿，我与简副主任要谈工作。

简直从张好武屋里出来，心情一下子轻松了许多。

林守和从张好武屋里追到走廊上对简直说：简主任，你在我最困难的时候帮助了我，我今晚请洪总和你们全家吃顿饭，地点就定在“湘哥川妹”，你要不去是不给我面子，晚上七点不见不散。

还没等简直反应过来，林守和已经返回张好武的房间了。管理处长问：主任，林守和找你做什么？

简直回答说：他要请我吃饭，你说我能去吗？

管理处长说：这个人真是很传奇，前些年欠我们的钱死活不还，还拿张主任要挟我们，我们管理处的人烦死他了，可不知道最近怎么了，突然主动把钱还了回来，还给过去跟他吵过架的人每人送了一条中华烟，大家都很纳闷。

简直正对管理处长的话感兴趣呢，刘昊天的电话又打过来了，刘昊天告诉简直，董冉的职称赶了个末班车，挂靠在别的单位解决了。刘昊天还告诉简直，董冉所在的出版社年后就要改制了。

简直对刘昊天说了一箩筐的感谢话后，立即打电话把消息告诉了董冉，谁知董冉并没有表现出感激或者兴奋，而是淡淡地说：代我谢谢刘秘书，刚才社领导已经告诉我了，我还以为是社领导发慈悲呢！

## 162

洪依彪打开他写的音乐剧的光盘在电脑上欣赏。看了不到两分钟，他脑子里突然闪出一个念头来，为什么不把音乐剧卖给网络公司或制作成光盘放到市场上去呢？

洪依彪立即给音乐剧的策划通起了电话。

## 163

简直召集办公厅的副主任和几位处长开了个短会，主要是研究年前的收尾工作和安全问题。

会后坐在车上，简直突然感觉自己困了，他让小卢把音乐关了，闭上眼睛准备好好养养神。

但手机这时候却不依不饶地响了起来。

简直打开一看，是黄梦妮的电话。

接吧，管理处长和小卢在，不接吧，电话又一直响。

简直干脆接通电话。黄梦妮声音断断续续地说：我生病了，本来不想打扰你的，但我特别想你，我身上一点力气也没有，你不忙的话过来一趟。

简直说：好的好的好的，我正在开会。有机会我一定去拜访你，你把酒店的地址发我的手机上，好的，见面聊。

黄梦妮说：你要特别忙就算了，我只是想你。

简直说：您客气，到北京来了怎么能您请我呢，无论如何我也得请您啊，好，下午见。

关上手机，简直仍然闭上眼睛，心却更乱了。简直对管理处长交代说：把我送回单位，你们去买一个花篮和一筐好点的水果，外地一个领导来北京出差了，我一会儿去看望他一下。

简直回到办公室关上门正要给黄梦妮打电话，洪依彪的电话却打进来了。洪依彪说：简主任，晚上林守和要请吃饭啊，你准备怎么办？去还是不去？

简直这才想起还有林守和请客这档子事来。简直问：不去以什么理由推啊？对这种人既不能得罪也不能走得太近。我下午有点事，再说董冉未必愿意去啊！

洪依彪说：我也正为这事犯难呢，他刚才来电话说得很恳切，说他姐夫也要参加。

简直说：哎，那就去呗，我可能会晚点到。

洪依彪说：那你可别晒我啊，如果我去了你没去，我可跟你没完。另外我还告诉你一个好消息，我的音乐剧演出票务结算结果出来了，不赔钱。我正准备跟网络公司的音像出版社谈版权交易呢！

简直说：那真应该祝贺，名利双收，我在网上搜索了，网民们大加肯定，粉丝不少呢！

洪依彪说：这次可真得谢你和吕布尼啊，咱们亲兄弟就是不一样，庄怡恬什么都告诉我了，下次苏锋来我一定好好答谢你们这帮哥们儿，没有你俩的帮助我这剧未必能成功。

简直抓紧时间给黄梦妮通了电话，问清黄梦妮家的地址就急匆匆地下了楼。

司机小卢已经把车停在大楼前不显眼的地方等候了。小卢很懂事，从不把车停在显眼的位置，他知道总公司的不成文规定，办公大楼前，只有公司老总兼董事长、副老总和纪检组长的车能停，

车刚开出办公大楼，简直突然对小卢说：哎呀，我忘记了一件事，时间来不及了，麻烦你打车去一趟我家，把这包东西送给我家有急用，你把车让我开，我一会儿回来接你，晚上有个饭局。

小卢就把车交给了简直，并嘱咐：主任，您可别违章啊！违章我就倒霉了！简直说：你放心吧，我已经七年驾龄了！我老岳父很喜欢你，陪他聊一会儿。小卢笑一笑自己拎着东西打出租去了简直家。

简直开车上了北四环，向东进入了奥林匹克公园东门的紫玉山庄。

这是一座在北京只有极少数人才会拥有的别墅。

简直按了几次门铃，又打了手机，一个看上去年龄不超过十八岁的女孩子才打开门。小女孩很得体地说：对不起先生，黄总今天身体

不好，她不知道您这么快就过来了。让您在客厅里稍等一会儿，请问您是喝咖啡还是喝茶，是喝红茶还是绿茶？

简直将水果和花篮交给保姆，说：随便吧，白开水就行！

简直就站在足有四十平米的客厅里等候了。站在客厅里，简直才发现自己买来的水果和花篮放在这个屋子里面是多么的寒酸丑陋，它如同一只被遗弃了的肮脏的宠物狗一般蜷缩在墙角。而客厅墙上的每一幅油画，放在茶几上的花和进口水果，说明主人的生活品质是多么高雅，而简直的生活和他的家又显得那么格格不入。

简直正欣赏一幅罗莫瓦一七三七年创作的《为时间所救的真理》，小女孩已经弯腰在自己面前摆上了一双绣花拖鞋，小女孩说：叔叔，您上楼去吧，姐姐今天身体不好就不下来见您了，她在楼上等您。小心楼梯有点滑。

简直上到二楼进入主卧室，看见黄梦妮一脸倦容地躺在床上在翻一本时尚杂志。简直说：你怎么了啊，为什么不去医院看医生？黄梦妮有气无力地说：没事，可能是游泳后头发没吹干感冒了。去，把门掩上过来陪我躺会儿。

简直有些犹豫地说：你家保姆在家呢！

黄梦妮说：没事，你来吧，我在家时，她不会进我的房间，她很懂事的。

简直就去把门掩上了。

黄梦妮说：我以为你不要我了呢，我这样子很狼狈吧？本来我是想等身体好些了再请你来家的，可人一病就脆弱了，就想你。

简直把外衣脱了放在床头，准备坐在床头陪黄梦妮说会儿话。但黄梦妮不干，非要简直把衣服脱光了钻进被窝，看着黄梦妮的样子，简直只好服从。

黄梦妮把头靠在简直的肩肋上，脸还有些发烫。

简直说：这一阵工作忙，一直抽不出身来看你。

黄梦妮说：这不是已经来了吗？男人都一样，只要得到了玩腻了就会以工作忙为借口逃脱。我现在感觉自己特别像一条流浪狗，好可怜的。

简直说：我骗你不得好死，我真的很忙。我干这工作时间不长没有经验，很多事情走了弯路。

黄梦妮就不再说话，眼泪滴到了简直的胸上。

简直就这样紧紧地抱着黄梦妮，直到黄梦妮入睡。多像一只温顺可爱的猫啊，鼻子里发出均匀酣畅的鼾声。简直将手伸进黄梦妮的睡衣里，在她饱满结实的乳房上揉捏了一阵，直到自己的身体极具膨胀起来才将手抽出来。

大约到了下午五点左右，黄梦妮醒过来了。

黄梦妮很幸福地说：简直，我梦见我俩做爱了！可惜我现在不能给你，等我病好了再给你打电话。黄梦妮伸手在简直的下身摸了一把，坏笑着说：坏蛋，你就是个大坏蛋！我要外卖吧，陪我吃晚饭，我饿了！

简直说：梦妮，我不知道应该怎么说，今晚有人请我和洪总两家人吃饭，张好武也要参加，我不能不去。

黄梦妮有些失落地问：可以带我去吗？我和洪总、张主任、还有你夫人都很熟，他们不会怀疑我们的。

简直说：请我们的人层次很低，我们都很不情愿去，但没有办法。

黄梦妮说：那你去吧！对了，我告诉你，他也许不会回我身边来了，他现在不需要我的钱了。前几天，我在他博客里又看见了他与那个女人去澳大利亚的照片。

面对这个话题简直无言以对。

简直一点一点地吻干净黄梦妮脸上的泪水，说：我有空就来陪你，你要多保重。想我了给我发短信。

黄梦妮从床上下来，从背后抱着简直呢喃：我一会儿给洪依彪打电话，我也要去参加你们吃饭，我想陪着你，我现在很孤独。

简直说：那个场合真的不适合你去，张好武要参加今晚吃饭我们不知道怎么解释。

黄梦妮说：你走吧，你们男人就是这样，只想着如何保护自己，从来不顾别人的感受。简直离开黄梦妮家时，发现黄梦妮眼角挂着两滴泪水，如同一只受伤的兔子，好可怜。简直险些下决心留下来再陪黄梦妮一会儿，但最终还是理智占了上风，他决定逃离。

男人的好色诱发了女人的出色。可现在黄梦妮病了出不了色了，简直只好逃离。人一旦进入情色，谁又逃离得了呢！

## 164

一个神秘的电话把一个不太确切的消息传到了洪依彪的耳朵里，令洪依彪既兴奋又焦虑。要相信这个世界上能令人兴奋的事绝不仅仅是中了彩票发了大财娶了美女媳妇啊！

## 165

简直从黄梦妮家里逃出来，立即给董冉去了电话，商量晚上吃饭的事，董冉说啥也不愿参加。董冉说：我现在越来越反感你们那种酒肉朋友的交往。你不要为难我，我也不反对你，我只想一个人待着做我自己的事。

没有办法，简直只好驾车回家接司机小卢。

刚到楼下，正巧林守和也从一辆车上下来。林守和说：简主任，这么巧啊，我还准备打听你家几号楼几门呢，真是有缘分。

简直以为林守和要去张好武家，也就没准备多说话：你放心吧，我晚上准点到就是了。

没想到林守和并不是去张好武家，而是拎着包跟着自己上了楼。

林守和毕竟是个看门老头儿，又有嫖娼的前科，简直心里面很厌恶但考虑到犯不上与这种人交恶，脸上的表情也就很平淡。林守和跟简直一进门，正与董大晖聊天的小卢很是吃惊，小卢礼节性地点了一下头，接过车钥匙就要走。林守和一把拉住小卢说：兄弟，咱共事一场，你这人面善，我相信不是你向派出所举报我的，给你条烟抽。说完拿出一条中华烟强行塞到小卢怀里。

小卢说：主任，我在楼下等您。

林守和很神秘地把简直领到阳台上说：简主任，我上次出那点破事，多亏你及时帮助了我救了我，我发自内心地感谢你。

简直客气地说：这些事都过去了，不要再提，今后吸取教训比什么都好。

林守和说：我这人虽然好色，但我还是知恩必报的，你和洪总帮助我是真帮，和张好武不一样，我有困难时他除了骂什么也不管，还让派出所多关我几天，我他妈这一辈子也忘记不了，那破警察妈的还抽我俩耳光。

简直听林守和这样一说，笑了：你以为没有张主任我们会帮助你吗？你还是好好感谢张主任吧！你毕竟是他姐夫。

林守和说：我们农村有句话叫滴水之恩当涌泉相报，他张好武帮助我是应该的，你们帮助我是真诚的，所以我要加倍地感谢你和洪总。说完，从兜里掏出一捆十万元钱递到了简直手上。

这下轮到简直跌破眼镜了，惊讶地对林守和说：老林头，违法乱纪的事你可别再干了，你哪来这么多钱啊？

林守和说：你放心，我这钱是干净的合法的。难道你真不知道吗，北京的报纸都登过的啊，一个保安中奖五千万元，那就是我啊！要不是张好武不让我对外讲，我早就找你们吃喝了。

简直惊讶得半天没回过神来。简直小时候看过一部电影叫《百万英镑》，那时简直还上小学，不相信这些事会成为真实，至少在中国不会。但现在竟然在自己眼前发生了，而且发生在一个骨子里非常瞧不起的色鬼糟老头子身上。

林守和从兜里掏出已经翻破了的旧《北京晚报》《京华时报》让简直验证了，才舒一口气说：有了钱谁不能牛逼啊，这些钱我交了一千万元的税。给老家的学校捐了二百万元，书记县长都接见了我，前几天县里开“两会”，我被增补为县政协委员，还被评为全县捐资助学先进个人，我一辈子还没当过先进呢。为了对老婆孩子好一点，我还在老家买了一栋别墅，在北京买了一套房。你知道吧，张好武现在看见我脸色都不一样了，这就是命运这就是他妈的钱你知道吧？

简直说：那我也不能要你的钱，这样吧，饭我们可以吃，你也可以点最好的菜给我们吃，你把我在派出所给你交的两万元罚款还给我就行了，剩余的你拿回去好好给老婆孩子过日子，年龄不小了也别打工了。

好说歹说，林守和除了还简直垫的二万元罚款外，又给简明留了两万元学费。林守和说：简主任，从今以后我也有身份了，我再也不做嫖娼那样的事了，我得正经过日子。跟你说实话，我请了一个秘书准备开家公司。

正说着话，董冉进了门。

董冉见简直和林守和手上都拿着钱，嘲笑说：哟，钱权交易、行贿受贿的事可别在我们家发生啊，我们是清白人家，我们家简明需要一个健康的成长环境，别把这些乱七八糟的东西搞到家里来。

林守和愣了一下，立即满脸堆笑说：你是弟妹吧，对不起你误会了，我是张好武的姐夫，上次我们家出了点事，是简主任借钱帮我渡过难关的。这不，我来还钱，他死活不要好说歹说才收下。这个社会，像简主任这样的好人已经不多了。

董冉听林守和这么一说，脸色才好看了一些。

林守和虽然是个打工的农村老头儿，但毕竟在北京闯荡了十几年，毕竟是有见识的人。林守和满脸堆笑地对董大晖和董冉说：今晚我在“湘哥川妹”请几位帮助过我的人吃饭，你们要瞧得起我这个农民兄弟，就赏个脸。瞧不起我，我立马走人，永远不再麻烦你们家。

董大晖说：董冉，人家都这样说话了，你就和简直去吧，我和你小姨在家等简明回来吃饭。

董冉见父亲也这样说，也就勉强答应了。

简直这时候收到了黄梦妮的信息，说吕布尼回北京了，晚上要陪吕布尼去世贸天阶购物。

## 166

账目上的事终于摆平了，洪依彪松了口气。但财务部“一号”仍然以极其严肃的口吻对洪依彪说：干我们这一行如果不洁身自好，倒霉是迟早的事，如果不为领导和国家把好关，就是失职！

洪依彪对财务部“一号”的提醒非常感激。

## 167

简直终于收到了中学老师尚德的回信。

自从有了手机以后，简直已经多年没有收到过私人信件了，简直显得很激动、很兴奋，也很急不可耐。尚德老师的回信是用钢笔工工整整写的：

简直：

原谅我隔这么长时间才给你回信。前段时间我生病了，被医生确诊为前列腺癌，好在发现得早手术及时。刚从华西医科大学做完手术回来，因此你没有必要为我担心。人其实就如同一棵树，发芽，成长，开花，结果，最后耗尽体力了，也就应该衰弱了，直到慢慢地枯死。我对死亡早有准备，没有惧怕，我今年六十七岁，也到应该枯死的时候了。

简直，刚收到你信的那几天，我几乎每天都要翻出来读一遍，我心里常在想，这简直应该是我的儿子呢！他的成长他的生活他外冷内热的情感方式，都应该是我的儿子。惟独不同的是，简直比我有出息，在皇城根里天子脚下为国家做着大事。而我呢，只能在这山沟沟里吃素念佛，为自己找一块墓地，冷冷清清地等待死亡。

简直，感谢你给我讲述了你的生活。说实话，我很羡慕你，虽然我并不知道大都市人特别是你们这个年龄人的生活方式。你赶上了好时代，我是没有机会了，因为我不相信人有来世。你多幸福啊，你有自己的事业、有自己温暖的家、有自己秘不可宣的爱情，这已经足够了，事业和生活中的烦恼算什么？烦恼是与生俱来的东西，一切都会随着时间的推移而消失，有时一夜梦，有时一壶酒，有时一场病，一切都会过去。只有爱情是永恒的。

简直，我相信你能过得比别人好。但我要忠告你的是，爱情可以不期而遇，而事业上的机会不是每天都有，一定要把握好。因为你是男人，男人没有事业就不配享受真正的爱情。

有一点遗憾我得向你道歉，你父亲走时我在成都没能回来送他。前些日子去给他坟头烧了几张纸，他坟头的草已经长出来了，很茂盛。

老师拜托你一件事，你师妹也就是我女儿在江北华中科技大学读书今年毕业，如能关照，老师千恩万谢！

顺祝安康！

读完老师的信，简直的眼泪再也控制不住地流了出来。简直拿出三千块钱让小卢给尚德老师寄去。这一下午，简直的思想全在老师和父亲母亲身上。

快下班时，简直接到董冉电话，让他下班后立即回家，家里有重要事情。

简直不知道家里又发生了什么事情，一下班急急忙忙地就回了家。

推门进屋，竟然被董冉一把抱住了，被董冉抱着就是一阵狂吻。这可是十几年都没有过的事情了，搞得简直一下子难以适应。简直扳着董冉的肩头问：你的职称不是已经过了吗？你不会也中了五千万元大奖吧？瞧你疯成这个样子！

董冉将嘴咐在简直耳朵上小声说：亲爱的我告诉你，简明去不成日本了！

董冉告诉简直，不知道什么原因，简明去日本的旅游签证没有拿下来，简明哭泣得那叫一个伤心啊，饭也不吃门也不出。

简直一听是这事，立即把脸拉了下来：董冉，简明不是你亲生闺女啊，你看你这个兴奋劲你知道她现在有多难受吗？你怎么这么没有同情心？

董冉说：我才不要什么同情心呢，我闺女十七八岁如花似玉的跟一半大小子跑那么远去过年，我不放心，只要她在我身边，我受多少气吃多少苦都行。

简直说：告诉你，我见过她那个男同学魏楚于了，非常优秀非常得体的一个小伙子，家庭背景好又有教养，而且他们只是要好的同学关系。我觉得他们在一起不会有什么问题，我当父亲的都想开了，你怎么就这样呢？

董冉仍然抱着简直说：我不管，只要你们在我身边我就踏实，我怕你们两个人发生任何问题。

简直说：好了好了，你转换角色想想，她这个年龄叛逆思想很重，要多疏导。这样吧，你让小姨别做饭了，我去跟简明聊聊，晚上我请你们出去吃她爱吃的。

简直推开简明的房间，简明正靠在床头一边吃零食一边读小人书。简明用眼睛翻简直一眼说：出去啊，我不需要你安慰，你看我妈那高兴劲儿，小人。

简直并没有出去，而是顺势坐在了简明床的另一头。

简直说：我听你妈说了，没关系，这次去不了以后再去，你才十几岁机会有的是。

简明说：破日本有什么好去的啊，瞧小日本使馆那办签证的蠢货，我真想抽他孙子。今后请我去我还不去了呢，我要去就去加拿大去冰岛去南极洲，到冰天雪地里撒个欢把什么都忘记了。

简直说：其实你妈的担心你可以理解，你今后有了女儿你也会这样，你要理解你妈，她是护犊子呢怕你一个人在外面吃苦受累。

简明说：你别提她啊，我现在最不愿看见的就是她那高兴劲儿，更年期。她前一阵拉着脸的时候我怎么没笑啊？你告诉她，我还就跟魏楚于好了怎么的吧，心理阴暗。她这是自私，把我当成她的私有财产了。

简直说：你学习很辛苦，马上就要高考了，可以适当地放松一下，国外去不了可以在国内找一个有特点的地方玩嘛，这样吧，今晚我请你们出去吃你爱吃的东西，地方你定。

简明说：好啊，但别总去姑姑家酒店吃，咱换个口味。不过，你得答应我一个条件。

简直说：你只要高兴，我就答应你，说吧！

简明说：我春节出去玩的路费你出，我去什么地方你不准管。

简直说：可以，但必须保证安全。

简明一声“好咧”刚落地，人已经扑到简直怀里，抱着简直结结实实地亲了一口。大声宣布：简直，我们出发，吃澳门豆捞火锅去！

## 168

在开车去西直门的路上，简明一直不理会董冉，跟简直却打得非常火热，似乎去不了日本的烦恼早就忘记了。如果不是年龄原因，人们一定会误认为简直和简明是兄妹或情侣关系。车过官园桥时，简明问董大晖：姥爷，你们家是不是有小心眼遗传啊？见别人开心了就不高兴，见别人郁闷了就开心。

朱小和接话说：你以为北方大男人就好啊，小心眼有小心眼的好处，至少心细。

简明说：那我今后宁愿跟粗心大意的人生活也不跟小心眼生活在一起。自己生活在上个世纪，还对别人这个那个，一点都没有同情心。

董冉知道简明还在为去不了日本与自己赌气指桑骂槐，本想发作，却被简直制止了。

“澳门豆捞”是一家经营得不错的连锁火锅店。简直把车停在餐馆门口，带着一家人进了三楼用毛玻璃隔成的包房。简明也不征求任何人意见，先点菜。

朱小和对餐馆的菜谱大加赞赏，简明与董大晖聊林守和买彩票中大奖的事，董冉下午的高兴劲却没有了，她似乎成了这个家里的局外人。

简直在这方面很敏感。简直一边要赔着小心让简明高兴，一边又不能让董冉受了冷落。简直对董大晖说：爸，我开车不能陪您喝，给您来个小瓶二锅头？

简明说：我陪姥爷喝！

简直说：你敢，你是中学生又是小女孩，不准喝酒。

简明说：我说喝酒了吗？姥爷喝酒我喝饮料。姥爷，等您和姨奶拿到结婚证了我可以喝点酒吧？庆祝一下呗！

董大晖说：有什么好庆祝的，结婚证我们今天上午已经拿到了，我们这叫黄昏婚、牵手婚。

简明说：简直，那你还不陪姥爷和姨奶喝杯酒庆祝一下啊！服务员来，上瓶茅台。

董冉面无表情地说：爸，你也不提前说一声。简直你陪爸和小姨喝点吧，回去时我开车。

简直没有在酒店拿酒，而是直奔楼下的车上取出一瓶十五年茅台，非要与董大晖和朱小和喝点。简直端起酒杯说：这真是一件值得庆贺的事，董冉简明一起来，祝福两位老人家健康长寿、白头偕老，干杯！

简明说：姥爷，我给您提个建议，您应该带姨奶到新马泰去旅游一趟，那多浪漫啊！

董大晖说：好，听我孙女的，我们家简明就是会疼人，我们明天去新街口，后天去马甸，大后天去北太平庄，游遍“新马泰”，好好度个蜜月。简明说：可惜您们年龄大了，要能给我生个小叔应该多开心，我还可以带他玩呢！

董冉有些忍无可忍地发了脾气，斥责简明说：没大没小胡说八道什么呢？竟然拿老人开玩笑，真是把你惯得没有样子了！

简明听董冉这么一说，也觉得自己开玩笑开大了，就道歉说：姥爷姨奶对不起，我不是有意的，我心里面这么想不知道怎就从嘴里溜出来了。

简直也端起酒杯拉着董冉站起来说：爸，您幽默一定能长寿。来，我和董冉一起再敬您俩一杯，喝完这杯酒，牵手九十九。

好啊！喝喜酒也不请我，说好了要请我们的。简主任你也太抠门了，选这么个地方喝喜酒。不知道什么时候，庄怡恬端着酒杯站在了包厢门口。

朱小和见到庄怡恬，竟然脸先红了：喝什么喜酒啊，简明临时提议出来吃饭，赶巧了，来，闺女加把椅子坐小姨旁边一起吃。

庄怡恬见董冉脸上没有表情，给董大晖和朱小和碰了碰杯子说：大爷小姨新婚愉快。我就在隔壁的包间，我表弟从美国回来了，我陪他一家吃饭呢！

简直说：好的，你先回去吃，我一会儿过去敬酒。

一瓶茅台酒很快喝完了，简直准备再要，董冉坚决不同意再上。简直只好让服务生买单，服务生告诉简直，单已经被旁边包厢的庄女士买过了。

## 169

晚饭是黄梦妮陪洪依彪在一家名叫“德川家族”的日本料理吃的。

黄梦妮在饭前就直截了当地对洪依彪说：公司临时周转有点小问题，方便的话打两千万元到银行账号上躺三天，百分之十的利息，公司用“豪门夜宴”的房子和“紫玉山庄”的两套别墅做抵押。

洪依彪说：三天你怎么还啊，马上就过年了，银行都歇业了。

黄梦妮说：放心吧，节后一上班钱肯定在你账上。

洪依彪犹豫一阵后说：千万不可以出任何问题，出了问题我的身家性命就完了，看在我们这么多年交情的份上，这事只可以暗箱操作。

黄梦妮说：你放心，我黄梦妮还没有坏到那个份上。

临出门，黄梦妮给洪依彪兜里塞了十万元现金。

## 170

离春节还有二十天。

按照往年的习惯，上午，陈颂华带着科研发展部的领导去了北航，下午去北大清华看望相关专业的老专家老教授。出门前，张好武一再叮嘱简直，今年春节总公司的团拜会一定要热烈隆重大方，要把文艺演出、抽奖猜谜语搞得很有特色，特别是陈颂华的春节祝词，一定要有新意。

简直把庄怡恬和分管宣传文化的同志叫到办公室协调团拜会的事，大家都同意找有军品合作的军队文艺单位借点有知名度的演员策划一台活动。庄怡恬坚持让俞继飞也来唱一段，简直说如果价格不高，可以考虑。

下午庄怡恬就很得意地给简直报告说，苏锋一出面说话，俞继飞愿意免费到北京为宏华表演，只需要报销差旅费就行。简直一听就笑了：你知道什么呀，演出费苏锋少给不了，还不知道大家是不是喜欢昆曲呢！今后少出这种馊主意。

庄怡恬说：简主任你是不知道，俞继飞新排演的昆曲《桃花扇》，在新加坡和台湾引起很大轰动，东海市还奖励他们一百万元呢！

简直说：庄怡恬，你还挺滑头的嘛！到时搞砸了你又不挨批，你还可以近距离与俞继飞接触。抓紧把其他演员谈妥吧，不能出任何差错。

简直决定自己亲手为陈颂华写一篇新春祝词。

简直在大楼图书资料室找了一间安静的房间打开电脑正准备为陈颂华写新春祝词，手机响了。简直打开一看，是董冉来的。董冉焦急地说：你立即开车去一趟北京站，简明去漠河过年去了！

简直一听感到很吃惊，但很平静地问：她什么时候走的，跟谁去的，你为什么不拦着她呢？

董冉说：她姥爷从外面遛鸟回来，看见她留在茶儿上的条子，说她跟一个叫魏楚于的同学去漠河过年看北极光了，让我们放心别找她。

简直说：老婆，你别着急，我见过那个叫魏楚于的孩子，挺好的。他能放弃去在日本工作的父母那里过年，陪简明去漠河，说明这孩子有情有义。简明大了，应该让她有自己独立自由的天地了。

董冉哭了，董冉说：她是我女儿，她是跟一个男孩子去旅游，我能不担心吗？上次她要登珠峰，把我们全家都折磨一遍的事你忘了啊？无论如何，你得去把她追回来。

简直安慰说：好吧，我试试，如果已经发车了，就顺其自然。我们要学会让鸟儿自由飞翔。

放下董冉的电话，简直立即拨通了简明的手机：简明，告诉我，你到什么地方了？

简明开心地说：刚出发十分钟，老爸你放心，我这次出去玩回来，一定好好学习，为年后冲击北大清华养精蓄锐。

简直说：你要听我的话，一会儿给你妈打个电话，她都哭了，她爱你才担心你。你把电话给魏楚于，我跟他聊两句。

简直对魏楚于说：楚于，我知道你是个好孩子。我相信你也支持你们，我对你们只有一个要求，你们是未成年人，对做的每一件事都要负责任，安全回来！谢谢你照顾简明。

魏楚于说：放心吧叔叔，我知道你们担心什么，我们会把握好分寸的。

打完电话，简直一下子觉得轻松了。

只用了一个小时，一篇一千五百字的新春祝词就一挥而就了。简直在心里默默朗读了一遍，感觉自己挺有才的，他相信陈颂华一定会欣赏这篇充满激情的美文。

突然间，简直仿佛听到了扬琴的演奏声。对啊，那个小桥流水的茶艺室呢？那几个漂亮的女孩子还在吗？久违了！

简直拎着电脑刚一进入茶艺室，漂亮的茶艺室领班就迎出来了：欢迎光临，简主任，你一个人吗？

简直笑笑说：两个人，泡壶茶我聊点事情。

简直立即给洪依彪打了个电话，约他在茶艺室见面喝茶。

茶艺室还是以前那几个姑娘，但不知道因为什么，仅仅几个月时间，在简直眼里，她们已经不再如以前那样如花似玉清纯可爱了。

也许她们也知道了这个男人就是办公厅的简副主任，也许她们知道这个人是不能冒犯的是可以在这里签单的。所以她们的笑也比过去得体了，所以她们不再像以前见到简直时那么散漫了。

简直挑一个安静的靠落地玻璃窗的地方坐下来，眼睛盯着楼下窗外的世界。领班小姐问：简主任，需要听点曲子吗，我们刚来一个音乐学院的学生，《春江花月夜》弹得非常好，拿过华北五省市比赛第一名呢！

简直说不用了你们忙吧，见到洪总把他领过来就是了。

洪依彪说不用领了我已经招之即来了。

洪依彪坐下喝一口茶说：年底了这么忙你还有这闲心躲到这里喝茶？

简直说：我突然很失落，不知道我每天忙的这些事有什么意义。过去写文章发表了有人喝彩有人骂，但我有成就感，现在忙协调忙应酬忙杂务忙给领导写讲话，忙完了我不知道哪一件是我真正愿意做的，那些整天风花雪月的男人，那些整天啃书本做学问的男人，那些在工地上为老婆孩子挣饭钱的男人，一个人有一个人的活法，但他们会空虚吗？我们虽然也是有级别的干部，可我们生活在干部体制里却既不是公务员又不是工人，但我们做的是公务员做的事，所以我需要你疏导一下。

洪依彪说：简主任，你没事吧，是不是受挫折了啊？我看是张好武回来后，你不主政心里失落造成的吧！

简直说：你是冤枉我啊，这个世界上只有两样东西可以迷惑人，一是美女，二是金钱，你看现在从官场上落马的人，无一不因为这两样。可我一不掌权，二不理钱，却经常很失落。

洪依彪说：你比我高明但你会装糊涂。我给你读一个段子，你就明白了。尊重人理解人有时骂骂人，但不要计较人；想私事做公事有时好性事，但从不误正事；爱敛财常疏财有时发小财，但从不贪财；爱喝酒喝好酒有时喝花酒，但从不乱酗酒；有爱心有善心有时也花心，但从不丧良心；爱女人想女人有时换女人，但从不坑女人；重亲情记恩情有时也矫情，但从不负友情。

简直感叹道：说的比唱的好听，有谁能做到啊！

洪依彪说：你我都一样，为什么很多人宁愿醉死在酒乡里也不愿清醒，为什么有人宁愿清醒也绝对不喝酒，为什么你妹夫滕松巍和张好武的姐夫林守和比我们过得愉快？道理只有一个，追求不一样。

## 171

洪依彪眼睛盯着简直嘴上讲着笑话，心里却在惦记着借给黄梦妮那两千万元钱。

黄梦妮啊黄梦妮，你现在是我祖宗呢！

## 172

眼看着春节就到了，北京人开始了疯狂的采购，似乎一夜间人们都有了钱，似乎大商场的名烟名酒名牌衣服名牌手表都不要钱白送，采购年货的北京人和周边省份的人把道路拥堵得水泄不通，行车速度如同蚂蚁在爬行。简直陪着张好武没日没夜地打手机约人吃饭，按照早已准备好的联络方式一家一家到领导和重要人物家敲门，几句寒暄后，从兜里掏出一张贺卡递到女主人或直接递到领导手上，立即走人，因为门外的树荫下或车里还有人在排队要来看望领导。

简直刚从一个老领导家出来。

简艾的电话就打过来了。

简艾很生气地说：哥，我妈是不是你亲妈?

简直这才想起自己的亲妈已经到北京两天了还没有去看。立即说：简艾你别生气，你先给我准备点饭我还没有吃晚饭呢，我马上过去。

简艾发火说：就你忙，我店里忙得不可开交你不管不问也就罢了，妈总还是我们的亲妈吧！

简直没跟简艾多啰嗦，立即给董冉打电话说：董冉，你今天没去看妈啊？她都来两天了。

董冉说：哪有时间啊，跑一天累死了，刚到家楼下，这过年比杀人放火还要紧张。

简直说：那你别上楼了在楼下等着，我马上到楼下接你，一块儿去看看我妈。

简艾冲简直发火不是没有道理，昨天上午妈和简来两口子以及侄子到北京时，简直正在参加宏华公司专家座谈会，哪儿走得了？原准备晚上陪老妈吃饭，陈颂华又带着去看春节期间住院的历届老领导，这一去又是好几个小时，晚上陪宏华广东分公司来北京拜年的同志吃饭，又喝高了！

简直和董冉赶到妹妹简艾店里已经是晚上八点。

简艾一点也不给面子地吼道：不是我冲你发火，春节是酒店的黄金时期，订餐的人排着队，我一天只能休息三四个小时，你面都不露一下。

简直赔着笑脸说：我们也很忙，我这不是来了吗？

母亲低声对简艾说：你怎么能这样对你哥说话呢，公家的人有公家的事，我们有饭吃有住处就行了，等几天再见面又少不了啥。

简艾仍然不依不饶地说：你从来就宠他惯他。

董冉也不插话，扶着简直妈说：妈，你瘦了也有白头发了，我给你寄的新衣服你咋不穿呢？

母亲说：旧衣服穿惯了就不舍得换了，你买那么贵的衣服我还舍不得呢，带来了准备过年再穿。

简直陪着妈和弟弟一家在一起吃了一顿饭。

简直边吃饭边聊天，问了妈的身体又问村里人的情况。饭桌上，董冉给妈面前的盘子里添了很多菜，但妈没怎么吃，眼睛始终在专注地看着儿子简直。

简来告诉简直，他的老师尚德的身体越来越差了，最多还能活一年半载。简来还告诉简直，小姨子在东海工作很好，还交了个大学生男朋友，准备明年五一要结婚。

简直对老家的事很感兴趣，谁家的猪跑了牛马配上种了他都感兴趣，从离开老家到北京二十多年时间里，他恋的还是那口酸菜腊肉，恋的还是那口家乡话，更想知道留在记忆中的那些人生活得怎么样了，是死是活是爱是恨无所谓，他就是想听。

但董冉不一样，董冉现在更关心的是简明在东北漠河怎么样了，更关心这餐饭什么时候结束。简艾多聪明的人，她把一切都看在眼里了，简艾从来不把董冉叫嫂子，简艾告诉过董冉，叫姐更亲切。简艾给董冉拣一块竹笋放在碗里说：姐，你别减肥，你哪有肥啊，这竹笋是从台湾空运来的，新鲜着呢！营养专家说了，吃竹笋最有益健康。

董冉反问：你上次不是说“男不离韭女不离藕”吗？

简艾说：姐，那是湖南江北人的营养之道。反正我是为你好，我们这个年龄，就是吃好喝好穿好玩好，没事你就过来我给你亲手煲汤喝。

董冉与简艾同岁，虽然董冉是地道的北京人比简艾读书多，在社会交往和生意场中，简艾比董冉要精明得多。董冉说：其实你也不容易，我们也帮不上你，你的生意做这么好，又经常给简明钱花，都把简明惯坏了。

简艾端起酒杯跟董冉碰了一下说：姐，这我就要批评你了，你分这么清有意思吗？当年我来北京打工你没少接济我，我自己开店是董大爷给我帮了很多忙，我说过一个谢字吗？简明是谁？是我亲侄女，我的钱她不花谁花？我可正经告诉你，如果你再分这么清，简明上大学的学费和结婚的嫁妆我可不管了啊！

董冉被简艾的一席话感动了。

董冉说：我们总想帮助你，却不知道怎么帮，简艾，你这人其实很了不起，一个人打天下还做得这么好，我可没你这本事。

简艾说：家家都有难念的经啊！我一天的工作流程很简单也很复杂，六点起床安排儿子上学，六点半要么健身要么去菜市场，这个开餐馆啊，就抓两头，一头抓厨艺，一头抓采购，这两个环节名堂最多也最容易出乱子。滕松巍又懒，我九点就得拽着他到厨房讨论下一天的厨艺和采购需求，十一点半上客，下午休息一小时，晚上十二点还在结账，这还不包括与各行业人士打交道呢。

这时候简直接到了简明的例行电话，简明告诉简直，他们看见北极光了，非常美丽，明天准备坐狗拉雪橇去乌苏里江凿冰钓鱼。简直告诉简明，奶奶来北京了，让她跟奶奶聊几句。

简明在这方面是个很听话的孩子。

简明跟奶奶聊了几句，竟然把简直妈妈的眼泪聊出来了。简明告诉奶奶，她明天去赫哲人家里给奶奶做一顶狗皮帽子。奶奶更是高兴得合不拢嘴，直夸奖说：我孙女儿好懂事啊，我这一辈子值了！

简来告诉简直：哥，政府把土地都征去种茶了，简艾让我们别回去了让我们在这里打工，比回去种地挣得多，可能你得给你侄子找个学校呢！

听简来这么一说，简直却犯了难。但又不能让母亲失望更不能一口回绝，只好说：这是好事啊，我明天就想办法。

简直陪母亲吃饭聊天，氛围很好。这一聊就聊到了十一点。董冉看看手表，很真切地说：妈，我们明天还要上班，要不这样吧，我爸的房子租出去了，他现在我家住，简明春节去东北玩去了，简艾忙也没时间陪你，简明回来前你先到我家过年，让我爸和小姨有空多陪陪你。

## 173

洪依彪把黄梦妮给的十万元钱分成五份，一份寄给了四川小县城的母亲，一份给了岳父岳母，一份给了老婆，一份给了女儿，最后一份悄悄地给了小姨子。

洪依彪对小姨子说：一年忙到头，我们偷偷摸摸地过来了，春节期间我无论如何要陪陪你姐，你也好好陪陪你爸妈。

小姨子眼泪汪汪的不说话。

洪依彪以为是给钱少了，又从包里拿出一万元来交给小姨子，小姨子却坚决不要：我不是为了钱，我一个春节见不了你，我心里难受，过来，让我咬一口。

咬人是小姨子的习惯。

洪依彪说：你前世一定是条狗，轻点啊！

小姨子就重重地在洪依彪胳膊上咬了一口。

小姨子告诉洪依彪：这是我给你盖的公章，春节期间不准别人动你的身体，我姐也不行。

## 174

一上车，董冉就叹息说：唉，家里多住一个人，转身都困难了。

简直说：我也犯难呢，简明回来咋办？快过节了，租房不好租，单位招待所是五星级又太贵，简艾是真的没有办法了才给我们说。

董冉说：你知道了吧，为什么北京女孩子不愿嫁给外地人？穷亲戚太多，一来北京吃穿住行都得管，事太多了。

简直听董冉这样说，表情一下子就难看了：董冉咱说话可得讲良心，我们家亲戚找我们多少麻烦啊？这些年你爸你小姨可没少给我找麻烦啊！我发过一句牢骚吗？

董冉提高嗓音说：你这不是在发牢骚吗，我爸我小姨给我们找什么麻烦了？不就是有时报销点医药费用用车吗？他们住我们家是不错，可这一年多来你买过菜吗做过饭吗？水电气暖费你交过吗？两个保姆侍候你一家人还不够啊？

简直知道自己说错了，也就不再吭声，如果再跟董冉掰持下去，董冉肯定会没完没了，最后吃亏的还是自己。

董冉说：你怎么不说话呀，刚结婚那几年，你穷光蛋一个，一件像样的衣服都没有，婚礼是我们家出的钱，你妹妹刚开餐馆时我们明里暗里帮她多少啊，你爸生病两次来北京谁出的钱啊？还有那些八竿子打不着的穷亲戚借钱谁还过我们？简直，你说话要有良心。

简直知道，只要董冉开始翻旧账，这一晚一定是过不好了。就一边开车一边给洪依彪打电话说：老兄，不好意思这么晚给你打电话，你睡了吗？

洪依彪说：我可没有你那么听老婆的话，我正在外面喝茶，与几个写音乐的人聊天呢！你这么晚打电话一定有什么重要的事吧？

简直说添个麻烦，我母亲和二弟来北京过年了，有点事想请你想个办法。

洪依彪说：长话短说，咱俩谁跟谁啊！

简直说：一是能不能在什么地方给我借套房子，少给点钱也行。二是我弟弟的孩子要在北京借读小学，打工子弟校又不愿去。我一时想不出更好的办法，只好求你了。

洪依彪说：我是前世欠你的啊，有困难了第一个想到我，有好事了与我无关。我现在答复你，第一，房子可以想办法，钱就别提了，你妈就是我妈你弟弟就是我弟弟。第二，借读的事，你现在就过来我们在三里河的梧桐会馆，跟我喝茶的朋友中有一个就是小学校长的老婆。

简直听洪依彪这么一说立即把与董冉的不高兴忘到了脑后，高兴地说：我就知道没有洪总办不成的事，我立即过去。

洪依彪说：上学的事，你可别高兴太早，你知道北京的小学中学名校可不是谁都能上的。要不要赞助费我还不知道呢，我只负责给你牵线，快过来吧！

虽然简直在打电话，董冉的耳朵可没有闲着，随着简直与洪依彪的对话，董冉脸上的表情也就放松多了。

简直说：对不起老婆，简明的房子不用动了，简来儿子读书的事也有戏了，我把你送到楼下得先去落实一下。

董冉脸上早已和颜悦色，嘴上却不饶人：告诉你啊，我可没有不让妈来家里住的意思，还是我邀请妈来家里住的呢。这么晚了，又去跟一群狐朋狗友混，别混出麻烦来，每年春节前北京都要组织严打的。

## 175

简直进入会馆照壁右侧小楼的二层。一个漂亮的领班已经恭候在楼梯口，用一口带有川音的普通话说：领导您好，洪总让我在这里迎您，请跟我来。

领班说：听洪总说，您是我们一个县的，认识您真高兴。我叫燕玲，这是我的名片，请您以后多关照。

简直认真看一眼领班，还真是穷山沟飞出的金凤凰。

洪依彪与几个分不清男女的人坐在一起聊得正欢，但有一个人很显眼，那就是叶婉。见简直进来，洪依彪立即站起来给大家一一介绍了简直和在座的人。

洪依彪对简直介绍一个理了板寸的人说：这位就是你想见的著名曲作家方方，她先生就是海淀区非常著名的小学校长，我刚才问过了，他们学校入门的赞助费一般在十万元以上，你可得想好了啊！不过，方方刚才已经与她的校长老公通过电话了，看在叶婉的面子上，让你象征性地交一点就可以了，但饭是要请一顿的，档次不能低了。

简直握着方方的手说：今后我一定多向你学习，感谢你为我家的事操心，过两天我一定登门拜访你。

方方姿势很优雅地抽着烟对简直说：我们家不欢迎陌生人上门，有事打电话就可以了，我现在给叶婉写她参加世界“佳能杯”小提琴比赛的曲子，没有时间吃饭。你的事让洪总出面就可以。

洪依彪又指着叶婉介绍说：叶婉你是认识的，苏总说你们在东海见过面。

简直说：叶婉的琴拉得真好，人也漂亮。

叶婉对简直的夸奖只是礼节性地笑笑，并不搭话。

一屋人继续聊自己的音乐流派，古典的西方的现代的草根的民族的无所不包。简直喝着茶艺师制作的五十年普洱，眼睛不时在方方、燕玲和叶婉之间转动着，成了一个真正的局外人。而洪依彪则显得那么如鱼得水，也许洪依彪更应该是个音乐人。

简直将嘴附在洪依彪耳朵上说：我明天得上班，先走了。

简直向大家道声再见，出门准备让燕玲买单。

燕玲笑起来很好看，两个大大的酒窝很是迷人。燕玲将单拿上来递给简直一看，简直倒吸了一口凉气。

燕玲很聪明地说：您没带钱或不方便的话可以不买，洪总在这里可以签单。

燕玲这么一说，简直更不好意思不买单了，简直假装很大方的样子从兜里掏出一万元还没有打开封条的钱递给燕玲说：告诉洪总我买过单了，钱不用找了。

燕玲说：谢谢老乡，您可以给我留个电话吗？我把发票开好了给您送去。

简直将另一个不经常用的电话留给了燕玲。

## 176

从会馆出来，简直突然迷失了方向。

说实话，简直这个时候很想黄梦妮。既然董冉已经知道了简直是为侄子的事奔忙了，她就不会再惦记简直这个晚上在做什么，简直就可以随心所欲，就可以做自己想做的事，甚至与黄梦妮或别的任何女人约会。

自从得知黄梦妮已经结婚了后，自从得知她的老公有了外遇后，简直心里一下子变得轻松了愉快了。他感觉黄梦妮真正成了自己的女人，有时甚至认为黄梦妮成为了自己的财产。这个如同蛇妖一样的女人，这个如同梦一样的女人，她青春却不失成熟，稳重却不失风骚，男人怕自己的老婆风骚，却怕自己的情人不风骚，风情女人永远是男人的梦。

简直拨了黄梦妮的电话。

黄梦妮似乎情绪不高。黄梦妮显得有气无力地说：这么晚了你打电话做什么？是喝醉了还是有什么困难？

简直说：我想你了，真的，我特别想见你。

黄梦妮说：我知道你想我了但不是想我这个人，这个人你下午已经见过了，也许你是想我的身体了，我感冒了你知道的，我刚进门睡下，我累极了。你回去吧，让我休息一会儿，你也回去多陪陪你老婆。简直原谅我，我心情不好。

简直无可奈何地说：梦妮，你情绪不好早点休息，感冒了要多喝水。

黄梦妮说：简直，别在意我刚才说的话，我是真的身心疲惫。你知道我不是一个计较的人但我是一个女人一个准单身女人。你需要我的时候我会毫不犹豫的专程为你做你想做的一切，而我生病的时候无助的时候你却不能陪我过一夜，让我靠在你的胳膊上睡一夜。

简直很伤感地说：梦妮，你别生气我是真的很想你，如果需要的话我今晚就住在你家陪你。

黄梦妮在电话那边犹豫了一阵后说：算了，你回家吧，我把话说出来心里就好受多了，我又不是小女孩了，我知道应该怎么办。晚安吧！黄梦妮说完关了手机。

简直什么话也没说只好挂了电话。

在自己家楼下，简直遇到的一个场景险些让简直疯了，办公厅研究室的苟太平怀里竟然搂着一个女孩子上了楼。苟太平的胖子老婆不是出国了吗？难道减肥了回来过年了吗？这个世界大概真的疯了。

## 177

音乐的魔力让洪依彪一群人近乎于陶醉，五十年“普洱茶”让几个人如同注射了鸡血般兴奋。

燕玲焦躁不安地来回走了几圈后不得不告诉洪依彪：洪总，已经快凌晨三点了，您看，这店里人都走完了！

洪依彪一看腕上的手表，很歉意地对大家说：各位，明年再见了，咱们散了吧！

大家就鸟散了，洪依彪目送叶婉的红色“法拉利”跑车离开院子后，自己才驾车回家。

洪依彪关手机时才发现，小姨子下午连发的几条信息都没看见，其中有一条很重要：明天我要陪父母去唐山了！今天不理我今后永远别再理我！

## 178

简直刚进办公室坐下，冯秘书就抱着一摞文件进来了，脸上还挂着一行眼泪。

简直见状觉得很奇怪，这个从来在机关不多言多语做事一板一眼的女孩子竟然哭了。简直很关心地问：小冯，你怎么了啊，身体不好还是遇到什么困难了？

小冯一边将文件交给简直签字一边否认说：没事，今天沙尘大眯眼了！

简直说：你有事应该告诉我，于私我是老大哥，于公我是你的领导，你遇到什么困难应该信任我相信我。

小冯眼睛盯着简直看了几秒钟后转身看了一眼已经掩了的门哭泣说：简主任您说，我得罪谁了啊？张主任今天一进门就对我破口大骂，说办公厅没有一个省油的灯，骂我办事不长眼睛。

简直琢磨了一阵说：小冯，你现在擦干眼泪没事人一样做你的事情。我向你保证，张主任不是骂你。因为什么我以后会告诉你。

小冯似信非信地盯着简直看了一阵后真的擦干了眼泪，认真地说：简主任，我相信你，你是好人。

简直陷入了沉思。

简直将这一段时间以来的工作和与张好武的交往认真地梳理了一遍，感觉没有什么大的过失，是谁踩了张好武的尾巴呢？一向被称为“笑面虎”的张好武怎么会对一个没职没权小心谨慎的公务秘书大动肝火呢？

正一脑门子官司呢，洪依彪的电话就来了。

洪依彪说：简主任我长话短说，一是房子，我帮你借了一套两室一厅，厨具都是新的，卧具已经收起来了你自己带吧，房租就算了，但房是新房千万别给别人搞脏了，水电费你自己交一下，钥匙我交给你司机就是了。二是你侄子上学的事，我一会儿把联系方式发到你手机上，你去找一下问题不大，但我得提醒你，这个世界没有免费的午餐，多少你得有所表示。

简直说：你要不忙的话我今天很想见你一面。

洪依彪说：节前这几天我没有时间你也别给我打电话，一切事情过节期间再说。哦，我忘记了告诉你，“一号老板”的老伴心脏不好又住院了。

简直本想问问给小学校长送什么送多少问问“一号老板”的夫人在哪家医院，洪依彪已经急急忙忙地挂了电话，再拨过去竟然关了机。

简直正准备出门带着司机去给母亲和弟弟们搬家，张好武却推门进来了，一脸怒气未消的表情。见张好武进来，简直立即站起来说：主任，我正准备去您办公室呢。

张好武盯着简直看了一阵后说：简直，我一直把你当作自己人，这些年我感觉对你也还不错。有一件事我想问问你，你要如实告诉我。

简直笑着说：主任您开玩笑呢吧？我有今天完全是您一手培养出来的，我当然很感激您了，难道我对您说过假话吗？我可能说过错话但我没说过假话啊！

张好武听完简直的话后表情平和了许多，坐在沙发上自言自语地说：天下谁没有说过假话啊？人一生要说很多假话，有些是善意的有些是无意的。哎，听说你母亲来北京了？什么时候有空了，我请她老人家吃顿饭。

简直正要回答，张好武说：你忙吧，团拜会的事情再想细些，别出差错啊！说完话张好武就出了门。

简直被莫名其妙地晾在了办公室里。张好武语无伦次行为反常令简直陷入了思维的泥潭。这个时候离开办公室去为母亲和弟弟搬家肯定不合适，一旦离开张好武找自己怎么办？给校长家送点什么送多少才能把侄子入学的事办好？带什么去看望“一号老板”的夫人才能体现出尊重得体？简明在漠河过得怎么样了？庄怡恬为什么关机不接电话？一切的一切令简直剪不断理还乱。

简直让司机小卢带着钥匙先去打扫一下洪依彪找的房子的卫生，下午再找机会把母亲和弟弟一家送过去。

简直闭上眼睛坐在靠背椅上，用双手的十个指头狠劲地梳理自己的头发，想了很久也理不出个头绪来，甚至越理越乱。这个世界上什么人最幸福呢什么是幸福呢？有钱有事业有女人？都不是。失眠的时候，简直曾经设想过带着黄梦妮去某个不为人知的江南水乡盖几间房，牵着水牛走在田埂上听着牧童的竹笛享受炊烟童谣，可一觉醒来才觉得自己是多么的荒唐可笑，这个世界上原本就没有什么世外桃源。黄梦妮说：傻瓜，逃避是可耻的行为，那样与世隔绝的日子你过三年就会厌倦。

小卢来电话说：主任，房子非常干净几乎不需要打扫，冰箱里的菜桌子上的水果房东都准备好了，只是床上没有被褥。

简直说：那你先去买两套好一点的被褥吧，钱我回头给你。简直想，洪依彪真是最贴心也最细心的朋友，这次又欠下洪依彪的人情债了，真不知道什么时候才能还上。

不出所料。刚放下电话，张好武就过来了，张好武说：你跟我去看望陈总的老伴，她身体不好住院了。

按理说，张好武率办公厅领导去看望陈颂华夫人是公事公办也是私事公办。但这可难为了简直，从情理上说，简直更应该单独去看望一下陈颂华的夫人才对，还有一个更深层的问题令简直更担心：这种事张好武为什么不带其他几位副主任呢？这无疑给简直留下了更多的想象空间。一是张好武要让简直知道，简直是最受张好武欣赏重视的，二是他俩都是陈颂华的得意门生或者心腹。但这个世界上没有不透风的墙，一旦其他副主任知道了这事，自然就会把简直绑在了张好武的战车上。你简直跳多高别人就会离你多远。

在张好武的心里，简直究竟是个什么定位呢？

到了医院才知道，有一位高层领导正在慰问陈颂华的夫人。这位领导曾经做过陈颂华岳父的秘书。

张好武和简直只好在楼下的车里耐心地等待。

这时候简直接了个电话，是苏锋从东海打来的，苏锋告诉简直，他们一行晚上五点二十的飞机到北京首都国际机场二号航站楼，希望晚上在一起吃饭。

简直不知道苏锋来北京是公事还是私事，更不知道苏锋是否将要来北京的事已经告诉了张好武，只好含混其词地说：好啊，行啊，没问题，晚饭就在我妹妹开的饭店，档次还可以，我妈妈来北京过年了，她也非常想见你呢！好吧，我现在陪张主任在外面忙工作，晚上见。

看来张好武并不知道简直是与谁通的电话。张好武对司机说：你去给我们买两只冰激凌来，我突然想吃冰激凌了。

司机莫名其妙地问：这天多冷啊，还不知道什么地方有卖呢？

张好武不耐烦地说：出门有个华联超市，你去看看嘛！

张好武看司机走远了才对简直说：简直，有件事我只对你讲了你暂时不要对外人说。昨天下午上面那位姓高的部务委员带了几个人来宏华考核干部了。

简直一下子明白了张好武这一天来情绪变化无常的原因。但仍然很奇怪地问：陈总已经过年龄了啊？会是考核谁呢？

张好武说：有人要升官了！听说要选派一名学历高、年龄在四十五岁左右的同志到某省任主管工业的副省长。

简直有些怀疑地问：这都大过年了会有这样的好事？我还真没见过天上掉馅饼和黄金砸着人头的事呢。谁这么幸运啊？

张好武说：这个世界什么事都会发生，要么大难临头要么大喜临门，这与佛家思想不违背。

简直说：您不会是想去0801或0802厂做党委书记吧，这是平职调动。

张好武说：你还真会装傻呢，我这个位置虽然与公司的副总、与两个总厂的一把手的职级没有什么实质区别，有时还有些实惠和权力，但这个位置如同坐在火山上，要做很多见不得阳光的事情，不知道哪天会踩着谁的尾巴，每天要做好替人受过的准备。这次如果从公司副总里面产生人选，我就可以争取个待遇，也没必要每天这么累了。你呢，先代个一年主任，任现职满两年了，这个位置自然就是你的。如果从下面分公司产生人选呢，那就不一样了。所以，我希望你在这个时候一定要清醒。

简直沉默了一阵说：我真的不知道怎么感谢您了，如果没有您的点拨，这些东西我总是蒙在鼓里。

张好武说：你聪明得很，看透了不说罢了。别聊这个了，司机回来了！

简直往窗外一看司机脸冻得通红，真捧着两个冰激凌走过来了。

## 179

小姨子给洪依彪来电话报平安，说他们已经安全顺利地到唐山了，希望洪依彪一家也到唐山过年。小姨子告诉洪依彪，唐山过节的氛围比北京浓。

洪依彪接电话时正在开车，洪依彪正准备去医院看望陈颂华的夫人。洪依彪说：过节事多我们就不去了，你们多住一段时间吧！

小姨子问：你是不是真把房子借给同事了啊，如果你敢在那屋子里养小三，我就告诉我姐。

洪依彪调笑说：你还有胆量给你姐谈这事啊？你偷了她的东西还向她举报，这真是奇事了。

小姨子说：我不管，我就愿意要你，我姐小时候就欺负我，什么都强我一头，凭什么啊？我就是要偷你，现在不是流行这个吗？妻不如妾，妾不如偷，偷不如偷不着。

洪依彪说：行了，我不跟你瞎贫了，我到医院了。你放心吧，那房子我借给办公厅的简副主任了，你认识的，他母亲从乡下来北京过年。

## 180

按照规定，陈颂华还有八个月就要退休了，大家都把陈颂华的新年祝词当作离任前告别演讲的预演。

陈颂华的新年祝词比往年更和谐更富激情。陈颂华在祝词的最后说：还有二百四十多天我就要退休了。我在宏华工作八年多，功过是非全在大家心里，做好了是我作为一名共产党员领导干部应尽的职责，没做好我将在最后的任期里努力弥补。今天我会把我的互联网邮箱和QQ号交给大家，你们可以与我直接交流你们的思想和建议。让我们共同祝福宏华在世界装备制造业中永远立于不败之地，祝我们的家人永远健康，祝我们的国家远离灾难永远太平！

陈颂华致祝词时没带讲稿，陈颂华发表完这篇热情洋溢的祝词后向总公司机关的人深深地鞠了一躬。

会后简直带着董冉去看从洪依彪那里为母亲借的房子。

母亲的住处离简直家仅仅一街之隔。

母亲惊恐而又欣喜地站在客厅里对简直说：直啊，这不会是为简明今后结婚准备的新房吧，这么漂亮这么干净我们别住了另外找一间地下室住也行。

简直没有回答母亲的话，而是带着董冉在两室一厅及阳台上都转了一圈。冰箱里的肉菜是满的，桌上放着反季节水果，墙角花架上摆着一盆茂盛的吊兰。简直打开阳台上的一个柜子，里面竟然有一双进口名牌高跟鞋和一双手工相当不错的手绣拖鞋。

董冉问简直：你找谁借的这房子啊，衣柜里还有两三个名牌女包呢，不会是你背着我在外面买的房养“小三”的吧？

简直心里虽然也很纳闷，但嘴上却说：我有多少收入你还不知道啊，工资卡在你包里，灰收入也都交给了你。这房子是洪总帮我借的，他的一个朋友刚装完房子就出国工作了，明年七月份才回来呢！简直的话前半部分有真有假，后两句话完全是信口胡编的。话一出口，简直自己也愣了，自己现在说谎话也是信口就来啊！这个世界还有人不说假话吗？

谁知董冉并不买账。董冉吸了吸鼻子说：前天我们总编室一位大姐说了，宁愿相信这个世界有鬼，也别相信男人的一张嘴，你没闻出来啊，这屋子里还有法国香水味呢。

其实简直一进门就嗅到了屋子里的香水味，这种味道简直很熟悉，黄梦妮和庄怡恬身上就经常喷洒这种香水。总之，董冉、弟媳和母亲平常是不会喷香水的。简直说：别东想西想了，这房子真是洪总找朋友借的，我还不知道咋感谢人家洪总呢！我们家的大事小情总是找他麻烦。

董冉不屑地说：他确实给我们家帮了很多忙，他确实也是个能够呼风唤雨的人，但他在我心目中，也是一个很危险的人。

简直有些急了：你是书读多了，做文字工作时间太长了，对外人对一切事都有偏见。

董冉狠狠地瞪了简直一眼想要发作，却发现简直的母亲跟在身后，就换了一张脸说：妈，这房子是我们跟人借的，一定要注意卫生千万别搞脏了搞坏了，特别不能让你孙子在墙上乱写乱画。

简直的母亲仍然诚惶诚恐地说：这太不合适了，我们还是找个地下室住吧！

简直有些赌气地说：妈，您就放心住吧，您辛苦一辈子也应该在好环境里生活了，等简艾的新店开上路了，我们凑钱给您买一套比这好的住。

董冉知道自己的话说过了，就往回找补说：妈，您看您儿子，自己没本事，让简艾给您买房，也不嫌丢人。您放心住吧！吃喝住用都别太省，隔着一条街，我们随时过来看您，您也可以随时去找我爸和小姨玩。说实话，您来了本来就应该住我们家的，可我爸的房子租出去了。

正说着，司机小卢陪着庄怡恬急匆匆地走了进来：主任，你怎么不接电话啊？张主任正大发雷霆呢！

简直掏出手机一看，真有好几个电话没接，自言自语地说：坏了，早晨开会把手机放振动上了没听见。知道是什么事吗？这么急。

庄怡恬给董冉和简直的母亲打了个招呼，放松了对简直说：陈总十二点要在白家大院请俞继飞和几个部队的文艺工作者吃饭，让公司高层领导作陪，吩咐张主任和你一定要安排好。

简直对董冉说：你给妈讲讲怎么用电用煤气的事，我先走了！晚上如果没有别的事，你让小姨做几个菜把他们接家吃顿饭，他们来北京还没到家吃过饭呢！

小卢拉着简直和庄怡恬以最快的速度向白家大院驶去。

车过紫竹桥时，还是发生了拥堵。

庄怡恬对简直说：陈总也没透露过，陈总的父亲在东海工作时，就和俞继飞的老师俞振飞是非常要好的朋友。

简直感叹道：侯门深似海啊，我以为俞继飞来了唱一段给点钱就结了，没想到背后还有政治呢！俞老师的返程时间定了吗？

庄怡恬说：他在北京有房，可能就在北京过年不回东海了，他还请我去他家做客呢！

简直有些抑郁，盯着庄怡恬看了几秒钟后说：小心肉包子打狗啊，我可提醒过你了。

庄怡恬说：我就是那肉包子，我愿意你管得着吗？

简直知道庄怡恬的脾气，也不好计较，摇了摇头说：我不想管你的破事，我是披着狼皮的羊，他是狼还是羊我就不知道了。

庄怡恬阴阳怪气地说：你就不怕我飞蛾扑火，投怀送抱啊？

简直严厉警告说：你要不怕你爸抽你你就去扑吧！我相信他不只你一个女粉丝，傻瓜多着呢！

说话间已经到了白家大院。

白家大院原本是一位清朝王爷的宅子，解放前卖给了“同仁堂”，解放后改成了学校，前些年为了保护文物，租给一家老板开了清朝宫廷菜馆。因为电视剧《大宅门》的原因，这家餐馆就改名叫白家大院了，所有服务员都按等级着清朝服装服务。在北京，这也算是一家有特色的餐饮机构。

虽然是严冬，一路小跑冲进预订的房间，简直的脸已经通红。张好武一见简直就破口大骂：俞继飞的背景你为什么不告诉我？来这么多文艺界名人，为什么没想到要吃饭的事？我脑子进水了你的脑子也进水了吗？

张好武不容简直解释，简直也不知道怎么解释。

## 181

从301医院出来，洪依彪去了一趟当代商城。

## 182

春节联欢拜会一开，宏华总公司事实上已经很少有人上班了。

农历腊月二十九日早晨，简直到公司转了一圈，看了看食堂和车队的人，除值班的人外大多回家过年了。张好武也陪夫人去了海南岛，简直在办公室坐了一会儿，给苏锋、刘兴初等几个哥们儿打了一通电话，又约好老家在北京的几个所谓成功人士晚上到“湘哥川妹”聚餐的事，就闲了下来。

洪依彪不知道在忙些什么，手机永远置于占线状态。

简直给董冉打电话，董冉和岳父及朱小和正在打扫家里的卫生。董冉告诉简直，在伦敦的表妹今天下午四点到北京，能不能安排司机开个面包车去接一下，说东西太多。

简直说：可以呀，小姨子回来了姐夫应该是最高兴的人啊，需要我亲自去吗？

董冉说：你大小是个知识分子领导干部，现在怎么跟胡同里那些小痞子似的学得贫不拉叽的？你要闲着没事干就回来打扫卫生洗衣服，这一年到头你袜子都没洗过一双，碗没洗过一次。

简直说：小姨说了，男人应该干事业不能做家务事，做家务越做越没出息。

董冉压低了声音说：哎，年终发了些奖金，我们是不是应该给两位老人置身过年穿的衣服啊？

简直很爽快地回答说：好的！

董冉说：你抓紧回来吧，我刚才已经给你妈送去三千块钱了，让简艾陪她自己买吧！

简直就陪着董冉去了西长安街头上的百盛。

百盛与其他商场一样，到处都是人，停车的地方都没有，交费处更是排着长队。

百盛在北京的商场中应该算中高档次的购物中心了，大部分顾客都是白领和官僚阶层。但由于人多，空间里仍然混杂着香水和汗水的奇异味道。转了两个小时，简直就开始后悔了，后悔昨天没有直接把卡交给董冉让他们自己来逛，腿站软了，心说乱了，简直就开始想他的黄梦妮了！

在董冉为朱小和试衣的时候，简直找借口去了洗手间。

简直钻进洗手间关上门，掏出手机来拨通了黄梦妮的手机：你在什么地方呢？节前我陪你吃顿饭。

黄梦妮犹豫了一阵后说：你来吧，我在机场候机大厅。

简直问：你要去什么地方啊，怎么提前也不说一声？

黄梦妮似乎情绪很低沉，很失落地说：告诉你又有什么用呢？你要陪家里人过年，我呢生活跟一个寡妇有什么区别？我陪着我母亲去马尔代夫住几天。回来再见面吧！

简直说：梦妮对不起，我什么也给不了你，我这一辈子欠着你的。我本来决定明天上午陪你去逛商场的，我等你早些回来，注意身体注意安全，记着每天给我发信。

黄梦妮说：你别破坏我的情绪了，我会想你的。另外，吕布尼和我给你们几位好朋友一人买了件衣服快递过去了，今天应该收到，小票在盒子里，不合身可以退换。

简直的眼泪竟然被黄梦妮的话感动了出来。

简直说：梦妮，你放心，这个春节我是你的人，我每天只做一件事，那就是等你。

黄梦妮笑笑说：好了好了，大小孩，我也会想你，少喝点酒。没事了你可以上网跟我聊。

简直从洗手间出来，迎面碰上了苟太平。

苟太平身后跟着一个年轻漂亮的女孩子，女孩子手里拎着装有几个名牌服装的袋子，脸上洋溢着青春可人的幸福。苟太平见简直盯着女孩子看，就指着女孩子主动介绍说：这是我侄女，在梧桐会馆做主管，今天下午回家过年，让我带她来挑几件衣服。

女孩子很得体地叫了一声叔叔，声音很甜很清脆。

简直想起前不久去梧桐会馆见小学校长夫人的事，就随口说：真巧，我有个小老乡也在梧桐会馆做前厅经理，叫燕玲。

女孩子说：我们很熟悉的，她是四川人。不过我过完年就不做了，在老家开了个小店让我回去打理。

苟太平见女孩子还要往下说，就截住话题说：主任，春节不出去的话，我请你吃顿饭，你得给面子哦！

简直说：有机会我请你吧，我们既是好朋友又是同事没必要分得那么清楚。你有事先忙吧，我们再约。

简直看苟太平走远了，女孩子的背影却留在了简直的记忆里，简直坚信，有天晚上在楼道里见到的苟太平搂着的就是这个女孩子。

简直笑着摇头自言自语地说：这世界上的中年男人在外面有几个没点故事啊！简直掏出手机拨通了燕玲的电话，邀请燕玲参加今晚的老乡聚会，燕玲犹豫了一下说：这两天特别忙，我得跟老板请假不知道批不批。

简直说：没关系你争取吧，多认个老乡多条路对你今后的发展有好处。你嫂子的妹妹今晚从英国回来参加不了，今后再介绍你认识。

## 183

走访一结束，洪依彪突然感觉自己的生活没有了抓手，应该干什么呢？小姨子去了唐山，楼上的茶艺室关张歇业了，朋友们都在忙着采购，老婆孩子自己逛商场去了。

## 184

简直老乡中在北京的成功人士不太多。两个一九五五年至一九六五年授少将军衔的老红军一个死了一个老年痴呆长年躺在床上靠输氧输液数倒计时。所谓的同乡聚会，也就是几个在北京的包工头和在国家部委工作的处长及办事员轮流坐庄，大家喝点酒说些拜年的话讲点黄段子，大家在一起也还其乐融融。

轮到简直兄妹了，简直自然不敢有任何粗疏。

简直在楼下的“红色凯旋门”把董冉为她表妹接风的餐桌订好菜点好后，立即打出租到了简艾新开的“湘哥川妹”三里河店。

三张餐桌放在一个大厅里，按往年的惯例，主桌上是能喝酒的男主人和女主人，次桌上是家属，另一个小桌上是司机和小孩子们。

由于堵车，简直到达“湘哥川妹”时，同乡们基本都到齐了。

作为主请，简直理所应当地坐在了主宾席上。

简直说：各位对不起，小姨子今天从英国回来，我只能一个人代表了。

立即，就有人站起来起哄：简主任，你什么时候冒出来一个小姨子啊，我们怎么没听说过啊，是不是有一腿啊老实交代。

简直笑着说：要真有一腿就好了，人家在英国定居几年了。言归正传吧，感谢各位老乡能够参加我和我妹妹主持的这个活动，为活跃气氛，改一下往年的方式，在座的每人用一分钟讲讲今年的成就或感受，每人对大家说一句祝福的话，每人讲一个段子但段子要带色又不能太黄，小桌上还有未成年人，这三个一也就是敬三杯酒，怎么样啊？如果没有意见，先从振川公司老总郑欣开场。

振川公司的老板是典型的四川人个头，在北京统率七千人的四川建筑大军。此人方头方脸大嘴，脖子上挂着指头粗的金链子，手指上也戴着笨重的黄金戒指，有点炫富的意思。在地震后同乡会上向老家捐款时，郑欣一下子拿出了一百万元，大家就推举他做了县同乡会的会长。

郑总正要开讲，服务员领着燕玲走到了简直面前。

不着工装的燕玲看上去似乎比实际年龄要小得多漂亮得多。燕玲的出现，将郑总端起的酒杯定格在了半空中，一桌人立即都不讲话了眼睛都盯着简直。

郑欣说：简主任，还是你先开场吧，今天弟妹不到场，原来是佳人有约啊！高，实在是高，介绍一下吧！郑欣一席话，把燕玲说了个大红脸，好在燕玲一直在会馆上班见过世面。简直说：你们别拿小孩子开玩笑，来，我给大家介绍一下，她叫燕玲，是我们县高阳镇人，在梧桐会馆做前台经理，都是老乡，希望大家多关照她。

燕玲很得体地给大家鞠了一躬。

听简直一介绍，郑欣就道歉说：对不起小燕，今后有用得着的地方言语一声，我先自罚一杯算是就刚才的胡说八道向你认错了。简艾的一脸疑惑也放松了，立即招呼在她身边加个座位。

郑欣将三小杯酒倒入一个大杯举起来说：简主任是知识分子，酒分三次喝话分三次说太复杂了，我就一次表达清楚算了。我去年赚钱七位数，捐款一百六十万元，在老家建敬老院一处，窝心的事也不少。祝各位乡亲们来年健康发财，有用得着我的地方说一声我尽力帮助。另外我表个态，今晚的饭钱我包了，今后只要我在北京，聚餐费用我一律包干。郑欣话刚落地一大杯酒已经下了肚。

郑欣的表现赢得了大家的长时间掌声。

简直说：这可不行啊，这饭钱我和简艾掏定了，既然是过年，传统就不能丢，段子不讲过不去。但得说清楚，段子一定要有思想有亮点有水平。这三点不具备就得罚酒。

郑欣说：恭敬不如从命，那我来一段吧。

果真博得一桌人大笑，在发改委任职的康处长起哄说：这是你给你老婆写的检查吧，有思想有亮点但有点黄，罚酒。

郑欣求饶说：让我吃口菜吧，大家还没开席呢我就四杯下肚了。你先来你先来。

大家吃了几筷子菜后，康处长就接上了：我呢公务员一个，有饭吃有衣穿但没发财。祝大家来年好心情，按郑总的方式来吧，喝个三合一。段子就免了吧，我确实没这天赋。

大家又一阵起哄，不依不饶。

康处长见推辞不掉就讲了一段：某领导和女秘书兼司机出差，路上车辆抛了锚。女司机自言自语地说，作为一位秘书，我完全可以不管，但作为一位司机，我有义务下去把车修好，说完钻到车下。过一阵领导自言自语地说，作为一位领导，我完全可以不管修车，但作为一个男人我有义务下去帮助她，说完也钻进了车底。大约过了半小时走来一个警察，对那位领导和女秘书说，身为一个路人我完全可以不管，可作为一个警察，我有义务提醒你们，你们的车早就被交警拖走了。

这样的聚会把氛围搞得很活跃。

简直端起酒杯到另外两桌上敬了酒。

简直把简艾拉到一边从兜里掏出二万元钱说：你陪妈去买几身衣服也可以给他们买点营养品，我就这能力了。

简艾压低声音问：哥，刚才那女孩咋回事啊，嫂子知道吗？你可别乱来。

简直说：你别瞎想，我是为你着想才把她带过来的，燕玲很能干很利索人也长得漂亮，又在梧桐会馆那样的高档场所工作过，手上有客户又有管理经验，你还不趁机给挖过来啊，用老乡既顺手又放心。

简艾说：是啊，我怎么就没往这方面想呢，让她到这个店来当主管经理，我一会儿跟她谈。

简直一听急了：那胡玉咋办？你把燕玲放身边先考查一段再说嘛！

简艾说：胡玉能力是很强，不怕你笑话，我发现滕松巍与胡玉有时候有点眉来眼去的，我得把他们分开才行，让胡玉回总店当经理。

简直心里咯噔一下，说：那你自己做主吧！

简艾还想说什么，康处长已经过来拽简直了：你们两兄妹什么时候不能聊啊让大家干等，快点过来，大家等你讲段子敬酒呢！

简直看大家吃得也差不多了，就让胡玉把宏华公司做的新年邮册拿来给到场的人手发了一册，算是做个纪念。简直也将三小杯酒倒入大杯，站起来对大家说：我去年只有两件半事，一是父亲走了，二是当了个副主任，半件事我需要永远藏在心里以后再说。对在座的诸位，我只有一个祝愿，祝你们身体健康，只有愉快健康地活着，我们才能永远聚下去。

简直将酒带头喝下去后，康处长站起来说：简主任是我们同乡中学历最高也是仕途最有希望的，他今天如果不讲一个有水准有质量的段子，这聚会不能算完大家同意吗？

大家都鼓掌起哄，一定要简直讲一段。

简直说：这是我自己挖坑自己跳。大家非要我讲我就来一段吧。一个男孩有一天对爸爸说，爸爸，我喜欢对面那个美女，爸爸小声对男孩子说，那是你同父异母的妹妹，近亲不能结婚，只能做普通朋友。过一个月，男孩子又对爸爸说，我喜欢东院那个漂亮女孩，爸爸很神秘地对儿子说，你可千万别对你妈妈说，那是你另一个同父异母的妹妹。男孩子很生气，回家就哭泣着把爸爸的话对妈妈说了。妈妈安慰说，儿子，你喜欢谁就可以娶谁，因为你根本就不是你爸爸的儿子！儿子一脸疑惑地问，那我爸爸是谁啊？妈妈放低了声音说，现在听讲段子的，都可能是你的亲爸爸。

同乡团聚被简直推向了高潮。

## 185

洪依彪的生活圈一直限定在音乐圈、同事圈和家庭里，但妻子对于洪依彪来说，仅仅是个伴而已。

妻子很漂亮也很丰满，但妻子不够贤惠。年轻时妻子有很强的霸占欲，从思想上、交往上、工作上，都企图将洪依彪彻底地控制住。但洪依彪又是一个追求浪漫和事业的人，对妻子的控制常常表现出抵制和逃离。

所以，洪依彪对家庭没有依恋更没有感觉温暖，他回家的任务只有两条，一是女儿，二是象征性地“交公粮”。时间长了孩子大了，妻子的观念转变了，对洪依彪的“性”渐渐失去了兴趣，一段时间迷电视剧，现在又迷上了网聊。就把洪依彪当作了挣钱的工具，反正工资卡在老婆身上。洪依彪业余生活的大部分不在朋友的酒桌上就在音乐剧上，自得其乐。

快过年了，同事们、搞音乐的朋友们要么去外地了，要么开始采购要么不来上班了，小姨子和岳父一家回唐山了，洪依彪这才感觉到了空虚无奈。自己一年到头不是为朋友忙就是为领导忙，到头来自己成了孤家寡人，过年都冷冷清清的，还不如回四川老家小县城过年呢！

回到家，妻子女儿还没有回来，洪依彪用微波炉给自己热杯奶，躺在沙发上看起了电视。

## 186

按老家的习惯，年三十的团圆饭应该在家吃。为省事图方便，近些年北京人已经把习惯改了，除一些老北京人外，大部分都把除夕年饭改在了酒店，既不用提前采购也不用大炒大烹洗刷碗筷。

董大晖一开始坚持要在家包饺子吃年饭的，他的理由不是没有道理。董大晖说：电脑把几千年的汉字文化废了，二奶让中国婚姻法没权威了，圣诞节把春节搅得没劲了，洋快餐把国人的身体吃垮了，我们再不练书法，再不在家包饺子放鞭炮发压岁钱，过春节那还有什么年味啊？

可临了一算人头，董大晖为难了。

简直家两口简直母亲简来家三口就六口，简艾家三口，董大晖和朱小和两口，朱小和的女儿三口，一下子冒出了十四人，人多是真的很热闹，可家里哪去找那么大的桌子碗筷？正说着呢，洪依彪来电话了，说他一家子准备跟简直家搭伙过年。

洪依彪提出来了，简直自然没法推辞。简直问洪依彪：你最近去什么地方了啊，满世界找不到你。

洪依彪说：出了点事情，以后再聊吧，这样，订餐和吃饭的事你负责，酒我来负责。一年到头了，得喝点好的。

简直客气说：一年到头总是你结账买单，你就让我彻底当一回男人可以吗？我负责到底了！

简直把洪依彪要搭伙过年的事与董冉和董大晖说了，董冉不表态，董大晖倒是很支持，说：人多热闹，洪总对我们一家也挺好的。

简直就给几家熟悉的酒店打电话订桌。

所有的饭店都众口一词：先生，别说二十人的桌了，二人台在三天前就没有了！

没有办法，简直只好打电话给简艾。

简艾说：这还有的说吗，我早就预留下了。

简直说：这顿饭算我的，我在家是老大，两边老人都在，你就别管了，按人均五百元的标准吧，酒水另算。

简艾说：如果自己掏就别说了，你们这些人挣多少钱我知道，你和洪哥这些年没少照顾我的生意，我又不是猪。再说了，一年不就这一次吗，你妈也是我妈呢！

简艾的几句话差点把简直的眼泪感动了出来。简直说：钱挣多了是好事，简明今后出国时，你真发达了给她吧，今天公私都得我结账，给现金。

简艾说：我这忙着呢，不过你可别高兴得太早。你们得两点钟以后再来，一是我们一家要到那时候才有时间，二是我这里要到那时候才有房间，你们先吃点饺子垫一下肚子。零点放完鞭炮，两点开饭四点结束，这年就过去了。

简直把吃除夕团圆饭的时间地点与洪依彪和家里人说了，心里一下子变得空荡荡的，接下来的两个多小时做什么呢？庄怡恬跟她父母去南方了，简明在漠河不知道好不好，东北的年夜饭能不能适应？黄梦妮呢？马尔代夫正是热的时候呢！

简直发了一阵愣，门铃响了。

打开门一看一大捆鲜花挡住了简直的视线。

鲜花一点一点地从上向下移，一个如同爆玉米花的金色假发呈现在简直眼前，那张熟悉的脸那双熟悉的眼睛散发出来的气息，简直一把把鲜花夺过来扔在墙角，紧紧地把背着行李的人抱在了怀里。

救命啊！你能不能轻点。

惊呼的声音立即把在屋里忙活的董冉、董大晖和朱小和都招了出来。

董冉说：简直，你疯了吗？谁啊，她是谁啊？

简直并不理会一家人的惊讶和追问，仍然紧紧地抱着一头金发的女孩子。嘴里说：你这个坏蛋，你这个小骗子！

一分钟后，简直放开了抱在怀里的人。

简直怀里的人挣开简直喘着粗气说：简直，你勒死我了。说完把头上的金色头套摘下往沙发上一扔说：哎呀累死我了，姨奶，快去给本大小姐煮点热汤面，多放点胡椒粉。

简明，这不是简明吗？你怎么打扮成这个鬼样子，你不是要过完年才回来吗？董冉看清是简明后立即惊呼起来，眼泪也顺着脸颊滚了下来。

简明很淡定地说：有什么呀，我这不是给你们一个惊喜吗？简明站起来在地上转了一圈说：看清楚了啊，第一，本小姐完美无损回来了，还蹭团去了一次俄罗斯联邦的腾达。第二，本小姐仍然是绝对处女。第三，我给你们都买了礼品，外公是狗皮帽子，姨奶是坎肩，简直是一条腰带，妈妈是护肤霜，奶奶和姑姑的东西我单独给，在包里你们自己拿吧！

说完简明把脚上的旅游鞋一扔，换上拖鞋就冲进了洗手间。不一会儿工夫，洗手间里就传来了简明冲澡的声音和歌声。

董冉感叹说：小姨你看看简明，也不知道是我落伍了，还是她疯了，这哪像我的女儿啊？都是爸爸和简直惯的，完全是一个野孩子。

朱小和说：说什么呢，只要她每天是蹦着跳着笑着围在你身边，你就感谢上帝吧！我女儿倒是听话，养大了除了会读书还有什么用？还不是嫁了个外国鬼子，三年难见一面，回来了还住宾馆，生个孩子还一口洋腔连姥姥都不会喊，我家简明多省事啊你就知足吧！

董冉见朱小和突然间又不高兴了，就劝朱小和说：小姨你别太在意，老妹刚回来一两天，等几天你们回保定住些日子，大家彼此都熟悉了，就好了。

朱小和说：我看你妹妹和那个英国佬秀恩爱的样子，我就想起她的死鬼爹，我不知道当初为什么鬼迷心窍要把她送到国外去读书。

董冉安慰朱小和说：我看妹夫那人挺好的，人长得帅又有绅士风度，说话做事都特有礼貌，一见面就给您十万英镑的见面礼，您一辈子还没攒下那么多钱呢！

听董冉这么一说，朱小和脸上的表情稍微平和了 一些，说：我这把年纪了，要钱有什么用啊，只要人在我身边，再苦再累我也愿意。说实话，如果不是因为你们带给我的欢乐，我出家的心思都动过。

简直见两个女人一边为简明做面条一边聊家长里短，就进卧室打开了电脑。

刚打开电脑，电脑空间里的QQ就闪出了一串对话提示。

简直点击第一个提示窗就是黄梦妮，人已经离线了。空间里的留言是：衣服收到了吗，祝节日快乐。紧接着又跳出一条：这里的阳光沙滩棕榈树美女如云，你要在我身边该多好啊！

简直很感动，也就写了一条留言：如果你不嫌弃，我永远是你的，我每天都等你祝福你。

简直，你可以啊，谁啊这么肉麻！不知道什么时候，简明站到了自己身后，一边用干毛巾擦头发，眼睛却盯着简直面前的电脑的屏幕。

简直被吓得立即按了删除键清除了聊天记录。

简直满脸通红地说：你干吗呢偷偷摸摸地进来也不打声招呼，吓我一跳。

简明说：你怕什么啊脸红脖子粗的做什么亏心事了吧？我可是什么都看见了，你今后得对我好点啊，不然嘛，嘿嘿，小心我告诉我妈去。

简直申辩说：我做什么了啊？我不就是在网上聊个天吗？谁没有个朋友啊？

简明压低声音说：你还敢狡辩，够新潮的了，看不出来啊吃了熊心豹子胆了，敢在外面有小三了。还整天监督我。

谁有小三了啊？你们俩聊这么热闹。董冉看简直和简明在一起聊天，也插话问。

简直一听坏了，立即给简明使了个眼色。

简明回答说：我们讨论最近的一部贺岁电影，你没看过《非诚勿扰》啊？

董冉一边整理衣服一边说：都是冯小刚和葛优在那里瞎侃胡咧，痞不拉叽的，要么糟蹋北京人要么糟蹋河南人，有什么意思，再过几年葛优老了，还咋贺岁。抓紧吃面去吧，姨奶把面做好了，少吃点再过一会儿就要吃年夜饭了！

## 187

正常情况下，洪依彪的妻子既不愿去四川过年，也不愿去唐山过年。冬天去了四川，妻子整天抱怨潮湿阴冷，饭菜又麻又辣，去一两天就要回北京，经常让大家很扫兴。去唐山过年，她又称环境太脏太乱，菜难吃除咸味啥味也没有。妻子还告诉洪依彪，她每次去唐山都要做噩梦，她姥姥家宅基地下过去是日本军队枪杀中国人的地方。

这个节如果不找个去处，这年一定会过得索然无味，搞不好还得吵架。

洪依彪思来想去，与妻子商量后还是决定给简直打个电话。

## 188

简直一家穿好衣服刚要出门，刘昊天的电话就来了：简主任，你到楼外的公路边来一下，陈总送给你两只澳洲龙虾，我不好进院子，别人看见不太好。

简直听刘昊天这么一说，心里一下慌了神。

上次吃饭时陈颂华已经发了红包，自己还没有想出更好的办法怎么去给陈颂华拜年，陈颂华的东西又送来了。

刘昊天将精美的水产包装盒递给简直时笑着说：陈总以前过年只给部门正职以上送东西，给部门副职送礼这还是头一回呢！

简直哭笑不得地说：兄弟啊，如果有条地缝让我钻进去就更好了，我一直想不出用什么方式报答陈总呢，你得告诉我，我应该怎样报答陈总啊？

刘昊天说：陈总什么都不需要，陈总是看上你这个人了，你最好的报答就是努力工作，他什么也不缺，你送东西去他也不会让你进门。

在送走刘昊天拎着澳洲龙虾回家的路上，正好碰上荀太平带着他老婆和胖儿子出门。荀太平说：简主任，刚才是刘秘书吧？你老人家现在真的成为陈总的大红人了，今后发迹了得多提携兄弟啊，我们在一起加班写材料十几年，你可别“狗”富贵，人就忘了。

简直笑着说：你这张嘴啊，就连损带骂吧，过年都不放过我。刘秘书说他老婆飞澳洲航线，顺便给我捎了两只龙虾过年呢！

苟太平当然知道刘昊天的老婆是东航的空中小姐，据称是宏华总公司“家属第一美”。简直随口撒了个谎，苟太平竟然也就相信了，语气中略带醋意地说：我们想给“一号老板”的秘书送礼还送不出去呢，你老人家多牛啊，刘秘书给你送，更可知你们的深交不一般了！

简直说：你抓紧忙去吧，别给我贫了。

目送苟太平走远，简直似乎才反应过来，是啊，刘秘书凭什么要给你送礼啊，要想巴结领导必须先讨好秘书，这已经成为了官场的潜规则。刘昊天这些年没少关照你简直，你简直回报过刘昊天吗？这个春节是不是应该表示一下呢？

简直带着一脑子“问题”“官司”回到家里，家里却吵开了锅。简直听了几句算是听明白了，原来朱小和的女儿和洋女婿在国际饭店订了西餐，想请朱小和和董大晖一起去过年。董大晖则坚称誓死不吃西餐，说那洋玩意儿吃不饱，与洋女婿没有共同语言，喝酒喝不到一起。

朱小和嘴上不喜欢洋女婿和杂毛孙子，但心里毕竟惦记，血肉亲情终归是分不开的。

简直打圆场说：这有什么难的啊，让妹妹把国际饭店退了嘛，我们本来订的餐桌就有他们的，他们可能没理解清楚。这不是吗，多大的两只大龙虾啊，要好几千呢，我们给两个洋人再订两套外卖西餐不就结了？别生气了，我给他们打电话。

简直的英语还算凑合，一顿胡侃乱忽悠，朱小和的女儿和洋女婿及杂毛孙子都愉快地接受了简直的邀请，同意与大家一起过中国年。简直感叹说：英国男人太绅士太讲究了。我家简明今后最好别出国别嫁外国男人，生活不好协调呢，特别是我和董冉这中国胃，根本接受不了洋玩意儿。

董冉辩称：谁说我接受不了，我出国好几趟，哪次不是愉快去愉快回来的。我家简明就是要去美国英国最好的大学上学，既要长知识长见识更要长教养。

简直笑着说：你就吹吧，听司机说，上次去法兰克福回来，下车就直奔“湘鄂情”大吃一顿，你的饭量把司机都吓着了。还是中国老百姓那句老话说得好：一方水土养一方人。

董大晖说：怎么样，在这方面，我女婿永远和我坚定不移地站在一起。

简明哼哼一句：告诉你们，你们如果不尊重我的意愿，我大学毕业后就嫁到非洲或中东。

## 189

临出门时，洪依彪的妻子突发奇想地问：今天下午聚餐时女多男少，我是不是应该穿件显眼点的衣服啊？

洪依彪盯着妻子看了一阵说：这是你的自由，想庄重就庄重，想喜气就喜气，只要不露胳膊露腿，这是冬天别冻着就行。

洪依彪这一提醒不要紧，妻子转身就进卧室反锁上了门。

洪依彪在楼下一等就是半小时。

妻子再出现时，身上已经换上了一身大红苏绣的旗袍，脖子上还围了一条狐狸皮围脖，头发也绾起来了。洪依彪这才发现，妻子原来还是很漂亮的。

## 190

大年初一，朱小和就带着董大晖、女儿和洋女婿一家子去了保定。

简直、刘昊天两家在洪依彪的安排下，去了位于北六环外昌平小汤山的一家温泉度假村。原本简直的母亲坚持不去的，经不住洪依彪劝，母亲就跟着去了。

在九华山庄，简直开了五间房，简直和董冉一间，洪依彪夫妻俩一间，刘昊天的妻子值飞不在家他与儿子住一间，简直女儿和洪依彪女儿一间，简直母亲一间。

山庄洗浴中心有大小几十个池子，各种花瓣浴、药浴、盐浴、鱼疗应有尽有，男女都在一起。小孩子们在一个一个池子里嬉戏，大人们聊着天享受着大自然的恩赐，简直的母亲开始还不好意思换泳衣下水，在董冉催促下到水里一泡，竟然玩得很开心。简直母亲对董冉说：在农村想都不敢想的事情啊，看电影里面仙女在瑶池洗澡，还以为那是只有神仙才有的日子，原来城里人也是这样，这一辈子值了。

刘昊天对简直母亲说：您就在北京待着吧，您只要想泡澡，您儿子您女儿每天都可以满足您的要求。

简直的母亲说：唉，可惜啊，他爸爸走了，这好日子他一天也没有享受过。

洪依彪说：大妈，大过年的别想不愉快的事了，说不定啊，老爷子在那边正吃香的喝辣的穿好的三妻四妾享受着呢！

简直正色说：你别逗老太太了，爸爸走后啊，我就后悔在他健康的时候没有多陪他聊聊天吃点好的喝点好的到处玩玩，他生病后又来不及了。我们这些人也四张多了，工作要干，身体才是真本钱呢！

洪依彪看老太太独自一人留在玫瑰花浴池里，孩子们都在享受鱼疗。就笑着说：我刚才在车上收到苏总发的一个段子，说给你们分享一下吧？

简直看一眼董冉说：别太黄啊，你老婆适应我老婆还不适应呢！

洪依彪说：别吓唬我啊，嫂子虽然年轻漂亮是高级知识分子，但北京土生土长的女孩子什么没见识过。说清楚我不能白讲啊，我讲完了你们也得来一段。

一向习惯了严肃紧张生活的刘昊天催促说：洪总，你太啰嗦了吧！

董冉知道大家是想敦促她走开，站起来就拉着洪依彪的老婆去了简直母亲泡澡的浴池。洪依彪见两个女人一走，就笑着说：这一招很灵吧？我把她们支走，是想商量一下我们晚上的活动，这附近的蒋礼村，有两样名吃，一个是鸽子宴，一个是全驴席。环境虽然一般，但不提前去根本订不上座位。你们能订下来，我就打个电话过去，让他们把最好的驴鞭、鹿鞭留给我们。我给你们讲，那东西吃了很管用，比“万艾可”管用多了。

刘昊天说：那我可不吃，吃了你们有办法发泄，我怎么办啊？再说了小孩子们咋办？这大过年的又不能分桌。

简直说：吃鸽子宴吧，别让她们不舒服，吃完了我们回来还可以玩一会儿“斗地主”。

刘昊天说：这主意好。一年到头了，我们的神经绷得紧紧的，泡澡让身体放松了，“斗地主”让精神放松一下。

洪依彪说：那干脆这样，我让全驴席准备一个大冷盘，驴三件和鹿鞭，我们路过时带到鸽子宴去，不让孩子们吃就是了。

简直说：这主意好，哎，你刚才说苏锋给你发了一个段子？读读，看有没有水平。

洪依彪说：说美国总统奥巴马考虑现役将军太多，不利于节省军费，决定凡提前退休的，可按身体的任意两点为距离，每十厘米补助一万美元。政策实施中，有位将军要求量两个睾丸之间的距离，大家愕然，那你不吃大亏了吗？他说，为了美利坚合众国的利益，吃点亏就吃点亏吧，奥巴马对这位将军大加赞许，但当军医为这位将军量距离时，诧异地问：您的另一个睾丸呢？将军平静地说：远着呢，在伊拉克。这位将军领到了最高补助。奥巴马说：任何制度都可能被利用啊！

刘昊天感叹说：我明白洪总今晚为什么想吃全驴席驴三件了，原来你这两天肾亏空需要补。

简直说：那我们就成全他，今晚喝鹿茸酒。

殊不知，董冉和洪依彪的老婆就在旁边的池子里面泡着呢，洪依彪老婆说：听见了吧，男人们凑在一起净是讲这种下作的东西，无聊。

董冉说：要不现在流行一句名言嘛，叫无耻者无畏。

洪依彪老婆说：一位伟大的哲学家说过，再伟大的男人和再圣洁的女人也逃离不了性爱话题。

董冉有些不屑一顾：那个哲学家是谁啊？不会就是洪依彪吧？

洪依彪哈哈大笑说：正是本人，一个误入旁门的伟大的民间音乐家。不过你可别不信，人类最早发明音乐是为了发泄人们的情感，人类最早的舞蹈是为了挑逗异性的情欲。这可不是我瞎编的。

董冉以嘲讽的口吻说：遗憾啊，宏华多了一桶万金油，世界少了一个音乐家。

简直一听董冉的语意已经不够友好了，就打圆场说：依彪如果从小接受正规音乐教育，那就不是写一两部音乐剧的事了，中国那么多学音乐的有几个能写出音乐剧并在北京公演的？老天是公平的，因为洪总太聪明了，所以不想让你抢了音乐家们的饭碗！

洪依彪的夫人是宏华前身某部一个司长的女儿，性格很独特，见董冉拿自己老公调侃，脸上立即就表现出不悦的表情来：我这个老公啊，就是有才，即使风流了那也是应该的。

## 191

洪依彪与简直商量过，晚上让刘昊天少喝点酒，结束后“斗地主”，趁机给刘昊天发点零花钱，平常也没有这个机会。

谁知一上桌，情势就发生了变化。

洪依彪从全驴席带去的“驴三件”刚一打开，简明和洪依彪的女儿就抢着要吃，洪依彪被逼得没有办法只好很隐讳地说出了实情，已经吃了一口的董冉当即就吐了出来。还大骂：真恶心。一口气连喝了两碗鸽子汤。

这事立马就惹了麻烦。

酒过三巡后，董冉主动端起一大碗酒走到刘昊天身后说：刘秘书，我知道你是江北大学毕业的高才生，你不要与他们同流合污，这是大姐第一次敬酒，喝了吧！谁也没有想到，董冉竟然一口就把酒喝下去了，辣得脸通红眼泪也出来了。刘昊天见这情景，也不得不喝了第一碗。

但董冉没有要走开的意思，又用筷子挑了一块炭烤鸽子腿放在刘昊天盘子里说：今天这桌上除了两个孩子就你最小，大姐敬你一块肉吃了吧！

刘昊天抬眼有些莫名其妙地注视了董冉一阵，立即将盘子里的烤鸽子腿吃了。

但董冉仍然没有要走开的意思，从服务员手中要过酒瓶先将自己的酒碗倒满，又给刘昊天倒满说：感谢兄弟，后来我才知道我的职称是你帮的忙，为了表示感谢，这碗酒我喝完你喝一半。

简直母亲及一桌人都被董冉的行为惊呆了。

董冉一仰脖子将碗底掉过来环顾一圈桌子上的人说：你们这眼神什么意思啊，过年了还不让我放纵一次吗？我不愿意喝酒并不意味着我不能喝！我这是遗传。

简直母亲说：小董，你快吃点菜喝点汤压一下就好了。

董冉说：妈您吃您的，我没事。过年难得图个热闹，平常我哪有几个时间可以和简直在一张桌吃饭！

简直终于听明白了董冉话里的话。

刘昊天似乎也听明白了，不得已将一碗酒全喝了下去。刘昊天说：你们先练一会儿，我得吃点菜，不然就麻烦了，没想到姐这么能喝。

洪依彪看董冉的情绪很夸张，就给简明递了个眼色，简明立即端了一杯果汁走到董冉身后说：我妈妈真辛苦了，您亲闺女敬您一杯饮料。

董冉醉眼迷茫地说：我老了还得靠我闺女呢！

谁知这一出刚完，洪依彪的老婆又发起飙来。

端起酒碗站到了简直身后：简主任，我们家的人都把你和我家依彪的关系当作同志加兄弟关系，来，我敬你一杯，祝来年好运。说完也是一大碗喝了下去。

简直惊讶地说：今晚这是怎么了啊，女同志要翻天啊，可别把我们三个老爷们儿撂翻了哦，我们只有招架之功没有还手之力了。

洪依彪说：这就叫天地大逆转呢，来，我先敬大娘一杯，祝你老人家健康长寿，活到九十九。

简直母亲端起一小杯酒站起来说：别活九十九岁了，那多遭罪啊，我活到八十岁就可以了，你们也少喝点，高兴就行。

简直母亲喝完酒后从羽绒服包里摸出几个红包来说：孩子们，在我眼里你们都是我的孩子，你们在一起这么亲热我好高兴。来，无论年龄大小一人一个，你们遇上不缺吃不缺穿的好时代了，祝你们长命百岁！

一桌人谁也没想到简直母亲会出这一招，大家先是将眼睛投向简直，见简直也一脸疑惑，又将目光投向简直母亲，谁也没有伸手去接。

简直母亲说：别嫌少，这是个祝福是个心劲呢，这都是我平常从简直简艾给的钱里省出来的。

简直伸手从母亲手里接过红包将里面的钱抽出来一数，五百元。简直带头将钱装进了自己贴身的衣服兜里。

其他人也很庄重地将简直母亲给的红包接过来装进了包里。

刘昊天端起酒碗什么也没说一仰脖子先带头喝了，其他人也喝了碗里的酒。

简直母亲说：你们要愿意听我的话，我就给你们说。男人要喝点酒，过年过节更应该喝点酒，累一年忙一年图个啥？图个团团圆圆。一家人在一起多好啊！前世修来的福分。我与简直的爸过一辈子吵了一辈子，等他爸走了没人跟我吵了，我才发现这个世界上最疼我的人没有了。所以孩子们啊，要好好过。我一个农村老太婆不会说话，但我明白道理，对孩子好、对亲戚朋友好、对自己老婆好，才是正理。来吧，我只能喝这一小杯，算我对你们的祝福吧！

这杯酒一下去，简直也端起一小杯酒走向董冉说：为我们一家人干杯！简明过来我们一起喝这杯酒！

洪依彪哈哈一笑说：大家别这么幸福好吧，老婆过来，我们喝个大交杯，女儿在中间。

刘昊天说：看来，我明天下午必须得去机场接我老婆了！

这场酒一喝下来，董冉和洪依彪的妻子都醉了。

回到山庄已经快十点。

洪依彪说：让她们先睡，我们再玩会儿斗地主。

## 192

早晨起床已经九点半，昨夜疯狂喝酒的弊病立即显现了。成年人除了简直母亲外，个个都称自己头痛，而孩子们却神清气爽。简单等几个人喝了点粥，又去泡澡做按摩。

简直的母亲直言一辈子也没有做过按摩没有搓过澡，洪依彪老婆和刘昊天都有些不相信，但简直也说是真的，农村没有这条件。

董冉说：那你们去按摩吧，这几天客人太多技师太少要排队，我陪妈去搓个背算了。简明说：那我不按摩了，我陪奶奶搓完背回房间上网。

这样，简直和刘昊天就被安排到了一个按摩房，洪依彪和他妻子就被安排到了走廊另一头的房间做按摩。

简直和刘昊天要了一个顶级泰式油压按摩。

刚进入按摩室时，女按摩技师将厚重的布帘子拉上，简直与刘昊天的空间便被一分为二了。女技师年龄不过二十二三岁，手法也还说得过去，开始时一脸严肃地命令简直躺下按后背，帘子那边的女技师也一脸严肃地命令刘昊天按后背。按摩师按完头部按完背部开始为背上推油时，语气就开始变得温柔可爱了，女技师说：大哥，这一个钟一会儿就完了，您再加一个钟吧？加一个钟我给您做细点。

简直说：就按一个钟吧，做完我们应该去吃中饭了，再说那得多少钱啊？

技师说：大哥，一看你俩就是当官的，到我们这来消费的哪在乎这两个小钱啊？再说，你们应该吃完饭没多久吧，你看你这颈椎你这腰也应该好好护理一下了！你们长期在办公室在电脑前工作，等您老了再护理就来不及了，一年到头不就这两天有时间放松吗？

女技师说这话时推油的位置已经到了敏感部位。

简直是男人是中年男人。

简直说：你问问旁边的大哥吧，他是领导我听他的。

为刘昊天按摩的女技师立即接过话说：只要您同意了，我们这位帅哥一定会同意的。那就这样了，两个钟吧！大过年的我们也不容易，做一个钟我们才提三十块钱。

刘昊天说：算了别啰嗦了，好好做吧！

一加钟，技师们的手法似乎更到位了，胆子也越来越大了，手指如游蛇般在身体的敏感部位游动。简直相信刘昊天也一样感到舒服惬意，但谁也不会说出来甚至哼哼一声，其实人在有了快感时，未必要喊出声来的。

下午从小汤山返城，大家仍然高高兴兴。

洪依彪宣布，春节收假前，请大家去天桥看一场俄罗斯国家芭蕾舞团演出的《天鹅湖》。简明欢呼：这一车人啊，就我洪叔有艺术细胞。洪叔真伟大。

董冉说：你已经疯了十几天了，回去后好好温习功课吧，眼看着就要高考了。

简明说：您老人家操心太多了，你以为我傻瓜啊，我们所处的是拼爹的时代，我爸芝麻大个官，能靠得住吗，没钱没权没势，我当然得考好学校了。放心吧！为了不听你唠叨，我一定考个好学校。

董冉正要发作呢，汽车一个急刹车撞到了树上，一辆摩托车飞到了路边的绿化带里。挡风玻璃如同珠子般撒了出去，孩子们的尖叫声让时空停止了。

坐在副驾驶位置上的简直感觉眼前一下子变成了红色。简直轻轻地晃了晃脑袋，还比较清醒，手脚也还能动弹，用手摸了一把脸，一手的血。

简直立即打开车门，洪依彪已经冲进绿化带找摩托车司机去了，刘昊天正在拨打报警电话。

所幸，一车人就简直划破了脸。所有的人都一脸惊恐地围着简直。简明说：爸，别着急，刘叔已经给999打电话叫急救了。

简直说：没事，就划破了一点皮。

简直母亲说：你坐着别动。难怪我一大早就右眼跳个不停呢！还好，人没大事就好！

董冉紧紧地将简直的手攥着说：咱没事啊，救护车马上就会来了！

见洪依彪从绿化带回来了，大家就急着问：那人有没有生命危险，需要送医院吗？

洪依彪怒骂道：那孙子没事，还冲我笑呢，狗日的酒喝多了，违章逆行穿过来撞我们的，要不是避让快，他命都没有了。我踹了狗日的两脚。

## 193

简直被送到医院缝了三针，做了简单的包扎就回家了，医生说没什么大事。

洪依彪给简直打电话说：你放心休息吧，车的事你不用担心，我让刘昊天给张好武说一下就是了，他不会不给面子的。

## 194

简直刚躺下，简来一家子简艾一家子就赶来了。

简直说：你们来做什么啊那么忙？屁大点事不值得兴师动众的。

简艾说：你还说没事呢，妈被你们吓得现在还没有缓过劲来，怪我们春节没去爸爸坟墓前烧纸，怪我们吃团圆饭时没给爸爸敬酒，说爸爸是在怪罪你呢，一车人都没事就你受伤了。

董冉接过话说：你们别说得那么吓人好不好，如果真是那样，爸爸也太不像话了太小心眼了，自己的亲儿子还那么计较。

简来说：嫂子你还别不相信，爸爸死一百天时，我们去给父亲上坟烧纸，父亲的坟上的草都很少，但在坟前正中间开了一朵白花，我们那儿的人从来没有见过这种花。

董冉说：那这事咋办呢？

简来媳妇说：咋办？晚上我们买点纸找个僻静地方烧了不就结了。对了，哥，我妹妹妹夫明天要从老家过来感谢你呢，给你们带了腊肉香肠和红心猕猴桃。

简直一听就急了：都是亲戚感什么谢啊？让他们好好工作就是对我最大的感谢了，上次我问东海来的人，夸你妹妹挺利索，嫁的小伙子也不错，让他们好好成家过日子就是了。

董冉说：来了住什么地方啊，我爸和小姨初六就回来了，让他们找个招待所住吧！

简来媳妇说：嫂子这你就不用操心了，我让简来去店里跟员工住，我和儿子睡沙发，对付几天就过去了。

董冉说：住我们没有意见，一定不要给别人的房子搞得一团糟啊，简直，我怎么越来越感觉这房子就是洪依彪自己的呢！

简直说：你一天净瞎猜，他有什么事一般都会告诉我的，房是从朋友那里借来的。不过你们真是要仔细些，把人家的家具、电器搞坏了，赔是小事，面子上总过不去的。这个世界上啊，最难相处的就是朋友了，必须很仔细呵护感情才能长久。

董冉说：我总感觉洪依彪身上的香水味与那房子里的完全一样，这次去九华山庄我更坚信了。在这方面女人是最敏感的。

简艾说：哥，那你好好养着，这几天服务员都陆续回家过年了，店里人手少，胡玉又要回家，新店没有人打理，你想吃什么打个电话过来，我让人做好你让司机去取。记住，千万别吃生姜，小心伤好后留个疤难看。

简艾和简来两家人刚一出门，简直立即将门反锁上，打开笔记本电脑上的QQ。

黄梦妮的一长串留言在等待简直回呢！

黄梦妮：我在这里晒黑了你不会不要我了吧，但我更健康了。

黄梦妮：吕布尼让我立即回去呢，可我报的是往返团队票。

黄梦妮：这里的华人很多，过年一样很热闹，但没有雪没有鞭炮声。

黄梦妮：我昨晚做了一个梦，梦见我俩在一起，你突然掉水里了。你可千万别把酒喝高了啊！

……

简直给黄梦妮发了一个抖动，对方没有应答。

简直就给黄梦妮留言：想你了，回来吧！

简直留言：你的梦太准了，我出了点车祸但无大碍，请放心。

简直留言：你不可以在那边出墙，你是我的我永远是你的。

简直留言：你回来提前告诉我，如果没开会我会去接你。

正写着留言刘昊天的电话就来了。

刘昊天说：简主任没事吧？晚上我们给你压惊，不让你喝酒也不劝你吃更不为难你。你弟妹很想见你呢，我桌子都订好了。

简直说：你就别为难我了，出我洋相啊？

刘昊天说：你来吧，我说一个人你一定愿意见面。

简直说：谁我也不能见啊！我得过个三天五天才能出门。

刘昊天说：叶婉来北京了，她说她跟你比较熟悉。

简直嘿嘿一笑说：我们也就是在一起吃过两次饭，她的小提琴拉得是真好，很有激情。可她这个人我是真的不了解，冷艳、神秘，我这样子就不见面了吧！董冉代表我去可以吧，简明跟同学聚会去了！

刘昊天说：那好吧，让董冉准时到，我媳妇还给简明带了礼品呢！你不来也行，改日为你压惊啊！

## 195

这一下午，洪依彪马不停蹄地跑了好几个地方，刚把修车的事安顿好，准备休息一会儿，刘昊天的电话又打过来了：老哥，我正在机场接我老婆，叶婉两小时后来北京，你去把她直接接到饭店来，我们一起吃晚饭。千万记住，到时你就介绍叶婉是苏总家亲戚。

洪依彪一看时间，立即又亲自驾车去机场接叶婉。

## 196

初七早晨，简直去医院将伤口上的药换了。照镜子时才发现，伤痕虽然不大，但伤口处还有点肿，还有一个明显的伤疤，医生建议再给简直贴点药，简直怕上班受影响，说啥也不让，就只做了简单的处理。

初八早晨一上班，张好武召集办公厅全体人员开会。会上传达了公司党组指示精神，用一个星期时间重点整治：松散风、告状风、奢侈风，元宵节后，总公司将派出七个工作组到分公司（各总厂）组织“学习党的创新理论，打造国际知名宏华”系列教育整顿活动。

虽然大家都发现了简直头上的伤疤，虽然大家也都向简直表达了关心，简直只一句话：不小心碰了一下，几天就好了。大家也就不再多问。

大家更关心陈颂华在宏华总公司党组会上讲话的内容。

张好武在办公厅主任会上传达了陈颂华讲话的主要内容：现在宏华总公司机关人浮于事，无事生非，传递小道消息、议论人事变动、写匿名信、上班迟到早退、花钱大手大脚、工作只求过得去不求过得硬，在打造宏华成为国际知名品牌上，只有牢骚怪话没有有效办法。要在宏华总公司实行细化考评末位淘汰制度，要把害群之马和无能之辈从宏华请出去，要为下一届宏华领导班子交一个人才多、品牌好、关系顺、家底厚的好队伍。

王副主任问：刚过完年，陈总为什么要来这一出啊？

张好武说：话是陈总讲的，决策是党组做出的。

王副主任问：会不会与春节前上级来考核干部有关呢？这不是一人生病大家吃药吗？我听说考核组收到了匿名信，陈总很不高兴。

张好武说：不应该知道的就别去猜测了，小心陈总知道了要骂娘，你就当这是新年度例行工作。

主任办公会结束后，张好武留下了简直。张好武压低声音说：节前上级来宏华考核的事，陈总很不满意，别以为这是对两个分公司领导的意见，实际上是对陈总的意见。因为这两家企业既是宏华的骨干龙头企业，两个总厂的老总也是陈总的得意门生。

简直犹豫了一下接话说：宏华这么大的企业，哪能让每人都满意啊，工作也总会有失误的地方，难道几封匿名信就能影响干部的提升吗？

张好武说：有一件事我先给你打个招呼，这次下分公司检查指导工作，陈总点名让你跟他去，对0802厂的群众意见要有调查、有结论、有办法。工作组的事结束后，陈总的意见是让你留在那里做一段党委副书记、常务副厂长，一是为你的任职履历表增加内容，二是便于掌握0802总厂的真实情况，时间一年。

简直被张好武打的招呼弄得目瞪口呆。

简直说：主任，您对我的工作不满意吗？我女儿今年高考呢！

张好武听完简直的话并不急于回答，而是站起来在屋子里走了两圈后才慢条斯理地说：你呀，这话出了门就别再说了，小心别人骂你祖宗八辈，说得俗一点，这叫既当婊子又要立牌坊，你这些年的努力不就是为了这一天的早些到来吗？说得俗一点，这叫得了便宜还要卖乖，陈总今年年底就要休息了，他把你和刘昊天分别安排到0801和0802去做副书记兼常务副厂长，虽然都是挂职，但气候一成熟，立即就给你们转正了，这是他在做退位前的政治安排呢！

经张好武这么一说。简直才真的悟过劲来，简直满脸通红地站起来说：主任我这人榆木脑袋你还不知道吗。您站得高看得远，我有今天，全是您在陈总面前夸奖我培育我，我没把工作做好还总给您添乱。我都不知道应该怎样报答您了，我也不知道刘昊天这次也要下去。

张好武说：好好干吧，我们自己人就别装疯卖傻了。简明学习成绩不错我知道，让她好好考，录取时我们会给有关学校的招生办打招呼，再说，你这是挂职又不是正式任职。你要给董冉做好工作，把道理讲明白，我想她会支持你的。

简直千恩万谢地从会议室出来，心里一片阳光灿烂。

简直给洪依彪办公室去了个电话，洪依彪不在。又给庄怡恬拨了电话，庄怡恬电话占线。

刚放下电话，黄梦妮的电话就来了：我下午四点半的飞机到北京。你能来接我吗？

简直说：实在不好意思，我今天上班第一天特别忙，方便了给你电话。

简直还想解释，黄梦妮的电话已经挂了。

简直的心再也静不下来，一切都是乱得理不出任何头绪。简直想去楼上的茶艺室静一下心，打电话竟然没有人接，也许节后还没有人上班。

电话铃响了，是苏锋打来的：你去江北也好，那边也许会单纯些，好好干啊兄弟。

简直说：谢谢您苏总，刘昊天去您那里你们知根知底也挺好的。有机会了我去看您，希望今后有机会了能在您手下工作。

## 197

洪依彪一上班就知道了简直和刘昊天去下面两个总厂任职的消息。

洪依彪将办公室的门狠狠地关上后，照准自己的脸就是一个耳光，自言自语地骂道：你自以为自己聪明，你自以为他们都是你的朋友，怎么样啊，别人升官了到最后一分钟也没有人告诉你，你傻逼乎乎的还蒙在鼓里呢，你被人卖了还替人数钱呢！

骂完自己，洪依彪如同一摊稀泥似的倒在了座椅上。

## 198

晚上加班到七点半，才把张好武交代的任务给完成了。简直正准备收拾东西回家，简艾来电话说：哥，你是真忘记了还是真忙啊？

简直说：又有什么事你说吧，我真的忙晕了。

简艾说：你真混蛋，你不会是撞车留下后遗症了吧，你不知道今天是妈的生日吗？我们都在等你呢！

简直狠劲一拍老袋说：对不起，简艾你骂得好，你通知你嫂子了吗？

简艾说：董叔洪大哥嫂子他们都到齐了，就差你了，你看看几点了？我用你给的卡给妈买了一套衣服放大堂了，你来了拿上来就当给妈的生日礼物。

简直说：我马上到，别啰嗦了。

一块加班的苟太平说：简主任，我们这几个兄弟也算是你的铁杆加班队伍。听说你有好事了，你既不给我们透个风也不请我们小撮一顿。

简直说：哪有什么好事啊，都是大家乱传的。这样吧，过两天我请你们吃涮羊肉，正月十五之前都算过年，我今天晚上家里确实有事，老娘在这里请理解。

简直说完头也不回地拎着包就出了门。

到了“湘哥川妹”，已经快晚上八点。

简直欣喜的是，为母亲过生日的房间被简艾布置得非常漂亮，母亲着一身大红对襟衣服喜气洋洋地坐在中间，董大晖和朱小和分别坐在两边。洪依彪、庄怡恬和简来、简艾一家也都在场，燕玲带着两个服务员在为宴席服务。

三杯酒下肚，简直开玩笑地对庄怡恬说：庄秘书，你这春节过的，既不打电话也不接电话，又玩失踪啊！这次机关整顿，你可别让陈总拿你开刀。

庄怡恬大笑一声说：简主任你可别吓唬我，我们既不当官也不贪钱，你都要高升的人了还管我们做什么？

庄怡恬的话让一桌子人都将表情和动作定了格，眼睛盯着简直。

洪依彪的表情一直很平和，淡淡地问：简直，这一桌没有外人，你准备什么时候才开新闻发布会啊！

简直正要回答，却被一个不速之客给打断了。

黄梦妮捧着一大捧玫瑰笑盈盈地走向简直的母亲：大娘，祝你生日快乐长命百岁！

说完佯装没有看见简直一样地责备简艾说：简总啊，这就是你的不对了，大娘过生日也不通知我一声。好在我这人有口福，一下飞机就吃上了寿宴，真是有福气。

简直心里非常高兴也很感激黄梦妮，感觉黄梦妮懂事做事得体。招呼燕玲说：愣着干什么啊，还不去给你们黄总加座位加碗筷？

黄梦妮淡淡地笑着说：我不请自来会不会不礼貌？我也不懂南方的规矩。

简直的母亲说：总听简艾提到你，你来是添喜添福呢！快坐。

黄梦妮端起酒杯走近简直母亲敬酒说：简直主任是个大孝子，嫂子和侄女也很优秀，我是真的想陪您吃饭过生日，可我母亲在家还没吃饭呢。

洪依彪说：黄总，你陪简主任一家多坐一会儿嘛，简主任很快就要到外地做封疆大吏了。简直见大家都盯着自己看，就做出一副无可奈何的表情说：我也不知道是真是假，我可能要到江北挂职一年。这事组织上没有正式给我谈，而且妈刚来北京，简明又要高考，我还在犹豫去不去呢。

董冉说：这么大的事你也不跟我商量，我是不是最后知道的人啊？

洪依彪说：我与简直交往近二十年，他做事一向深藏不露滴水不漏，他和刘昊天这些天一个字都没给我们透过！

简直说：大家别冤枉我，我也是今天早晨才知道的。

洪依彪说：不过，董冉你这次可别犯傻，机关多少人想去还没机会呢，有了这个任职经历，简主任今后当东海、江北总厂的“一把手”就板上钉钉了。

简明说：爸，你去吧，我支持你。你放心，我考试没问题。

庄怡恬说：你们想知道陈总为什么如此看重简直吗？

董冉脸上的表情和悦了许多，说：别瞎扯了，陈总也就看他老实会写点八股文罢了。

庄怡恬并不理会董冉，继续说：据说有一次陈总陪夫人去阜外医院看病，正巧简直也在那里陪他父亲治病。简直背着父亲做完肠镜回病房，父亲的大便失禁流在了简直后背上，父亲非常羞愧，身边的人也都躲开了，而简直却笑着安慰父亲说：爸，没事啊，我小时候不也把屎尿搞您身上过吗？您就当是提醒我的记忆好了。这一幕正巧让陈总和司机看见了，令陈总很感动。事后陈总多次说，简直这个人不仅脑子活点子多，而且很孝敬。陈总多次在公司的公众场合讲，对父母都不孝敬的人，对同事朋友的感情未必能真。

洪依彪感叹说：简直前些年不声不响地蛰伏，是你父亲在保佑你呢，你父亲走后，机遇一个接一个，挡都挡不住。

简直母亲也感动地说：我们家三个孩子都很孝顺很仁义呢，他老师也得了癌症，简直又是寄钱又是写信的，他老师一读信就哭。记得简直小时候去县城，看见一群人打一个小偷，那小偷被打得躺在地上奄奄一息了，简直哭着求大家说，别打了他太可怜了！哭得那叫伤心啊，那些打人的人还以为我们是一家子呢！等那些人走了，简直掏出怀里的一个馒头放在了小偷身边，他自己却饿了一天。

黄梦妮说：简主任，我得先走了我妈一个人在家呢，你确实是一个善良的人，希望我们合作愉快。离开北京之前打声招呼，我们给你饯行。

简直将黄梦妮送到门口，悄悄地对黄梦妮耳语说：这两天机关整顿，我抽空去看你。

黄梦妮深情地看了简直一眼说：我真想让你抱抱我，但这里不行。你额头上的伤好些了吗还疼吗?

简直说：没事了，你走吧，给我手机发信息。

简直送走黄梦妮回到餐桌，大家正在议论黄梦妮。

董冉说：这个女人好神秘啊，身上有一种奇怪的东西，如同一个气场。

简明说：她好有气质的，香水味与众不同。

## 199

洪依彪一连几天都很低调，白天参加总公司学习整顿，晚上下班就回家，小姨子的电话也不接了，这种非同寻常的生活方式令妻子非常不解。

## 200

过完春节，人们疲惫了，懒散了。天是阴的，地是黄的，空气里的尘埃散发出刺鼻的气息。走在街上的人再也没有了春节前的趾高气扬，一切都显得松散无序。

而宏华总公司小礼堂里的气氛却完全与外面不同。

教育整顿总结大会会场里，陈颂华正在历数宏华这家百年央企的弊病：教育整顿究竟对我们的灵魂有多大的触动？我们的工作姿态、我们的政治素养是否得到提升？在座的大部分是共产党员，是宏华总公司政策法规的制定者和执行者。与一线的工人、知识分子相比，我们做得怎么样？一些共产党人政治上不够成熟，对党的创新理论学而不精学而不深。思想上不够成熟，不是把主要精力放在做好工作上，而是盯着位置干工作，有了位置盼提升，没有位置人盯人，听说别人要提拔了就莫须有地告黑状。行为上不够检点，你们在座的人有几个没有接受过下属单位的礼物？有多少人没有接受过公款宴请？有多少人没有私开发票公款报销？有多少人在谈协议签合同时没收过好处费？还有一些人虽然没有这些毛病，但不求进取，上班讲黄段子，网上聊天，涉足不健康场所？

陈颂华的讲话在小礼堂发出振聋发聩的回响。

会议结束后，陈颂华正式找简直谈了话。

要求简直到0802总厂工作后：尽快进入情况，低调行事，扎实做事、谨慎用权，用较短时间熟悉研发、生产、销售、服务每一个环节，用实际行动报答党组织的培养。切记，你如果想离自己的人生目标近一点，就离权色远一点。你的出身是草根，你背后没有任何背景，出了问题不会有人替你扛。

陈颂华的谈话很短，语气很生硬很冷，但却温暖了简直，这些话让简直的眼泪涌到了眼角。

简直将必须带走的东西收拾到一个纸箱子里，把冯秘书和司机小卢叫到办公室。把一大盒礼品茶送给小冯，把两条烟送给了司机小卢。简直告诉冯秘书说：我这次出去是挂职锻炼，办公室的东西我只简单收拾一下，这些花草就拜托你了，这两天我在家收拾行李，有事你们给我打电话。

简直到总公司党组每个常委办公室都去坐了几分钟，一是告别二是请求领导提希望。

从办公大楼出来，简直转身深情地看了看这栋工作生活了二十多年的建筑，自己最美好的青春都在这里面成为了过去。

司机小卢说：主任，你很不舍得这里吧？要不是老婆孩子在北京，我也跟你去江北了。

简直笑笑并不说话。

小卢见简主任将头靠在座椅上休息，就打开了车载收音机。一条正在播出的消息吸引了简直。消息说：农民工林守和用打工挣来的钱做慈善，一次性向北京市儿童福利院捐款百万元。

小卢笑着说：这世界真的是让人搞不懂了，前几天林守和又带着他的小老婆回来请我们管理处的人吃饭，还给每人送了一条烟呢！主任，林守和酒后骂他妹夫不是个好东西，说你是个好人。

简直仍然不接话。简直的脑子里面全是陈颂华谈话的内容。

小卢还要讲什么，黄梦妮的电话打过来了。黄梦妮说：晚上吕布尼和我为你送行，我们想请田总、庄秘书、洪总作陪，吕布尼让我问问你，张主任参加是否合适?

简直犹豫一阵后说：无所谓啊，谁参加都行，最好你们别忙活了，又不是什么大不了的事又不是走多远。

黄梦妮说：那就别让他来了，你下午能早一小时过来吗？嗯，你方便的话。

简直说：我下午收拾完东西再说吧，我想应该可以。你把时间地点发我手机上就是了。

## 201

洪依彪埋头看着桌上的一大堆报表，脑子里却全是乱的，一个财会人员进来汇报工作，也被洪依彪莫名其妙地骂了一顿。

财会人员刚一出门洪依彪才醒悟过来，感觉自己有些失态了迟疑一会儿，又打电话把这个财会人员叫回来找了个理由赔礼道歉。

## 202

简直赶到黄梦妮的住所时，黄梦妮穿一件碎花连衣裙正在浇花。

见简直进来，黄梦妮立即将喷壶交给保姆，一脸欣喜地对简直说：走，我有件东西要给你看。

简直随黄梦妮到了别墅二楼的房间。

简直用脚后跟将门掩上，一把把黄梦妮揽进了怀里，舌头如同毒蛇的芯子一样挥舞着进入了黄梦妮的嘴里，搅动着吸吮着，汁液如甘泉般混合在一起。

简直说：梦妮，我现在就要你，你给我好吗?

黄梦妮从简直怀里挣脱出来，理了理散乱头发，喘息着说：简直，我不可以这样，我这样是不人道的，我两次见过你的夫人，她那么有气质那么温顺，你明天晚上就要走了，你应该给予她才对。

简直听黄梦妮这样说，心里更感激更喜爱眼前这个女人了。简直重新将黄梦妮强行揽进怀里，一边漫无边际无目的地在黄梦妮的耳根、鼻子、眼睛上亲吻，一边断断续续地说：不，梦妮，我就要你，我现在就要你。

黄梦妮在简直的强大攻势下，倒在了宽大的红木床上。

黄梦妮很温柔很娇情地说：你躺着别动，让我侍候你。

黄梦妮用舌头细细地游走在简直身体的各个部位。

简直说：我要死了，你让我来吧！

简直大汗淋漓地完成了一次壮美的冲锋。黄梦妮一边穿衣服一边自责说：简直，但愿我们这是最后一次了，我一边仇恨女人勾引别人的男人，一边又在勾引别人的男人，我这是原罪，我在做对不起你夫人和女儿的事，你这次出去，我们就不要见面了，永远不再见面了。

简直将黄梦妮的身体扳过来注视着说：一切与你无关，记住我说的话，你是我的我也是你的，无论身体还是灵魂。

黄梦妮哭了，躺在简直怀里。

简直从包里取出一个钻戒来戴在黄梦妮手上：我买了一对，一件在你手上，一件在我身上，虽然这东西没有你身上的任何一件珠宝值钱，但它是我们真爱的见证。

黄梦妮问：你今天为什么不穿我给你买的西装来见我，我想看见你穿上那件衣服的样子！

简直说：我一直保存着这套衣服，有重要活动时一定穿。

黄梦妮从床上跳起来，光着屁股冲向壁橱取出一个盒子递给简直：戴上它，每天都可以想起我。瑞士原产表，漂亮吧？

简直看了看精致的手表后很沮丧地说：是很好看，但我不能戴，因为它太名贵，我戴上它别人会嫉恨我，我也不能再收你的东西，我欠你太多了。

黄梦妮听简直这么一说，也很泄气地说：唉，你们央企这些人就是麻烦，前怕狼后怕虎的。你这个人啊，还把你我分得那么清楚，你不说你是我的我是你的吗？虚伪。

简直说：那好，我收下了。虽然我暂时不能戴在手上，但我会经常拿出来看看，它是我们永远相爱的见证。

黄梦妮说：别说永远了，我不会相信永远。我先生追我时每天都永远，但现在永远越来越遥远了。你先睡一会儿吧，晚上少不了他们会跟你喝酒。我去冲个澡。

黄梦妮去冲澡了。

简直试图睡一会儿，但怎么也睡不着。冲动过后，简直的心里变得空洞起来，脑子里面全是陈颂华谈话的内容、董大晖的眼神。他索性坐起来喝了一口放在床头柜上的咖啡，脑子更麻乱了。黄梦妮，这个谜一样的女人，这个如同罂粟花一样的女人，皮肤滑嫩如脂，眼睛顾盼生辉。在北京有钱有别墅，出手大方阔绰，过着贵族般的生活，她完全可以拥有她可以要的一切包括年轻帅气的男人，她为什么会倒贴钱投入到简直的怀抱呢？每当简直与黄梦妮过完床上的生活后，这个谜一样的话题就会不自觉地跳出来折磨简直，令简直无所适从痛苦不已。简直多次想逃离这种幸福和诱惑，但每次下决心都徒劳无益。黄梦妮能给予的，董冉那里没有，庄怡恬那里可以得到，简直却不敢接受。这是一种多么残酷的折磨啊！

黄梦妮一边往身上喷香水一边说：简直，你后悔了吗？你的眼睛显得六神无主。

简直慌乱地说：我怎么会后悔呢，我只是累了。

黄梦妮说：那你一定是在怀疑我为什么对你这么好了，我直接告诉你吧，你长得很像我老公，但你比他有内涵有男人味更沉着，他与你不一样，他是“妇女主任”，哪里有美女，哪里就能见到他的身影，他巧舌如簧，幽默风趣。说实话，如果不是我一再发现他出墙的证据，我宁愿生活在谎言里也不会背叛他。

黄梦妮抬腕看一眼手表，已经五点了，就催促说：咱走吧，再晚就要堵车了。

简直穿好衣服正准备出发，眼睛一抬却有了一个惊人的发现，在黄梦妮家墙上不显眼的地方，竟然挂着一张吕布尼、黄梦妮、张好武、田总、洪依彪等人在海滩的合影。

黄梦妮发现简直在关注墙上的照片，就解释说：不瞒你说，这是我们三年前在北戴河拍的，奇怪吗？

简直嘿嘿一笑说：有点。

黄梦妮说：没有什么奇怪的，在你们宏华公司的中层以上干部中，你认识我们最晚，我们公司与你们一直有引进和销售业务。

简直问：你不是开商务酒店吗？我早就觉得你和吕布尼与我们公司的关系不一般了。

黄梦妮说："豪门夜宴"只是我们公司业务的一小部分，也是我们为了谈业务盘下来的场所之一。有些涉及高新技术产业的业务，你们公司出面谈不了，西方一些公司知道你们的背景不愿与你们做，我们公司扮演的是你们与国外公司的红娘角色，所以宏华的很多人跟我们很熟，你不会认为我跟谁有特殊关系吧？

## 203

下午下班前，财务部"一号"把洪依彪叫到办公室，通知洪依彪说：总公司党组决定，让你到行政学院学习两个月时间，希望你珍惜这次机会，好好充实一下自己的理论知识。

洪依彪从财务部"一号"办公室刚出来，刘昊天的电话就来了，刘昊天告诉洪依彪，是陈颂华亲自点名给洪依彪的机会。

洪依彪心想，这是陈颂华在安慰自己啊！

## 204

简直回家已经是晚上九点四十分。

吕布尼原准备安排简直他们再做个SPA，但简直坚持不做，简直强调说：过了元宵节就要走，还没有与简明董冉认真聊聊家务呢，母亲一个人在这里，我也没好好陪陪她，情理上说不过去。大家觉得简直说的在情理之中，也就没有挽留。

董大晖、朱小和和董冉都还没有睡，简明在自己房间里温习功课。

简直一脸歉意地对大家说：真对不起，官方有应酬推不掉，他们坚持要为我送行。

董冉说：简直，你的事业我历来都是无条件支持。爸爸也给我谈了，让我别拉你的后腿。今后这样的事情你应该先给我商量一下，知道吗，前天我去医院了，我可能要做个小手术，你看吧，这是医院开的会诊结果。

简直接过董冉手上的会诊单一看，才知道董冉子宫长了肌瘤。简直神情有些紧张地问朱小和：小姨，你在医院工作多年你懂，手术复杂吗？

朱小和说：我陪董冉去检查的。无论手术大小，毕竟是手术，而且是妇科手术，你不在身边恐怕不行。

简直又问董冉：准备什么时候做手术？这是什么时候的事啊，你也不早点告诉我，很疼吗？

董冉说：准备一个星期后。你走吧，不是什么大手术，我让小姨陪我就是了。

简直说：你尽可能往后推几天，我到那边报到后就回来陪你。你先洗洗睡吧，我去给简明说几句话就过来陪你。

简直敲开简明的房门，简明正在一边喝奶一边温课。简明说：你先坐一会儿，我把这道题做完有话给你讲。简直就看着女儿简明温习功课。柔和的灯光下，桌上的座钟发出“嘀嘀”有节奏的声音，女儿很专注很投入，这与二十多年前的简直的生活是多么相似啊，不同的是，那时的简直是坐在煤油灯下。

简明说：爸，这几天你回来都晚，我妈哭好几次了，她的病你知道了吗？她的脾气越来越坏越来越怪，你要多关心她一点。

简直抚摸着简明的头发说：我很失职，我是刚知道她有病的。可我后天必须去外地上任，这对我对这个家庭都很重要，二十多年了，我一直在盼着这一天的到来。但你放心，我会好好的爱你妈妈的。

简明说：爸你知道吗？我妈有几次都从你的身上发现了别人的香水味和长发，但我妈什么也没说，她把一切都窝在心里。她这种病是不能忧郁的更不能生气。你告诉我实话，你外面是不是有人了，我是你亲闺女，你放心，我不会告诉我妈的。

简直注视着简明，对简明的问题既不承认也不否认。说实话，简直一直教育女儿不能撒谎，而自己面对女儿清澈透亮的眼睛却慌乱了，他不知道承认和否认给女儿以及这个家会带来什么后果。

简明问：是黄阿姨还是庄怡恬？

简直问：你为什么要怀疑是她们呢？

简明说：十七八岁的女孩子对男人的眼睛是最敏感的，你看我妈和我时是淡定而沉稳自信的，你看她们时是热烈而又躲闪的眼神。特别是你与黄阿姨之间，虽然在我们面前交流不多，但你们发出的信息很强烈。

简直仍然不回答简明的问题。

简明说：爸，如果是真的没有关系，现在社会上你这个年龄的男人都这样，这种事情该结束时就得结束，就当喝了一杯咖啡。但一定不要伤及妈妈，她挺可怜的，她没有朋友没有爱好，她的一切都在我们身上，特别是她这个病，一旦子宫切除，她的精神世界就垮了。

简直说：你像个大人一样，你一点也不“愤青”一点也不像小孩子，简明，我向你保证，我会处理好这件事情的。但你也要向我保证，要处理好与魏楚于的关系，要争取考个好学校。

简明将手指伸出来，简直也将手指伸出来与简明拉了钩，简明说：简直你就放心吧，我这人认准了不轻易见异思迁。如果你这次不听我的劝告，我的今后就如同毛泽东在陕北见到了江青，克林顿遭遇了莱温斯基、叶塞琳幽会邓肯，杨贵妃在有了李隆后还倾心李青莲，项羽临死也要耗上虞姬。

简直说：你哪儿学来的这些乱七八糟的啊，你这脑子也太复杂了！小心我把你揍成大饼。早些睡吧，明晚我在家给你们做饭吃。

简直的精神世界被女儿的几句话弄得不堪一击。简直在洗漱间发了一阵呆，才回到床上轻轻地躺下，将董冉的脑袋移过来放在自己的肩胛上。董冉的身体有些哆嗦，眼泪冰冷地滴到了简直的肋骨上。董冉说：简直，我好害怕，如果我走了，你要对我父亲和简明好些。

简直抱紧了董冉说：你真傻瓜，肌瘤又不是什么了不起的病，切掉就是了又不影响生活。

董冉说：我问过小姨了，切掉后会影响夫妻生活。会不会是恶性的啊？我真的很怕，我每天都做噩梦，梦见我要死了你也不要我了在外面找了别的女人。

简直说：傻瓜，别乱想了，一个小手术。我报到后先陪陈总几天，就请假回来陪你做手术，你别紧张，我们一家人都很爱你。你睡吧，等你睡着了我再睡。

董冉说：如果我做完手术后再也不能陪你过夫妻生活了，你就去外面找一个我不反对，但你不能跟我离婚。

简直笑笑说：放心吧，要死也是我先死。我们还要让简明和女婿给我们办金婚庆典呢！

董冉竟然很快就睡着了，眼泪却还一直地流。

简直却睡不着了，又是一个折磨人的夜晚。

## 205

小姨子从唐山回来后，与洪依彪在街上大吵了一架。原因是因为洪依彪将房子借给简直后，小姨子没有了与洪依彪单独见面的地方。

## 206

元宵节晚上，简艾计划请两家人一块到“湘哥川妹”聚餐，简直没有同意。简直又推掉了单位的送行宴，把母亲接到家里吃了一顿饭。

菜是简直陪着朱小和去超市亲自采购亲自下厨做的。

简明放学一回家，菜就上了桌。

四个凉菜。热菜有：当归煲猪手、干焖大虾、红烧茄子、响油鳝丝、蚝油生菜、麻辣鱼块、烤生蚝、煎小牛肉。显得非常丰盛，简明见简直扎着围裙，看一眼桌上的菜，欢呼说：简厂长简总太伟大了，我已经几年没吃过你做的菜了，过来，让亲闺女奖励你一次，亲一个。

简直就把脸伸过去，让简明亲了一下。

简直母亲一脸幸福地说：多大了啊，还给爸爸打闹亲热，也不知道害羞，快去洗手吃饭。

简明说：奶奶，你是老古董，你不懂。女儿是爸爸前世的小情人，我和简直是哥们儿你知道吗?

气氛被简直爷儿俩一搅，屋子里立即显得热烈活跃起来。

简直妈妈说：我十八岁就嫁给你爷爷了，那时候简直的爷爷婆婆还在，看我什么都不顺眼，找借口都要骂我。

简明说：奶奶，你那是早婚早孕，犯法。

董大晖说：那时候农村十七八岁结婚正常，我在云南打仗时，那些少数民族姑娘十五六岁就结婚了，那里的人早熟。哪像北京现在的女孩子，啃老族、蚁族、闪婚族、单身贵族，一家伙给国家增加了那么多民族，这些人啊，今后老了怎么办？搞不好就是国家的负担。

简直端起一杯酒敬朱小和说：小姨，这一段时间辛苦您了，又要忙着给简艾店里做账，又要忙家务，还要替我照顾董冉，我谢谢您了。

朱小和说：你又把我当外人，我现在才体会到，老年人只要有事做才是最快乐的。你放心去做你的事吧，家里有我呢！

这时候家里的电话铃声又响了，是刘昊天打来的。刘昊天说：0802厂几位共产党员又联名给国资委写信了，陈总对这两封信很重视，明天的工作组里增加了两位纪检组的同志。主要反映企业在盘活国有资产时，侵吞国家财产，在处理这件事情的过程中，可能有些同志对反映情况的人采取了过激手段。让你明天上午到单位来一趟，把国资委的意见和反映情况的信熟悉一下。

这天晚上，董冉洗完澡躺在床上说：你想要吗？如果要就来吧，不然要等好几个月才可以呢！

简直回应说：嗯，我小心些可以吗？如果你疼就算了。

董冉说：来吧，没事。

一切结束了，两人都没有找到激情。董冉说：对不起，不知道手术后会是什么样子。

简直说：以后会好的，我们的心思太重了，睡吧！

这天晚上董冉一直将头枕在简直的肩胛上。

## 207

洪依彪把工作简单地交代一下，就去到行政学院报到去了，临行时没有跟简直和庄怡恬打招呼。

## 208

0802厂给简直安排的办公室在总厂办公楼八层。

简直站在窗口眺望窗外的世界。东湖被罩在烟雨中，一个个披着红绿雨衣和撑着各色雨伞的人们在岸上晃动穿梭，诗意了的东湖一点也不比西湖逊色。但简直一点兴奋的情绪也没有，他一下子对新的环境新的生活没有了冲动对事业也没有了冲动，他甚至怀疑自己是不是阳萎了。

江北的初春一点也不可爱，阴冷潮湿，春雨不歇。

城市建设无规划无秩序，阳台上晒着腊肉鱼干，窗外晾着衣裤被子，更让人感觉心烦意乱。女人的张扬与男人的唯唯诺诺，夏天街上行走的男人女人们随意地穿着拖鞋短裤，这座城市四处都可以见到冒着烟雾的煤炉，本应该充满朝气的大都市变得懒散、市侩。

宏华集团公司旗下的0802总厂是一家拥有百分之九十自主知识产权的高科技半军半民企业。生产的武器不仅在国内拥有绝对市场，在西方人的眼里，也是重点监视对象。要想进入0802总厂的设计、生产车间，没有多重身份识别检查，鸟儿也难飞入。

啰哩啰嗦半天，一切都与简直下一步的工作不无关系。

陈颂华带着工作组听完0802厂党委的工作汇报后，与书记郑汉邦和厂长分别谈了话，气氛很凝重，谈什么内容无人知晓，现在官场上的事讲究个嘴严，嘴上的拉链没缝结实，你就别在官场上混，否则牙掉了你都无处找。临走前，陈颂华又带着工作组的一行人去看望了反映问题遭到报复的同志并当面道了歉。联名反映情况的两位同志声泪俱下地说：我们以党性人格担保，我们反映的情况是真实的，如果有假我们愿意去坐牢。但他们无端关押我们的事，我们保留向司法机关申诉的权利。适当时候，我们将找记者反映情况。

陈颂华说：你们如果信得过我陈颂华，就等我的消息，我一定会给你们一个满意的答复。共产党的天下绝不允许任何人为所欲为，知法犯法。

联名写信的人说：行，陈总我们听你的。我俩都是共产党员，我们几代人都为这个厂流过血和汗。这家厂子经历了北洋政府、国民党政府，解放后又到了我们手上，现在能造很多高精尖武器了，我们的国家因为军队用上我们造的武器变得腰杆直了，我们有多么自豪。

陈颂华听完两位写信上访的同志的讲话，转身对陪同的人说：应该让他们给全体党员干部上上党课。

一直站在陈颂华身后的郑汉邦书记一直保持沉默。0802厂的书记郑汉邦是从北京空降下来的。郑汉邦向陈颂华汇报说：0802的情况比较复杂，解决问题需要稳妥可靠一步一步的来，他们反映的情况基本属实，我们已经开过常委会，两名报复举报人的人已经被停职。请您放心，这件事我们一定要给总公司党组和国务院有关部门一个实实在在的答复。

在与0802厂的厂长、党委书记谈完话后的第三天，陈颂华就带着党委书记郑汉邦离开了江北，他们要赶回北京参加会议。在天河机场陈总对简直说：秘书已经给我讲了，你家属要做手术的事，工作组走后你回去陪几天，不是大手术就别待久了。记住，要少说多学多看多做。告状信的事，你要多上心，我想知道真实情况。

陈颂华的信任给简直的思想增加了更大的压力。

陈颂华离开江北的当天下午，分管对外合作的田总就对简直说：工作组没撤走之前，你还是总公司的人，配合纪检组做好相关工作，汇报材料的事你得替我把关，这种事儿我不在行。

简直以调侃的口气说：田总您老人家就滑头吧，完成不好任务陈总打您的屁股，天高地远的我这屁股也没有二两肉，打起来一点也不刺激。

简直嘴上说得轻松，心里不免着急。回到办公室重新翻看一遍举报信，心里仍然没底，就去敲了厂长胡益民的门。

0802总厂的厂长胡益民对外又叫宏华总公司江北公司总经理，是一个典型的科技型干部，曾经留学英美。在研究某型武器变轨控制方面是专家，但此人除工作外很少言语，有人专门观察过，陈颂华不问他问题，他几乎没有主动说过话。他惟一的爱好就是收藏石头。胡益民一见简直就说：你的文章写得好，逻辑很缜密，可惜了，你当初该学工科，你学文科纯粹是浪费。

简直觉得这人挺有意思的，就主动说：您其实可以有更多乐趣，比如说打牌喝酒唱歌健身，别太累了一定要劳逸结合。

胡益民说：等工作组走了，我请你喝酒唱歌，但只能我们两人参加，只能我们自己花钱，只能到我定的地方去。

简直欣喜若狂。

简直说：我老婆要做一个手术，我回来办的第一件事就是陪你喝酒唱歌，你放心吧！但钱得我来出，哪能让您出钱呢！

胡益民问简直的老婆做什么工作的得了什么病。简直一一做了回答。

胡益民说：这事你放心就是了，我同学是北大医院的院长，我一会儿给他个电话就搞定了。至于请客嘛，你别乱了我的规矩，我的年薪比你高好几倍，我一家怎么花也花不完。告诉你一个秘密，我有一笔几百万元的发明专利费，我老婆根本不知道。

简直更加开心了，他感觉自己到0802厂的第一扇窗口不经意就打开了，在宏华人心目中不苟言笑的胡厂长胡院长竟然与自己成为了知己，这难道不是天大的喜事吗？

胡益民讲的话简直很相信，据总公司机关的人讲，胡益民不轻易请客也不轻易吃请，既不犯上也不犯下。还有两个特点全厂上下众人皆知，一是怕老婆二是经常不穿袜子。简直正研究胡益民的特点陶醉在自己设计的快乐中呢，胡益民看看墙上的钟表下逐客令了：好了，你忙去吧，我们算认识了，我要工作了！

简直被非常礼貌地请出了厂长胡益民办公室。

事后厂办秘书说：厂长给简直的礼遇已经超过了以前的任何人，

郑汉邦书记从来没在他办公室待过三分钟，他们谈工作都在会议室。

但一回到办公室，简直又回到了孤独空虚。桌子上除了报纸外什么也没有，茶叶盒签字笔静静地卧在那里，没有人请示工作没有人汇报工作，他甚至不知道应该给谁打电话。

接下来的一下午，简直分别给董冉、简明、简艾、庄恰恬打电话聊天，但却不知道聊什么内容。给苏锋打电话苏锋没接，但他惟独没有给黄梦妮通电话，他不知道打通电话后讲什么怎么讲，自从得知董冉生病的消息后，简直对黄梦妮是既想又怕。苏锋曾经说过，成功的官场中人如果找红颜知己，得手前就要先想好如何分手才是高手。

陈颂华上午刚走，田总就带着几个人去了分厂。

临行前田总再一次提醒简直：我们去检查一下09批出口产品的进展情况，你现在是双重身份，你陪纪检组的同志调查举报信的事，报告全靠你们三位了。田总是工作组副组长，田总不愿沾0802厂的麻烦事，田总将耳朵附在简直耳朵上说：郑书记是空降干部，办事的轻重你自己掌握，小心他哪天回总公司做了党组书记。说完一笑就脚底擦油开溜了。

## 209

在行政学院学习其实很轻松，半天听课半天自学。

洪依彪的大部分时间都在与新认识的同学们打扑克喝酒。

洪依彪刻意不回单位去，除双休日外也不轻易回家。

一天中午，小姨子突然打电话来质问：你是不是有意躲我啊？我们很久都没见面了。

洪依彪想了想说：你晚上到万柳来吃饭吧，这里一条街尽是好吃的，我陪你去“和顺小镇”吃云南菜。

小姨子一听很兴奋，说：好哇，吃完呢？

洪依彪说：吃完再说吧，我们是一人一间宿舍。

小姨子笑骂洪依彪一句“坏蛋”就挂了电话。

# 210

按照与纪检组的人商定的方案，工作组召开了干部、职工、专家和离退休人员参加的三个座谈会。一个过程下来，基本没谈到任何有价值的问题，座谈会成了歌颂厂长书记的演讲会。

简直晚上回到家打开房门，门缝里露出两封信来。

打开其中一封信一看，只有一句话：别蹚浑水了，你的能量太小没用，给陈颂华一个交代就可以了。

另一封信较长，但内容很实在，三个问题请你重视：一、一分厂的厂房出租五十年，实际上是土地一起出卖了，比市场价低百分之六十，承租人是你们总公司介绍来的。二、二分厂以车改为名为中层干部配发标致370，厂领导配发奥迪，这实际上是私分国有资产。三、厂长是不粘锅，书记是万金油，全厂上下都知道，总公司知道吗？

简直认真琢磨了一阵，准备将信复印后寄给陈颂华，一对比，两封信都是打印的，说明这两封信绝对不会只给了自己，索性将信塞进抽屉，拿起电话给苏锋打了过去。

苏锋听完简直的电话，沉吟半天说：你就不应该给我打这个电话，你现在与过去的身份不一样了，记住我的话，一切都不要讲，让它记在脑子里烂在肚子里。

简直仍然有些锲而不舍地说：你是我最信任的人也是我最尊重的人之一，这事我怎么给陈总交代你得出主意啊！

苏锋说：你这家伙满脑子鬼主意还找我开玩笑，要我说啊，你就死等郑书记从北京回来，他有的是办法。你相信我，这个世界上最好的经验就是装傻。

简直与苏锋通完电话，脑子里轻松了许多。心里却仍然空洞洞的，做什么不知道，给谁聊天不知道，他索性打开电脑，一条新闻立即吸引了简直的视觉：著名旅英小提琴演奏家叶婉全国二十城市巡演在江城江北拉开序幕。再往下看，新闻中的照片真的就是简直所认识的叶婉。

简直拿起手机给苏锋拨过去，苏锋的手机在通话中，再拨，竟然关机了。

简直有些无奈地坐在椅子上愣了一会儿神。简直对文艺没有多少兴趣，对音乐会更找不到感觉。但出于对叶婉神秘生活的好奇，简直按照网上的订票电话咨询了一下，竟然还有票，票价并不贵就二百元一张，简直当即在网上订了两张。

晚上，简直没有陪总公司工作组吃饭，早早地约了已经在0802厂实习的师妹——尚德的女儿尚小川去看叶婉的演奏会。尚小川个头不高只有一米六左右，不漂亮但很耐看，嘴角上长了一颗痣，眉清目秀的，是那种让人一看就喜欢的女孩子。简直与尚小川在一家“鄂西土菜馆”吃的饭，点了三个菜两碗米饭。

尚小川眉飞色舞地说：我做梦都没有想到我这一辈子能给你在一个单位上班，来吧，以水代酒，感谢你为我找了这份好工作。

简直与尚小川碰了碰杯但并不说话，而是专注地盯着尚小川看，企图从尚小川的脸上找到一点老师尚德的影子。

尚小川说：哥，你不认识我啊，这样看人不礼貌。

简直伸手抚摸一下尚小川的头说：你误会了，你小时候一点也不漂亮，冬天经常挂着鼻涕。

尚小川听简直这样一说脸立即就红了：现在也没有人夸我漂亮啊！本小姐只是个平常人，能嫁个好人就行了。刚才来的路上我给我爸通电话，他知道你来江北工作了高兴得不行，还让你给我找个男朋友带回去给他看看呢！

简直问：你爸最近怎么样了啊？我很久没跟他联系了。

尚小川说：还能怎么样，癌症不就是等死吗？等我毕业了工作单位定下来了我就回去陪他一段时间，也不知道他能不能撑那么久，我租也得租个男朋友让爸爸高兴一下。

简直说：我爸也是死于癌症，一种生不如死的病。算了不说他了，尚老师放化疗有什么困难你告诉我我尽力帮助。至于你工作的事你放心，就留在0802厂吧，收入也还可以！

尚小川说：演奏会时间快到了，小提琴我可是一窍不通的，别听睡着了丢人。

简直说：是我一个朋友的演奏会，她很漂亮，她的音乐会让很多人想到毒品和美女，不过我与她只是认识交情不深，只是去捧捧场而已。

尚小川说：你还有这方面的朋友啊！你真够酷的，那我们应该买束花送去才对。

简直按照尚小川的意思真的就去买了一束鲜花。

但当他俩真的进入到音乐厅时，简直愣住了。

简直发现苏锋、田总都坐在第三排的显著位置上正在热烈地交谈。简直犹豫了一阵后，顺手将手上的花送给了一位老太太，拉了拉尚小川的手说：我突然有些头痛不想看了，咱们回去吧！

尚小川盯着简直莫名其妙地看了足足有三十秒钟，无可奈何地说：哥，你变了，变得我都不认识了！你一定是在厅里见到了你不想看见的人。

简直说：小川，你还小你不懂。哎，来的路上我发现一家埃及餐馆，我请你好好撮一顿，埃及沙胶、牛肉皮塔饼、蒜蓉皮塔饼、烤鳕鱼很好吃，我请你暴撮一顿！

尚小川挂着简直的胳膊撒娇说：你想把我养成小胖猪啊，小心我嫁不出去赖上你。

简直说：今后公众场合别没大没小，我是你们的党委副书记兼副厂长。当然啰，如果我们生活在阿拉伯世界，我可以考虑娶你。

尚小川说：你就臭美吧，我崇尚夫妻AA制、不要孩子、独立休假、单独社交、不干涉私生活、有隐蔽情人。小心点，也许有一天我会让你不认识我。

简直嘴上在与尚小川交流，心里却在想着叶婉的演奏会。简直拿出手机给苏锋发了一条信息：领导，你在忙什么呢？不一会儿，苏锋的信息回来了：忙于公务，苦累不堪，欢迎来东海玩。

简直迷糊了，难道这个世界上真的能复制出田总和苏锋来？田总、苏锋与叶婉究竟是什么关系？叶婉究竟是一个什么样的人？

## 211

和顺小镇的云南菜做得很有特色，吃惯了川菜湘菜广东菜，偶尔吃一次云南菜，还挺有意思的。

但洪依彪做梦也没有想到，饭刚吃到一半，妻子竟然和她的同事出现在了院子里。

面朝门口的洪依彪说：坏了，你姐怎么会来这里啊？

小姨子说：你个坏蛋，就吓唬我吧，她怎么会来这里？

洪依彪的脸色已经明显不正常了。

一只手放在了洪依彪的肩上：依彪，你这学习够浪漫的，有时间陪小姑娘吃情侣餐没时间回家啊？

洪依彪说：你说什么呢？小慧正好来这里办事，赶上饭点了，我们就凑合吃一口。小慧是小姨子的小名。

妻子说：哦，是小慧啊，那真是太巧了，你们吃吧，我们一个同事在这里过生日，我就不打扰你们了。

妻子的背影消失了，把洪依彪和小姨子尴尬地晾在了座位上。

## 212

董冉的手术做得很顺，多亏了胡厂长介绍的专家。

手术后的第七天，简直对董冉说：我刚到一个新的单位，在家待久了影响不好。董冉此时的心情似乎好多了，宽慰简直说：你去忙吧，家里有这么多人照顾我呢！

简直在北京只待了十天就回了江北。

很多民族很多人在历史上以及生活中都做过很多傻事，如缠足和吸食鸦片等等。但从整体上讲，中国人很聪明，有那么多的成就可以证明。再如杀鸡给猴看，猴吓着了，鸡被人吃了。星期一上午，0802总厂在礼堂召开全体党员干部大会，宣布了三项决定。一、给无端关押殴打上访人员的当事人撤销职务、工资降两级，留用察看的处分，向被关押的上访人员赔偿精神损失费三万元。二、党委书记郑汉邦因负有领导监管不力的责任，在全厂大会上做检查并向宏华总公司党组写出书面检查。三、群众向上级反映的情况基本属实但有不实之处，由分管副厂长向全厂群众当面解释清楚，对所签合同项目重新论证，协调乙方重新签署协议。

大会结束的下午，郑汉邦把简直叫进了他宽大明亮的办公室。

郑汉邦很客气地对简直说：你来了真好，有很多文字材料、很多具体工作可以让我松口气了。

简直说：我没有在基层待过，也缺乏管理工作经验，我目前的主要任务还是向您和厂长、向班子里的成员、向专家学者和一线的工人们多学习。

郑汉邦笑笑，凝视着简直看了一阵后说：其实我们在一起没有必要说官话套话。我今天找你来就是想告诉你，群众举报的问题都是确实存在的，你以前写的有些报告实质上就是对这些问题的引信。引信你知道吗？手榴弹爆炸前需要拉开的那个细线，很危险，不小心会伤着人的，当然也可能伤着自己。

简直满脸通红地盯着郑汉邦，端在手里的杯子洒了也没有注意。

郑汉邦说：中国太大历史太深厚所以有些事情也就很复杂。中国的大型国有企业要么高度垄断，要么背着沉重的包袱负重前行，比如0802厂，一个一线工作的知识分子或工人，要承担三个离退休人员和家属子女的生活；再比如，高精尖武器的前期研发经费，与总公司、驻地省市县的复杂关系，要远比我们在北京的办公室想象的要复杂得多。这一切的一切，就是文章好写报告好做事情难办的根本原因。就拿上访的事来讲，每个共产党员都有向上级党组织反映情况的权力和义务，可他们并不考虑我们几十年来所背的沉重债务谁来偿还，那么多人的工资谁来支付？那么多的参观团考察团旅游团工作组的接待经费从哪里来？当家才知父母难，过日子才知油盐贵啊！

简直等郑汉邦讲完，心里明镜似的了，这是在玩“下马威”呢，是陈颂华的思想还是郑汉邦的思想呢，不得而知了。简直站起来说：郑书记，我明白了，我一定当好学生，尽快熟悉了解情况，踏实当好你的助手。

简直从郑汉邦办公室出来，在走廊上遇到了陪纪检组打牌的纪委副书记“瘦子”老仇。老仇说：简书记今晚没有什么应酬吧？

简直笑着回答说没有。老仇说：反正您一个人在这没有去处，您要不嫌弃呢，今晚就跟我们几个去吃烧鸡公，既算不上请吃也不是吃请，百十块钱的事。

简直犹豫了一阵，这饭吃与不吃很让他犯难。吃吧，与老仇只是工作关系只是认识并不熟悉，不吃吧，别人说得那么恳切，又明确表示了只是“百十块钱”的事。

老仇说：算了算了，你刚来对我不够了解也怕背上行贿受贿吃请的骂名，就当我没说这话。

简直见老仇转身要走，就拦住老仇说：去可以啊，我在北京就听说过这里的烧鸡公很有名的，但得我买单才行。

老仇说：个婊子的，百十块钱谁买不是买啊，就这样定了，下班前我给您办公室打电话。

真应了“喝了江北的水，婊子不离嘴”那句话了。就这样，老仇成了除尚小川之外在0802的第一个熟人。晚上六点半钟，老仇和另外两个简直并不认识的人一道去了江岸区工家兵路的一个挂着“烧鸡公”牌子的路边小店。

老仇指着关在笼子里的一只最大的红冠大公鸡对老板娘说：就它了，味道搞地道点，我们老总来了。说完扔给老板娘和老板一支“黄鹤楼”香烟，老板娘也不搭话，将烟往嘴上一叼，顺手从笼子里抓起指定的大公鸡，将鸡脖子一拧拔掉脖子上的毛，手起刀落，鸡血已经流进了事先准备好了的碗里。老板娘将已经不能动弹的鸡往秤上一称，一口纯正的地方话就来了：六斤四两，算你六斤，陪你老总上二楼等着吧，二十分钟搞定。

说实话，简直至少有十五年没有在这种路边小店吃过饭了，简直心里不爽，但表面上仍很镇定。

老仇抓起桌子上的炒蚕豆一边吃一边说：刚才老板抓鸡时我就看出来，你不喜欢这种地方。但我告诉你头儿，过日子自己舒心就得了，吃饭味道好就是了。我儿子是做房地产的，整天泡小蜜吃龙虾，把个身体吃得像个皮球似的，让老子去给他当副总，个婊子养的，他想得出来，让我去看他的脸吃饭，没门。

简直很得体地笑着说：老哥，你这人很有个性。怎么回事啊，还没有给我介绍这两位老哥的姓名呢。

老仇一拍脑袋说：你瞧我这猪脑子，他俩啊我都不想给你介绍的，一会儿开吃了让他们自己介绍。我先介绍我自己吧，本人仇先锋，一九八〇年北航毕业，本可以留在北京分配工作的，可我老父亲是这个厂的老工人，死活让我回来，从一般技术员做到分厂副书记又被弄到机关做了这个专职的纪委副书记。你今后叫我老仇就是了。

简直笑笑说：一看仇书记就是个爽快人，那你为什么不把这两位介绍给我呢，我都不好称呼他们的。

仇先锋说：你可别叫我仇书记，我俩在一起外人还以为我比你官大呢！这两个婊子嘛，我就懒得介绍了，怕介绍完他们你没得食欲了。

简直听仇先锋这么一说更好奇了：老仇你也太不把我当朋友了，朱元彰还有几个杀猪的朋友呢！

仇先锋一本正经地说：他俩就是因为打击报复上访群众被厂党委撤职留用的人，你没被吓着吧？你要吓着了现在走还来得及。

说实话，简直真被仇先锋的话给吓着了，吓得瞪大眼睛半天没有说出一句话来。若不是老板娘端着热气腾腾的一大锅鸡上来，僵局都不知道怎么打开了。

老板娘叼着烟说：味道好了，你仇老二多拉点客来，味道不好，老娘今天就不要钱了，算是免费招待你们老总。说，喝什么酒？

简直被老板娘的大嗓门给唤醒了。简直问仇先锋现在江北民间习惯喝什么酒。仇先锋告诉简直，老百姓最爱喝“枝江大曲”和“白云边”，好一点的就是四川的“五粮液”。

简直说：酒菜你定，钱我出。

仇先锋说：你个婊子不要跟我犟，别说这是小吃大餐我也请得起，我们也没什么事求你，你这个副职掌管不了我们的生杀大权。说实话，我们厂很多人喜欢你上次写的报告，虽然我们不知道具体内容，但引起上头重视了我们就敬重你。

简直被仇先锋的一席话感动了，一拍桌子说：行，就这么定了，今天你请下次我请。

仇先锋就要了最好的“枝江大曲”。

中国的饮食文化在民间的说法一点也不夸张，简直吃遍祖国东西南北，吃了很多国家也吃过很多种鸡，但没有一次有“烧鸡公”这么入味入口。

三杯酒下肚。仇先锋和简直的脸上变得活泛起来，两位被撤职的人也不再拘谨了，说话的声音大了，动作变得夸张了，喝酒的矛头也直指向了简直。

两位被撤职留用的人分别又给简直敬一杯酒后，仇先锋就开始劝简直少喝点了。仇先锋说：简书记简老弟，你刚到0802来，领导两三个月不会搭理你，因为他们要观察你是不是可靠，一般群众因为你是上面派来的又不敢接近你，怕留下拍马屁的名声，机关的人与你保持距离，因为他们更担心别的领导说他们向你反映情况。也就我们这些四六不怕的人敢与你交真心说真话请你吃街边店了！

简直为仇先锋的话很感动也深有体会。简直说：你们三位都是老哥，我敬你们一杯我自己喝两杯，我这人书生气很重，你们今后要多提醒。你们两人的事，我刚来不了解情况不敢乱讲。说完话简直将两杯酒倒入一个大玻璃杯一口喝了下去。

同桌的三个人见简直很爽快，也就照简直的样子喝了两杯。

仇先锋一边在锅里给简直找鸡肝一边感叹说：简书记我给你讲实话，这两位老弟是代我受过呢！那两位向上级反映情况的人说的百分之八十都是实情，但他们的确太单纯了，有些事不能向上说啊说了就是在砸领导的牌子砸自己的饭碗。

简直的酒杯定格在了半空中。

简直说：三位老哥我听明白了，今天的饭我没有白吃，你们给我上了一课，这杯酒我得敬你们。

就这样聊着敬着酒吃着，一场酒喝了三小时喝了三瓶，四个人的舌头都有些大了才散场。

第二天早晨，简直找到郑汉邦书记说：郑书记，我想用二十天时间到各分厂的每个车间去学习学习，不打招呼、不听汇报、不开座谈会，主要是了解一下我们的设计、生产和销售流程。

郑汉邦说：我正准备为这事找你呢，你下去不能光跑点跑面，要带上宣传部、组织部和纪委的人，每点位都要转到，二十天不行就一个月，一边熟悉情况，一边搞调研。这次你下去带上一位老同志，叫仇先锋，他很有水平很有能力，但经常犯自由主义。你刚来情况不熟，到下面搞调研要多倚重他但别由着他，大事你多拿主意，把握不准的给我打电话。

简直说：郑书记我明白了，我力争做好。

郑汉邦拿出一沓文件说：这是中央党校一位领导寄给我的有关资料，你先熟悉一下！

## 213

行政学院的学习时间说是两个月，实际上也就五十多天，转眼间就快要结束了。

趁着双休日，洪依彪陪着几个要好的同学去了一趟怀柔培训中心。

## 214

早晨九点过了，跟简直下基层搞调研的人才聚齐，这种情况若是发生在陈颂华身边，所有的人肯定都得挨骂。

下午一点，仇先锋说：简书记，咱们干脆就在这里吃午饭，晚饭前赶到一分厂就是了，客套话都留到饭桌上讲，免得跟他们啰嗦。

简直说：好啊，一切听你安排。有什么土饭土菜随便吃一口，肚子填饱为原则。

仇先锋说：这里有个外号叫“盖诸葛”的相命先生真是神啊！他算过的大官大商人，生死祸福准到百分之九十，每天他只接待十位客人，但门前仍然排着长队。

简直说：老仇你就吹吧，反正吹牛不上税。

仇先锋说：但这“盖诸葛”真的神啊，有人甚至怀疑他会巫术和咒语。有次一个高级贪官去三峡回来时找他相命，相完命临出门时说了句“牛鬼蛇神”被盖诸葛听见了，盖诸葛对陪同的人说这人狗眼，干不长。回去没多久就被免了。在当地，很多官场中人上任离任都得去看望这个老头儿呢！

吃完饭在古街上逛。

仇先锋悄声对简直说：盖诸葛的女儿以前在我们厂做过工人，后来盖老名气大了她也就辞工回家了专门侍候盖老，我带你去见识一下？

简直笑笑也不表态。

简直随仇先锋沿着青石板路在小巷子里走了七八百米，敲开了外表极其普通的一家深墙高门院子。

盖诸葛的女儿其实是一个已经年过半百的妇女，浑身上下收拾得干净利索。见到仇先锋，盖诸葛的女儿表现得很热情：厂长，你有些日子没来荆州了。

仇先锋指着简直说：这位是我的好朋友，我陪他来转转。

盖诸葛的女儿说：我爸这几天有点感冒，一般不愿见人，刚才市里的领导陪着一个新加坡老板来了，我爸没给面子，让他们明天再来。

仇先锋有些尴尬地问：那我们咋办？不会影响他老人家休息吧？

盖诸葛的女儿说：厂长，你对我们家有恩，他常念叨你呢。

进到天井里，一个干瘦老头儿正在给院子中间巨大瓦缸里的金鱼喂食。盖诸葛的女儿说：爸，仇厂长来了。

盖诸葛抬眼在仇先锋和简直脸上扫了一眼说：你仇厂长也不是仗义的人，已经四百六十九天不来陪我聊天了。

仇先锋变戏法似的从包里拿出一盒东西递给盖诸葛说：我现在也是半个闲人，瞎忙。这点茶可是刚从随州乡下弄来的明前土茶，手工制的，味道不错。

盖诸葛也不给客人让座，而是很随意地将身体置于宽大的竹躺椅上，对女儿说：把壶里的茶倒了，现在就去给我泡一壶来尝尝。

仇先锋问盖诸葛：听说您前一阵去韩国了，感觉怎么样啊?

盖诸葛答非所问地说：你最近酒喝得有点多啊，都写在脸上的，年龄不小了，要适当地减少些。回去告诉你儿子，青山那块土地别去争，钱挣得差不多就行了，女人嘛与钱一样也是身外之物，到死了还是原配的好。让他有空来陪陪我，我们爷儿俩喝茶聊天。

仇先锋将椅子移到盖诸葛身边，一边为盖诸葛捏胳膊，一边感叹说：在这个世界上啊，他也就听你的，我的话与放屁没什么两样，每月给我打三万元钱到卡上，屁事也不管了，我曾经担心，哪天我喝大了一觉睡死了他都不知道。个婊子养的，前几天让一个女人从贵州给我送来一箱三十年茅台，我喝不惯那东西我就是一个俗人。听司机说，那女人是他秘书，比他小二十岁，这世界搞 不明白了。

盖诸葛说：你这人气数一时尽不了，火焰还高着呢，地球不遭灾，咋说也还得活个二三十年。就你身边这朋友，往这一坐我就明白了，他不是你的朋友是你领导，你的眼睛里面对他既有不恭敬又有敬畏，他比你小十几岁呢！但他与你不一样，他在那边有人，在上边也有人，他是一条冬眠的蛇，他一觉睡十几年睡醒了，天地一抖动，官运财运都来了，但他与你儿子犯一个毛病，表面清白肚子有货，按现在流行的说法叫“闷骚”。“闷骚”也好不“闷骚”也罢，男人都离不了这一口儿，但要把握住，那女人背后的势力比你朋友要大得多呢，别搞翻船了，你这位朋友啊有贵人相助，不出年底还有大喜呢！

盖诸葛闭着眼睛旁若无人地与仇先锋过话，实际上是讲给简直听的。仇先锋的眼睛一边扫着盖诸葛，一边不时地瞄一眼简直，他内心里担心简直接受不了盖诸葛的直白呢！

简直和仇先锋还等盖诸葛的下文，盖诸葛躺在竹椅上已经发出了均匀的鼾声。

仇先锋拽了拽简直的袖子说：咱们走吧，他这一觉得三小时呢！这老头儿，神得很。

简直和仇先锋与盖诸葛的女儿道别后离开了。

仇先锋告诉简直，盖诸葛今年八十七岁了，还养着一个三十多岁的小情人！

## 215

从怀柔回来，洪依彪把宏华培训中心送给他的几大箱山货分成六份，分别送给了简直、张好武，财务部“一号”以及刘昊天家。

自己拎了一袋回了家。

女儿告诉洪依彪：小姨与妈妈吵架了，吵得很厉害。

洪依彪问：知道为什么吵吗？

女儿说：不知道，但似乎与你有关，总提到你的名字。

洪依彪说：你好好学习，别管这些无聊的事，她们从小就争吵，从来就没有停过。

## 216

一分厂坐落在大山深处，全厂在编职工一万七千多人，生产车间则隐匿于大山深处。在当地人眼里，一分厂神秘、富有、现代，如同一群村姑簇拥着一个漂亮出众的现代芭蕾舞演员。

简直一行下午五点四十分到达一分厂招待所，分厂的领导已经在那里迎候了。简直以前曾多次陪领导到一分厂搞过调查研究，大家对简直也都很熟悉。不同的是，以前简直是总公司一般干部，而这次却是以0802厂党委副书记兼常务副厂长的身份出现的，现官不如现管，中国老百姓很吃这一套。简直从车上下来与分厂领导一一握手后驻足招待所门口，感叹说：闹“非典”那一年，我正随总公司杜总陪中东一个商务代表团来这里，一住就是一个月，每一条溪流每一棵树木都熟悉了，现在变化真大啊！

一分厂李厂长说：简主任，你那时来我还在车间当主任呢，转眼就是六年了，我们都从年轻人进入中年行列了。

简直说：这招待所盖得真气派，要在城里应该上四星级了，里面的设施一定也差不了。

李厂长说：按照总公司关于企业保障社会化的总体思路，我们的学校、食堂、商店、招待所、物业等等，都通过招标的方式承包给了一家北京的大公司，这样一来，我们的主要精力都用在了抓科研和生产上，实践证明，陈总的思路是对的，我们领导被解放了，社会化保障水平也上去了，小企业大社会的模式从根本上也改变了。

简直想起了上访信的内容，这才发现李厂长的话说到了敏感地方，就有意岔开话题说：看来还是改革好啊，一切都改变了。

李厂长说：我还没向您汇报呢，昨天承包我们物业和招待所的北京公司的老总正好过来了，她听说你要来，找我们商量要给你们接风呢。

简直说：你们怎么方便怎么办，一切从节俭出发。只是我们又不认识也没有工作关系，吃他们的饭好不好啊你们把握好就是了！

说着话简直一行已经进入了招待所的房间。

李厂长这人脑门大额头宽有些秃顶。仇先锋在来的路上曾经给简直介绍过，李厂长毕业于东海交通大学，与陈颂华和胡益民都是校友，业务能力较强但做事爱较真抬杠。在一分厂，真正说了算的还是党委书记，但党委书记近段时间到党校学习去了，据说，学完回来后准备调0802厂任党委副书记。

李厂长说：简书记您先坐一会儿，我去看看饭好了没有，好了我就来叫您，您先休息一会儿。

简直嘴上在与李厂长聊天，心里转动的是郑汉邦书记的谈话。李厂长出门后，简直又想起了盖诸葛这个人。郑汉邦深不可测，盖诸葛如同大仙，苏锋也变得扑朔迷离，仇先锋为什么要主动接触自己呢？到一分厂来做什么怎么下手？搞定一个女人很容易，有钱、有一定的风度气质、有学养、有点判断能力，再加一点机遇就可以了，但在官场上行走，你要用很长时间去辨别方向，你要花很长时间去识别人，否则就会撞得头破血流。

李厂长敲门进来说：简书记，饭好了走吧，您们坐一天车饿了，北京承包方的老总已经在餐厅里等着呢。

工作组的人一进入餐厅，简直立即就愣在了那里。

他做梦也没有想到，站在他面前的是吕布尼和黄梦妮两人。吕布尼很夸张地走上来握着简直的手说：没想到吧简主任，现在应该是称简书记还是简厂长啊?

简直有点结巴地回应说：没有想到真的没有想到。

简直用眼睛扫了黄梦妮一眼，黄梦妮很淡定很从容。黄梦妮主动将手伸过来，如同一般朋友般地说：简主任您好，真没想到能在这里遇到你。

简直有些抑郁地说：原来你们是这里服务产业的承包商啊？真是无孔不入。

吕布尼说：你不知道吧，我只是股东之一，黄梦妮才是真正的老板。我还要告诉你，你们公司在江北的物业也归我们管。我曾经告诉过你，我们的合作是全方位的。今天我们在千里之外的地方相会，按中国说法是有缘。

一缕寒气从头顶灌到脚心，简直感觉到了一种无形的东西在自己的身体里心脏里剧烈地活动。

李厂长说：自然你们这么熟悉，大家都请坐啊，站着够累的。简书记，吕布尼女士事先不让我们告诉您她们是谁，她说她认识您，要给您个惊喜呢!

简直坐在主席，黄梦妮竟然坐到了简直对面的副陪席上。

简直掏出手机来以飞快的速度给黄梦妮发了条短信：为什么你不告诉我这一切?

黄梦妮回信说：正常商务活动，我以为你早知道了呢！看你不高兴，后悔见到我吗?

简直正准备回信。李厂长端起酒杯已经站起来了。他的祝酒词很有意思：按照吕布尼女士的提议，我们开始喝酒，欢迎简书记第一次以0802厂领导的身份到我们这里检查工作。工作的事我们明天上午正式汇报。今夜只汇报酒，酒这个东西，有朋友兮必豪放，有美女兮必畅饮，有名酒兮皆当醉，有兰花兮必芬芳。各位，干杯!

简直原本是要谦虚一下的，简直原本是不太想喝酒的，但不喝会是什么后果呢？大家会不会误认为你简直一换身份就摆谱？李厂长催促说：简书记，你来之前我们已经调查过了，那年闹“非典”时你来我们厂，喝倒我们好几个人呢，别不给面子啊，吕总、黄总都已经喝了！

简直也奇怪了，吕布尼这外国娘们儿过去不是不喝白酒只喝红酒吗？难道今天疯了不成。简直心想大家都知道自己的酒底了也就假装很爽快地喝了。一群有预谋有热情的酒徒聚集在一起的酒席，就如同一道蓄满水的沙堤，打开了再堵上就难，几轮酒一下肚，无论是平常生活中多么萎缩多么小气，豪情壮志都会展示出来，胆子大了声音高了劲头也足了，要不怎么会有酒壮怂人胆、饭撑傻瓜蛋的说法呢？武松如果不是喝高了他不会胆大到去给老虎叫板，强奸犯百分之四十与醉酒有关。简直正琢磨着呢，一位四十五岁左右的中年女人就端着两大碗酒站到了简直身后：简书记，我是分厂的工会主席，我代表全厂的一万工人敬你一碗，喝哪一碗您挑。

简直这时候一下子清醒了，他相信这一碗一旦下肚好日子就没得过了。简直说：我的酒量真的不行，你就饶了我吧，为了表达诚意我喝半碗可以吗？否则每人敬一碗我就到桌子下面去了。

仇先锋调侃说：简书记您放心吧，只让美人敬，我们工作组的人不会敬。

工会主席端着酒碗站在简直身后既不接简直的话也不离开，而是自顾自地侃侃而谈起来：要不您分三次喝吧？这个女人喝酒必须随时喝高，因为我们喝酒纯属公关性质，我们为此把脂粉胃喝成了酒精肝，你一铁打的男人，敬酒的是纤纤玉手，您说您该不该喝？

简直看了大家一眼，大家都起哄说应该喝，简直只好遵命喝了碗里的三分之一。

工会主席说：在官场职场混的女孩子，不知敬的官大官小权大权小，总之对自己或对自己的上司有用，所以自己就主动奔着喝高去了，所以我今天适应规则。我先喝一半你看着办吧！

简直一看这情形只得皱着眉头喝了第二口。

工会主席笑着端起服务员递上来的高脚杯喝一大口奶接着说，女人喝酒还有一种情况是值得同情的，上司骚扰、婚姻不幸、工作不顺，酒精依赖，这几种情形也是一喝就高。但书记你放心，这些事我们都没有，今天完全是因为您来了我们高兴所以我喝了碗里剩下的酒。工会主席就真的喝了个底朝天。简直无奈，就跟着喝了一大口。

但工会主席仍然没有要从简直背后走开的意思，从服务员手上的托盘里拿过酒壶往自己杯里倒了半杯说：书记不会不给面子吧，我这样的老干葱经不住忽悠，对您简书记的文字能力早有耳闻，对您早有崇敬之心，现在幸福的小酒精在灵魂的档次和精神的层面上已经走高了，我再陪您半杯。工会主席一下子把简直架到了难堪的境地，简直说：太多了，我求你放过我，我分两次喝行吗？

工会主席默认后，简直也学着工会主席的样子喝一大口奶再喝下碗里的酒，留了一小点。

工会主席仍然没有要走开的意思，说：简书记，多有冒犯啊，敬酒的方法粗鲁但用心良苦。现在官场上职场上一些很标致的女人，特别是那些富婆、业界成功女人、白领文化大师，成功艺人，突然想放纵一下，那也是可以理解的。但我不在这些人行列，借今天高兴，我再向北京来的两位中外美女老板敬一杯，简书记用杯中酒作陪可以吗？

餐桌上一阵热烈掌声。

仇先锋说：大有进步啊！你不做工会主席谁能担此重任，工人们的思想政治工作、为工人们谋福利就需要你这样的好口才，大家鼓励她一下吧，干了！

那天晚上简直醉了，吕布尼也醉了。事后仇先锋告诉简直，工会主席从小生长在土家族的酿酒厂，外号叫“津巴布韦”。在宏华总公司内部，除陈颂华外，工会主席都在酒桌上叫过板。

## 217

这天晚上洪依彪没回行政学院住。

洪依彪破天荒地提前回家做了晚饭。

妻子和女儿回来后很惊讶也很兴奋，但并没有表现出任何不高兴。妻子不提，洪依彪也就不问。妻子告诉洪依彪：张好武的姐夫林守和开了个彩票咨询点，业务很火爆。

洪依彪说：林守和这个人不靠谱，我们家又不缺钱，你离他远点儿。

## 218

被山谷里的虫鸣鸟叫声惊醒后，简直感觉头很痛，很涨，打开手机一看。竟然有多个电话没接，其中有三个是黄梦妮昨夜打来的。早上起床后简直几次想回过去都犹豫了，一是因为盖诸葛说过的话，二是担心黄梦妮还没有起床。看时间离吃饭还早，就简单地冲了个澡，穿上衣服到户外散步。沿着山谷里的石板路在雾中行走，山里的空气真新鲜啊，吸一口都能感觉到淡淡的甜味，树叶花草的清香味，很容易醉人呢！

顺着一条小溪向山谷深处走了不到五百米，被一名巡逻的武警战士拦住了去路，简直只好折头向西边的池塘边走。随着一只野兔子从身边窜过，黄梦妮竟然横在了简直面前。黄梦妮盯着简直看了一阵后说：昨晚咋样啊？现在好些了吗？

简直眼神有些躲闪地说：昨晚喝高了，回去就睡得死猪一般什么也不知道了，今早才发现你的电话，真对不起。

简直和黄梦妮并肩走在茅草遮掩的曲径小道上。

黄梦妮说：这里的业务基本正常，我明天就回北京了，晚上有时间见面吗？

简直犹豫了一下说：争取吧，我到这里人生地不熟的，怕出差错。

黄梦妮说：你自己决定吧，我的办公室兼卧室很方便。

简直环顾左右而言他地说：梦妮，你真厉害啊，真是无所不能，你在宏华还有多少事业没有告诉我呢？

黄梦妮听简直这样说，立即停止了行走。惊讶地望着简直说：你昨晚不会是因为这事才不接我的电话吧？我只能告诉你简直，这些事业不是我一个人的事情，我只是站在前台的服务员，你愿信不信。

黄梦妮说完并不听简直做进一步解释，转身就走了。

简直伫立在湖边的早晨。信念在光辉前程与细若羊脂的黄梦妮之间拔河，一边是盖诸葛的预言和尚德老师的教诲，一边是黄梦妮一年来给予自己从未有过的幸福。前程闪耀着令人炫目的光芒，黄梦妮牵引着简直肉体和精神的欢悦。上帝啊，你为什么不可以把一切都交给简直呢？上帝不会这样，上帝永远不会同时把鱼和熊掌都斥给简直，永远也不可能。简直掏出手机给黄梦妮拨通了电话，但黄梦妮并不接而是将电话置于了忙音。

最终，光芒耀眼的前程遮掩了黄梦妮顾盼生辉的笑脸。

仇先锋不知什么时候出现在了简直身后。

仇先锋说：你在这里享受氧吧呢，我到处找你，应该吃早餐了。

简直说：你告诉李厂长，把我们的工作行程调整一下，我们先到基层搞调研，厂党委的汇报暂时别搞了，咱们吃完饭就下基层去。

仇先锋盯着简直看一眼，然后不紧不慢地说：别让他们误会啊，按惯例应该先听情况汇报的。

简直说：我们不是不听，而是最后听。今天我们先去最远的生产车间，今晚就住在那里。

在去餐厅的路上，简直见到了一脸春风的吕布尼。吕布尼告诉简直，黄梦妮突然有些不舒服，不吃早餐了。简直知道黄梦妮得了什么病，但简直没有接话。

餐桌上，简直把先下基层后交流情况的想法与李厂长说了，李厂长笑着说：在大机关工作过的领导就是不一样，正好，今天上午有个科技成果专家论证会，我安排一位副书记去陪你们。

这以后的十几天里，简直生活在一种极端的痛苦与折磨之中。黄梦妮杳无音讯，只要接到简直的电话就挂机，母亲在北京住不习惯，越来越忧郁，简明的高考二模不如一模好，郑汉邦究竟要个什么样的报告呢？

山里的空气真好啊！好到了吸一口就会醉人的感觉，但再好的空气也不能当饭吃，再美的风景也填不饱肚子暖不了身体！一些小厂则负债累累，不变相变卖国有土地和资产拿什么给工人发工资？简直跟仇先锋讨论这些事，仇先锋并不正面回答，而是很沉重地讲了一个他在一分厂工作时的故事：有一次一个一线工人患重症死了，老婆孩子没有了生计，这在改革开放二十多年后简直是不可思议的事情。我在党委会上提出希望多给点抚恤金，保证孩子上完大学。财务说不符合规定，我就大骂了有关部门和有关人，说政策是王八蛋制定的。结果被骂的人把我告了，罪名很严重，甚至说我与小寡妇有一腿。那时盖诸葛的女儿还在我们厂工作，我一脸沮丧地去盖诸葛那里聊天。盖诸葛说了一段话令我很震动，甚至改变了我的人生观。

简直问：什么话啊能让你如此震动？是禅语？

仇先锋学给简直说：气不和时少说话，有言必失；心不顺时莫做事，做事必败；事莫虚应，应则必办，不办必结怨；愿莫轻许，许则必还，不还则成债；万物在说法，看你如何着眼，一切是考验，试你如何用心；知足是富人，平常是高人，无事是仙人，有心是圣人；想开了自然微笑，看破了肯定放下。

简直说：道理谁不懂啊？可我们既是党员又是男人，这两个身份都需要我们具备基本的做人良知。

仇先锋说：你心里藏的东西太多了，表面沉静心里波涛汹涌，全写在眉宇上了。

晚上0802的厂长胡益民打来电话：你什么时候回来啊，我答应请你喝酒K歌的承诺还没兑现呢，这几天我正好有点空。

## 219

洪依彪从国家行政学院回到宏华总公司后，积压了两个月的工作也堆成了山。

洪依彪在办公室苦苦折腾了一个星期才理出了头绪。

## 220

江北的天热得如同蒸笼，大清早一起床就得开空调开电扇。

小道消息也开始在0802流传开来，郑汉邦即将调任西部某省任宣传部部长。简直打电话问洪依彪和庄怡恬，他们说现在关于0801和0802两个骨干厂领导调整的传言很多，可能是真的，郑汉邦似乎也得到了什么消息，工作节奏变得更快更谨慎了。

星期五晚上，胡益民突然来电话，要请简直喝酒。

简直很兴奋，问胡益民怎么走谁开车去什么地方，胡益民说开什么车啊？打出租奔夜店，晚七点五十不见不散。

胡益民的一身行头让简直险些跌破眼镜。胡益民戴一宽边大框墨镜，黄色高领西装，条纹红色领带，头发也用发胶处理过了，如果走在大街上，绝对不会有人相信胡益民是大型企业的掌门人，更不会相信他是双料博士。胡益民上下打量了一下简直，嘲讽简直说：你这是官方出国访问还是去做报告啊，这不是一土鳖吗？你可千万别跟时代叫板，今天你是刘德华明天你就成朱小狗了，你今天在北京明天就到河北农村了，这个时代是翻脸不认人的。

简直说：你简直让我认不出来了，太酷了。

胡益民说：我在美国读书时，每月都要去一次夜店。夜晚堕落是人之天性，我不是让你去真堕落，而是让你变得有性格有自己的思想，让你知道今天的年轻人在怎样生活，否则你用什么理念去管理今天的企业？白天的想法属于领导，夜晚得有自己的想法有自己的动感地带，这就叫白天玩共性，晚上玩个性。

这些莫名其妙的一长串话从胡益民嘴里冒出来，让简直更是惊讶得半天合不上嘴，是时空错乱了还是自己神经了，这个不苟言笑的党委副书记兼厂长，不仅出口成章还净是新生代词汇，不仅衣装时尚而且追求个性，这与那个在官场中表情木讷不重打扮的人是多么具有双重性啊！简直心想，自己没有进过夜店，也不知道什么是夜店生活，胡益民在夜店会是什么表现呢？这太令人犯猜测了。

出租车三转两拐到了一家店名叫“温莎公爵”的夜店。

“温莎公爵”门口已经停满了各种名贵的“保时捷”、“宝马”、“大众”跑车。胡益民指着一辆停在门正中的“宾利”对简直说：这辆车是店老板保罗·陈的，我与他一同去美国麻省理工读的书，他回来不干本行了经营酒吧，没想到在这座城市又成为了朋友。

在一位戴法兰西帽子的“公主”的引导下，简直随胡益民从城市光亮中走进幽暗的酒吧里。“公主”问胡益民坐什么位置，胡益民指指靠角落的地方说：老地方就行，保罗·陈来了吗？你告诉他08的胡先生来了，让他来见我。

“公主”说：你稍等，我去看老板在不在。

“公主”去找保罗·陈的时候，胡益民对已经毕恭毕敬站在身边的“少爷”说：来两瓶爱尔兰詹姆森威士忌，两瓶玻兰维玻罗瓦伏特加，外加十瓶巴伐利亚“艾丁格”黑啤。

在进入酒吧到点酒的过程中，简直俨然一个第一次进城的乡巴佬，对酒对这里的环境他一无所知，他不是没有进过歌厅，他曾经陪着女儿和老婆去“钱柜”和“开心果”K过歌，但这种夜店他的确是第一次来。在简直的眼里思维里，胡益民怎么也无法与这里的环境联系起来。

简直一边在心里揣测胡益民的生活方式一边欣赏舞台上外国乐队演奏的艾尔顿庄的《今夜何温馨》，胡益民的朋友保罗·陈就领着两位高大的金发女子过来了。胡益民向保罗·陈介绍说：这位是我的朋友简先生。保罗·陈象征性地与简直握握手说：第一次来吧？我的夜店在全江北是第一流的，包括女人和乐队都是第一流的。说完转身对胡益民介绍说：玛斯诺娃、辛捷琳娜都来自俄罗斯特维尔，她们喝酒跳舞也都是一流的。

胡益民就用一长串俄罗斯语向两位俄罗斯美女问候致意。谁知两位俄罗斯美女并不买账，而是睁着大大的眼睛茫然地盯着胡益民着急。

胡益民盯着保罗·陈说：你大爷的，这俩是新疆人吧？蒙谁啊？你不知道我会四国语言啊？

保罗·陈说：哥哥，我真不知道你俄罗斯语也这么溜，行，算我栽了。但不管是俄罗斯人还是新疆人，这长相这身材总没得说吧？两位美女还不坐下陪着胡大老板喝啊？哥哥我告诉你，今晚的钢管舞那叫一个棒，你准备好小费就是了，保证让你满意。

叫玛丝诺娃的女孩子就靠近胡益民坐下了，辛捷琳娜坐在了简直身边。不知是有意还是无意，辛捷琳娜高大挺拔的双乳总是有意无意间在简直的胳膊上来回“蹭”动，搞得简直有些心慌意乱。说实话，这些洋酒简直一点感觉也没有，口感极其怪异，如果拿洋酒与国酒比较，简直更喜欢中国酒，甚至二锅头也比洋酒好喝。

胡益民此时已经进入了无人之境。他与简直、与辛捷琳娜、与玛丝诺娃频频举杯，谈论的话题全与食色有关。从胡益民的身上，你看不见工程院院士的儒雅。见简直在盯着自己出神，胡益民说：别怕，你就当这里是阿姆斯特丹或拉斯维加斯得了。

渐渐地，酒劲有些上来了。辛捷琳娜问简直：先生，我知道你是老板的朋友，您是K粉还是吸冰？我可以带你去。这句话简直听明白了，简直说：对不起，今天算了以后再说吧！胡益民又要了十瓶比利时修道院啤酒（ABBAYE）。

刚才过来点酒的“少爷”弯腰九十度对胡益民说：先生，钢管舞开始了，很劲爆很火辣。胡益民也不看“少爷”一眼，给“少爷”手里塞了一张百元钞票，“少爷”说声谢谢笑逐颜开地走开了，两位“伪俄罗斯小姐”也立即端起酒杯来敬了自己的先生一杯，下酒动作之娴熟、速度之快，简直远不是对手。

台上正在表演的钢管舞（POLE DANCE）起源于十二世纪原始部落一种崇拜生殖器官的舞蹈。二十世纪开始在加拿大脱衣舞吧流传。跳脱衣舞的女人们衣着非常暴露，利用竖在舞台中央的钢管，以其挑逗的眼神，火辣的肢体语言，赤裸裸地向观赏者暗示情欲。

但这天的钢管舞蹈并不十分粗俗，玉臂、香肩、肥臀、蕾丝长袜、艳色文胸，极具夸张的表演，赢得了全场的欢声雷动，口哨声四起。坐在简直和胡益民身边的两位“伪俄罗斯小姐”也在这时候冲上了前台，打开艳如火焰的红色头发，两条玉腿和长若瀑布的秀发在钢管间穿梭。一个个穿戴打扮入时的先生们上台了，他们掏出怀里的人民币美元英镑，塞进了舞女们身上能够塞钱的任何地方。

简直晕了，瞠目结舌。

## 221

洪依彪感觉自己越来越压抑了。

早晨上班走进办公楼时，上级驻宏华总公司纪检组长突然叫住洪依彪聊了几句。

洪依彪知道，这老头在宏华一向是不与任何人主动打招呼的，现场那么多人，他不与别人聊天为什么单独要叫住自己聊天呢？

## 222

这天一整天，洪依彪在办公室什么事也没做也做不了，重要的是他根本静不下心来。

好不容易坚持到下班时间，洪依彪拎着包正准备下班回家，办公室电话又不停地响了起来。洪依彪原本是不打算接的，一看来电显示，竟然是张好武办公室的电话。

张好武在电话里很沉着地说：你在办公室待到七点再下楼，我晚上请你吃饭。

洪依彪一点心情没有哪能有心思吃饭应酬？就随口说：主任，我家里今天有点事，改天我请您行吗？

张好武说：不行，必须今天晚上，七点我的车在楼下等你。

## 223

简直是一个不嗜烟酒的人，但近半年来，醉酒成为了简直的常事。

早晨九点半了，简直仍然躺在床上，浑身无力，头痛欲裂。硬撑到上午十点半，简直起床冲了一杯咖啡，嚼了几片饼干，胃里才稍好受了一些，但仍然浑身无力。他无法理解胡益民是一个什么样的知识分子领导干部，他喝那么多的酒难受吗？简直几次试着想打电话问候一声，思来想去还是放弃了想法。

双休日的日子真难打发啊。副职、单身、身在异地、初来乍到，唉，做什么呢？为谁做呢？简直很犯难，他开始怀疑自己到江北来干事业的抉择是否正确了。他索性起床翻出一本从北京带来的《帝国的崩溃》读起来。

这时候黄梦妮来电话了，这是一个久违了的电话。

黄梦妮问：你一个人吗？简直调侃说：你希望我有别人啊？黄梦妮说：你的声音好像不对呢，生病了吗？简直说：没有，我昨晚喝高了，现在还躺在床上。黄梦妮说：我也喝高了，现在也躺在床上。你想知道我跟谁喝的吗？简直说：你不告诉我我怎么会知道啊？黄梦妮说：我和我前夫，我们正式离婚了，我们摆了一桌酒席庆祝我们重新获得了自由，我还请了田总、张好武、洪依彪和庄怡恬作陪。可惜你不在北京。

简直的手抖动了一阵，沉默了一分多钟。

黄梦妮问：你在听吗？放心吧，我们分手表面上很愉快，但心里面结痂了。他也喝高了，他的小女人驾车来接的他，那小女人我看见了年龄很小个头不高但很漂亮。回到家的时候，我吐了一地，那时候我特别想你，想躺在你怀里哭。

简直仍然没有接话，简直知道黄梦妮现在需要的是倾述。

黄梦妮说：我也不想挣钱了，我挣的钱足够我后半生花了，挣钱好累。要对付各种各样的男人，要设计各种各样的方案，要防备无处不在的陷阱。简直，我们去国外吧，去一个你想去的地方。

简直仍然没有接话。

黄梦妮说：我知道你怀疑我的人品和道德有问题，你也怀疑我所拥有的一切从哪里来的。我想告诉你但永远不会告诉你。我也知道你爱你的女儿和事业，可在这个朋友圈子里，我就信任你看重你，你愿信不信随便吧。

简直说：梦妮，谢谢你的信任给我讲了这么多，我以为你永远不会理睬我了呢。你现在惟一要做的，就是起床，让保姆给你做点粥喝下去，然后到楼外的草坪上晒晒太阳，你会发现草比过去任何时候都绿，太阳比任何时候都光辉。听话宝贝，过了今天我给你去电话。

黄梦妮将电话挂了。

简直还想再读会儿书，床头的电话铃声又响了，是郑汉邦来的电话：现在二分厂出了点情况，附近的农民与分厂保卫部门发生了冲突。你立即带几个人去一趟，做好相关善后工作，防止事态扩大，特别要防止媒体炒作。有什么情况及时向我和厂长报告。

接完郑汉邦的电话，简直立即拨通了仇先锋的手机，把郑汉邦的意思给仇先锋讲了，希望仇先锋跟他一块去二分厂。仇先锋说：我正在东湖钓鱼呢，这样吧，您让保卫处立即将这件事通报省公安厅，让他们也去一个人。我现在马上往回走，十二点准时出发。另外，可能得让财务处去一个人，多带点钱，以防不测。

仇先锋思考问题安排工作做得如此周密细致，很令简直感动。

十二点整，省公安厅的人和0802厂的人就聚齐了。

仇先锋从怀里掏出两个信封塞给公安厅的两位干警说：我们简书记的一点心意，买条烟抽。

简直也客气说：不好意思，双休日还麻烦你们。

两位干警说：简书记您太客气了，我们这是分内工作，您这不是让我们犯错误吗？

仇先锋抢过话题说：你俩就别客气了，我们简书记一再叮嘱我要把你们的生活安排好，这次任务完成后，简书记还要请你们吃饭呢！

说完，仇先锋就给二分厂领导打了一个很严厉的电话：我是按照郑书记、简书记的指示给你们打的电话，你们必须立即照办。一、立即给围观群众准备盒饭和开水，这是简书记的意见。二、四十分钟后，让他们选出群众代表到会议室与我们谈，你们要有具体方案，这一条是省公安厅领导的意见。三、受伤的群众及本厂受伤的人及时包扎后，不准接受任何媒体采访，任何人不得对媒体发表意见，这是政治纪律。二分厂领导表态说：群众已经得到了安排，但意见仍然很大，我们尽力做好相关工作。

两位干警中年长的也给当地公安局的打了电话：现在是什么时候啊同志？马上就建国六十周年大庆了，是和谐社会你知道吗？

年长的干警打完电话后冲简直笑笑说：这些事都是历史原因造成

的，当年一纸征地通知几千亩林地就归了0802，一点补偿也没给。

简直说：所以要拜托两位，我们这次去要给群众解释清楚，要跟地方政府见面，要拿出一个可行办法来。

事情的发展远比人们想象的严重得多。

见简直一行下了车，围堵的一百多号群众一下子扑了上来，将简直他们的车围了个水泄不通。

年长一些的警官站在一个景观石上对大家说：我们这次与0802厂的简书记一同来，就是要解决问题的，但大家这样围堵不是解决问题的办法。第一，你们先选出代表来，我们坐下来商量。第二，大家都知道，0802厂是国防军工保密企业，你们不要有任何过激行为，违法是要受到惩罚的。第三，无论是哪一方，只要动手打人或破坏公共财产，我们都将依法行事。

但群众并没有要散去的意思。一个胖胖的小个子大着嗓门说：我们就在这里谈，你们要当着大家的面回答我们的问题。

仇先锋用眼睛盯着简直看了一眼，然后以命令的口气对二分厂的厂长书记说：你们班子里在场的人都站到前台来，属于0802厂答复的问题我们答复，属于你们答复的问题你们面对，躲着总不是办法。仇先锋对在场的群众说：同志们，我们尊重你们的意见，有意见的每人可以提一条意见其他人不能起哄，我们尽可能认真答复，答复不了的，我们将意见归纳整理出来，双方签字后报上级答复大家，没有意见开始吧！

胖子问：最近大家传言河沟里的水被你们污染了，村子里连续死了十多头羊，你们赔不赔？

厂长回答：我们不是化工企业，环保局也来化验过，我们还要做进一步的检验，如果是我们的责任，我们负全责。

仇先锋补充说：死了羊的群众家确实有困难，由二分厂以共建互助的方式支援群众，简书记表态了，只要有利于群众的事，我们都要多做。

一个瘦高个男人问：城里征地要赔偿，我们祖辈砍柴放牧的地方，你们占了却不补助？为什么啊？

群众中立即就吼叫起来，有人还向简直他们投掷了粪便和烂西红柿以及臭鸡蛋。厂保卫科的人见状，挥着橡皮棍准备还击，简直一边擦拭身上的污秽一边大声呵斥：谁也不准对群众动手！

老干警说：我已经警告过大家了，谁再做出伤害人的事，我们将依法办事，希望大家不要碰法律红线。

仇先锋说：同志们，土地属于国有不是私人财产大家都清楚，0802厂在这里五十多年了，正是由于0802厂的进驻，才有了高等级公路，这里才有了电影院和小学中学，老一辈的人应该都清楚。但我们还是要感谢大家为0802厂、为国家做出的牺牲奉献，你们提出的问题，我们会如实向上级反映，尽可能多为大家解决一些困难。

这时候，二分厂提供的饭菜抬到了现场。

简直走近看了一眼，有馒头米饭红烧肉、鱼和紫菜汤，就清了清嗓子对大家说：各位父老乡亲如果信得过我，就先把肚子吃饱，然后选出代表，我们到会议室认真谈，我以党性和人格向大家保证，谈不出结果不离开。

按照简直的意思，0802厂领导、省公安厅干警和二分厂在场的领导也在现场与群众一道吃的快餐。

但事情并没有向着简直他们设计的方向发展。吃饱喝足了的群众在烈日下似乎劲头更足了，精神头更大了，有人索性在现场打起了“斗地主”，有人在开玩笑聊天，大有不谈出结果不散场的意思。省公安厅和县公安局的领导碰头后让群访的群众推举出了十二位代表，到会议室与简直带的工作组谈判。

这一谈就谈到了下午六点，二分厂不得不再次准备了晚餐，而参加吃饭的人一下子又增加了几十个。

简直不得不给胡益民打电话汇报了相关情况。

胡益民说：一要稳住群众，二要给群众安抚，三原则问题不能让步。至于群众围堵的事，郑汉邦正在给省委领导做汇报。

胡益民非常严厉地在电话中说：二分厂和整个0802厂的利税情况都不是很好，银行的借贷情况比较严重，涉及到赔偿问题必须先报厂党委和宏华总公司才能答复。

晚上七点，省委主要领导带着市县领导到了二分厂，群众这才慢慢地散去了。

这天的谈判却一直持续到第二天早晨。

谈判达成了几条协议：一、由二分厂每年为驻地村民免费做一次体检，在水源污染没有做出正式结论之前，每人每年报销医疗费二百元。二、村民可以到生产保密区一百米外放牧，但不得从事砍伐活动，群众有义务协助二分厂做好保密工作。三、发生任何纠纷不得以群访形式解决问题，发生一切民事或刑事纠纷，一律由司法机关解决。四、原则同意以为驻地改建学校、敬老院方式支援当地民生事业，适当增加支援当地经济建设经费，具体数额需报宏华总公司批复后执行。

送走当地村民和县市领导，简直揉了揉眼睛对仇先锋说：这一关终于闯过去了，没有让矛盾冲突激化。谁知胡益民怎么认可呢？

简直惊讶地问：胡益民不是不爱管钱的事吗？

仇先锋说：他不管小钱只管大钱，他不轻易说话但说了就不能改，因为他不是一般的知识分子，0802的人都知道，胡益民装聋作哑的时候，是他最清醒的时候。他请谁喝酒唱歌，就是在考验谁的品质和为人。

仇先锋的一席话，把简直说出了一身冷汗，简直的内心越来越感觉胡益民是个非凡的人了。

## 224

洪依彪上了张好武的车，张好武迟迟才从楼上下来。

张好武一上车就对洪依彪说：今晚不是我请，是吕布尼黄梦妮请。我发现你的情绪不对啊，吊着个脸给谁看啊，吓唬自己吧！

洪依彪说：主任，我真的身体不太舒服，恭敬不如从命，听你指挥就是了！

张好武说：每次人事调整前，必然会有些风雨。你这个年龄你这个职务的人应该沉住气，冷眼向洋才是啊！

## 225

正如仇先锋所言，胡益民对二分厂给驻地群众达成的赔付方案并不满意，在常委会上只说了一句话：仔卖爷田心不痛。

郑汉邦在会上对简直他们的谈判和处理过程却非常满意，大加赞赏。认为处理这次群访事故，讲政治顾大局，将一个群体性事件成功地化解了，对今后处理此类事件开了个好头。关于这次事件，要写出一个有质量的专项报告，争取宏华总公司给予经济上的支持。并决定由简直带着报告直接去找陈颂华。

虽然简直对胡益民的话不满意，但让他去北京汇报工作一事，简直的内心还是很开心的。

简直刚到天河机场，就接了一个庄怡恬的电话，这个电话令简直惊讶得很长时间没有说出话来，庄怡恬告诉简直：洪依彪失忆了，除了音乐剧的事，人都不认识了。

简直问庄怡恬究竟发生了什么事情，庄怡恬说：电话上讲不清楚，你回来再说吧！

简直没有直接回家。司机小卢告诉简直，洪依彪现在已经不上班了，在怀柔培训中心休息，关于洪依彪的病，机关有很多种说法，有些人说是因为他经济出了情况，纪检组约谈后吓失忆了，还有人说他与一个唱音乐剧的女人搞“地下工作”，被他老婆抓了个正着，当场就吓傻了。

简直给洪依彪打了个手机，手机已经暂停服务。

简直又给庄怡恬打电话问洪依彪的联系方式，庄怡恬说：你现在先别过去裹乱了，去了他也不知道你是谁，过两天找个机会我陪你去。

简直便让小卢开车去了母亲的住处。

敲开门，母亲正一手泡沫地在洗衣服。见到简直，母亲眼睛里的惊喜只一闪就过去了。母亲很平静地说：你回来做什么啊，都怪简艾多嘴，我回去就回去了，还耽误你的工作。简直母亲一边说话一边擦干净手上的泡沫，为简直接了一杯纯净水继续说：我整天一个人在家，说话的人都找不到，去简艾那里吧，她们忙，去你们家吧，晚上呢，简来两口子回来都十点过了，我躺下就做梦，全是梦见你爸爸。

简直盯着母亲看了半天才回答说：行，您回去吧，等我用几天时间把工作上的事处理一下送您回去。可我还是担心您年龄这么大了，有个病痛什么的谁照顾啊？

简直母亲说：不用了，你忙大事呢，买张车票睡一晚上就到家了。其他事你就放心吧，我才六十来岁，能自己照顾好自己。

简直陪母亲坐了半个时辰，聊了聊简艾、简来的生活，又说了说尚德老师的女儿在江北工作的事，就站起来对母亲说：妈，你抓紧洗衣服吧，我晚上再过来接你去家吃饭。

简直母亲见简直要走，表情有些严肃又很犹豫地问：简直，这房子是你的还是你借的啊？给妈讲真话。

简直说：我给您讲过了啊，是洪依彪借给我们的，是他朋友的房子，怎么了啊有什么事吗？

简直母亲转身确认门已经锁上了，这才拉着简直的手说：妈相信你说的话是真的，你从小就不会说谎，你过来我让你看样东西，这东西让我每天都睡不着觉。

在母亲的牵引下，简直到了厨房。

母亲在橱柜前蹲下来，揭开一块塑胶地毯，又用菜刀轻轻地撬开两块地砖，从里面拎出一个包了塑料布的包来。

简直问：这是怎么回事？里面装的什么？我不是说了不让动别人的东西吗？

简直母亲并没有急着回答简直的问题，而是非常小心地一层一层打开塑料布，然后又打开箱子，箱子里面是成捆的百元人民币，简直喘着粗气数了一遍，整整一百六十万元。这会是谁的呢？谁会把钱放在这样的地方呢？

简直母亲说：有一天我煮腊肉，不小心把油汤泼在了塑胶上，心想这么好的房子给别人搞脏了不好，就准备把塑胶揭起来用淋浴冲干净，谁知这时候刀又掉在了地上，把瓷砖砸破了一块。我就发现了下面这包东西，现在这两块地砖是我去买来自己放上去的，颜色都有些不一样。

简直很紧张地问：这事还有谁知道？您没告诉别人吧？

简直母亲摇了摇头很坚决地说没有。

简直站起来说：妈，这事要一辈子烂在肚子里，死也不能说，今晚简来回来您就告诉他，房东要回来了，让他抓紧租房子，您一走就让他们搬走，两把钥匙都交给我。这房子的主人肯定有问题，从那天发现的香水我就感觉可能有问题。

说完话，简直帮助母亲原封不动地将箱子放回了原处。

简直对母亲说：妈，没有特殊情况，这两天您尽量别让简来两口子到厨房里来，明天下午我去搞点水泥，把地板恢复成原来的样子，看来，我明天必须要去见洪依彪了。

回家的路上，简直越想越觉得事情蹊跷复杂，心里乱得一塌糊涂。索性给庄怡恬打了个电话：你晚饭前能抽点时间我们见个面吗？我很想见你。

庄怡恬说：你没事吧？我虽然过去暗恋过你现在又暗恋俞继飞，但我现在可是大家闺秀和良家女子，从来还没有出过轨呢！

简直说：姑奶奶，我现在真没有工夫跟你开玩笑，我心里面很乱想与你聊一会儿。

庄怡恬说：我知道了，你找我一定是为了聊洪依彪的事，我也知道得不多，但他失忆了是千真万确的事。这样吧，我十五分钟后到你家楼下的“听雨轩”，你在那里找我吧！

## 226

第二天早晨，洪依彪刚一进办公室就接到办公厅王副主任电话，让他准备一些洗漱用品，八点二十分在楼下上车，到怀柔培训中心开会。

洪依彪给张好武办公室去电话问什么会，张好武说：不知道啊，我也刚接到通知。

洪依彪去敲财务部“一号”的门问情况，“一号”一脸惊讶地说：我不知道啊，组织上让去就去嘛，他们经常搞越级指挥又不是一次两次了。

洪依彪到楼下进入指定的车里，纪检组的人才宣布：洪依彪同志，我们领导要与你谈话。

## 227

简直赶到“听雨轩”茶楼，庄怡恬已经点好茶坐在那里喝上了。

庄怡恬一看见简直，立即站起来主动拥抱了简直，这一举动搞得简直多少有些措手不及。庄怡恬说：没感觉了吧？我那次在乌克兰要一鼓作气把你拿下了，哪还有她黄梦妮的戏啊！

简直一听庄怡恬把自己与黄梦妮的事扯了出来，脸上立马挂不住了：庄怡恬，你疯了吧，难怪别人背后叫你“庄疯子”呢，我跟黄梦妮怎么了啊你这么八卦？

庄怡恬见简直急了，索性挑明了说：你急什么啊急，这不就我们两个人吗凶猛的样子你要吃人啊？说实话，你俩有没有事你自己知道，反正我是早就看出来了，你俩一见面躲躲闪闪的眼神还放电呢，告诉你，第二次我们在一起吃饭我就发现你俩有一腿了，女人在这方面敏感得很。

简直知道为这个话题与庄怡恬再纠缠下去吃亏的必然是自己，就摇了摇头说：随便你怎么说吧，我没有工夫与你磨牙，反正我身正不怕影子歪，我们又不是来吵架的。

庄怡恬放低了嗓门说：你是身正，上半身正下半身不正，说吧，急急忙忙把我找来想说什么？

简直喝一口茶说：给我说说洪依彪，他毕竟是我最好的朋友，为什么突然就失忆了？

庄怡恬眼睛望着茶桌上的茶，双手捧着杯子沉思了一会儿才说：有些事情我也只是听说的，不一定准确。你还记得春节期间写给大型企业工委的两封告状信吗？简直说：知道啊，这与洪依彪有什么关系？庄怡恬说：现在机关风传这些信是张好武支使洪依彪写的。简直说：我了解洪依彪的为人，这不太可能啊？他做这些事对他也没有什么好处啊？庄怡恬讥笑简直说：你这样老谋深算的人也装纯真啊，大家都知道张好武想当宏华的副总，洪依彪想去东海做副总，后来纪检组找他们约谈时，发现他们匆忙插手0801、0802厂社会化保障改制工作，收受贿赂，张好武就住院了，洪依彪就失忆了！若不是陈颂华顶着，他俩的麻烦可就大了。

简直很惊讶，自言自语地说：看来我真的在政治上不敏锐很麻木了。洪依彪啊洪依彪，你应该认陈颂华做爹呢！

庄怡恬说：你以为陈颂华是为了张好武和洪依彪啊，他这也是为了他自己，总公司的人都认为你和刘昊天才应该认陈颂华做爹呢！

与庄怡恬聊完天，简直做出一副轻松的样子给庄怡恬开玩笑说：过来，让哥哥抱抱。

庄怡恬很失落地说：我们已经不来电了，还是回家抱你老婆和黄梦妮去吧！我俩这一辈子啊，只能是朋友做不了情人的，过去机关把你、我和洪依彪说成“三剑客”，如今洪依彪成那样了，我们就快成“两贱客”了。

简直说：别那么失落，我相信洪依彪会好起来的，我明天到机关把事办完了，准备去看望一下张好武和洪依彪，你要有空我们一起去吧！

庄怡恬说：再约吧，我应该回家了，这一阵我爸妈正为我的婚姻大事与我冷战呢！

望着庄怡恬形只影单的背影，又目送庄怡恬上了自驾车，简直才真正感觉后背冷冷的。

## 228

洪依彪刚上车，就收到一条不显示机主信息的来信：管住自己的嘴。

洪依彪笑一笑，就不再说话了。

## 229

在去总公司的路上，简直面无表情，心情糟糕极了，他实在想不明白一切怎么会变成这个样子。

昨天晚上，简直与董冉闹了个不欢而散。

把母亲送回住处后，简直回家与简明聊了一会儿高考的事，就进卧室陪董冉去了。冷漠、缺乏激情、杂乱无章，简直与董冉在经历了几个月非正常夫妻生活后，并没有出现“久汗逢甘霖”般的激情。两人都有了很失败的感觉，两人都很颓废。董冉说：睡吧，我这子宫一切除后，例假也不正常了，一切都紊乱了，简直，对不起你，如果需要，你可以去找庄怡恬，我不会反对的。但有一条，我们不能离婚。

简直说：董冉，你别乱讲，一切与你无关，你太紧张了。这事我也有责任，你不知道，妈坚持要回四川乡下住，有病有痛了谁来照顾她？简明要高考，洪依彪这时候又出了点情况，突然失忆了，还有一些其他暂时不能告诉你的事情也在折磨我，一切真的与你无关。至于庄怡恬你不要乱想，我们没有任何关系，我今天再次告诉你实话，但你不能对任何人讲，我也从来没有对别人讲过，她爱的是东海一个六十多岁的唱戏的老头儿，这你应该放心了吧！

董冉睁大眼睛望着简直看了很久，才冒出一句话：她疯了，我早就发现她有些疯疯癫癫的，终究还是疯了。

简直九点十分准时赶到宏华总公司陈颂华办公的楼层。

几位军方的领导在一位中将的率领下离开了陈颂华办公室。陈颂华送走军方领导后看见了简直，很客气地说：哟，简书记来了啊，进来吧，给你十分钟时间。

秘书赵诺给简直倒一杯水后退了出去。

陈颂华微笑着看了简直一眼后说：你的工作情况不用讲了，我都清楚。你给我讲讲洪依彪和你们厂的两位主官。

简直从来没有见过陈颂华这样慈爱的笑脸和眼神，但这张笑脸仅仅几个月变得苍老了，这张笑脸再过几个月将不会再出现在这座大楼。这张笑脸将隐到大幕后，到那时候，谁还会关心照顾简直呢？想到这些，简直的眼睛竟然有些潮润了。

简直答非所问地说：陈总，你要保重身体。

陈颂华的笑容更亲切了：没想到，简直也会拍马屁了，别说没用的，回答我的问题。

简直知道自己走神了，知道自己的思维受到了感染，便振作了精神说：陈总，我与他们的交往和我的学识不足以评价一个人的德行。但陈总想听，我就实话实说了，洪依彪乐于助人、聪明能干、精力旺盛、交往广泛，但经济生活和道德品质我不敢妄作评价，因为我们之间没有这样的交往。郑汉邦讲政治、顾大局、把握全局的能力强，务实作风不及胡益民，如果再多一些深入生活底层的经验，他会很出色。胡益民是宏华的顶尖级人才，大智若愚、举重避轻，有知识分子的执着也有小市民的诡诈，政治上不够敏锐。但就总体而言，这三个人都有过人的优长，很值得我学习。

陈颂华笑笑说：简直，我再问你一个问题必须如实回答，你是愿意继续在江北工作还是想回北京？

简直愣住了，两眼迷茫地盯着陈颂华，不知道应该怎样回答陈颂华的问题才得体。陈颂华说：算了这个问题你可以不回答，如果这次有时间见洪依彪，给他捎句话，让他相信组织，安心养病，什么也别想。

简直说：谢谢陈总，我下午就想去看看洪依彪。

陈颂华从身后的陈列柜里拿出两个锦盒递给简直说：这是两盒长白山山参，一份捎给洪依彪，一份送给你岳父。

简直没有想到陈颂华会送东西给洪依彪和董大晖，陈颂华压根儿也不认识董大晖，简直不知道应该怎样感谢陈颂华，再一看锦盒上的价格标签，神情就更紧张了。

从陈颂华办公室出来，简直立即要车去了怀柔。

简直在怀柔培训中心见到洪依彪时，洪依彪正在叶婉曾经拉小提琴的小拱桥上望着流水出神。简直对洪依彪的妻子说：他现在情况怎么样？需要我做什么？

洪依彪妻子拽了拽洪依彪的袖子说：依彪，简直来看你了，简直你应该是记得的，你俩关系最好。

洪依彪说：你回房间给我取件衣服来，让简直陪我走走。

洪依彪妻子惊讶得瞪大眼睛对简直说：天啊，这简直是奇迹，他已经很多天不说话了，他什么都不记得了还能认出你来。

简直挥了挥手让洪依彪妻子去取衣服，自己陪着洪依彪沿着去“九十九顶毡房”的方向走去。

在离开培训中心院子二百多米后，一直沉默的简直对洪依彪说：陈总很关心你，还让我给你捎来了一棵野山参。

洪依彪一直呆滞的眼睛里突然闪出了一线光芒，但这光芒只停留了一瞬间就消失了。简直说：打死我也不相信你洪依彪失忆了，现在只有我们两个人，你应该告诉我究竟发生了什么事情。

洪依彪没有立即回应简直的话，仍然埋头向前走。

简直说：我一直以为，你是我在宏华在北京最可以交往和交心的朋友。

洪依彪终于接话说：说完话你就回去吧，我不认识你也不认识任何人，我现在什么都不知道了。有一件事情拜托你，借给你的房子请你妥善保管，任何人不准进去住，任何人不准动里面的任何东西，包括我老婆也不允许知道。说完，洪依彪转身扔下简直就回去了。

望着洪依彪远去的背影，简直的眼泪刷地就涌了下来。想想人活着真的没劲，三个月前的洪依彪是何等的风光啊，有热情、有抱负、能写音乐剧，以前来培训中心风流潇洒，如今只能装疯卖傻，究竟是什么毁掉了洪依彪呢？这也许将成为一个永远的谜。但有一点是被证实了的，洪依彪没有病，洪依彪是在逃避现实。

洪依彪的妻子见简直眼圈红红的，就问：他给你说什么了吗？他对我一句话也没有，如果不是他有病，我们已经分手了。

简直说：我以为他会说什么，我也以为他认出我来了，可他压根就不认识我，他的记忆似乎终结了。

洪依彪妻子问：简直，你是我们家依彪最好的朋友，也是陈总最信得过的人，你告诉我实话，他是犯作风错误了还是出了经济问题？我好有个心理准备。

简直握着洪依彪妻子的手说：你不要乱想，一切都是没有的事，你如果崩溃了他会更痛苦，无论发生什么事，无论别人怎么说，你都应该相信他是最好的男人和丈夫，有什么事我们保持经常联系。来这里之前我找专家咨询过了，他这种病症恢复很快，不会留下后遗症的。

洪依彪妻子感叹说：他的理想和梦想从此结束了。

简直安慰说：只要人好好地活着，一切都还在。

## 230

在培训中心三层的窗户前，洪依彪目送着简直的车离开培训中心，眼泪刷地就涌出来了。

## 231

面对成堆的烦心事，简直在北京待得并不轻松。

看望张好武回来，董大晖陪朱小和去简艾酒店做账去了，简直吃了一粒“舒乐安定”，将手机置于静音状态，准备抓紧时间睡个午觉。

谁知刚服下药，陈颂华的秘书赵诺的电话就打到家里来了：陈总问你去看望过洪依彪了没有？

简直如实回答说：去过了，情况不太好，但似乎没有想象的那么严重，还与我答非所问地聊了几句闲话。

赵诺说：陈总很关心你女儿考学的事，让你给单位请假在北京陪女儿考完试再回去，你送来的报告陈总已经签了，其他几位常委再画画圈就可以了，你请假时可以把这事告诉郑汉邦，这也要算是你北京之行的政绩呢！

简直说：谢谢陈总也谢谢你，方便时我请你吃饭。

放下电话，趁着药劲还没上来，简直给郑汉邦打了个电话，告诉了郑汉邦陈颂华批报告的事。郑汉邦说：你在北京多待些时间，把报告和相关的事情都处理好了再回来，另外，下星期陈副厂长和三位专家要去白俄罗斯的明斯克谈业务，你在北京代表0802总厂党委送送他们。

放下电话算算时间，简直可以在北京多待近二十天呢，心里就放松了。

这一觉简直睡得天昏地暗，晕头转向。

简直起床已经是晚上六点四十分，董冉、简明和董大晖、朱小和已经围着桌子开始吃饭了。朱小和看简直起了床，就笑着说：这简直就是有口福，不会是梦见我们吃饭了吧，我们刚拿筷子呢！

简直说：你们先吃吧，我头昏脑涨的，先洗把脸。

简明接话说：我爸这领导当得一点也不夸张，一点也不像网上讲的那样，既不风流也不潇洒。

董大晖感叹说：世风日下，人心不古啊，我当街道党委书记时，有个从文艺单位调到我们单位的女孩子，整天黏着我要我讲在云南前线打仗的事，晚上我加班她就在单位陪着我。现在想起来，若是我当年立场不坚定，不也中美人计了吗？这些事关键在个人的定力，柳下惠可以坐怀不乱，难道我们共产党员就做不到吗？

简明很感兴趣地问：姥爷，别讲柳下惠了，现在网上说柳下惠坐怀不乱是因为他根本做不了男人的。你那个文工团员是唱歌的还是跳舞的啊她年轻漂亮吗？

朱小和说：共产党员也难说啊也许是个黄脸婆呢，要是年轻漂亮，也许有些战斗英雄早就将计就计了，那个年代的人崇拜英雄呢！

简直一听这话差点把饭喷了出来：跑题了跑题了，应该让简明给我们聊聊她自己。

简明将碗重重地往桌上一放说：简直你真烦人，我好不容易放松一下心情又提出这事，你放心吧，我的目标是清华北大，你们要再烦我，我就去港大或者浙江大学了，我讨厌你们整天唠叨。

朱小和看简明真生气了，就给简明碗里挑一块鱼使了个眼色岔开话题说：我给你们讲一件奇事吧，简艾的酒店里有个经理叫胡玉，是湖南女孩子，人生得很俊俏，有一个台湾老头儿经常来吃饭就看上她了，这老头儿姓郭在台湾和大陆有多处房产，谁也没想到，下星期郭老头儿竟然明媒正娶地要与胡玉结婚了，结婚的地点就选在“湘哥川妹”。

简明问：郭老头多大年龄了啊？比杨振宁大还是小啊？

朱小和顿了顿说：才五十七岁呢，出手就给了胡玉一百万元现金、一套二百平米的房子，首饰就别说了。郭老头儿比胡玉的父亲年龄还大，什么爱情啊，都是钱在左右人的婚姻家庭。胡玉的父母前几天来北京了，高兴得捡了金元宝似的。

董冉感叹道：看来这世界还真有灰姑娘和王子的故事呢！

简明说：如果有个中东的王室成员要娶我，我也不会拒绝，但年龄不能比简直大，陪嫁嘛就要一架飞机吧。

董冉敲一下桌子说：简直你装聋作哑是吧？还有四天就要高考了，你看你女儿整天都在想什么呢？她才多大啊？

简明说：我十八岁了，老古董。你们吃吧我不吃了，下次吃饭时麻烦姨奶把饭送到我房间里去侍候着，免得我听了你们的聊天不利于我这个老儿童健康成长。

简直笑笑，并不掺和。心想，这胡玉真是个了不起的人，很有男人缘呢，也不知燕玲现在在简艾那里干得怎么样了，虽然偶尔也会想起，却不好打听情况。燕玲为什么就从来不给我简直打个电话呢？

## 232

洪依彪站在怀柔培训中心招待所三楼的窗前，这已经成为了他每天要做的主要事情。他每天都盼着能够出现一两张熟悉的面孔，但又害怕熟悉的人来探望。

渐渐地，盼望留下了，期望没有了。

一开始培训中心的郑主任还亲自来探望，后来派庞副主任来来，再后来就没什么人来了。更令洪依彪感到恐惧的是，自己的妻子女儿也很少来了，女儿要上学没有办法，妻子呢？小姨子呢？洪依彪无私帮助过的那些人呢？

洪依彪每天就这样望眼欲穿地站在窗前。

## 233

由于进站早，北京西客站站台上的人并不多。

把母亲的行李和铺位安顿好后，简直看离开车时间还早，干脆决定坐下来陪母亲聊会儿天。简直母亲突然拉着简直的手哭泣了：简直，你是我们家的顶梁柱，你的生活不能有任何差错，你要多关心简来和简艾，他们文化不高，在北京也没有根底，你们的血肉筋骨都是连在一起的，在妈眼里你们都是一个人，你们谁身上痛一下，妈的心就会被揪一下。

简直看周围没有人注意，就从兜里拿出一个信封塞进母亲包里面，又拿出一个手机交给母亲，接过母亲的话说：妈您就放心吧，他们比我还能干呢，您回去把自己身体管好，田里地里的活少干，您身体好就是对我们的工作最大的支持，没钱花了给我打个电话就行，我把我们三兄妹的号码都输入进去了。

简直又对送母亲回家的简来说：你回去要一次性把家里的柴米油盐给备足了，给父亲坟上再堆点土，记住，一定要教妈学会用手机，把电线水管都检查一遍。

简直母亲拈掉简直袖子上的一根头发，深情地说：对董冉和简明好些，男人在外面花点没事，但不能没有家和孩子，一定要记住啊！

七次列车开动时，简直和母亲都哭了。

简直追着已经启动了的火车说：妈，您放心，爸爸周年忌日时，我们都赶回去陪您几天。

母亲是否听见了简直的话不得而知。母亲是农民，母亲一辈子也离不开她的土地和鸡猪菜地，离开土地她的生活就窒息。而自己呢，自从逃离了土地就不敢再回望土地，甚至惧怕土地，惧怕再回到那种仰仗于土地的生活，惧怕那种乡间小道、牧歌田园式的生活，且不说现在的乡下已经难觅这些风景的踪影，即使能找到，简直也只愿做一个旅游者一个过客，他更愿沉迷于声色歌舞、酒肉箪食、前呼后拥的现代生活。

车行至复兴门桥时，黄梦妮的电话打过来了：听田总说你回来北京了，你真生气了不打算再见我了吗？你这个人还算男人呢，女人使点小性子都能记仇。

简直何尝不想见黄梦妮啊，这些日子简直一直纠结着呢！“盖诸葛”的忠告、黄梦妮给予的精神和物质上的好处与董冉生活的不协调始终纠缠在一起，折磨得简直喘不过气来，他有时甚至感到自己快要崩溃了。

黄梦妮问：你为什么不说话啊，你要不方便或不想答理我就算了，放心吧，我没什么事我只是听说你回来了，作为一个老朋友问候你一声。

简直说：今天刚把我妈送上火车，现在去“静雅”有个重要的任务，这样吧，等我女儿高考完我立即去找你报到，梦妮，你别乱想，我遇到了一些事情有很多事情需要找你商量，我也很想见你一面。

黄梦妮用有些心灰意冷的口气说：你随便吧，我现在不在公司就在家里，这段时间我既不出国也不出差。

从复兴门到德胜门，简直的思想和灵魂始终在纠结扭打中，这个痛苦的过程令简直难以自拔。一路沉默的司机小卢突然发话说：简书记你知道吗？总公司的人都在私下议论，说洪总的音乐会收了企业赞助是受贿行为，还说他的小蜜把他举报了，所以他才假装失忆的。

简直听司机小卢主动聊这个话题，而且讲的内容正是简直想知道却不好找人打听的内容，就趁机问：小卢，你这车现在归谁使用？领导对你怎么样啊？

小卢回答说：我这车现在是总公司老总们的周转车，有时候也负责接站送站。对我好不好也无所谓，你走了也就没有人再关心我了，一个月三千块钱不到，有人用车我就出车，没有人用车我就回家陪老婆孩子。

说着话聊着天，简直很快就赶到了“静雅”。

进入提前订好的包房，分管对外合作田副总、外办的一位领导已经提前到了。田副总一看见简直，就笑着迎了上来，以他特有的性格给简直开笑说：哟，简大书记终于露面了啊，听说你回来一星期了也不给我老哥见个面，哪天单独请你吃顿饭吧？

简直说：我可不敢轻易惊动老领导，我这几天在忙着处理家务事，刚才还想啥时候去拜访您呢，您过去对我和我们0802厂都很关照，哪敢忘记了您啊？

田副总用他那特别宽厚的大手握着简直的手使劲地摇着，脑袋却转过去对外办的同志说：你去楼下迎接一下0802厂的领导，我在这里陪简书记聊点事。

外办的人一出门，田副总就将一脸笑换成了严肃的面孔说：张好武和洪依彪的事你听说了吧，你怎么看？这两个人与你都很熟。

简直揣摩不透田副总的真实意图，也就不敢贸然接话，更不能不回答，就含糊其词地说：张好武是我的老领导，洪依彪既是我同学又是同乡，私交也不错，领导不告诉我，别人是不会给我讲真话的。

田副总仍然一脸严肃地说：你小子就是成熟老练，一副不粘锅的样子，我告诉你，他俩的事绝对是事出有因的，但陈总爱惜自己的部下才保了他们。我从你老大哥的角度提醒你，这次的事件可能会涉及人事地震，如果让你回来接办公厅主任，你一定要接受，如果让你接0802厂的党委书记，你要接，但0802的总厂长你不能接。作为年长你几岁的老朋友的忠告，利弊你自己分析。

田总的话令简直很感动。由此，他逐渐明白陈颂华给自己谈话的目的了，简直很感激地对田副总说：这种忠告我将永远铭记，您讲的一切都是为了我好。说实话，我真的不相信他俩有什么问题。

田副总以很欣赏的眼神盯着简直看了一阵后，站起来走到博古架前指着一个工艺品说：你看这些东西，看起来都非常赏心悦目，也很有品位，但它们太易碎了，摆在这里很名贵，扔在地上就成了垃圾，这与我们的事业一样。搞科研成果永恒，当领导一旦丢官就狗屁不是。有人在陈总面前说我经常与吕布尼的公司上层吃吃喝喝、拉拉扯扯，纯粹他妈的扯淡。

## 234

小姨子自己驾车来了怀柔。

小姨子一进门就抱着洪依彪哭了起来：你个傻瓜，我们的好日子还没有开始呢，我不相信你真的病了，你永远不会病。离婚吧，离了我跟你。

洪依彪对小姨子很了解，小姨子是把自己当作一件东西从姐姐手里抢过来的。洪依彪两眼目视着着小姨子，佯装什么也听不懂。

小姨子用拳头捶打着洪依彪说：我知道你不信任我，你看我的行李，我把什么东西都带来了，我要陪你一直守着你。

这句话把洪依彪吓着了。

洪依彪低声说：谢谢你来看我，如果你真对我好，你就尽快离开这里。

小姨子听洪依彪讲话了，立即露出一脸的惊喜。

而洪依彪讲完这句话后，又换上了一脸茫然，直到小姨子离开也不再讲一句话。

## 235

简明高考的考点离家只有两站。简明从小特立独行，开考第一天就拒绝家里提供一切方便，一切与她平时上学放学一模一样。简直和家里人能做的，就是为简明做点她喜欢吃的东西备着。

考完试的当天下午，董冉提前回家亲自做了几个菜。还不到下午五点半，简直、董大晖、朱小和就早早地将饭菜端上了桌，还特意开了一瓶茅台酒和一瓶法国葡萄酒，摆上了高脚酒杯。菜上来了酒也上来了，大家就静静地坐在沙发上等着，每人的心里都在惦记着简明高考后的感觉。时间到了六点钟，董冉催简直给简明打个电话，简直说：你还不了解你闺女的性格啊，再等等吧！时间过了六点二十，董冉按捺不住自己拨通了简明的电话。简明告诉董冉，她感觉考得不错，现在正与同学一道在吃云南的“香草火锅”，明天准备去云南德宏旅游。

董冉放下电话很生气地说：吃饭。我高考完回家我爸结果都没问过呢，我们这是犯贱。

简直打破沉默说：爸，咱们喝点吧，这次回来还没有好好喝呢，过两天我就要回江北去了。说完倒了两杯茅台酒，给朱小和、董冉倒了两杯红葡萄酒。

简直说：大家放心，我们家简明没问题。为简明顺利完成高考，干杯！

这餐饭一家人吃得悄无声息。

吃完饭，简直借口要去看望一个老领导，装模作样地拎上包就出了门。

在楼下的树荫里，简直给黄梦妮通了电话，希望能见一面。黄梦妮说：你过来吧，我和吕布尼正在“世贸天阶”请几个商界朋友吃饭，吕布尼刚才还让我安排最近请你吃饭呢，正说着你的电话就来了。

简直说：我吃过饭了你们吃吧，你有没有安装电子监控的朋友，我想咨询点事情。

黄梦妮说：这事我一个电话就给你搞定，你就不用操心了，这样吧，一小时后我们在“豪门夜宴”见面，我还有重要的事要与你谈。

说实话，简直在见与不见黄梦妮的问题上很矛盾。但一听黄梦妮说有重要的话要说，简直又动心了，他相信黄梦妮讲的“重要的事”绝对不会是床上的事。

简直算了算路程和时间，索性一边沿街散步一边给苏锋拨了个电话。没想到苏锋说他就在北京怀柔培训中心，只是没有时间见面，明天一早就要回东海。

简直打出租刚到“豪门夜宴”，黄梦妮的车也正好赶到。

江北不欢而散一别两三月，一袭白色长裙的黄梦妮仍然那么高贵可人，那样充满成熟诱惑。黄梦妮说：简书记你看什么呢不认识啊，走吧，进去喝茶。

简直就随黄梦妮进入了三层他已经很熟悉的隐秘世界。这时候，黄梦妮是香甜可口的诱饵，简直是饥饿已久的鱼。进到黄梦妮的办公室兼卧室，黄梦妮命令简直：去刷牙洗澡，我打两个电话就进来。

简直如同一个刚入校不久的学生，在老师的训导下很规矩很听话地就进入了隐藏在名画后的卧室，跳进了二十四小时都保持恒温的小浴池。

这次，黄梦妮和简直在小浴池里就完成了他们久别后的壮美冲锋。完事后黄梦妮赤裸着身子给简直倒了一杯鲜榨果汁，一脸严肃地对简直说：简直，我想告诉你一件事情，你记住了，这事我只告诉过你，你知道洪依彪为什么失忆吗？是因为一个叫叶婉的女人。

简直一听这个话题，立即从池子里站起来，用毛巾擦干净身体，三两下穿上衣裤拽着黄梦妮说：告诉你黄梦妮，洪依彪跟谁都有可能发生关系，但与叶婉不可能，绝对不可能，打死我也不相信。

黄梦妮站起来一边用干毛巾揉搓头发一边说：你为什么不听我讲完呢，我说洪依彪与叶婉有关系，并不是讲他们有床上的关系，现在很多人都是这样，一讲到男女关系，就会想到裤腰带以下的事情，你简直也不能脱俗。告诉你，叶婉生于一九七四年，是某个重要领导人的孩子，因为政治原因领导人与叶婉母亲分手了。改革开放后，这位领导人找到了叶婉的母亲并要回了叶婉的抚养权，叶婉的父亲就想方设法赎罪，但叶婉并不领情，父女关系并不好。知道吗，叶婉去英国学习生活的全部费用却是洪依彪提供的。有一部分还是从我们公司走账。

简直似是而非、自言自语地说：叶婉的父亲会是谁呢？

黄梦妮说：我俩好了一场，我才告诉你这些不应该告诉你的事情。但你一定要记住，今天以后，你暂时远离宏华高层，远离洪依彪，远离这个话题，也暂时远离我和吕布尼，今后你有的是机会关心洪依彪。

简直紧紧地抱着黄梦妮说：谢谢你我的老婆，如果你不提醒我不告诉我这一切，我会被折磨疯的。我同意短时间离开你一阵，过了这个风口我再回来，我会好好爱你我的老婆。

黄梦妮说：你走吧，像这样信誓旦旦要爱我的男人我见过不止你一个了。过一段时间，给我打个电话陪我聊聊天我就很感谢你了。

## 236

苏锋来去匆匆，只在洪依彪房间里待了不足半小时。

苏锋临行前把郑主任、庞副主任和侯翠叫到洪依彪房间里，当着洪依彪的面说：你们如果还是我的朋友，你们就应该用最好的服务、最好的招待对待洪总，他没有免职，他只是生病治疗，只有现在，才能真正看出你们的人品人格。

郑总一行当即表态，一定会照顾好洪总。

苏锋一走，洪依彪立即将门关上，一个人进入了洗漱间。

随即，洗漱间里传出了洪依彪的哭泣声音。

## 237

面对种种表扬和议论，简直不置可否。

按照郑汉邦和胡益民的安排，简直带着仇先锋一行再一次踏上了去二分厂的路，他们要去兑现承诺，解决群众群访时提出的棘手问题。

车刚开出江北，尚小川就打电话来了。尚小川告诉简直一个噩耗：尚德今天早晨去世了，临走时身体骨瘦如柴，只剩下了七十多斤。

简直安慰完尚小川后，又给已经在老家的简来打电话：尚德老师如同我的父母，你要帮助尚小川料理完丧事后再回北京。你把银行卡的卡号发到我手机上，我给你打五千块钱过去，你要当面交给师母，同时以我的名义给老师送一个最大的花圈，如果还有什么困难，再打电话给我。

给简来打完电话，简直心里很沉重，他的脑子里全是尚德老师的影子和上中学时的情景，自己虽然算不上什么了不起的人物，但也还算得上学业有成，在尚老师教过的学生中，也还算得上功成名就了。这些年为什么就没有把尚老师接到北京东海转一转呢，遗憾的是，这一辈子再也没有报答老师的机会了。临进入二分厂的大门时，简直才自言自语地冒出一句话来：这个世界上为什么总是好人命短、英雄气短、善良的人手短呢？

仇先锋接话说：简书记您这人善良，值得交往。盖诸葛曾经与我聊过，善良人都是在为前世的原罪赎罪呢！与基督徒的信仰一样的。

简直说：所以啊，我们这次一定要把相关的赔付工作做好，让真正受损失受影响的周边群众得到补偿。

仇先锋说：简书记就是讲政治，随时想到的都是和谐社会，心里装的永远是群众，你比焦裕禄、孔繁森还要好呢，宏华总公司就应该把你当作典型培养宣传。

简直说：老哥你骂我吧，都拿我与死人相比，我这人也就是善良一点，没有那么多弯弯肠子罢了。应该怎么办还不得与大家在㞞起商量啊!

到二分厂招待所刚一进屋，仇先锋就把二分厂陪同的领导支了出去：你们几位领导先回避一下，我刚接了总厂一个电话，有点急事要先向简书记报告。

二分厂的领导刚一出门，简直就急不可耐地问：发生什么事了?是郑书记还是胡厂长又有什么新的指示?

仇先锋摇了摇头，并不急于直接回答简直的问题。而是避重就轻地问：简书记，您认为我在0802厂还会有什么追求还会有提拔的机会吗?

简直被仇先锋突如其来的话问得莫名其妙。但看着仇先锋一本正经的样子又不像是在开玩笑，就如实回答说：老仇，我们虽然在一起工作时间不长，但我们还是有所了解的，仅就能力和德行而言，你不仅应该得到提拔而且重用。但从年龄和我们现在的用人体制来讲，恕我直言，你的希望不大。

仇先锋说：那好，这说明你相信我的人品也把我当朋友看待。所以这次下来，我提几点建议：一、今晚他们接风喝酒汇报工作你只管打哈哈，因为您是副职，一切决定是由郑书记和胡厂长做的，您只是执行者。二、凡与地方的交涉谈判由二分厂领导出面，我们在幕后，要给二分厂领导权力和信任，这对您今后开展工作有好处。三、我们这三天由他们安排去旅游或钓鱼，三天后听他们详细汇报，第四天回来。如果您同意我的方案，我给他们交代工作，你只需坐在城门观风景就是了。

简直把仇先锋的建议在心里认真地过滤了一遍，又盯着仇先锋看了一阵。心想，这老仇心善，但口无遮拦；理正，但容易越位。简直还是非常感激地说：老仇，我缺乏基层工作经验，处理具体事务的能力也不强，一切照你说的办。以后，公众场合我是你的领导，私下里你是我大哥。

仇先锋哈哈一笑说：这些我都不需要，我只要你承认我还是个有点工作能力、人品还不算坏的人就可以了。这样吧，现在离开饭还有四十分钟，我把他们几位领导找过来交代工作，您最后提要求就是了。

简直并不接话，笑了笑算是认可。

仇先锋把工作给二分厂的领导交待完后，简直只讲了三点：一、宏华总公司和0802总厂下拨的经费一分钱不允许截留，二分厂也要做适当的投入，具体分几次投投多少，二分厂常委会定，要有备案可查，要经得起审计。二、要站在讲政治的高度办好事用好钱，要力争三五年内附近群众不再上访，要力争让受益的群众满意，如果有群众给宏华总公司写感谢信，不要阻拦。三、三天后要有一个详细的、有水平的报告上报给总厂，要趁此机会通过新闻宣传的方式，把0802厂支援地方经济和民生事业的事迹宣传出去。

从二分厂领导和仇先锋的表情上看，简直讲的三点意见，简短明快易于操作，他们对简直更加刮目相看了。二分厂的党委书记说：简书记您在北京的大机关工作过处理事情的方法和看问题的视角就是与众不同，我们佩服您。这样吧，我们这里离长阳不远，明天安排你们去那里转一转，那里的土家族文化很有特色，您放心，回来后我们一定会给你一个圆满的交待。

简直就带着仇先锋一行四人在二分厂党委副书记的陪同下去了长阳。一路上，分管副书记不知从什么地方找来两名漂亮纯朴的土家族女导游陪着。听土家族山歌，吃鼎罐炖野猪肉，在清江放竹排，简直乐得都忘记到二分厂的工作任务了。

但谁也没有想到，简直还没有回到江北就接了燕玲打到来的电话。燕玲在电话里哭泣着说：大哥，你抓紧回北京来一趟吧，大姐家的饭店出事了，滕哥不在北京，大姐被公安局抓起来了，店也被查封停业整顿了。

简直一听这话，头嗡地就大了，安慰燕玲说：别着急慢慢说，究竟发生了什么事情？

燕玲哭泣着说：有人举报我们店里使用“地沟油”，你抓紧回来一趟吧，店里就我和朱奶奶两个人。

简直说：你们别着急，一定要看好店，一切都会有办法的。说完，简直立即分别给庄怡恬和董冉打了电话，把事情的经过简要说了，让庄怡恬立即找找人，应该罚款罚款，无论花多少钱也要设法先把人放出来。

庄怡恬说：你一般不会给我打电话，打电话一般都有麻烦，你这人啊属贼的我就懒得说你了。不过也算你找对了人，我二嫂就在工商局做个小头目，我马上找她问清楚情况，你等着吧我尽力帮你就是，现在餐饮业用地沟油已经不是什么秘密，事情可大可小，大了坐牢，小了罚款！

## 238

洪依彪的女儿趁双休日来了一趟怀柔培训中心。一见面，女儿就哭着告诉洪依彪：妈妈最近行为很诡秘。你们不会离婚吧？

洪依彪用手抚摸着女儿的头，什么也没讲。

## 239

简直从天河机场接机返回总厂的路上，简明报告了一个特大喜讯，她和魏楚于都已经拿到了北京大学经济学院的录取通知书，准备结伴去甘肃农村做社会调查。

简直听到这个消息很兴奋。

简直知道简明的性格是属“倔驴”的，她既然决定去甘肃了，你说啥也不灵，就顺势说：这是好事啊，给你妈妈商量好就可以出发，爸爸支持你的抉择，路上注意安全。

许博士讲课的水平在国内是有名的，立意高深、语言幽默、观点新锐。0802总厂的人还是第一次听到如此高层次的授课。所以，晚上总厂领导宴请许博士吃饭，许博士虽然满腹经纶，但见过的世面大了，官员多了，人也很随和。

进入餐厅，简直发现许博士在盯着胡益民的脚出神。原来胡益民在这种正式的场合又没有穿袜子，这与一身西装扎领带的许博士相比起来，确实有些搞笑。郑汉邦似也看出了许博士的好奇。就开玩笑说：我们厂长是留洋回来的院士，平常对生活细节不是很讲究，这几天患了脚疾，就更不讲究了。胡益民发现大家都在盯着自己的脚说事，脸上只小小地尴尬了一下就自嘲开了，大家自然对我的脚感兴趣，我索性把事情与大家讲清楚了，也许会对许博士今后讲课举例增加一个典故。

郑汉邦打断胡益民的话说：这马上要吃饭了，你讲你的臭脚，未免有些大不雅吧，要讲饭后讲也不迟嘛！

谁知许博士对胡益民的脚却来了兴趣：讲啊，为什么不讲，胡厂长是中国工程院院士，也许脚上就有经济学呢？讲完再开始。

胡益民也不避讳，就讲开了：我的父辈与胡雪岩是同宗，是不出五代的宗亲。但大家不知道，我的父亲和我父亲的父亲既无红顶也不是商人，他们只是安徽乡下的鞋匠，他们的口碑和声誉在我的老家，要远比胡雪岩大得多。我小时候穿的鞋，大部分都是我父亲自己用旧料给我缝制的。十八岁我去东海交大上学时，父亲给我又制了一双新鞋，可到学校的第二天早晨，就被同室同学误当垃圾给扔了，为这事，我把扔我鞋的同学打了个鼻青脸肿，我自己挨了个处分。到美国读书时，父亲又给我做了一双鞋，我没穿但我带到了美国，我脚上穿的是一双温州生产的欧洲名牌，商标和做工很难看出是仿冒产品，结果一到纽约机场就被人罚了款。没有办法，我只好又穿起了父亲做的鞋。结婚那年，我第一次带媳妇去见我父亲，那时我父亲年龄大已经做不了鞋了，媳妇一进我父亲住的小屋就捂着鼻子逃了出来，发誓死也不再进我父亲的家。我这人很拗，当场就给媳妇来了个恶作剧，要么我俩一起给父亲洗一次脚，要么我们俩离婚。当然，最终父亲没让我媳妇给他洗脚，我也没有机会再给父亲洗脚了，那年冬天父亲就走了，给我留下了二十双他亲手缝制的皮鞋。从那以后，无论什么场合无论冬天夏天，我就不再穿袜子了。大家知道吗，今天就是我父亲的忌日。

胡益民的故事一点也不生动一点也不幽默。但所有在场的人听完后都沉默了。

这天的晚餐大家喝了很多酒，胡益民几乎是放开了量喝的，最后还唱起了墨西哥民歌。

晚上躺在床上，简直怎么也不能入睡。胡益民的故事勾起了简直对父亲母亲和尚德老师的思念。

夜里十一点钟，庄怡恬的电话再一次搅动了简直的精神世界，一个通宵也没有再入睡。庄怡恬告诉简直，简艾饭店的事基本摆平了，但罚款不能少于五万元，拘留十天的处罚免不了。庄怡恬还伤感地告诉了简直一个惊人的消息，她下星期将调到东海工作去了，任0801厂党委办公室副主任。

简直劝告庄怡恬：你是疯了吗，去东海容易回北京难啊，你是女孩子，你父亲同意吗？

庄怡恬说：我在北京待着干什么啊，每天除了找资料送文件就是听父母亲唠叨我的婚姻我都快烦死了。我去了东海还有苏锋和俞继飞呢！

## 240

小姨子终于告诉了洪依彪一个惊人的消息：洪依彪的妻子正在办理一本出国旅游签证。

洪依彪说：这我知道，她早就有护照了。

小姨子说：这不重要，重要的是她可能在申请移民。

这下轮到洪依彪惊慌了。洪依彪神情严肃地说：你得设法拦住她不能让她去。她一旦走了，我这一辈子就只能永远失忆了，也许还会坐牢。

## 241

由简直协助胡益民厂长主抓的科技创新工作有了阶段性成果，厂党委决定由简直带领科研人员到苏州同里、浙江普陀山度假半个月。

出发前，简直给苏锋打了个电话。苏锋说：你第一站到东海来吧，庄怡恬到东海来后你还没过来聚过呢，俞继飞新收了两个徒弟，人长得好昆曲也唱得非常好。

简直感觉也有很久没见过苏锋了，现在总公司机关又盛传苏锋这次真的要调回总公司任副总，就毫不犹豫地答应了苏锋的邀请，并约好了在东海见面的具体时间。

也不知是老天爷有意还是梅雨原因，简直一行到东海当天又赶上了下雨。庄怡恬带着一辆中巴和一辆小车到东海火车站迎接简直一行六人。见到简直，庄怡恬竟然流泪了，压低了声音对简直说：你要再不来看我我就要崩溃了发霉了，你知道吗？我每天都在重复北京的生活，苏总也不如从前可爱了，我来这么久了就见过俞继飞一面，而且他根本就不答理我，我现在已经后悔了，才二十多天时间呢！

简直看着庄怡恬委屈的样子，心里已经动了恻隐之心，若不是车上还有别的人，简直会毫不犹豫地将庄怡恬揽进怀里，让庄怡恬哭个够。但简直不能这样做，且不说简直身边还有0802厂和0801厂的人。简直如同长辈般拍拍庄怡恬的头说：你过去是宏华总公司的人，苏锋现在是你的领导，他当然不可能如同以前那样对待你了，走吧，有什么话留到晚上说。

庄怡恬毕竟是成年人了，听简直这样一说，立即将眼泪一抹就笑了起来，对车上的专家们说：报告各位专家一个好消息，苏总安排晚上为0802厂的专家们接风，地点在“碧水风荷”，还请了东海的昆曲名角为大家献艺。到招待所后，大家把行李放到招待所就抓紧下来，还上这辆车，我们六点二十准时出发。

似乎苏锋永远也断不了昆曲情结，似乎苏锋在东海永远也不缺有格调的好餐馆。“碧水风荷”是一个苏州菜馆，刚进入房间，就博得了0802厂专家们的一片唏嘘赞叹声。

苏锋的祝酒词热情洋溢也才华横溢，赢得了长时间的掌声。以致0802厂的专家们都私下议论苏锋的“大家”气派，潜台词当然是贬胡益民这方面不行了。特别是告诉大家俞继飞参加政协一个会议，要晚到一会儿并把俞继飞的弟子介绍给在座的人们时，大家的表情更是生动得有些夸张了。

酒过三巡后，俞继飞的弟子俞小飞先开场了。俞小飞粉袖舞动，唱腔摄人，直唱得几个老专家都看直了眼睛，伸直了耳朵。俞继飞唱道：

倾城倾国莫相疑，巫水巫云梦亦痴，红粉情多销俊骨，金兰宜多异蛾眉。温柔乡里精神健、窈窕风前意太奇。村子不知春寂寂。千金此夕故踟蹰。

一曲唱罢，大家都忘记了动筷子。苏锋站起来对专家们说：各位都是我们宏华的骄傲，也是我们今天最尊贵的客人，在此，我建议大家为俞小飞的演唱干杯。大家都不约而同地干了。苏锋接着说：下面请我们0801厂的副总师、大家的同行也是昆曲爱好者蔡琴女士给大家献上一曲好不好啊？似乎一切都是早有准备的，琴乐师们的乐声刚一起，蔡琴的唱腔就跟上了：

淡画眉儿斜插梳，不忻拈弄傅工夫。云窗雾阁深深许，蕙性兰心款款乎。相令爱异傅人扶，神仙标格世间无。从今罢却相思调，美满恩情锦不如。

蔡琴的唱腔和表演虽然不及俞继飞的弟子那般专业，但懂点昆曲的人都知道，也能算得上是准专业水平了。苏锋就出了个题目：各位专家中如果能有人准确猜出蔡副总的真实年龄，我们奖励俞继飞先生亲笔签字的光盘一套作为纪念。

苏锋的话音刚落，0802厂总师立即站起来说：五十八岁，她曾经与我在一个课题组工作过。

且不说这天晚上的饭吃得好与不好，就这种互动式的文化氛围就令0802厂的知识分子们深受感动。俞继飞赶到时，0801厂的接风宴已经临近尾声了，俞继飞在听了苏锋的介绍后感慨地说：简书记我们是老朋友了。但我更愿意跟振兴民族工业的专家们在一起，你们才是真正的创造者，因为我与苏总是多年的朋友，所以我从会上溜了出来，特意把准备带到台湾去演出的一小段曲子献给大家：

> 星月当空万烛烧，人间天上两元宵。乐和春奏声偏好，人蹈衣归马亦娇。易老韶光休浪度，最公白发不相饶。千金博得斯须刻，分付谯更仔细敲。

俞继飞才能算得上真正的大家呢，一曲唱完，整个餐厅没有了任何声音。但出乎所有人意料的是，庄怡恬又扑进俞继飞的怀里哭出了声音。俞继飞用女人般洁白修长的手指梳理着庄怡恬的头发安慰说：你回北京去吧，感谢你信任我和我们的昆曲，这东西在北方叫京剧，在江南就只能叫昆曲了，就如同在大陆我们叫艺术家，在港台就只能叫艺人。在旧社会我们叫戏子，在今天我们叫大师，昆曲也好，京戏也罢，终归就是个乐子，温饱时是享受，穷困时当不了饭吃。回去吧小傻瓜，北方才是你栖息的地方呢！

一桌人除了苏锋、简直和俞继飞外，没有人能知道其间的秘密，庄怡恬似乎很听俞继飞的话，立马停止了哭泣。

苏锋悄声对坐在身边的简直说：也许，是我害了她啊！

简直安慰苏锋：你也别自责，我们这一群人，各有各的命，有些人的命运掌握在别人手里，有人自己执迷不悟。你看庄怡恬的发际和毛发，命相不是有福之人啊！

这天欢迎晚宴结束后，苏锋又单独请简直和庄怡恬去黄埔江边喝茶至深夜，聊洪依彪的失忆与音乐剧，聊张好武的岳父和姐夫，聊陈颂华退位后可能的接替人选，简直几次提及叶婉，话题都被苏锋岔开了。

## 242

有人预言，现代高科技带来了人类前所未有的发展，也将摧毁人类几千年的文明，电脑把汉字书法给毁了，手机的出现把几千年的书信给毁了，网络把正常的人际交往封闭了。

简直回到江北后收到了一封信，这也是他一年多来收到的第二封信，上一封信是尚德老师活着时写来的，这封字迹歪歪扭扭的信会是谁写来的呢？

简直用剪刀打开信先看结尾，竟然是胡玉写来的。

尊敬的简大哥：想必您已经知道我结婚了，我们生活得很好，住在北五环附近一个叫“橡树湾”的小区里，希望您有空了来我家做客。简哥，我给你写这封信你一定会感到惊讶，但我必须写也只能写给你，如果不写信将事情真相告诉你，我的后半生将会生活在纠结和痛苦之中，永远不得安宁。

简大哥，我今年二十三岁，二十岁从湖南长沙旅游专科学校毕业后来北京打工，在北京打工这些年，我得到了简艾姐和滕哥的关照，也做过对不起简艾姐的事，那件事从头到尾你也清楚，我就不 嗦了。我写信要告诉您的是，这次向工商局检举酒店用地沟油的事是我做的，但没有想到饭店会被查封也没有想到简艾姐被拘留，更没想到要罚款五万元。但这事我并不后悔，民以食为天、人命关天的道理我是懂的。我也相信这事不是简艾姐和滕哥有意而为，这一切都是采购人员捣的鬼，你知道吗？我们的厨师都不吃他们自己炒的菜。为了弥补损失，我已经给你寄去十万元，请你务必替我转交简艾姐，以求得她对我的原谅。同时希望她以此为教训，把我们的酒店经营得更好！有机会见到洪哥，请向他问好！你们是我永远的朋友。

读完胡玉的信，简直立即拨通了简艾的电话，把胡玉的信读了一遍，但却回避了胡玉与滕松巍过去的事。

简艾对简直说：哥，你放心，这次的教训值得，让我认识了一个很好的朋友，有机会了我会去找胡玉玩的，那十万元钱你打给我吧，我给她送回去。

简直说：简艾，我相信你一定会重新站起来，我也相信你不是有意的，我们老简家的人没有做过伤天害理的事。

简艾沉默了一阵才说：哥我给你说实话吧，这两批油都是二哥简来采购的，一次就采购了两千多斤，听后厨的人讲，二哥可能吃了回扣，我不知道他在里面究竟做了什么手脚，我想让他回老家去但我又说不出口，我不知道应该怎么办。

这下轮到简直震惊犯难了。

## 243

下午0802厂召开党委集体理财会，简直仍在为简来采购地沟油的事件困惑着走不出来，人在金钱面前怎么亲情和良知都可以不要了呢？以至于胡益民与郑汉邦在会上大声吵起来简直也没明白是因为什么引发的。

胡益民挥手用力拍了几下桌子大声质问郑汉邦：真理不一定就在大多数人的一边，请问郑书记，一群愚者和一个智者在一起时，你更相信谁？作为一个企业，创新和科研永远是生命，你到世界五百强企业去考察一下吧，看看他们用于研发的经费比重占全部经费的比例是多少，我今天把话撂在这里，如果谁胆敢减少科研创新经费，我就带着全体科研人员背着背包到北京上访！

郑汉邦眼睛盯着胡益民看了一阵，又环视了在场的常委一眼，才慢条斯理地说：益民同志你不要激动，这件事我们没有沟通好，更确切地说是分管副厂长和财务预算部门的同志没有与我们协调好。但你刚才的说法是不对的，一、我没有要削弱科研创新经费的意图。二、我们中间没有愚者智者之分。三、我仍然坚持认为，我们0802厂是一家百年老厂，包袱很重负重前行，如果不解决好老职工的教育、医疗、住房、文化等民生问题，企业发展问题就无从谈起，现在的问题是，我们盘子里就这么大一块蛋糕，从哪里下刀？科研经费切多少？民生切多少？上面的文件规定要执行，0802厂的特殊情况也必须要考虑。难道我们真要等到群众再上访时才重视这些问题吗？

胡益民站起来大声回答说：我想不通永远也想不通，我只知道企业要做大做强必须依靠科技创新，而科技创新是需要加大投入的，你向上级要求换厂长吧，我不当这个总厂厂长了，我还搞我的科研！说完，胡益民气呼呼地拎着包就出了门。

除了空调的声音，会场陷入了死一般的沉寂。

几分钟后，郑汉邦长长地叹了一口气后说：今天会上争论的事，都是工作中的分歧，责任主要在我。下去后，大家不要议论这件事，这是铁的纪律。至于下次会什么时候开，我与益民同志再商量，大家回去等党办的同志再通知吧！散会！

等郑汉邦也出了门大家才发现，胡益民的一只鞋竟然遗忘在会议室了。管财务的黄副厂长对简直感叹说：天下有贼，世上无虎，一万年太久，只争朝夕啊！也不知西方的大企业是怎么管理的。

## 244

简直正准备去食堂吃饭，林守和和滕松巍突然站在了简直面前，两人身后还站着一个打扮得很性感时尚的女孩子。若不是两人都活生生地喊出了“姐夫”和“简书记”的姓名，简直一准认为自己白天见到鬼了。

简直很奇怪地问：你们俩怎么在一起啊？你们来江北为什么不打声招呼呢？

林守和笑嘻嘻地说：简书记，你现在是大书记大忙人，我们哪敢给你增添麻烦啊，告诉你实话吧，我们昨天就来江北了，我们准备合资在你们厂附近开一家饭店，店名我们都想好了就叫“川鄂情”。

听林守和这一说，简直的气更不打一处来，且不说林守和的文化操守如何，就他那流里流气的样子，简直打心眼里就讨厌。简直埋怨滕松巍说：我今天还给简艾打过电话呢，她也没说你们要来啊？江北的商机比北京好吗？你们真是搞笑。

滕松巍有些不安地说：我本来是要回湖南老家办点事的，林哥约我来我就来了。

林守和一看简直有些不太高兴，就觍着脸说：简书记，你看这都到饭点了，我们请你吃个饭吧，在酒桌上把我们的想法给你汇报一下？

简直说：先到招待所住下吧！一会儿我请你们吃饭。

## 245

白天走路遇见鬼，怕见谁谁就站在你面前。刚走进招待所大厅，面对面又碰上了胡益民。胡益民拉着脸对简直说：不想回家吃饭了憋气得很，走，陪我出去喝两盅酒。

简直犹豫了一下一脸很为难地说：头儿，这是我妹夫，这位是张好武主任的姐夫，他们刚下飞机明天又得走，今晚我跟他俩吃顿饭，要不我们一起吧？

简直原以为胡益民一定会拒绝，没想到胡益民竟然很痛快地接受了：好哇，去哪家店？前几天解放大道刚开了一家“李老大江鲜火锅城”，司机说味道相当不错，咱们去那里吧！等着，我让司机取两瓶好酒去。

这下轮到简直尴尬了，但一切已经无法逆转，简直只好让司机抓紧去订个位置。简直从骨子里喜欢胡益民，喜欢他的学识，喜欢他在官场中天马行空的做派，喜欢他敢于到夜店喝酒找女人陪酒的胆略，但眼前的情势下简直不想见到胡益民，甚至怕见到胡益民。这时候与胡益民出去喝酒聊天，胡益民会不会聊到今天的常委会？郑汉邦误会了胡益民与我简直的聚会怎么解释，胡益民拉自己结党怎么办？

简直坐在招待所大堂的茶座正出神呢，最怕发生的事就轰的一声发生了，郑汉邦的电话就打过来了：今晚忙吗？不忙碌的话我想找你聊聊。

简直犹豫了一下说：郑书记，我不知道应该怎么解释，我妹夫和张好武主任的姐夫今晚来江北了，我正准备陪他们出去吃顿饭，可能会回来晚些，如果不急的话我明天一早去见您？

郑汉邦以很洒脱的口气说：没事，你去吧，谁没个家务事啊？那就在电话上聊两句吧，你告诉我实话，我今天的事处理得是否得体？言语是不是过激？

简直听郑汉邦说这事，心里踏实多了，放松了语气说：郑书记，您的涵养和阅历给我们在座的常委都上了一课，无论这个方案最终怎么解决，您都是得分的。更令人欣慰的是，这是工作中的分歧又不是个人恩怨，更没有利害冲突，其实根本没有必要介意的，我相信胡头儿睡一觉也就想通了，下次开会时，一切问题就自然化解了。

郑汉邦说：你这样看待今天的问题，我踏实多了，毕竟在大机关历练过啊就是不一样，晚上少喝点酒，对身体不好。

简直带着滕松巍、林守和上了胡益民的车，胡益民笑着说：两人不喝酒，三人不打牌这句话现在看来已经过时了，现在情侣喝酒都是俩人，“斗地主”都是三人，这两项活动多了人还不行呢。不过今晚上这酒少了人不热闹，能不能再找两个人？

简直说：头儿，真不好意思，我来江北半年了，除了工作应酬外，真正能喝酒喝过酒的人也就您和仇先锋了。

胡益民一下子很兴奋地说：仇先锋好啊，这人有个性特立独行，处理工作很有见解，命令他打出租赶过来陪我们喝两杯。简直就按胡益民的要求给仇先锋打了电话，谁知仇先锋并不买账，干脆利索地一口回绝了胡益民的邀请：告诉胡头儿，盖诸葛来江北了，我和儿子正陪他吃着饭呢！

胡益民虽然表情上显得并不高兴，但嘴上还是说：去年免仇先锋的职调回江北，我是极力主张的，他不给我面子我可以理解。我要是他啊，就不应该记这个仇，年龄大了无官一身轻多好啊！看来还得我来找人陪这酒了，喝酒不热闹不如不喝。

简直不了解情况也就不好接胡益民的话，而是环顾左右而言他的说：头儿，我还忘记告诉您了呢，这老林头儿是张好武主任的姐夫，他可是个有福之人，买彩票中了五千万元！

不知胡益民是对买彩票中奖这个话题不感兴趣，还是对张好武不感兴趣，胡益民自始至终没有对林守和表示出友好。

谁也没有想到，“李老大江鲜火锅城”竟然是赵飞燕的分店。

赵飞燕似乎早就知道胡益民要来吃饭似的，早早的已经在门口候着了：胡总、简书记，你们可是我的贵人，走吧，888房间，江鲜已经给你们准备好了，这两位先生是……

胡益民的司机把拎在手里的两瓶十五年茅台递给赵飞燕身边的一个服务员，笑着接过赵飞燕的话说：两位是北京来的老板，快领客人上楼去吧！

“李老大江鲜火锅城”的鱼确实做得很有特点。

这天晚上，胡益民、简直、滕松巍、林守和、赵飞燕以及上次在一起吃饭的两个富婆，不仅喝完了胡益民带的两瓶酒，又喝了三瓶普通装的茅台，还喝了二十瓶啤酒，大家喝得很开心。

在酒桌上，赵飞燕几次施展她“大交杯”“小交杯”“亲密接触”的攻关能力，简直都婉拒了。从进门那一刻起，简直就为自己设置了底线，一是怕林守和的流氓习性暴露了，二是要在滕松巍面前保持很守规矩的形象，三是有仇先锋关于“胡益民喝酒考验忠诚”的忠告。但胡益民从头到尾只字未提下午常委会的事，胡益民的酒喝得行云流水，一点也没有装疯卖傻的感觉。

## 246

不知什么原因，纪检组约谈洪依彪后，就不再露面了，这令洪依彪很纳闷，令宏华总公司很多人不开心。传闻仍然在满天飞着。

苏锋从东海请来的专家在怀柔培训中心住了一个星期后的一天晚上，苏锋用一个并不常用的手机给洪依彪打来一个电话：你的病可以适当地好转了，要给自己的未来留条后路。

洪依彪并没讲一句话就把手机挂了。

洪依彪在屋子里转了几圈后骂了一句：一群王八蛋！

## 247

从“李老大江鲜火锅城”回来，简直与滕松巍进行了较长时间的谈话，滕松巍对林守和的经历多少有了一些了解，决定放弃在江北投资办饭店的打算。

早晨一上班，郑汉邦把简直以及党委办公室主任、宣传部长叫到办公室，布置了在全厂车间党支部以上的党组织中开展“讲党性、讲团结、讲贡献”的“三讲”活动，要求确保整个教育活动有思想、有深度、有成果。

简直刚回办公室，仇先锋就跟着进了门：简书记，明天又是双休日了，我约了几个你一定会喜欢的人到黄陂我老家钓鱼怎么样啊！渔具您就不用管了，我儿子给您准备了全套行头，价值不菲呢！

简直说：那怎么好意思啊总让你破费，天气这么热不会中暑吧？

仇先锋幽默地说：不经历酷暑，那能体会到凉爽啊，就这么定了，您带上您的司机，我儿子给我安排一个司机，凑一桌人，上午钓鱼下午喝酒晚上打牌，后天回来。

不知不觉中，简直被仇先锋“对号入座”成为了朋友，做什么事情简直爱带上仇先锋，喝酒愿与仇先锋在一起，有时候心里堵了，也愿听仇先锋聊一聊。仇先锋比自己年长十多岁，虽然有时暴露出“愤青”的一面，但更多的时候还是显得世故、圆滑、精明，即使这样，简直还是把仇先锋当成了在0802厂最好的朋友。

晚上与董冉、简明例行性通完电话，这才想起很久没跟母亲讲话了，简直就拨通了母亲的手机。母亲如同换了一个人似的，一拉开话匣子就合不上了。母亲用四川方言说：简直啊，也就你不给我打电话了，简艾每天都跟我通一次话，简明每星期还知道问候我一声，尚老师的女儿还给我打了两次电话呢！

简直赔理说：妈，对不起，我这一阵的确太忙太乱了。

简直母亲说：我也不是要找你的麻烦，我回来后家里什么都好，有吃有喝有人说话，可一到晚上，我就一个人了我就想听到你们的声音。等不到你们的电话了，我就跟你爸爸摆“龙门阵”。

简直听母亲这么一说，心里立即紧张了：妈，您别说那么吓人好不好，您怎么跟我爸摆“龙门阵”？说胡话啊，他已经死了快一年了，你应该渐渐忘记了他才是。

简直母亲说：算了，你也不要为我担心，告诉你吧，你爸坟头上的草长得旺盛得很呢，村子里的人都说你还要做大官，你们几兄妹到了北京，尚老师的女儿又被你留在了大城市，简来媳妇的妹妹被你招工进了东海，村子里的人谁见我都夸你有本事，我脸上可有光彩了，走在村里我的腰都直多了。

简直说：妈，我今后一有空就打电话陪您摆龙门阵。

简直母亲说：我是高兴才逗你呢，你不用每天陪我聊，那要浪费多少钱啊，你有空了多给董冉打打电话，两口子之间多说话少吵架才能长久，架都不愿吵了，日子也就过到头了，一定记住，喝酒要适量。

几个电话打下来，简直有些兴奋睡不着觉了，索性打开电脑看了看自己的QQ空间。这一看不要紧，简直更加难以入睡了。

简直先看到了简明发给自己的一组图片。图片拍摄水平很高，都是简明跟魏楚于在云南德宏和甘肃搞调查时拍摄的生活和工作照片。两个完全不同的自然环境、两种完全不同的生活，使得简明一面是阳光爽朗、清纯自然，一面是沉着冷静、忧郁淡定。在云南拍摄的照片，简明多可爱啊，如花的年龄如诗的笑脸，而到甘肃做社会调查的简明似乎换了一个人，她望着无雨的荒塬在思考什么呢？她面对失学的孩子们为什么流泪呢？简明长大了，这似乎是一夜之间的事。

又打开黄梦妮的博客，竟然有一封“致JZ先生的信”。

信是这样写的：

你一边与我过着亲密无间的生活，一边又用那样奇异的眼神偷窥我，我在你心目中真的那么复杂吗？我真的让你感到紧张吗？不是吧？你是在前途和身体需要之间犹豫徘徊，你是在前后左右权衡与我在一起的利弊？请恕我直言。还记得我们第一次在“豪门夜宴”吃饭时的场景吗？那时我并没有真的爱你，我只是吕布尼的一颗棋子，我只是把你当成一支股市上的潜力股。但在与你们交往中我才发现，你的眼睛仍然是单纯的，你从不如其他人那样贪婪，你从不主动向我们索取，所以我对你有了好感，但让我主动投靠你的真实原因，是因为你是那么像我曾经的初恋，你的衣着、发型、一举一动，上帝啊，这个世界上还真有如此神似的人。但这一切都不是我喜欢你并为你付出的真正理由，我的真实理由是，我发现我真的爱上你了，虽然这一切只是一个奢望。我想你了，什么时候能回来北京呢？哪怕只是抱抱我，我真的很孤独。

黄梦妮的博客令简直感到很愧疚也很无奈，他几次打开黄梦妮的手机最终却又关上了，他已经不知道应该怎样面对这一切。

这天晚上简直的精神遭受了前所未有的严刑拷打，几乎一夜未眠。仔细品味人的一生，斗心斗智是男人之间的事，而斗完了，一切也就过去了，男人与女人之间呢，母子之爱、父女之爱、夫妻之爱、婚外之爱，要算得上最投入也最撕心裂肺的了，轰轰烈烈，死去活来。但男人与男人之间永远也不会这样，即使再爱再纠葛，顶多也就那么回事。

就这么胡思乱想着被生命里的女人们折磨着，简直到凌晨两点才迷迷糊糊地入了睡。早晨八点了，简直被一阵“咚咚”的砸门声给惊醒，仇先锋在门外喊：简书记咋回事啊？是不是生病了啊，说好七点出门的呢！

简直一骨碌爬起来简单地洗了一把脸，穿上T恤就出了门。

仇先锋看见简直就说：安全起见，您司机就别去了，我儿子给我搞了一辆“考斯特”，他们都在楼下的车上等着！

按照仇先锋的安排，简直让司机从车后备箱里搬出一箱酒放进“考斯特”里，吩咐司机回家好好陪家人过周末，自己一头钻进了仇先锋开来的“考斯特”。这才发现，车上竟然坐着上次在长阳游清江时陪同的两个土家族女孩子。简直一脸欣喜地问：你们什么时候来江北的啊？为什么不早告诉我我也尽个地主之谊！

仇先锋说：这不是要给您一个惊喜嘛，她们来了没敢打扰您就先给我讲了。本来昨天晚上要给她们接风的，可她们有一个长阳老乡在省委办公厅工作，请她们吃饭去了，这不还有的是机会吗？

简直很爽朗地一笑说：好，今天我们自己钓鱼招待你们。

黄陂过去是一个县，现在是江北的一个区，高速公路修通后，车程不过几十分钟，黄陂成为了江北名副其实的菜园子、后花园和休闲地。一路上，简直并没有因为昨夜睡得很晚而显得疲惫，相反，两个来自鄂西长阳的水灵灵的土家妹子，一路欢歌笑语，令一车人显得无比快活。

理着短发的土家妹子说：简书记，上次我们游清江时，你答应要把我们调到你们厂来工作呢，你不会忘记了吧！

简直一听这话，愣了一下突然有点急了：老仇，我许过这个愿吗？不会是酒后胡言乱语的吧？

短发女孩子说：仇叔，简书记不承认自己讲过的话算了，我们以为简书记也是吐口唾沫算颗钉的人呢！

简直说：这事不算大事，我们几万人的大厂安排两个有学历的工人应该不是大问题，也不知道“五险”好不好办？

长发女孩子哈哈一笑说：简书记你别听她的，她在逗您玩呢，我们昨天正式到仇总儿子的公司上班了，“五险”全都给我们办了，还给我俩一套一居室的房子呢！

听长发女孩子这么一说，简直心里一下子放松了，但嘴上却并不服输：老仇你可别伤害两个土家族妹子啊，她俩比我女儿大不了许多，比你儿子也就小十来岁，你儿子“二奶”、“小三”的不少了，千万别伤及淳朴善良的少数民族女孩子，你看她俩就如同清江的水一样，还清澈透明呢！

仇先锋说：简书记您放心，我已经给我儿子约法三章了，这俩妹子可以越级告状，他胆敢胡作非为，我就抽他。我可不愿我儿子为这些事断了我的后。

说话间，车已经停在了一个湖边的码头上。车门自动打开后，一个穿一身白色高档休闲T恤的年轻人满面笑容地走上来迎接简直：简书记您好，认识你很高兴，我是仇先锋的儿子仇珈珞，做房地产业务。

跟在简直身后下车的仇先锋说：简书记，这就是我儿子，毕业于江北大学金融学院，今后你多指点。

简直认真打量仇珈珞一阵后说：有气质、有教养，一定也有学识，老仇，你有福分。

仇珈珞淡淡地一笑说：您夸奖了，我不过是个小商人，您是国有大型企业的未来掌门人，您得多提携我。今天我们的活动安排在这艘船上，前舱钓鱼，中舱喝茶吃饭，后舱是厨房。随着仇珈珞的介绍，简直发现已经有两个美女和司机正在从一辆“奥迪Q7”上往船上搬运食品和酒，“考斯特”司机还从车上搬下来一个直径约五十厘米的大蛋糕来。

已经上了船的简直有些惊讶地问：今天谁的生日啊？事先怎么不告诉我？

仇珈珞说：您不知道啊？我爸今天五十九岁，我们给他过六十岁生日呢！

这下真轮到简直急了，本想批评两位长阳来的女孩子，却发现她们也一脸无辜的表情，就指责仇先锋说：仇老前辈，你过生日不提前告诉我，我一点准备也没有，你让我多没有脸面啊？

仇先锋说：您别介意，我老伴儿走了后我一直不同意过什么生日，今年珈珞准备大操大办的，我又不同意，才决定以这种方式过，亲戚同事一个没请，就我们几个既说得来又没有是非的朋友在一起聚一聚。

仇珈珞的手下已经准备好了钓鱼的器具，支好了沙滩椅，支好了遮阳伞，泡好了茶水。仇珈珞宣布说：今天都是我父亲最好的朋友，但我们今天的活动既要愉快开心又要讲规则，除我爸和简书记外，第一个钓上鱼的人，奖励人民币五千元，第二个钓上鱼的人奖励二千元，第三名一千元，整个活动中钓不到鱼的人罚酒十杯，钓鱼最少的罚酒五杯。钓鱼活动开始，两小时内结束。所有奖罚活动都将在中午饭桌上进行。

仇珈珞定的规矩既得体又有号召力，当即赢得了几个女孩子的欢呼声。

不到五分钟，来自长阳的短发女孩子就钓上了第一条罗非鱼，紧接着，仇珈珞单位的漂亮女孩子也钓起了鱼。虽然天气闷热，整个船上的气氛非常活跃。

仇珈珞告诉简直，这条船是他公司置办的，湖岸第二、三幢别墅也是他名下的财产。

## 248

清早一起床，洪依彪就给侯翠打了个电话：给我送份早点来吧，吃完陪我去山里转转。

这是洪依彪被纪检组约谈后第一次给简直、苏锋以外的人讲话。这一讲话不要紧，险些吓着了侯翠，侯翠很高兴地说：洪总你放心，我亲自给你送去，您想吃什么我给你送什么！

洪依彪说：我给你打电话的事你先别告诉别人，你再给我借台笔记本电脑，我想上上网。

## 249

中午在船上的饭一直吃到下午三点才结束。

仇珈珞是一个外表儒雅而内心很放浪形骸的现代商人。在冷菜上齐后，仇珈珞将父亲安排到桌子正中央的位置，让长阳来的两个土家族姑娘分坐在父亲左右，然后简直和仇珈珞又分别坐在左右位置，这样一来，无论仇先锋、简直还是仇珈珞就都被美女隔开又包围了，司机则被打发去了岸上的酒店吃饭。

在仇珈珞公司的两位美女向仇先锋献花后，仇珈珞致辞说：母亲走后，父亲是这个世界上我最亲最爱的人，今天艳阳高照，父亲就如同太阳一样在我的心里闪耀着光辉。在座的都是我父亲最信得过的朋友，请大家共同举杯，为我父亲祝福。

仇先锋似乎很开心也很高兴。

两个土家族女孩子为仇先锋献上了简直已经听过的歌曲《清江姑

娘》表达祝福，仇珈珞带来的两个女孩子则分别给仇先锋送了一块手表和一条名牌腰带。简直宣布：由于事先不知仇老前辈过生日，回江北后将在“李老大江鲜火锅城”再庆贺一次。

因为酒喝得很高兴很多，仇珈珞给到场的每人发了五千块钱作为娱乐的底金，简直和仇先锋当然不好意思要，几个年轻人就自愿组合“斗地主”去了。

住进仇珈珞的别墅，竟然还能上网，简直就一边喝茶一边打开了网络，没想到网上的一条消息震惊了简直：著名旅英小提琴演奏家叶婉患抑郁症自杀！

简直站在窗前想了很久，决定给庄怡恬打电话问个究竟。庄怡恬如同神仙一样，一下子就猜到了简直打电话的目的：你是想打听你那位拉小提琴的白衣仙女的事吧？她前天下午在苏州家里自杀了，我陪苏总正在帮忙处理她的后事呢！没有找到任何遗嘱，苏总也不想任何人知道详细情况，你也最好别问。

简直挂了手机，在怀柔培训中心度假时见到的叶婉的影子怎么也抹不去。凭直觉，叶婉不可能是苏锋的表妹，洪依彪、田总与叶婉究竟是什么关系？谁是叶婉的父亲？这一连串的问题一直缠绕在简直心里，我们的生活为什么会是这样啊？简直给庄怡恬的手机发了一条短信：我想回北京了，你也回去吧！

庄怡恬立即就回了一条信息：人是要回去的，心回不去了！放下电话，简直这才感到自己原来是一个孤独前行的人，除了家里的亲人，能掏心掏肺聊点知心话的朋友呢？洪依彪病了，不知是真病假病说不清楚。庄怡恬不是不漂亮不是不风情也不是真的没有感觉，而是没胆量去招惹，过于亲密会招来更多的麻烦。苏锋职务比自己高独掌一方权力，他与自己的交往和关心是朋友关系还是利益关系呢？他的大方、他的热情、他的友好，但他身上更多的是神秘。黄梦妮、尚小川、仇先锋、苟太平、刘昊天、张好武、刘兴初以及赵诺……认识的人很多，能交往的人也很多，可谁是真正的朋友呢？

简直正不知道怎么打发时间时，仇先锋来敲门了。仇先锋说：他们年轻人在湖岸做烧烤消夜，估计还得要一会儿才开始，我陪您到湖边走走消消食，一会儿好喝啤酒。

走在湖岸上，一丝丝凉风刮过来，潮湿闷热的空气才稍微清新了一些。两人沉默着走了很长一段路，仇先锋才问简直：郑汉邦和胡益民找你谈话了吗?

简直说：郑汉邦在电话上与我聊了几句，陪胡益民喝酒了但我们没有谈工作。

仇先锋说：简书记，我的一生都献给了0802总厂，我对总厂的每一步发展都给予了关注，因为我们这一代人对这个厂太有感情。说实话，如果这个厂垮了，我们几代人到什么地方领低保都不知道。

简直说：我理解你们的感情，我也信任你的为人，这就如同我母亲离不开土地一样。但我只是个副职，副职就是听正职领导的话，把交办的事办好，别揽权。

仇先锋说：你这人真的是揣着明白装糊涂呢！你以为你生活在真空世界啊？你知道有多少人在研究你平时的衣食住行和交往吗？你知道有多少人在打听你的升迁路线图吗？你一定知道，但你太聪明了对一切都假装视而不见。所以我想告诉你我的真实想法，郑汉邦是个有能力的人，但迟早都得孔雀东南飞。他这次没找你谈，是他还不完全信任您。胡益民是专家型领导，但书生气很重，有时候装疯卖傻，心里很明白，他是既相信你又在考验你。

简直说：这些道理我也在琢磨，谢谢你的提醒，你是真的把我当朋友。关于这次常委会上讨论的问题，我会尽力让大家高兴。对总厂长远建设发展的事我做，对全厂广大知识分子干部职工有利的事我做，至于其他我听天由命。

正聊着，仇珈珞身边的女孩子跑过来通知：烧烤已经好了，仇总让我来请你们过去呢！

夜里十一点，党委办公室主任来了一个电话，通知他尽快回北京，随陈颂华出访澳大利亚和新西兰。

## 250

上午洪依彪并没有如约让侯翠陪着去山里转。

吃完早饭后，洪依彪接到一个神秘手机发来的信息：叶婉自杀了！洪依彪打开手机的已接来电功能，发现这个号码就是上次苏锋通话时的号码。

洪依彪用手机拨了叶婉的电话，对方竟然停机了，又拨一个号，也停机了。

对于这个石破天惊的消息，洪依彪的内心感受非常复杂。一方面，他很同情可怜善良美丽的叶婉，一方面，他感觉压在自己心里的石头少了一块。在宏华总公司，此时谁会有比洪依彪更复杂的心情啊！

有谁会知道，洪依彪与叶婉的心灵沟通会超过她的父母！

洪依彪站在窗口泪流满面，破口大骂：傻瓜、蠢货，你怎么会这么傻瓜啊！

侯翠问：洪总您骂谁啊？

洪依彪头也不回地说：你忙你的去吧，我今天不出去了。

## 251

陈颂华再次把简直从风口浪尖上拉了回来。

因为要着急赶回北京办理有关出国手续，简直没有参加0802厂关于经费问题的常委会，也没有经历郑汉邦与胡益民之间没有硝烟的战争。但简直多少还是有点后悔，毕竟，这场战斗是官场中除了人事争斗外最重要的一课啊！如果有一天，简直面临这样的重大问题，应该如何去面对和处理呢？

星期五下午，仇先锋在电话中悄悄告诉简直，关于0802总厂的经费预算方案以胡益民和郑汉邦的妥协而结束，虽然大家心里还有些纠结，但这一页终于翻过去了，总厂的生活又归于平静。

女儿简明被晒得黝黑黝黑的，但似乎更健康更阳光了。简直一回家，简明就拽着简直去了她的小屋。简明很严肃地对简直说：爸，我告诉您一件事，但您不要对我急。

简直一脸慈祥地说：你怎么一夜之间变得那么严肃啊，我都有点不适应了，你说吧，只要你不去非洲不宣布要结婚我什么都能接受得了。

简明说：我没有跟你开玩笑。我从甘肃回来后，姨奶说我妈经常半夜在屋子里哭泣，我不相信，前天晚上我提前钻进我妈的被窝陪她，她可开心了，搂着我讲了很多我小时候的故事，也讲了你们恋爱的事，显得很开心。但一到半夜，我却被她的哭声惊醒了，我把她推醒问她发生什么事了，她说梦见你跟一个女人私奔了不要我们了，她告诉我她每天夜里都做同一个梦。爸，我很担心我妈的精神状态。

简直听完简明的叙说，心里也紧张起来，安慰简明说：你马上就要住校了，我的工作又那么远，自从她做完手术后她心里有阴影呢。简明，我们今后要对你妈妈好一点，多陪陪她。有时候我也经常动摇，想调回来算了，可我是男人，总要做点事的。

简明说：爸，我支持你的事业，也不反对你在外面有什么花花草草的事，但您一定不能出格，不能伤害这个家和我妈妈，你要向我保证你能做到。

简直笑了笑，在简明头上拍了拍说：你放心读书吧家务事我会处理好的，我还准备培养一个女副总理呢！

简直让小卢开车过来拉着他去了一趟花市，买了一大盆开得很艳的蝴蝶兰和一盆芳香四溢的栀子花放在卧室里，然后第一次亲自去接董冉下班。

进入董冉所在的办公楼五层，董冉正在开会。一位认识简直的人告诉简直，出版社正按国家统一部署进行改制，人怎么分流，管理体制怎么划分，矛盾很多。当然了，你们家董冉是副编审，影响不大。

董冉见到简直，眼睛直愣愣地看了很久才冒出一句话：十几年了你第一次来我们单位，我都不敢相信。

简直说：你怎么搞得像刚恋爱一样啊，还脸红了呢！我这是要陪陈总出国考察，走之前回来陪你们几天。

简直接上董冉回家的路上，突发奇想地说：咱们今晚吃完饭一家人去唱歌吧！很久没有一家人出去娱乐了！

没想到董冉并不领情，停了一阵才说：我已经不懂得啥叫浪漫了，晚上我还要看书稿练瑜伽呢，你跟简明去吧！听董冉不冷不热的答话，简直才感觉董冉的精神状态的确是出了问题。

车到楼下，正巧遇上下班回家的苟太平。简直离开宏华总公司后，苟太平正式接任简直成为办公厅副主任。苟太平见到简直，一脸热情洋溢地冲上来说：刚知道你回来了就见面了，这是缘分是感情，我今晚请客，好好喝两盅聊一聊。

从内心讲，简直是真想跟苟太平聊聊，聊聊宏华总公司的事，聊聊洪依彪这个始终折磨着简直的话题，但简直没有办法立即答应。他不知道董冉此时心里面在想什么，家里人会不会有意见？苟太平看出了简直的心思，就邀请董冉说：小嫂子，你也得参加，就我们两家人，随便找个地方叙叙家常，你不知道吧。

简直看董冉没有表态，就推辞说：家里的饭都做好了，改天吧！今后有的是时间。

谁知苟太平并不让步，而是很神秘的压低声音对简直说：你就不想知道张好武和洪依彪的事？

董冉一点表情也没有地说：要么你去我们家凑合一顿，要么你们去吃我就不去了，最近工作忙我挺累的不想动了！

简直就伸手拽着苟太平说：走吧，去我家吃，刚才我从家出来时看见小姨准备了好几样菜，我又从江北带回来一些“周黑鸭”，现在江北流行吃这个。

董冉听两人达成了默契，就转身在前面走了。

进电梯前，简直给简艾打了一个电话，让简艾派人送两个像样的菜到家里来，家里临时来了客人。

进到家里，董大晖和小姨已经从董冉那里知道了家里要来客人的事，茶几上已经事先泡好了茶摆上了切好的水果。苟太平赞叹说：三代同堂，这才有个家的样子呢，当了这个破副主任后，我经常加班，老婆一个人在家饭都懒得做，没有一点家的样子，善良父母、漂亮媳妇、听话的女儿，你们真让人羡慕。

董大晖说：你们俩聊，我这再有十分钟就开饭，喝咱北京的极品二锅头吧？

简直说：爸，领导来了，我们也很久没在一起喝了，怎么的也得喝老家带来的五星“川北王”吧！

趁着菜没有上桌，简直与苟太平先聊了一会儿天。

苟太平告诉简直，由于各种谣言太多，现在办公厅主任名义上还是张好武，但实际的工作但子都压在了苟太平身上了。简直说：那是好事啊，你就直接把担子挑起来嘛，学历、能力都具备了还怕什么？苟太平说：你可别抽我嘴巴，我这副主任才当几天啊，不可能的事，办公厅主任官虽然不大，但要总公司的大多数常委满意还不容易呢，现在都盛传你回来当主任呢。

简直知道苟太平说这些话的用意和自己接错话的后果，就避开话题说：在下面的总厂当个副职，钱比在北京挣得多，事比在北京管的少，再也不用为文字材料会议加班了！

苟太平说：还有一种说法，郑汉邦要调某个省做宣传部长，让你接郑汉邦的班呢！

简直哈哈一笑说：你这才叫“捧杀”呢，我没资历没能力没野心，怎么会让我这个“愣头青”去执掌一方国企当“一把手”啊！

两人聊得最开心的时候，简艾带着燕玲拎着一大盒菜和两瓶“五粮液”赶到了。简艾说：哥，知道你们家来了客人，给你带了个陪酒的人来，我们燕玲能喝个七八两没问题。

简直说：一个女孩家怎么可以喝太多的酒啊，她父母知道了会责怪我们的。

简艾很夸张地笑着说：哥你不在北京不看北京的报纸不知道，今天的《北京青年报》已经公示了，燕玲因为经常到孤儿院做义工，被北京市推荐为有突出贡献的百名外来务工人员了。

## 252

洪依彪让侯翠从商店买来一百张白纸，关上门拿百元人民币用民间办法印了。

洪依彪沿着溪流向山谷走去。

在溪水转弯很幽静的地方，洪依彪点燃了这些纸钱。

纸燃完，烟雾也散尽了，洪依彪就坐在溪水边的石头上，直到天暗了才回培训中心。

## 253

才一个多月没见陈颂华啊，他怎会一夜之间衰老了许多呢，这个衣食不愁、足智多谋、面色红润的老头儿怎么会如此苍白呢？

简直随陈颂华率领的半官方考察团一行十六人在澳大利亚的堪培拉、墨尔本、悉尼和新西兰的奥克兰访问了二十六天，考察团的人除了宏华总公司的人外，还有吕布尼、黄梦妮。陈颂华的秘书告诉大家，吕布尼和黄梦妮是促成这次两国间企业领导人考察的重要人物。

考察团离开奥克兰群岛的前夜，陈颂华让简直陪着到海滩散步，进行了一次长时间的谈话。

奥克兰没有中国大城市的繁华，这个田园般的大农村一到了夜晚就显得更宁静更舒适了，除了海风很冷外空气非常清新。

陈颂华和简直如同父子般慢慢地行走在海堤上。陈颂华说的第一句话就把简直逼入了墙角：简直你告诉我实话，我这人最大的毛病是什么？你别藏着掖着，我不听好听的。

简直知道这个话题只是陈颂华聊天的一个影子，但陈颂华的意图是什么，简直猜不明白。沉默了一会儿，简直如实说：霸气，一切不容置疑。

陈颂华叹一口气说：你讲的是真话，别人不会这样对我讲，也没有这个胆量讲。但这并不完全，还应该加上一条“虚伪”。

陈颂华明白地告诉简直，洪依彪的失忆症应该是装出来的，他本想设法私下保护洪依彪，但困难很大，主要是经济问题和生活作风问题。至于张好武，背地里做了很多出格的事，特别是春节前，有人给中纪委写了一封信，反映苏锋和郑汉邦的问题，还捎带上了我们高价为老首长购买战地日记的事。所谓林守和买彩票中五千万元，骗了很多人，纯属制造的谎言。说实话，我很担心这两件事也许只是冰山一角，我陈颂华一双眼睛哪能盯得了十几万人啊！

简直很诚恳地说：陈总，他们愧对您的信任，他们这是自作孽，天不恕。上次您问我对几个人的评价，有些事情我没有任何凭证和依据，我不便乱说，只是洪依彪这个人太可惜了，他很聪明很有才华。

陈颂华说：我也曾经很欣赏、很信任洪依彪，他能否扛过这一关，已经不是我所能左右得了的。现在在央企系统，上面盯得严，地方媒体也盯得严。

简直安慰陈颂华说：林子大了什么鸟儿都会有，我们宏华对国家财政、对民族制造业的贡献是有目共睹的，您到宏华来这十年，宏华坐上同行业销售业绩世界前三甲、科技创新世界第三的交椅，高层领导是给予了高度评价的，发生的这些小事，不足以影响您的声望。

陈颂华说：人一辈子的追求，不外乎“位子、房子、车子、票子、孩子”，现在的人还讲究个“小二”“小三”什么的，我这样家庭出身的人，这些都是身外之物，我们更需要个面子！中国官场浩如烟海，无处不是前呼后拥，无处不是激流险滩，简直啊，父辈你靠不上，今后全靠你自己了，好自为之吧！

简直说：陈总，您给我的一切已经足够了，我会认真珍惜的。

这个季节的奥克兰，海滩真冷啊！简直说：陈总您要知道您在宏华人心目中多么令人尊重吗？您是他们心目中最果断最有气魄的企业家。

陈颂华嘿嘿一笑说：别给我戴高帽了，我也就三七开，最多七分褒，至少三分贬。你放心吧，我知道一个真正的共产党员要什么样的晚节。

临上飞机前，黄梦妮给简直发了一条信息：回北京后先别回家，我在家等你，有事商量。

简直回信说：明天晚上一定履约。

## 254

简直回到北京，一下子又从冬天回到了夏秋天气。

在给陈颂华送考察报告时，陈颂华说：我知道你与洪依彪是最好的朋友，你设法把洪依彪送到昌平回龙观的精神病医院去治疗一阵，我已经让人联系好了医生，对于洪依彪来说，也许这是最好的结果。

简直明白了陈颂华的意思，陈颂华这是要保护洪依彪不受牢狱之苦啊！

简直又抽空去看望了一次洪依彪。此时的洪依彪，精神状态已经远不及从前，目光呆滞，精神恍惚。

简直给洪依彪带了一些进口水果。两人仍然走在上次来的路上，培训中心的人远远地跟在后面。简直说：陈总很关心你，希望你转换一个环境生活一阵，也许对你的身体恢复更有好处。

洪依彪见前后左右没有人，突然冒出一句话来：简直，你是我最好的朋友吗？是比我兄弟还亲的朋友吗？

简直用眼睛死死地盯着洪依彪没说话，而是用手紧紧地握着洪依彪的胳膊表示了认可。

洪依彪说：这一关我可能闯不过去了，我罪有应得，我对不起孩子和父母。借你的房子你永远住着，对任何人都别讲是我借你的，但你一定不要搞装修，如果有一天我的病好了，你把房子还给我。

洪依彪的一席话更印证了简直过去的猜测。简直很诚恳地说：放心，无论发生什么事我们都是亲兄弟是最好的朋友。你安心养病，凭我的直觉，陈总不会不管你的。

洪依彪答非所问地说：如果苏锋来北京了，让他来看看我。告诉黄梦妮，吕布尼这人不善良，让她远离这家伙。

在溪水潺潺的荒郊野地的小路上，简直一直陪洪依彪走到黄昏才离开培训中心。简直相信，从这一刻起，洪依彪所热爱的音乐没有了，精心打拼的前程没有了，今后的日子将是黯淡无光的生活。

从怀柔回来的路上，简直就马不停蹄地约黄梦妮到一个叫“金巴黎”的小店吃牛排。

见到黄梦妮时，黄梦妮已经在一个比较隐蔽的二人台候着了，“金巴黎”的空间里弥漫着轻曼舒缓的小提琴独奏曲。黄梦妮要了两份顶级黑椒牛排，一份水果沙拉，一瓶法国干邑。因为心里有很多难缠的事，黄梦妮与简直没有如往常那样热情奔放地拥抱亲吻，只是淡淡地打了声招呼。趁牛排还没有上来，简直把洪依彪的处境和洪依彪的嘱托给黄梦妮说了，拜托黄梦妮抽空去帮助洪依彪办理一下回龙观精神病医院的入院手续。

黄梦妮说：其实我找你也是为这事，自然你什么都知道了我也就不多啰嗦了你放心吧，我会办理好一切的。

简直一边吃着牛排一边感慨说：现在中国有三种人的职业最具风险，一种是煤矿工人，二种是战乱国家的老百姓，第三种是仕途上的掌权者。

黄梦妮说：你也要好自为之，有时走路不小心还踩着狗屎呢！有时候香蕉皮会摔倒一个男人。

这餐饭虽然很压抑但令简直很感动。结束时简直提出要送黄梦妮回家，黄梦妮说：算了吧，我们都没有情绪，你回家陪陪你的夫人。也许三天之内，你们公司会有一次重大人事变动，你等消息吧！

简直没有在意黄梦妮的话，简直也不相信一个商界女人对一家央企人事的猜测。

但事情正如黄梦妮预言的那样，在洪依彪住进回龙观精神病医院的第二天，宏华总公司党组宣布：张好武和田副总因经济问题被“双规”、苏锋接任田副总，刘昊天接张好武任办公厅主任，苟太平到0801总厂接替刘昊天。

简直很失落，简直心仪已久的是办公厅主任这个位置啊！但转念一想，你与陈颂华什么交情，刘昊天与陈颂华什么交情？晚上，简直领着一家人去简艾的“湘哥川妹”喝了一场酒。到了酒桌上简直才感到了恐慌，没有了黄梦妮、洪依彪、庄怡恬这些朋友，喝酒原来竟然是一种很痛苦的事情。若不是燕玲端着酒杯过来敬酒，自己真的不知道怎样才能把酒喝下去了。

在酒桌上，滕松巍端起酒杯对简直说：大哥，你就是领导就是知识分子，我如果没听你的我一定吃大亏了。

简直问：为什么要给我戴高帽子？

滕松巍说：你知道吗？林守和死了。

简直很惊讶地问：什么时候？为什么啊？

滕松巍很神秘地说，昨天早晨死在他女秘书床上了，身上一丝不挂，样子很丢人。死后还有人给他留了一副对联：赤条条来深入裙中海棠树上梨花颤，光溜溜去坚忍不拔牡丹花下黄牛归，横批：舒服死了。

董冉说：那人一看就让人恶心，有多少钱也只能是个下流无耻的人，那女秘书不会是妓女吧！

滕松巍说：什么呀，人家女秘书是正牌的东方城市大学毕业的大学生呢，被派出所带走了！

董大晖感叹说：世风日下，人心不古。还是我女婿好啊，来，喝一杯，清者自清浊者自浊，当好官办好事做好人。

## 255

在回龙观精神病医院，小姨子送来了洪依彪妻子的信。

妻子的信中说：依彪，对不起，我带着女儿去加拿大了，为了她的前途和我自己的自由。房产证在抽屉里，存款我带走了，给你留了二十万元在你卡上。离婚协议我写好了也签了字，你康复后随时去法院办理，我已经做了相关委托。这些年，你背着我做了很多应该和不应该做的事，一切都过去了，我不怨你。但你与我妹妹的事，我永远不会原谅，虽然我这两年一直不撕破脸皮与你们吵，那是因为我还珍惜这张脸，为了让你在你女儿心目中留个好的形象。再祝早日康复！

# 256

送简明去学校报到后的第三天，简直带着一腔郁闷回到了江北。江北一如既往的潮湿，一如既往的闷热，也许“闷骚”这个词就是从“闷热”演变来的，天上没有太阳阳光并不炽热，但湿度大且比平常显得更热。

街上的男人们如同霜打蔫了的茄子，而女人们则如同打了鸡血般地兴奋，她们对闷热也好闷骚也罢不感兴趣，她们感兴趣的是自己短得不能再短的短裤能否更多的暴露出洁白修长的大腿，她们甚至已经不穿袜子子，穿带孔网状丝袜的女人已经成了按摩院做“丝足”的工具。

从机场到0802总厂的路上，简直突然感到自己真的落伍了。他突然想到了喝酒，想到了要去与跳钢管舞的玛丝诺娃和辛捷琳娜喝酒，这种愿望很强烈。可翻遍整个号码簿，竟然没有保罗·陈的电话。犹豫了一下，干脆给胡益民去了个电话：头儿，我回来了，怎么样您好吗？

胡益民似乎兴致不错，回答说：怎么叫好吗呀？你就不能把“吗”字儿去掉吗？我不仅好而且相当不错，你到总公司就没听说过吗？我有喜了！

简直被胡益民说得有些晕了，回答说：不可能啊，这次人事调整的方案我都听说了啊，没听说过有你啊！

胡益民一听简直的话就笑了：你这个官迷，我才没那个追求呢，我的喜事比那个牛逼多了，我获得了全国科技成果奖隐蔽项目最高奖，你现在立即来我办公室，为我起草一个获奖感言之类的东西。

简直听胡益民这么一说，也来了情绪：真的啊，那得多少奖金啊？可我现在没有写作的情绪。

胡益民说：你现在立即来我办公室，给你一小时时间，写完后我们去保罗·陈那里喝酒。

简直听胡益民竟然主动说出了要去保罗·陈的“温莎公爵”，心里很高兴但嘴上仍然说：去那里不太合适吧，您也不怕别人说闲话？

可谁也没有想到的是，简直刚一到总厂门口，就被郑汉邦撞了个满怀。郑汉邦一看见简直就说：你回来了正好，我们马上开个短会，商量一下怎么宣传胡厂长获大奖和奖励的事。

会议室里，所有的常委们都在祝贺胡益民获大奖的事，也有人提出要胡益民请客。郑汉邦清了清嗓子说：同志们安静了，今天开一个临时动议的常委会，就一个议题，专题研究胡厂长获得全国科学大奖宣传奖励事项。下午，我给总公司陈总通了电话，他指示我们，胡益民同志获得大奖，不仅仅是对0802厂的贡献，也是对整个宏华总公司的贡献，要大力宣扬大加奖励。总公司已经决定，号召总公司全体科技人员向胡益民同志学习，除国家奖励外，总公司奖励人民币五十万元。下面大家讨论一下，我们总厂应该怎样宣传奖励胡益民同志。

因为事先没有任何人向简直透露过宣传奖励方案，简直就一直等待大家发言后才说：若从胡厂长的成果所创造的价值来讲，对总公司全体科技人员产生的激励作用来讲，奖励多少钱都是应该的。

这种事，胡益民不好说话，其他人讲话要把握分寸，真正最后做决定的还是党委书记郑汉邦。

郑汉邦见大家都发言完了，就总结讲话说：我提议奖励一百万。现在的关键问题，是如何借此机会把广泛开展学习胡益民同志攻坚克难精神的活动开展起来，激发全厂广大科技人员的创新热情。

谁也没想到，一直坐在一边不发一言的胡益明打断郑汉邦的讲话说：郑书记，我接受总公司和总厂给予的物质和精神奖励，这是我的辛苦所应该得到的回报。我表个态，国家给的一百万我要留给我儿子，其他奖金全部用于科技资料馆的资料建设。至于宣传之类扯淡的事，你们怎么搞我管不着，最好别让那些记者来找我，我恕不接待。散会！

说完，胡益民站起来就出了门。

好在大家已经习惯了胡益民的习惯，散了也就散了。郑汉邦说：会议定的事尽快形成决议，请简直同志抓好落实。散了吧！

简直刚回办公室，电话铃就响了。

胡益民说：怎么样，我鞋匠的儿子也玩一把酷。

简直说：您是够酷的，这可是一个普通人家一辈子也挣不到的钱，被您一句话就捐了。

胡益民说：在0802厂，我吝啬是出了名的，等这一天我等待很多年了。晚上七点，我们照常去喝酒，不见不散。

夜晚来临时，简直如同贼一般钻入了胡益民的奥迪A8。

进到车里刚坐定，胡益民就说：先讲清楚，我俩的友谊还没有到了一而再请你喝酒的分上，官场上只有感情没有友谊你比我清楚，今晚我请你喝酒，主要是为了安抚你。

简直听胡益民这样讲，心里很不是滋味，他既感谢胡益民的善良细心之处，又讨厌胡益民一杆子把自己支出了自己的圈子，但他更想胡益民讲点真话。简直说：哪有什么需要安抚的啊，我现在不是生活工作得好好的吗？女儿考上了好大学，自己刚被提拔不久，家人都很健康。

胡益民说：你这话要放在我们上大学时我相信，但今天就不一样了，你的一言一行，你的文章，你在官场上的行走方式，确定了你的终极目标。这次办公厅主任没有用你而用了刘昊天，你能一点想法没有？

简直对胡益民盯了一阵后说：官场上这点事可遇不可求，我现在不比张好武和洪依彪强多了吗？据说，当年在使用您时，陈颂华还是很看重你的校友身份的。

胡益民说：你是一个知恩图报的人，我相信你。

胡益民和简直到了夜店，保罗·陈和玛丝诺娃及辛捷琳娜已经等在那里了。

保罗·陈见到胡益民和简直，脸上的笑都堆满了：两位亲哥哥，我们已经恭候多时了，两位美女需要换吗？

胡益民说：就她们吧，酒量好就行，熟人好聊天嘛！

保罗·陈冲简直使了一下眼色说：怎么样，我这也叫善解人意吧！老规矩，上酒。

辛捷琳娜说：保罗·陈不仅善解人意，他还很善解人衣呢，解过很多女人的衣服。

保罗·陈听辛捷琳娜这样说并不生气，而是自嘲说：我要是像两位哥哥一样在官场上混，装也得装出个正人君子来，这不生意场上吗，这不开放搞活吗，不搞是活不了的。咱也得为生态平衡和和谐社会做点贡献不是？

胡益民说：可惜了啊，你应该跟郭德刚或周立波混去，也许你还先出名呢，你忙你的去吧别在这跟我们贫了。

这天晚上又复制了上次来夜店的全部经历，喝的酒花的钱吃的消夜经历的过程几乎一模一样。

简直醉着回家了，胡益民仍然一点事也没有。

事后简直经常想，胡益民这样喝大酒，脑子为什么不受伤害呢？他的科研成果是靠什么搞出来的呢？看来天才还是有的，酒精未必都伤人。这个世界上真正伤人的除了毒药外，还是人最伤人啊！

## 257

住进回龙观精神病医院，洪依彪才真正体会到了孤独无助，再也没有了在怀柔培训中心时那种舒适的生活环境。

洪依彪分别给苏锋、简直、庄怡恬和赵诺通了电话，希望能见一面。但洪依彪得到的答复几乎都是复制的：这几天忙，忙完了立即去看望你。

## 258

简直正组织总厂的几个老专家谈意见呢，郑汉邦的电话打来了：你把手头的工作放一放，抓紧时间回来一趟有新的任务。

到0802总厂一个班子共事大半年了，接到郑汉邦直接给简直打来电话的机会不是很多。对于郑汉邦，简直在心里有一种敬畏之情。郑汉邦年龄与简直差不多，但郑汉邦少年老成，讲话有水平，做事讲政策，不沾烟酒不开玩笑，几乎没有人背后议论过郑汉邦有女色和敛财的事。即使胡益民经常使一些知识分子的小性子令郑汉邦下不了台面，郑汉邦当面绝对不会发作，而事后，他会不声不响的让胡益民为自己的冲动付出代价。在简直眼里，郑汉邦还是一个神秘莫测的人，如同雾里看花，令人似懂非懂。

简直很少看见郑汉邦笑得如此亲切可爱。这张笑脸是那么和善，那么令人温暖，那么开心。郑汉邦指着沙发对简直说：简大笔杆子，你不认识沙发啊，为什么不坐下？

简直故意调节气氛说：您笑得这么亲切我还有点不太适应呢，头有点晕。

这个小幽默搞了郑汉邦一个大红脸。郑汉邦说：看来我这人确实有问题呢。同志们对你们显得那么亲切自如，我都嫉妒呢，我的生活啊，除了办公室就是饭堂、宿舍，跟当兵的一样“三点一线”，没有人跟我打扑克，没有人陪我聊天，更没有人跟我开玩笑，别人背后一定会骂我吧？

简直听郑汉邦把话说到了敏感处，就拍马屁说：您满脑子都是装的总厂的全面建设发展大事，学习抓得很紧，又不像我们这些俗人自己给自己找个乐子。再说了，您这样没有什么是非啊！我想修炼成您这样都做不到。

郑汉邦从办公桌前走到简直身边坐下说：简副书记，我俩都是从北京空降下来的干部，我们有很多共同的优点和缺点，优点是我们的视野开阔，缺点是群众基础不扎实。好了，我也不绕弯子了，我今天找你来是有一件事要与你商量，今天早晨刚接到刘昊天主任的电话，上级要派人来考核我，具体目标不明确，今天下午就到，这种事情我不便出面太多。请你就接待方案、座谈人员、包括纪念品等等一并拿出个方案来，跟胡厂长报告一下。

简直说：郑书记，您这是要高升了，放心吧，我努力做好。

临出门时，郑汉邦特意交代：千万记住，这事最好不要过于声张，别弄巧成拙让人笑话。

回到办公室，简直并没有立即安排相关工作，而是静下心来想了一阵，理了理还有些乱糟糟的思路，还是决定先给刘昊天打个电话。

刘昊天告诉简直：我正准备给你打电话呢，你是神仙啊，电话就打过来了。

简直说：刘主任你高升后我还是第一次给你请安呢！听不到你的指点，我看不见北斗星啊！

刘昊天与简直开一阵玩笑后告诉简直，郑汉邦的老领导请求调郑汉邦去给他做省长助理。

接下来的几天，简直全身心地投入到了接待陪同考核郑汉邦的工作组身上，手机也调成了振动，以至于董冉打来的几个电话也没有接到。晚上回到房间，简直打开手机才发现了董冉打来的未接电话，立即拨回去，董冉却关机了。又打家里电话，是董大晖接的，董大晖告诉简直：董冉这一阵身体不太好，心情也不好，双休日把自己关在屋子里两天都没出门。

简直说：爸，辛苦你们了，打电话让简明回来陪陪她嘛！我总往北京跑影响也不好。要不，让她到江北来休一阵假？

董大晖说：你们是两口子这些事你们自己商量，简明军训刚回来，又黑又瘦。

刚放下电话，黄梦妮的电话又打了进来，黄梦妮告诉简直，她要去西班牙定居了，走之前希望能见一面，国内还有些事情需要托给简直。

一阵电闪雷鸣之后，天又下雨了，雨水如帘子般铺天盖地地倾泻下来。简直站在窗前，眼睛里是雨，心里却是自己的前程和身边的女人，四十岁以后的男人怎么就潇洒不起来呢，人真累啊！这个世界上永远没有公平，体力劳动者累身体，脑力劳动者累心。

第四天上午送走考核组后，简直去找郑汉邦把家里的情况说了说，希望能请几天假。郑汉邦思考了一阵说：简直啊，我以为你这几天回去不合时宜，缓几天吧！

简直对郑汉邦的说法有些莫名其妙。郑汉邦说：上级刚来考核完我你就回北京去，会让别人误解。一是会误认为是我派你去北京为我活动，二是会误认为你要为接替我的位置跑关系。

简直没想到郑汉邦会这样思考问题心如此细，虽然心里别扭但小腿拧不过大腿，也就只好照办了。

在中国的今天，最保密的事情往往是最不保密的，最不容易保密的事可能要算干部的任免了。由于考核郑汉邦的事在一夜之间几乎家喻户晓，郑汉邦索性自己跑到二分厂蹲点搞调研去了。涉及到党务的事就让简直在家主持工作。

简直心里有事，干什么都静不下心来，满脑子净是黄梦妮出国定居、董冉精神抑郁、自己的未来定位等等，心烦意乱。就与仇先锋相约，带着两个土家族姑娘和尚小川去了黄陂，在那里"斗地主"、钓鱼，一待就是两天。

临回北京的头一天，庄怡恬打来电话，约他去东海看著名作家白先勇带团到东海演出的新版昆曲《牡丹亭》。庄怡恬一再强调，白先勇是白崇禧将军的后人，是著名作家，是台湾最著名的昆曲票友。

简直想了想后让庄怡恬多准备四张票，他准备带董冉、董大晖和朱小和去一趟东海。

## 259

洪依彪在医院里收到了女儿从加拿大寄来的一个包裹，洪依彪打开一看，里面除了一件红色T恤外，是一包枫叶。

女儿的信中说，她在那里过得很好，学校条件也不错，惟一不适应的是没有朋友。女儿还告诉洪依彪一个惊人的消息，她妈妈要跟一个比她小十岁的网友结婚了。

洪依彪将女儿寄来的枫叶一张张铺在床上，拼成了一个小提琴的样子。

## 260

秋天是北京最美丽的季节，只可惜秋天在北京驻足的时间太短。

简直这次回北京没有让小卢接，而是准备给黄梦妮和家里人一个惊喜。

飞机到三号航站楼时是中午一点二十，这时候回家董冉不在家，简明在学校，回家后不是听岳父董大晖上政治课，就是听朱小和聊家务事。简直就一连给黄梦妮打了几个电话，电话竟然无人接听。

越是无人接听电话，简直心里越别扭就越想见到黄梦妮。

索性，简直打出租直接去了黄梦妮家的别墅。

但简直没有能够见到黄梦妮，黄梦妮的保姆把简直迎进别墅里，倒了一杯白开水递给简直，然后从茶几上拿出一封信交到简直手上说：黄姐等了你几天你没回来，她今天中午已经走了，她给你留了一封信你自己看吧。

简直展开信只读了几行，眼泪已经汹涌而出。黄梦妮的信中说：因为你们，我和吕布尼挖到了一桶桶真金，我们既付出了也得到了回报。吕布尼告诉我，抓住这个男人，他是我们今后的商机，她说你的眼睛里有现在很多人所没有的真实。于是我们下手了，我们把你当成了我们的潜力股。但后来我发现，你不仅长得像我第一个男友，而且你与其他男人不一样，你既不贪财也不好色（我是主动的），从那时开始，我决心要将你拿下，决定不惜一切代价，决定不要任何回报。你还记得我去马尔代夫度假的事吗？其实一切都是假的，我网上发的那些照片都是我以前拍摄的，我就在北京，我怕离开你，我每天都在想你，这个春节是我过得最可怜最无助的一个节日。现在我要放弃了，原因是你女儿给我QQ里留的一条信息，她说她不反对我们相好，但反对我拆散你们的家庭，因为她很爱这个家。这个世界上没有人这样爱我，但我很爱这个世界。简直，我的成就、我的生活、我的传奇，都是你一直想知道而不可能知道的。我惟一能告诉你的是，我和叶婉一样，我们是没有父爱的孩子。简直，我怀孕了，是你的孩子，你放心，我不会把这件事告诉任何人，更不会拖累你，无论他是男孩女孩，我都会让他生活在幸福之中，如果你想看他了，我还会带他回来。另外，这幢别墅是我送给你的，如果你不愿接受，就算是你替我们的孩子看管的也行。别墅的物业费我已经交到了二〇一八年，保姆的工资我也结过了。简直，这个世界上的一切追求最后都将化为乌有，只有快乐生活才是自己的。我祝你永远快乐开心！你永远的黄梦妮。

读完信，简直什么也没讲，径直去了二楼黄梦妮的卧室。一切依然如故，仿佛还能闻到一丝黄梦妮身体的气息，枕头上还有几根长长的头发呢！

简直轰然一声躺到了黄梦妮的床上。

保姆走进来说：简叔，黄姐说了，我留下陪你照顾你为你看房子也可以，让我走也可以，我一切都听你的。你放心，她已经把我的工资结到了二十五岁，你不用担心我的生活。

简直坐起来一把将保姆揽在怀里说：傻孩子，你为什么不设法留下她呢？她是多好的人你知道吗？傻孩子，你今后不会再遇到这么好的人了，你愿留下就留下吧，你愿走也行，这房子要保持原样，简叔内心很猥琐很不阳光，简叔对不起你黄姐，简叔不配在这房子里住，我会经常来看你看这房子。说完，简直头也不回地离开了。

保姆在背后冲着简直说：简叔，我什么都知道我什么都懂，黄阿姨说了，她每年都会回来一次。

简直回到家里已经是晚饭时间。因为黄梦妮移民西班牙的原因，简直一点也高兴不起来。

饭桌上，董冉将一张纸交到了简直手里。

董冉交给简直的是离婚协议书。

简直读完后什么也没说，将信交给了坐在一边的董大晖。董大晖读完后将信狠劲地往桌上一拍：混蛋玩意儿，都是我把你宠坏了！

简直说：爸爸你放心，我可以辞掉江北的工作，但绝对不会与董冉离婚，一辈子也不会。董冉，咱们先吃饭，吃完后咱俩好好谈谈，我们没有实质性矛盾，我们有这个家有简明，我们一直过得很幸福。

董冉笑了笑并不答理简直，而是站起来转身进了卧室。

简直想跟上去，被董大晖一个眼神制止了。

朱小和说：她最近精神状态不好，你要抽空多陪陪她。

正说着呢，董冉从卧室里捧着一个盒子出来了。简直一眼就看出来了，这是黄梦妮送给自己的西装。董冉将盒子打开，仔细地将衣服拿出来放到沙发上，用右手的拇指和食指拈出一缕用红线捆起来的长长的头发，声音很低沉地说：国外进来的衣服进入中国要检测几遍的，也没有听说过要赠送设计师的头发，我和简明没有这么长的头发。

简直明白了，一切问题出于黄梦妮的浪漫，一切问题发生在自己的粗心大意。但简直此时更明白，绝对不能承认任何与女色相关的事情，一旦点头一切将无可挽回。

简直将脸上的表情放松了说：嘿，我还以为发生了什么事情呢，不就是一缕头发吗？我怎么知道是谁的啊，要么有人恶作剧，要么是别人买了又退回店里的衣服。这件衣服是公司的一个合作伙伴送给我的，田总、洪依彪都有啊！

董大晖用筷子敲敲桌子说：我说多大的事呢，小题大做借题发挥，现在说清楚了，吃饭吧。简直，陪我喝两口。

董冉将离婚协议收起来放进衣服盒子里，对简直说：简直，我宁愿相信这世界有鬼，也不相信男人的嘴。上次你衣领上的长发与这次的一模一样我已经比较过了，上次你身上的香水味与这没有关系吗？

朱小和朝简直摇了摇头，示意他保持沉默。朱小和说：董冉，抓紧吃饭，一会儿凉了。我相信咱简直是个好丈夫。

## 261

接受庄怡恬的邀请，国庆长假期间，简直陪着一家人去东海住了几天，看了新版昆曲《牡丹亭》。

《牡丹亭》在中国已经演出四百多年了。白先勇先生率队制作的新版《牡丹亭》，把人类历史上最动人的抒情长诗演绎得更加魂魄震荡，那亦歌亦舞亦诗亦幻的江南风景，那飘逸飞舞的水袖，世界上有多少民族能创造出这样的艺术尚品啊！令所有的昆曲迷们欲醉欲仙，如脱胎换骨般的活了一回。简明感叹说：我知道庄怡恬姐姐眼睛里为什么总含着泪水了。董冉则不以为然：你看白先勇老人家，如果白崇禧当年在台湾不受老蒋冷落，也许他在玩枪而不是玩票了，哪能会这么风花雪月，儿女情长？

庄怡恬很伤感地告诉简直，俞继飞与他徒弟结婚了，东海已经没有任何值得留恋的东西。

## 262

简直与董冉的关系虽然有些缓和的迹象，但董冉仍然坚持分居。董冉说：我不愿让一个沾过别的女人的人沾我的身体。

离开东海的前夜，简直又做了噩梦。

河水如血色般奔涌而过漫过公路漫过桥梁，乡村的土地在脚下显得非常虚弱无助，船只已经停驶了，河面漂流着成群结队的废弃物以及木材、死猪之类的东西，河水在转弯处折头回来出现倒灌。简直抱着奄奄一息的父亲在乡村小路上急速地奔走。简直说：爸爸你要挺住，我们会有办法，你什么事也不会有，等你好了后我陪你去台湾岛旅游。

董冉推醒睡梦中满头大汗的简直问：你做什么亏心事了啊，做噩梦了吧？大喊大叫的。简直坐起来揉了揉眼睛说：我做了一个同父亲死之前一模一样的梦，真奇怪啊，吓死我了。

刚回北京，陈颂华秘书的电话就打过来了：你抓紧到总公司茶艺室来一趟，陈总有事找你谈。

简直到茶艺室等了一阵，陈颂华和秘书才从乒乓球室出来，两人都是满头大汗。简直惊奇地发现，陈颂华比上次出访澳洲时又苍老了许多，身板似乎也远不如从前硬朗。这个对自己恩重如山的人才六十五岁啊！整个宏华总公司的人都知道，陈颂华最爱的体育运动就是打乒乓球，他的秘书无一不是乒乓球高手。据说，只要陈颂华有空，每月都会请几个乒乓球“国手”切磋技艺。由于陈颂华这一特殊爱好，宏华总公司下属的企业招待所都建有很高档的乒乓球室。

陈颂华一边用毛巾擦汗一边告诉简直，郑汉邦到某省任省长助理的任职命令已经到了，经总公司党组报请大型企业工委同意，简直将代理0802厂党委书记，记住，又是“代”，这个代字是一把悬在你头上的剑，一天“代”字不去，你就别想喘息。陈颂华一边喝茶一边与简直聊天。陈颂华非常严肃地告诉简直：对你的任命使用，总公司党组内部的意见是不完全统一的，有人甚至置疑你与张好武、洪依彪交往过于亲密。现在是网络时代，如果你要做一个有作为的好官，既要关注网络运用网络，你又要远离网络，对于你的私生活，我多少也有一些耳闻，但我仍然认为让你出任0802厂的党委书记比上面派来的人更合适。对于别人的传言，你要学会听，会听别人的话就是财富，用出色工作业绩诠释你的实际能力。在大型企业做党的工作，郑汉邦身上有很多值得你学的地方，你与胡益民之间在大是大非问题上，既要合作，又要讲党性。

简直非常诚恳也非常感激地说：陈总您放心，我绝不让您失望。

陈颂华说：这就是你让我担心的事，洪依彪曾经是一个多么优秀的青年啊，聪明、好学、会办事，可他在事业上用心不专一，所以他走偏了。观察过你很多年，几乎没有别的更多爱好，你写的文章你起草的讲话稿，比别人要深刻得多，但深刻有时也是要付出代价的。在别人眼里，我是个“官二代”，我父亲十二岁时就在地主家放牛，十三岁就参加了红军，我更敬重我父亲的“草根”出身，你是纯正的“草根”。你也一定要记住，你今后是一方主官了，写文章的事让别人去做吧，即使文章署你的名，你也别自己去写。你惟一需要做的，就是去“思想”，把“思想”放在你整个生活的第一位。前几天我读曾国藩的书，有几句话很有意思：与多疑人共事，事必不成，与好利人共事，己必受累；无实学而有虚名，自知当有祸变；凡全副精神专注一事，终身必有成就；天下古今之庸人，皆以一惰字致败；天下古之人才，皆以一傲字致败。这些话很八股，但很受用，你闲了可以琢磨。

晚上，陈颂华秘书赵诺、苏锋请简直一家在大宅门吃了一顿饭。苏锋端起酒杯致辞说：简直四十多岁主政万人国企，可喜可贺，为简直的事业进步，干杯！

一桌人都喝下了苏锋敬的酒。

董大晖也端起酒杯说：国企老总是高危职业，希望我女婿做一个清明廉洁的好官！

简直端起酒杯面向西方，连着向地上泼了三杯酒后说：是我父亲在保佑我呢，我得感谢我的父亲。

陈颂华秘书赵诺说：你更应该感谢陈总和洪依彪，洪依彪不生病，这个书记可能会是洪依彪的，陈总如果不坚决顶住，这个书记也许是上级派来的。陈总让我告诉你，你头上的“代”字一天没有去掉，你头上的剑就永远悬着，让你好自为之。

席间，苏锋悄悄告诉简直一个惊天的秘密：叶婉是陈颂华的女儿，叶婉至死也没原谅陈颂华。

## 263

春节前，快递公司给已经退休的陈颂华送去一块寿山石。经陈颂华再三追问，送石头的人才告诉陈颂华，石头是一位西班牙华人女士委托递送的。

# 堕落令人恐惧（后记）

望着大街上急速行驶的车流，红男绿女以及街头小贩，城市的喧嚣并没能改变我近乎痴呆的表情。玩网络游戏、与素不相识的人聊天、没有节制的饮酒……我似乎听到了死亡临近的脚步声。

窗外的女孩子几次回轮都没能把她的“英菲尼迪”越野车倒进准确的位置，急出一脸汗水。这女孩子我认识，大概十七八岁，是文工团的舞蹈演员，她急着赶到我办公室对面的礼堂排练。这一代人真好，一出校门就开上了高级车，穿名牌衣服，用顶级香水。我在她们这个年龄呢，拾荒、种地、饿肚子。舞蹈演员的车终于倒好了，拾荒的老太太走到女孩子面前，说什么我没听清楚，但所发生的事情却看得明白，女孩子很不耐烦的从车里将喝空了的矿泉水瓶子塞到老太太手里，又从“LV”包里拿出一张十元的人民币交给老太太，但被老太太谢绝了。

朋友来电话约晚上喝酒，我的情绪一下子又被调动起来，如同打了鸡血般亢奋。我所在的单位，朱春雨、阎连科两位老师是最值得我尊重也最有成就的作家，但遗憾的是，十几年前朱春雨就走了，阎连科选择了更适合他写作的环境。无论他们的为人还是作品，都让我难以望其项背，也让我受益终身。《和平时光》是我写得最认真也是最辛苦的一部书，远比之前出版的《激情》和《寻找苏曼》厚实，挚友汪德文先生读完后认为是“一部可以重新认识李宏的书，一部真正写二炮的长篇小说”，雷达、陈先义等先生读后认为该书是“一部敢于直面军队现实的二炮题材力作”，有关主管部门也两次调看作品，令我汗颜。但我们所处社会的阅读时代已经终结了，更多的人在网络和读图中消磨时光，小说已经或正在成为过去。我从事的事业已经证明，文学作为文艺的母体正在被颠覆，一个剧本可以卖几十万元几百万元，电视剧电影火了小说才有市场，真正的小说只有极少数影视投资商和评论家们读。而那些半官僚的“伪艺术家们”要么盯着某些女作家们的脸蛋发愣，要么盯着作家给的审读费出神。我发誓不再写作，一方面是我的确缺乏写作的天赋，一方面我不愿与某些所谓的“大家”为伍，我不知道在这条幽暗的通道里要走多久。

因为我工作的特殊性，这些年我认识了很多“视金钱如粪土”的大人物，他们为了某种利益对钱财的数字游戏已经麻木；也见识了不少视财如命的“艺术家”，某些名人在签协议前后的表情比其饰演的任何角色都要出色；更领略了在剧组打拼解决不了温饱的小人物，他们为了每天的一二百元收入没日没夜地被剥削……我知道我在堕落，父亲走后，我才真正感到生与死其实就一步之遥。金钱、女色、毒品、网络可以让人堕落，什么能催人奋进呢？我已经步入“知天命”之年，内心变得无比虚弱，我惧怕“起床一杯茶、上班一张报、晚上一壶酒”的生活提前到来，耳鸣、失眠、高脂血症正在折磨着我。

有朋友当面骂我：你事业有成家庭幸福无忧无愁装什么孙子啊？我敢发誓，我不是装的。

父亲走时曾哀叹我们兄弟缺乏虎气，我思考良久才悟透父亲的感叹，我这前半生不就缺虎气吗？

《爱上牡丹亭》又是一部缺乏虎气的作品，我真的有些泄气了。既然写出来了，我决定还是把它呈现给读者诸君，也不枉我长期在电脑前埋头读剧本写小说搞坏的颈椎。

感谢朋友们老师们还帮助我惦记我，感谢我一生中遇到的贵人们，我只能在心底默诵您们的恩德，恕不一一致敬，没有您们，我没有今天。

最后我要申明的是，我写的是一部小说，请读者诸君务必不要对号入座或臆想猜测，以免引起不必要的误会。

二〇一四年初冬于北京清河大楼